特别的归乡者

夜神翼 ★ 著

四川人民出版社

图书在版编目（CIP）数据

特别的归乡者 / 夜神翼著. —— 成都：四川人民出
版社, 2025. 1. —— ISBN 978-7-220-13950-5

Ⅰ. I247.5

中国国家版本馆CIP数据核字第2024QA8374号

TEBIE DE GUIXIANGZHE

特别的归乡者

夜神翼　著

策划编辑	王其进
责任编辑	王　雪
封面设计	李笑冰
版式设计	张迪茗
责任印制	祝　健

出版发行	四川人民出版社（成都市三色路 238 号）
网　址	http://www.scpph.com
E-mail	scrmcbs@sina.com
新浪微博	@ 四川人民出版社
微信公众号	四川人民出版社
发行部业务电话	（028）86361653　86361656
防盗版举报电话	（028）86361653
照　排	四川最近文化传播有限公司
印　刷	成都东江印务有限公司
成品尺寸	168mm×238mm　1/16
印　张	25.25
字　数	300 千
版　次	2025 年 1 月第 1 版
印　次	2025 年 1 月第 1 次印刷
书　号	ISBN 978-7-220-13950-5
定　价	98.00 元

目录
CONTENTS

第五部　波澜又起 "脱贫致富，修路只是第一步。"

第六部　真心换真心 "幸亏这夜晚的灯光昏暗，谁也看不清他眼眶里的泪水。"

第七部　善始善终　"飞黄书记，欢迎你回来！"

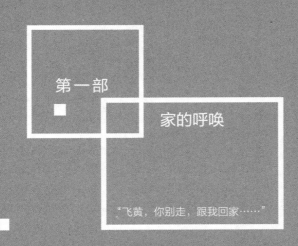

第一部

家的呼唤

"飞黄，你别走，跟我回家……"

■ 特别的归乡者

物是人非

豪华包厢里，一番推杯换盏之后，陈飞黄开始进入正题："余总，我们公司无论从业资质还是工程质量，都是经得起查验的。只要您愿意把您楼盘中的弱电和水暖工程交给我们来施工……"

"飞黄，都是自己人，我就不拐弯抹角了。"余总微笑着说，"你现在项目被停工，公司被查封，就算私下接到工程，应该也没钱缴纳质量保证金吧？"

"余总爽快，这也是我想跟您说的第二个问题，关于质量保证金，我一定能想到办法，只是需要一些时间……"

不等陈飞黄把话说完，余总已经微笑着朝陈飞黄摇了摇头："飞黄，虽说你入行时间不算太长，可在行业里的名声，倒是相当不错。按理说，把这个项目给你做，再暂缓一下质量保证金的时限，并不是什么大问题。可是现在，你公司这种状况……不太好办啊。"

"那件事，实在是无妄之灾啊！"陈飞黄无奈地感叹，"您也知道，我虽然有荣光的股份，但从来没有参与过经营，当初只是资金注入……"

余总点了点头，端起面前的酒杯，轻轻啜了一口茅台："这个我明白，我也相信你的为人！可我们公司有好几个股东，我不能独断专行啊！更何况，现在市场不景气，大家都急于回笼资金。万事……都求一个稳！"

陈飞黄嘴角泛起了一丝令人难以觉察的苦涩，端起面前的酒杯："余总教导的是！总归是经验不足，才会弄成现在这个局面，就当是花钱买个教训吧。以后如果有合作机会，还请余总您多多关照！"

"那是当然。"余总举杯敬陈飞黄，"吃一堑，长一智！咱们这行里的好手，谁还没经过几回大起大落！飞黄，我看好你，一定能撑过眼前这一关！"

"谢谢余总！"陈飞黄含笑答应着，将杯中酒一饮而尽，入口却全是苦涩滋味。

一杯酒见底，余总已经端起了手边的茶盏，摆出一副酒足饭饱、谈兴已尽的架势。陈飞黄忙不迭地对姚辉做手势，示意他去结账，姚辉马上去找服务员。

"我进来的时候已经打过招呼，今晚这顿酒挂在我名下！"余总笑道，"飞黄，等你东山再起的时候，再请我喝酒吧！"

"没问题，相信用不了多久，您就能喝到我的酒了！"

"哈哈哈，我等着你！"

陈飞黄从酒店走出来，已经有几分微醺，手在口袋里摸着烟。

门口停着一辆卡宴，大头从车上下来，快步上前："怎么样？"

姚辉摇头叹息。

大头张了张嘴，想要安慰陈飞黄，但是嘴笨，不知道说什么才好，倒是姚辉笑道："没事，大不了我们先找些小工程做着。"

陈飞黄没有说话，只是不停地抽烟，看着马路上来往的车辆，不知道在想些什么。

大头和姚辉都默默陪着他。

片刻，陈飞黄掐灭烟头，丢进旁边的垃圾箱里，然后拍了拍车前盖："明天开去卖了！"

"啊？"大头和姚辉都十分惊讶。

陈飞黄上了车，叮嘱道："把我的个人财产清理一下，全部变现，把农民工的工资先发了吧！"

"陈总……"姚辉急了，"您的私人财产大部分在离婚的时候分给了嫂子，剩下的一套房拿去抵押银行贷款，现在就只剩下这辆车了。这点钱变现留在手上，还能找点小工程做，继续维持生计；如果拿去发工资，那您可就真的掏空了，以后连翻身的机会都没有！"

这次盛世一期项目出问题虽然连累陈飞黄的公司被查封，可他毕竟不是主要责任人，所以只是查封了公司，停工了项目，他的个人财产并没有受到太大影响。不过出事之后陈飞黄为了筹集资金另起项目，把房产抵押给银行借了一些贷款，所以那套房子暂时是不能动的，只有这辆车还能卖点钱。

陈飞黄一边系着安全带一边说："我们都是从最底层做起来的，农民工一年到头就指望那点儿血汗钱养活一家老小。我要是坑了这些工钱，等于踩着他们的血肉之躯为自己添砖加瓦，这种老板，你还敢跟着？"

姚辉无言以对。

大头启动车开了出去。

"更何况，做建筑最忌讳的就是拖欠农民工工资，不能因为一时困境，把自己的招牌给砸了，那以后还怎么东山再起？"陈飞黄点燃一根烟。

"要不我们再想想办法吧。"姚辉不死心，"之前不是有几个人受过你的恩惠吗？找找他们，看能不能……"

"算了！"陈飞黄狠吸一口烟，烟圈伴随着叹息一起吐出来，"锦上添花易，雪中送炭难。出事到现在，能找的人全都找过了，大多数都是唯恐避之不及，像余总这样还能出来吃个饭说几句话，已经很难得了。"

"那些王八蛋真他妈没良心。"大头愤愤地怒喝，"以前你发达的时候都围着你转，现在出事，连个人影都找不到。"

"商人逐利，理所当然。"陈飞黄淡淡一笑，"谁都不欠咱们的，没义务陪着咱们一起承担风险！"

"我就不明白了……"姚辉义愤填膺地说，"我们公司负责的是盛世的二期项目，现在倒塌的是一期，为什么要让二期停工，还查封我们公司，让我们停业调查？那么大的盘子，我们把资金全都投进去了，现在说查封就查封，那我们怎么办？"

"一期倒塌，工人伤亡惨重，事情闹得那么大，相关部门自然要严查。"陈飞黄说，"虽然一期不是我们公司的项目，但负责的荣光集团我有股份，也就有连带责任。更重要的是，现在开发商法人代表和荣光集团的法人都找不到，为了避免再次造成意外事故，自然要先停工二期，查封飞黄集团！"

"可是现在已经调查了这么久还是没有结果，公司查封，我们又接不到新的项目。这样下去，即使到时候查清楚，公司也完了。"姚辉十分愤慨。

"现在就指望解封，盛世豪庭开盘。"大头说。

"一期出了那么大事故，谁还敢买那个盘？"陈飞黄苦笑道。

"那……"

"飞来横祸，挡都挡不住。"陈飞黄脸色凝重，"折腾这么久，该想的办法都想了。本以为可以拿下余总的项目，也就能暂时维持下去，可惜啊……"

他深深地叹息："这最后的机会也没了……"

"您真的要卖车？卖了您出行怎么办？"大头担忧地问。

"地铁，公交，打车，什么都行！"陈飞黄倒是想得开，"现在交通工具这么方便，有什么可担心的。"

"可是出去谈生意也要门面啊……"姚辉很是着急，"你租公寓住，别人看不到，但是你打车，别人就能看出来了。"

"都这种境地了，你认为还有生意谈吗？"陈飞黄自嘲地笑了。

"可是……"

"农民工的工资不能再拖了！"陈飞黄十分坚定，"项目停工后，他们就一直在工地里等着。朱二刘剑他们几个包工头天天给我发短信问候早安午安晚安，然后叮嘱我注意身体，每句话都谨小慎微。我怎么会不知道，他们其实就是想知道什么时候能发工钱，却又不敢开口问……我陈飞黄一辈子都不喜欢亏欠任何人，把工资结了，我心里舒坦。"

"好吧……"姚辉叹了一口气，没再劝了。

"没事，还有我呢。"大头笑着说，"我明天把我的大众开来给你用。"

"就等你这句话，哈哈哈……"

|〇〇二|

资助修桥

三人都笑了，这时，手机突然响了，陈飞黄接听电话："喂？"

"飞黄，我是老叔啊，你怎么搬家了，我到你家来找你，保安说你搬走了。"

"老叔？您来城里了？您现在在哪儿？"

"我在你家小区门口，就是长河湾！"

"在那里等我，我马上来接您。"

挂断电话，陈飞黄马上吩咐："去长河湾。"

"好。"大头掉转方向，"老家来人了？"

"嗯。姚辉你家就在前面那条街吧？你先下，早点回去休息。"

"好的，陈总。"

陈国标见到陈飞黄，不禁有些激动："飞黄，可算见到你了。"

"老叔，您说您来城里怎么也不先说一声？"陈飞黄快步上前，脱下外套披在陈国标身上，"冻坏了吧？快上车。"

"我想着直接到家来找你，可是保安说你搬走了……"

大头接过陈国标的包，准备放到后备箱，陈国标急忙叮嘱："小伙子，包里有香肠腊肉干蘑菇，还有土鸡蛋，轻轻地放。"

"哎！"大头点头。

"哎呀，老叔您说您，来就来呗，带这么多东西多累呀。"

"你大婶儿给你准备的，提前好几天满村儿收土鸡蛋，她说你小时候一口气能吃八个荷包蛋呢。"

"哈哈哈，谢谢大婶儿。老叔，下次您来城里，先给我打电话，我叫人去火车站接您。"

"我看你那么忙，想着少给你添麻烦。"

"来，先上车。"

"哎，飞黄，你现在搬去哪儿了？"

"最近一直忙，就住在公司附近那套房子。"

"噢，再忙也要注意身体，我看你瘦了好多啊。"

"没事，我结实着呢。"

"陈总，现在去哪儿？"大头问了一句。

"去酒店。"陈飞黄回应。

"去什么酒店啊，乱花钱，在家对付一晚就行了，我就是来找你谈点事，明天就回去了。"

"那怎么行啊，老叔您好不容易来趟城里，我当然要好好招待您。"

"有个睡觉的地方就行了，别浪费钱。"

"您就别操心了，我来安排。"

陈飞黄带着陈国标来到一家高档的中餐厅，点了一桌子菜，再来两瓶好酒，爷俩儿就开始一边喝一边聊起家常。

酒过三巡，老爷子说出了这趟的目的：小金河桥被大雨冲垮了，要修桥，村里公账上没钱，所以他这个村支书厚着老脸来省城找陈飞黄资助。

小金河桥是金河村通往城镇的唯一途径，孩子们上学需要从这座桥走到镇上的学校，村子里的小摊小贩每天早上也会骑着三轮车带着货物去镇上做买卖，现在桥垮了，村民们的生活非常不方便。

陈飞黄小时候在镇上上学，村里还没有桥，天不亮就得去学校，路上一不小心就会摔到田里，跌进沟里，弄得一身泥，还有可能被邻村的狗咬。他的屁股就曾被邻村的狗咬下一块肉，留下一道疤，到现在还清晰可见。

正因如此，十年前陈飞黄衣锦还乡的第一件事就是给金河村修了这座桥，乡亲们出行便利，生活也就能得到改善。

现在小金河桥垮了，村民们首先想到的就是来城里找陈飞黄！

"飞黄，来，叔给你满上。"陈国标给陈飞黄的酒杯里又倒了满满一杯白酒，"我这个村支书实在是惭愧，每次村里有事儿就来找你。可是村里穷啊，不要说修桥，就是几包材料都买不起，我也是没办法……"

"老叔，您别这么说。"陈飞黄端起酒杯敬陈国标，"桥是我建的，现在垮了，您不来找我找谁？当年修桥的时候我就说过，村里的事，我都包了。"

大头在旁边一声不吭，眉头却皱了起来。

"好，好。"陈国标连连点头，"飞黄，有你这句话，我就放心了。"

陈国标给自己的杯子倒满白酒，端起酒杯，诚心诚意地敬陈飞黄："飞黄，我代表乡亲们谢谢你！这杯酒我干了！！！"

陈飞黄把喝醉的陈国标送到酒店房间的时候，已经是凌晨一点多，安顿好陈国标，他在床头留了一张字条："老叔，我先回去了，明天下午送钱过来。"

从酒店出来，大头忍不住说："飞黄，你说你，现在都这种境况了，怎么还把事情揽到自己身上？修桥可不是一点小钱就能解决的……"

大头的话没说完，陈飞黄突然就扑到路边的垃圾桶呕吐起来。他今晚喝了两顿酒，几乎没怎么吃东西，现在胃里翻江倒海的难受。

大头从车上给他拿了一瓶矿泉水，等他吐好了漱了口，再扶他上车。

陈飞黄靠在副驾驶上，闭着眼睛交代："明天一早就把车开去4S店，再把我那几块手表拿去卖了，让姚辉算算农民工的工资是多少，再加上你们俩的工资，除开这些，剩下的都给老叔吧。"

"喝这么多，头脑倒是清醒得很。"大头小声嘀咕。

中午，陈国标在房间吃着服务员送来的午餐，外面传来敲门声，他打开门一看，是大头，急忙请大头进来："大头兄弟，快请进。"

大头客气地说："不用了，老叔，公司还有事儿，我得赶回去。这张卡您收下吧，密码是六个八，卡里有五万块钱，是陈总让我交给您的。另外，这些特产也是他让我给您的……"

"谢谢啊，辛苦你跑一趟，替我谢谢飞黄。"

"别客气……"

大头留下一张银行卡和两包特产后就匆匆离开了。

陈国标目送大头进电梯，回到房间，看着手中的银行卡，他深深地叹了一口气："五万块，哪够修桥啊！"

|〇〇三|

偶遇同乡

七天后大头开车送陈飞黄去火车站，陈飞黄靠在副驾驶上，双臂环胸，黑色大墨镜遮挡眼睛，眉头皱成一个"川"字，鼻子发出轻微的鼾声。

大头看到陈飞黄这个样子，忍不住叹息。他这些日子清盘，想必是食不下咽，夜不能寐，所以才会累成这样。

"叹什么气？老子还没死呢。"陈飞黄突然低喝。

"你没睡着啊？"大头愣住了。

陈飞黄搓了搓脸，问道："给了老叔多少钱？"

"五万。"

"五万？"陈飞黄有些惊愕，"怎么那么少？"

"你以为能有多少？就那五万还是从牙缝里挤出来的。"大头没好气地说。

"好吧。"陈飞黄叹了一口气，"农民工的工资都结清了？"

"放心吧，一分不少。"大头有些感慨，"可惜了，那么好的车，那么好的手表。"

"没什么可惜的，以后再买回来。"陈飞黄伸了个懒腰。

"出去散散心也好，你都十几年没休息了。"大头安慰道，"趁现在给自己放个假，也许等你回来，公司就解封了，项目也可以启动了。"

"警方在调查，在结果出来之前，我们要做的就是等待。"陈飞黄点燃一根烟塞到大头嘴里，自己也点燃一根烟抽着，"人生就是起起落落，哪有永远一帆风顺的。现在还有烟抽，有饭吃，已经不错了。"

"怎么反过来是你安慰我了。"大头有些伤感，"你心可真大，要换作别人，可就愁死了。"

陈飞黄漫不经心地吐着烟圈："你看过雄鹰吧，雄鹰翱翔天际之前，都得从低处振翅起飞，我现在就是在低处振翅阶段，等着吧，总有一天我会回来的！"

陈飞黄在售票处排队买票，他打算随机挑选，找个地方休息一阵子。

突然，旁边的队伍传来打架的喧闹声，那熟悉的乡音吸引了陈飞黄的注意。他扭头看去，一个身材矮小瘦弱的年轻男孩正跟一个大个子争吵："喂，你为啥子插队？还把我兄弟撞倒咯。"

"你哪只眼睛看到我插队了？我本来就站在这里。再说了，你凭什么说是我撞倒他？我还说是他撞到我了呢，亏得我身体壮才没倒。"

大个子身材魁梧，一脸不屑地俯视着瘦小的年轻人。

瘦小男人的个头还不到大个子肩膀高，见他又这么蛮横不讲道理，一下子就怂了，一句话都不敢说，转身去扶同伴。

透过人群，陈飞黄隐约看到那个同伴好像受了伤，瘦小个子扶他起来的时候有些艰难，旁边有好心人搭了把手，还劝道："他腿受伤了，你扶他到一边坐着等吧。"

"我怕我回来又要重新排队。"瘦小个子说，"那你给我做个证，我排在你前面。"

"行，快去吧。"

"谢谢。"瘦小个子扶着同伴准备去旁边的位置，那大个儿又嘲笑道，"又残又傻，跑出来干什么？丢人现眼！"

"你……"

"我，我不傻，我我我不傻……"同伴焦急地解释，"我只是，我只是……"

陈飞黄一听这声音，脸色大变，快步冲了过去……

"哟哟哟，这不仅仅又傻又残，还是个结巴，哈哈哈……"那个外地人嘲讽地大笑，引得周围人全都看过来，个子瘦小的年轻人气得面红耳赤，上前理论："喂，你够了！"

"怎么着？你还想打架啊！"那外地人挥手推开瘦小个子，瘦小个子一个跟跄，差点摔倒，关键时刻，一只大手从身后扶住了他，瘦小个子定睛一看，激动地大喊："飞黄哥！！！"

"猴子，晓峰，真是你们。"陈飞黄刚才听声音就觉得熟悉，原来真是他的发小猴子和二傻。

"飞黄……"二傻看到陈飞黄，更加激动，"你怎么会在这里？"

"等会儿再说。"陈飞黄拍拍二傻的肩膀，扭头盯着那个大个子："给他们道歉。"

"神经病。"大个子瞪了他一眼，扭过头去不理会他。

陈飞黄上前抓住他的胳膊，再次命令："道歉！"

"放……手……"那人感觉到陈飞黄手中传来的力道，胳膊几乎都快要被捏碎，一下子就怂了，慌忙说，"对，对不起！"

"别跟我说，跟他俩说。"陈飞黄指着猴子和二傻。

"对，对，对不起……"那人痛得声音都变了。

"诚恳点！"陈飞黄命令。

那人对着猴子和二傻低头弯腰，郑重其事地说了一句："对不起，我错了！"

"这就对了。"陈飞黄放开他，淡淡地警告，"做人嘛，你尊重别人，别人才会尊重你！"

自始至终，陈飞黄的语气都很平淡，也没有什么过分的动作，眼神貌似平静，却带着不怒而威的霸气。

那人揉着被捏得红肿的胳膊，大气都不敢出。

"还有，插队是不好的。"陈飞黄又补了一句。

那人怯懦地看了陈飞黄一眼，拎着提包，老老实实地站到后面去排队。

"做得好！"周围的人都对陈飞黄拍手称赞。

陈飞黄扶着二傻坐到一旁的椅子上，看到二傻受伤的腿，他不由得皱起了眉："怎么回事？"

"我们在工地上打工，二傻从架子上摔下来了。"猴子解释。

"我看看。"陈飞黄蹲在地上，替二傻检查伤势。这一看就知道伤到了骨头，腿骨都变形了，居然只是简单的包扎处理，夹板都弄得很粗糙。

❯

|〇〇四|

回乡

"伤成这样，怎么不送到医院好好处理？"陈飞黄问，"跑火车站来干什么？"

"包工头给了钱，让我送二傻回家治。"猴子说，"回家治，医药费便宜，芳婶儿还可以照顾他；在省城治病，医药费又贵，我们几个大老粗要工作，也照顾不好他。"

"老家的医疗条件有限……"

"飞黄，我想回家！"二傻一脸天真，陈飞黄叹了一口气，没再多说。

二傻好像不知道疼一样，拉着陈飞黄絮絮叨叨地追问："飞黄，你怎么会在这里？你是不是在金河村找不到我，就来这里找我了？"

"哎呀，二傻，这里是成都，飞黄哥本来就住在这儿，他肯定是要去哪里出差，碰巧跟我们遇到了。"猴子笑着说，"是吧，飞黄哥。"

"嗯。"陈飞黄正愁找不到借口，猴子已经给他想好了。

"飞黄哥，到我了，我先去取票。"猴子急匆匆地去取票了。

"飞黄，给。"二傻扯了扯陈飞黄的衣袖，递给他一个煮鸡蛋，"这是平安给我煮的。"

陈飞黄看着二傻满头大汗，脸色苍白的样子，不由得心里酸楚，二傻已经三十七岁了，心智却相当于六岁的孩子。

二傻名叫陈晓峰，本来是不傻的。小时候，他跟陈飞黄一起在山脚下玩，遇到建筑队炸山，两人来不及逃离，关键时刻，他推开陈飞黄，陈飞黄滚下山受了轻伤，而他自己却被飞石伤到了头，从此以后智力就有了问题。

陈飞黄对此一直心存愧疚。二傻的父亲去得早，母亲独自一人抚养他长大，本来日子就过得艰难，后来又发生这样的事情，家里更是雪上加霜，不久二傻就辍学了，因为智力有问题，也没能出去工作，就一直在家待着，帮母亲干点农活。

陈飞黄打工挣钱之后，每次回家都会给二傻拿钱买东西，却被二傻母亲丢出来，二傻母亲对他心存怨恨，不让他进屋，也拒绝他的帮助。

再后来，陈飞黄发了财，回到家乡第一件事就是去找二傻。看着他家里快要倒塌的砖瓦房，陈飞黄想要为他们修一栋房子，也被二傻母亲拒绝了，她觉得是陈飞黄害了二傻一生，这一辈子都不想让儿子跟他来往。

老太太的个性非常顽固，不管村里人怎么劝都没用。

陈飞黄只能托村支书和村民们多多照应二傻母子，买了东西都以其他人之手转交给他，时不时都会向村支书询问一下二傻的情况，前些年倒也过得安稳。这阵子，陈飞黄的事业出了问题，也就没顾得上二傻，没想到二傻竟然跟着村里人出来打工了。

"飞黄，快拿着，鸡蛋给你吃。"二傻的声音打断了陈飞黄的思绪，陈飞黄回过神来，接过二傻的鸡蛋，叮嘱道："晓峰，回去之后好好治病养伤，别出来了，知道吗？"

"不行啊，我妈病了，我要挣钱给她治病。"二傻紧紧抱着布包，戒备地看了看周围，凑到陈飞黄耳边，兴奋地说："飞黄，我这次打工挣了好多钱呢，包工头还给了我好多医药费，我带回家就可以给我妈治病了。"

"芳婶儿得了什么病……"陈飞黄话还没说完，猴子就回来了。将一张票递给二傻，千叮咛万嘱咐地说："二傻，你的票要好好拿着，千万别丢了。我找到一个人跟你坐同一班车，等下我送你过安检，然后你就跟着他走，他会带你上车的……"

"猴子，你不是送晓峰回去吗？"陈飞黄打断猴子的话，追问道，"你让他一个人回家？"

"飞黄哥，我工地上还有事呢。"猴子急忙解释，"我把二傻送上车，那边芳婶儿去接他，不会弄丢的……"

"胡闹！"陈飞黄眉头一皱，"他这个样子，怎么能一个人回去？"

"飞黄哥，我也是没办法，我们一年到头就这两个月能挣点钱了，我跟包工头请一天假，这已经少挣两百块了，要是回家一趟，就得多耽误几天。再说了，万一我的工位被人给占了，那我今年就挣不到钱了，挣不到钱，我就娶不上媳妇……"

"行了行了，你们在这里等我。"陈飞黄看了一眼二傻的车票，马上去紧急通道买了一张同车次的票，回来搀扶着二傻，"我送你回去！"

"飞黄，你要跟我一起回金河村？"二傻非常高兴，"太好了，大家都很想你。"

"飞黄哥，你不是要去出差吗？"猴子有些不好意思，"这会不会耽误你的大事？你要少赚好多钱吧？"

"赚钱重要，还是人重要？"陈飞黄扶着二傻往入站口走去。

猴子站在原地看着他们的背影，不免有些惭愧，想了想，他也去买了一张同车次的票追了上去。

下站台的时候有一个很长的楼梯，电梯挤满了人和各种行李，二傻的腿被其他旅客的行李碰到几次，痛得哇哇大叫。大家都忙着赶路，有人回头说了句"对不起"，有人瞟了一眼就匆匆离开。

虽然陈飞黄很小心地保护二傻，但二傻的伤口还是碰到了，在动车上痛得厉害。他汗流浃背，靠在座椅上痛苦地呻吟。

陈飞黄非常着急，打算在下一站下车，先带他去看医生。这时，斜对面座位上的女孩递过来一盒药："这是止痛药，如果他没有药物过敏的话，可以吃一粒缓解一下。"

"谢谢！"陈飞黄接过药看了看说明，给二傻吃了一粒。很快，他的疼痛感就缓解了，靠在陈飞黄身上沉沉睡去。

猴子大概也累了，坐在一旁打盹儿。

陈飞黄看了看行程，现在动车已经走了一半路程，如果在下一站下车，再去医院，也是周折。既然现在二傻已经稳定下来，干脆就等到了广元再说吧，也只剩下两个半小时了。

陈飞黄手机一直在震动，他拿出来一看，是前妻沈颜颜打来的电话，三个未接来电。他正准备回电话，微信响了，沈颜颜给他发了很多留言——

"耀阳的邓总一大早就给我打电话要债，说你欠他三百万材料费，我说我跟你已经离婚了，他不信，非要上我家来找我……陈飞黄，你能不能把你那些烂摊子清除干净？婚都离了，还给我招麻烦，这样不好吧？"

"陈飞黄，我真是受够了，启光的侯总刚才也给我打电话了，说你电话打不通，向我追问你的下落。我告诉你，你要是再不解决问题，我就把你这个新号码告诉他们，让他们直接找你！"

"陈飞黄，拜托你发个通告告诉你那些债主我们已经离婚了，我被人骚扰得快要得抑郁症了……"

后面的语音，陈飞黄没有打开听，直接翻到最后那条消息，沈颜颜发了一个截图，是她发的朋友圈——

"我和陈飞黄已于去年十一月三十日离婚，下面是离婚证，不管在法律还是道义上，我都没有理由替他还债，请各位债主不要再骚扰我了。另外，我们离婚后一直没有联系，我不知道他在哪里，也不知道他现在的联系方式，谁再骚扰我，我就要报警了！"

这段话下面附上两人的离婚证，正反面，内容页，全都拍得清清楚楚，真是用心良苦！！！

陈飞黄苦涩一笑。他之前的电话号码换掉了，微信也删了，新的号码和微信号，除了大头，就只留给了沈颜颜一个人。那是因为他担心有债主或者他昔日的对手为难她，她可以随时向他求助，就算他不在成都，有大头在也能保证她的安全。

其实他早就跟那些债主说清楚自己跟沈颜颜离婚的事情，也警告他们不要去打扰她，可有些事情还是难以控制。

至于那些欠款，原本按照合同就是工程结束之后再付尾款，但是现在陈飞黄的公司被查封，而这些人生怕他跑了，所以提前来追债。

事到如今，沈颜颜这样做也是无可厚非，只是看到她发的朋友圈截图陈飞黄还是感到心寒。其实他的公司被查封之前，她就因为他成日忙于工作没空陪她而感到不满。

结婚两年，她从来都不懂他的工作，所以也就不懂公司查封只是暂时冻结财产，跟真正的破产还是有些区别。

当她提出离婚，他也曾解释挽留，可她铁了心，他就成全了她，并且把大部分私人财产都给了她。

陈飞黄并不怪她，他只是觉得自己很可笑。当他生意出问题的时候就已经为她留好了后路，还曾想着跟她说，让她好好生活，不要等他，可事实证明，他想多了……

"你好！"对面传来一个声音。陈飞黄抬头看去，那个赠药的女孩指着二傻的腿说："不好意思，我多句话，你这位朋友的腿好像伤得很严重，应该是伤到骨头了，我建议你们尽快带他去治疗，否则会留下后遗症的。"

"我知道，谢谢你。"陈飞黄点点头。

"不客气。"那女生没再多说，低头继续看书。

陈飞黄轻轻推开二傻，让他靠在自己的座椅上，再帮他把座椅放倒，随后走到一旁去给大头打了个电话："耀阳和启光的人在找我？"

"嗯，先是给我和姚辉的工作号打电话，我们搪塞了一下就关机了，怎么？他们找你了？"

"他们在纠缠沈颜颜。"

"狗东西！"大头一下子就怒了，"这两个王八蛋之前从你那里捞了多少好处！你出事之后，他们躲得比谁都快，现在居然还有脸提前催款！按照行规，这些材料费就是项目完成之后才给尾款的，合同日期还有半年才到，他们催什么催！"

"这些话，你私下骂几句就算了，当着他们的面可不要这么说。现在我们的确是欠了他们材料费，项目停工，公司查封，他们是怕我跑了，所以才提前追债。你去跟老侯老邓说清楚，我只是暂时休息一下，合同期到我一定准时还钱，如果还不起也有法律制裁，让他们不要再找沈颜颜！交涉的时候带上姚辉，你们两一软一硬，一起办事才能刚柔并济。"

"知道了！"

陈飞黄刚打完电话，那个赠药的女孩就急匆匆找来："你朋友好像发烧了，你快去看看吧。"

陈飞黄立即回到座位，用手探探二傻的额头，烫得吓人，身上还出了很多汗，看来是伤口发炎了。陈飞黄马上叫醒猴子，问二傻之前的医生有没有给他开药。猴子说，他们去的是一个小诊所，简单地处理了一下伤口，开了点药。

陈飞黄从二傻的背包里找到一些消炎药，先喂二傻吃下，再给他喂了一些水。很快，二傻又睡着了。猴子看到二傻虚弱的样子，不免有些愧疚："没想到二傻伤得这么严重。"

"晓峰伤到了骨头，不是皮外伤。"陈飞黄眉头紧皱，"你就应该先带他去正规医院治疗，伤口都没处理好，怎么能急着送他回老家？"

"我们平时在工地干活儿，磕磕绊绊是常有的事，受了伤就去诊所处理一下伤口，吃点药就没事了。我也不知道会这样，要不然肯定先送他去医院……"猴子怯懦地说。

"你们到哪个站下？"赠药的女孩问。

"大好站。"猴子回答。

"我也在大好站下，我单位同事开车来接我，到时候我让同事送你们去医院吧。这位兄弟的腿伤很严重，不能再耽误治疗了。"女孩好心提议。

"太麻烦你了，我还是自己叫车吧。"陈飞黄不喜欢亏欠人情。

"你是外地人吧？"女孩说，"大好站不好叫车，那边只有三轮车把你送到汽车站，再坐汽车去镇上或者去市里，兜兜转转可麻烦了。平时还好，可现在你朋友的伤这么严重，你让他转来转去，那得多折腾啊？"

"的确是这样。"猴子小声说，"飞黄哥，你每次都是开车回来，你不知道情况，咱们那穷乡僻壤交通真的很不便利。"

"那行吧。"陈飞黄不想让二傻再受折磨，对女孩说，"先谢谢你了，到时候我给你车费。"

"你太客气了。"

〜

| ○○五 |

讨债

陈飞黄让猴子跟二傻的母亲芳婶儿打电话，让芳婶儿在出口处等他们会合，然后一起去医院。

猴子刚拿起手机，芳婶儿先打过来了。她刚才给二傻打电话没人接，正着急呢。金沙河大桥的栏杆被运沙车撞坏了，车子过不去，她怕自己赶到火车站晚了，二傻见不到她一个人会走丢，所以情急之下给猴子打电话。

猴子跟芳婶儿说明了情况，但是没说陈飞黄回来的事情，他知道芳婶儿对陈飞黄一直有偏见。芳婶儿得知猴子同行，并且有好心人送他们去医院，这才松了一口气。

从车站出来，女孩的同事已经在出口处等候，得知情况后马上送一行人去了市医院。

上车之后，猴子跟女孩闲聊，得知女孩叫顾千秋，省城人，是来山河镇工作的。

到了骨科医院，顾千秋没急着走，而是跟着他们一起送二傻入院。

一番检查下来，医生确定二傻的右腿骨折，必须马上入院处理。陈飞黄正在跟医生交谈，护士让猴子去帮忙办入院手续。

猴子缴费的时候才知道，入院就要先交四千，可他根本没钱。这时，正准备离开的顾千秋看到这一幕，马上帮他垫付了住院费。猴子十分感激，留下她的电话号码，表示日后一定还给她。

猴子回到病房，陈飞黄正在跟主治医生询问情况，医生说："患者的大腿骨折，没有及时处理现在已经发生移位，影响关节的稳定性。这可不是打石膏保守治疗这么简单了，需要切开做手术，要不然会造成不可挽回的后果。"

猴子一听就慌了，急忙问："手术需要多少钱？"

"这需要拍片检查才知道，要排除各种其他可能性。至于手术，那要看粉碎程度，以及是否有神经血管损伤，估计最少也要四万。"

"四万？"猴子惊愕地睁大眼睛，"不会吧，居然要这么多钱，这么多钱可怎么办呀。"

"这只是保守估计，如果有血管损伤和感染的情况，那就不止这个数了。"医生客观地说，"患者的伤势不能再拖了，伤口发炎，得马上处理。你们商量一下回复我吧，我好安排手术时间。"

"可是，可是医药费……"

"不用商量了。"陈飞黄果断地回答，"医生，麻烦您尽快安排手术时间！"

"那好，我先给他安排初步治疗，先把炎症消下去再说，你们准备手术费吧。"

"好的，谢谢您！"

医生走后，猴子急得团团转："怎么办，怎么办，没想到要这么多钱……"

陈飞黄看到他这个样子，问道："你不是说包工头赔偿了医药费给晓峰吗？钱呢？"

"钱在他包里，可是……"猴子眉头紧皱，"远远不够。"

"赔了多少钱？"陈飞黄问。

"一千。"猴子低声说。

"什么？"陈飞黄惊呆了，"我没听错吧？这是一条腿，才赔一千块？！就算没有感染，没有错位，打个石膏都不止一千块……"

"飞黄哥，我们这些人的命贱，长这么大从来就不去医院，偶尔感冒发烧就喝点开水自己好，在工地上受了伤也是去诊所处理一下伤口，回去吃点药，我也不知道事情会这么严重啊。我当初带二傻出来，跟芳婶儿保证会好好照顾他，所以在工地里我总是替他分担活儿。他受伤之后，我和同村的几个工友一起把他抬到包工头那里，嘴巴都说干了包工头才给了一千块钱让我送他去处理伤口，还让我把他送回去。他回家的车票还是我垫钱给他买的呢……"

猴子哭丧着脸说完这些话，委屈得快哭了。

"行了，你别着急，我来想办法。"

陈飞黄拍拍猴子的肩膀。他知道，猴子确实是很不容易了。他们这些生活在社会底层的人，把钱看得比身体重要，如果没到无法承受的地步，他们宁愿把医药费节省下来也不会上医院。

更何况，他们根本就没有医学常识，不知道骨折的严重性，更不可能想到什么并发症、后遗症……

"那一千块医药费，再加上二傻的工资，总共也不过三千多块。怎么办啊，飞黄哥，几万块的医药费，上哪儿找去？"猴子非常着急，"我刚才去给二傻办入院手续，光是住院费就交了四千多，我身上根本没钱，还是那位姓顾的女孩帮我垫付的呢。"

"没钱你来找我啊，怎么能让一个初次见面的女孩垫付医药费？"陈飞黄说。

猴子急忙解释："当时我是准备上来找你的，可小顾路过那里，正好看见，就帮我把钱垫付了。她说我排了那么长的队，好不容易轮到我，要是回去找你拿钱，又要重新排队，还说她就在山河镇工作，以后见面再还给她就行了……"

"她有没有留下银行账号和联系方式？"陈飞黄问。

"留了个电话号码。"猴子马上从自己手机上翻出顾千秋的电话号码，"就这个。"

"我存一下，明天把钱还给她。"陈飞黄存下顾千秋的电话号码，随即问道，"你们在工地上班，建筑公司应该给你们买保险了吧？"

"其他人都买了，二傻没买。"猴子弱弱地说，"当初我们几个死活求着包工头收下二傻，还说只给一半工资，他才答应的。大概是怕别人知道二傻是残障人士，就没给二傻买保险，还跟我们说，让我们看好二傻，如果二傻出了什么问题，他不管……"

猴子越说越小声，生怕陈飞黄骂他。

陈飞黄真的无语了，但他看到猴子这个样子，又不忍心骂他，只好继续问："你们在工地上班跟建筑公司签合同吗？"

"没有啊，什么合同？"猴子显得有些错愕，他的概念里根本就没有合同这个东西。

"我问你一些问题，你认真回答我。"陈飞黄把猴子拉到一边仔细询问了一些工地上的情况，然后告诉猴子："你马上买票回省城，去工地，带上几个同乡一起去找包工头……"

说完，陈飞黄还拿了一千块给猴子："来回的车票不用你垫付，这些应该够了！"

"不不不，飞黄哥，我也是帮二傻，怎么能要你的钱啊。"猴子看着那一千块钱，没好意思接。

"你挣钱也不容易，拿着。"陈飞黄把钱塞到他手上，"你放心，所有后果我来承担，你只管去办就行，相信我！"

"飞黄哥，你可是大人物，我不信你信谁呀，从小我爹就告诉我，要向你学习——"猴子拍起马屁就滔滔不绝。

"行了……"陈飞黄打断猴子的话，取下无线蓝牙耳机连接上猴子的手机，然后给他戴上，"见包工头的时候保持手机通话，我教你怎么说。"

"这，怎么有点像电影里的特工啊。"猴子有些紧张，"他们会不会发现？"

"我这蓝牙耳机小，你头发长，耳机藏在头发里面别人看不见的，手机放在口袋里。放心，没人会注意这些，你只要淡定自若，别紧张就行。我现在教你这个蓝牙耳机怎么用，你看着……"

陈飞黄教猴子学会用蓝牙耳机，然后把二傻的检查报告全部复印了一份装在文件袋里交给猴子，叮嘱道："这些你拿好，见到包工头的时候用得上。"

"嗯嗯。"猴子对他言听计从。

猴子匆匆离开，在火车站买了票，吃了一碗泡面，坐在候车室休息，摸着口袋里的一千块钱，他的心情有些复杂——

按照陈飞黄所说的，他现在去找包工头讨要二傻的赔偿金，如果真能要得到，倒是办了一件好事。可是，万一要不到呢？可别搞得最后赔偿金没要着，工作弄没了，还被包工头收拾一顿。要知道，现在想要在离家近的地方找份工作可不容易。好多同乡去外省打工，一年才回一趟家，若是在工地上出点事，死在外面都没人知道。再说了，那些包工头可不是好惹的……

不过，如果不按照陈飞黄说的去做，就把他给得罪了。不对呀，陈飞黄既然那么有钱，应该自己掏腰包把二傻的医药费给交了，还用得着让我冒风险去找包工头要吗？

想来想去，猴子给他二叔陈国标打了个电话，把具体情况跟陈国标说了一遍，陈国标听了之后非常惊讶，反复询问："猴子，你可别骗我，你说飞黄跟你一起送二傻回来？他们现在就在市医院？真的假的？"

"哎呀，这我哪能骗您呀，当然是真的，我现在还在大好站呢。"猴子都急了，"二叔，我打电话是想问您，飞黄哥让我去找包工头讨要工钱，这事儿我该怎么办？我该去吗？"

"去。"陈国标非常干脆，"飞黄让你去做的事，一定是有把握的，你就按照他说的去做，他肯定不会让你吃亏。二傻那娃娃可怜，从小就没了爹，自己又被炸傻了，要是腿再瘸了，这一辈子就完了，你就当帮帮他吧。再说了，你这瓜娃子在工地上打工，一辈子都没出息，趁着这个机会锻炼锻炼也好，说不定飞黄就是在考验你，如果你办成了，以后就能跟着他干了。"

"那好，我听你的。"

晚上，陈飞黄还在县医院照顾二傻，陈国标和张文芳匆匆赶来，张文芳见到儿子重伤躺在床上，忍不住泪如雨下。

陈飞黄刚要上前安抚，张文芳就指着他破口大骂："陈飞黄，我儿子每次遇到你都没好事，当年他就是为了救你才被炸伤的。那么聪明的一个孩子，一下子就变傻了，他这一生都被你给毁了！现在碰到你，又把腿给弄伤了，你是想害死他啊，你这个害人精——"

"哎呀，文芳，你冷静点儿，来的路上我是怎么跟你说的？"陈国标急忙劝阻，"这件事跟飞黄没关系，飞黄是碰巧在火车站遇到二傻和猴子，看到二傻受伤，这才亲自送他回来的……"

"碰巧？怎么就那么巧？每次我儿子出事他都在场？？再说了，他会为了这么点事儿特地跑回来一趟？他哪有那么好心，这件事一定跟他有关……"

"文芳，你真是偏激了。"陈国标焦急地劝道，"你想想，二傻是跟着猴子他们去工地的，从头到尾跟飞黄有什么关系？他要怎么害他？他又有什么理由害他？"

"我不管，反正让他离我儿子远一点。"张文芳指着门口，冲陈飞黄吼道，"你给我滚——"

陈飞黄一句话都没说，转身离开了病房。

"文芳，你真是太固执了。"陈国标气得跺脚，然后匆匆追了出去："飞黄，飞黄，我代替你芳婶儿给你道歉。她是个苦命人，这一辈子过得太难了，性格难免古怪了些，你别跟她计较。"

"没事，老叔，我理解。"

陈飞黄早就习惯了，自从十二岁那年晓峰为了救他出事，芳婶儿对他就是这样的态度。

其实在那之前，芳婶儿对他挺好的，家里做了什么好吃的都给他和爷爷送去一碗。他十一岁那年，爷爷去世，他一个人住在土砖房里，吃的穿的都是村里人送的。芳婶儿离他家近，干脆让他住在她家，跟晓峰一起上下学，谁也没想到后来会发生那样的事情……

"猴子给我打电话，说你回来了，我还不信。"陈国标感叹地说，"其实你对二傻的情义，我们都看在眼里，这么多年过去了，你依然把他当亲兄弟一样，明里暗里帮了不少，这已经很难得了，是你芳婶儿想不开。"

"很正常，换别的母亲也一样想不开。"陈飞黄十分客观，"老叔，今晚我就不走了，在附近找个旅馆住下，明天早上再过来，晓峰和芳婶儿麻烦您照看一下。"

"好好好，你去吧，这里有我。"陈国标连连点头。

晚上，陈飞黄找了一家小旅馆住下，躺在床上，想起晓峰，他忍不住叹息。如果二十五年前晓峰没有推开他，现在他俩的人生也许就调转过来了。他欠晓峰的，一辈子都还不清。

他打开支付宝查看自己的余额，几千块，这是清空家产之后剩下的最后一点钱了，显然不够支付二傻的手术费。

他打开微信的微粒贷和支付宝的借呗查看额度，加起来有十三万——他平时生意往来的资金比较大，很少用微信和支付宝转账，但有时候消费和小额转账也会用到，所以现在还有点额度。

他已经决定了，如果明天猴子不能顺利要到赔偿金，他就先借网贷把二傻的手术费给付了，不管怎样都不能耽误治疗。

早晨，他从旅馆出来，在路边抽了根烟，准备去买早餐。这时，手机响了，是猴子打来的，他拿着手机走到无人的地方接听电话："喂！"

"飞黄哥，我已经按照你的吩咐，找到了同乡的工友，可他们都怕丢工作，不愿意跟我去，只有两个同村的肯跟我一起去。"

"那就可以了。带上两个人，主要是为了有个见证，不用他们拼命，也不用打架，让他们别怕。"

"听见没有？我就说了不会有事的。有飞黄哥罩着，你们怕个蛋。"猴子的电话开了免提。

"你把免提关了，连接蓝牙耳机。"

"噢噢噢，马上。"猴子很快弄好，"现在好了，飞黄哥，那我们现在要怎么做？"

"深呼吸，昂首挺胸。你记住，我是你最大的后盾，万事有我顶着，一定不能露怯，要有底气。"

"可是，我从来没有做过这样的事情，我能行吗……"

"你放心，我查过了，那个刘老板就是一个小小的包工头，连正规注册公司都没有，这种小人物，我一捏一个准，只要你照我说的去做，绝对不会有问题。"

"嗯嗯，我相信你！"

"还有，你现在是在行侠仗义、做好事，他们才是违法的，你把自己想象成为民除害的大英雄就可以了！"

"哈哈哈，感觉我在做一件顶天立地的大事……"猴子兴奋地握紧拳头给自己打气。

"好了，去吧。"陈飞黄吐出一口烟圈，"保持手机通话，见了面，我会教你怎么做。"

"知道了。"

猴子把手机塞到最里面的衣服口袋里，又紧张地问："飞黄哥，飞黄哥，你能听到我说话吗？"

"听得到。"陈飞黄觉得好笑，"别太紧张，从现在开始，不要跟我说话。"

"知道了。"

为了以防万一，猴子还戴了一顶帽子，身上多穿了一件衣服，手机放在贴身衣服的口袋里，外套拉得严严实实，生怕别人发现。

不过刚才陈飞黄给猴子一通打气之后，猴子现在有底气多了，走起路来都是大摇大摆的。两个同乡本来忐忑不安地跟在后面，现在看到他这个样子，也跟着自信起来，毕竟他们背后有陈飞黄这个大老板撑腰呢。

三人来到包工头的房间，包工头正跟几个关系好的手下一起吃早餐，几个人边吃边吹牛，说得唾沫横飞，兴奋不已。

猴子也是个聪明人，刚走进来就大喊了一声："刘老板！"

"你们几个不去干活儿，跑到这里来干什么？"包工头身边的一个马屁精低喝道。

"抬头挺胸，眼睛盯着包工头的眉心，大声说……"陈飞黄在电话里教他，"我来找刘老板谈点事儿！"

"我来找刘老板谈点事儿。"猴子照办。

"呵，你跟刘老板有什么事可谈的？"那马屁精站起来，大声呵斥，"滚出去做事。"

"刘老板，您这建筑公司没注册没挂牌吧？"陈飞黄教导，"眼睛一直盯着他，用劲儿盯着。"

猴子照着说了一遍，眼神也学得有模有样。

听到这句话，那马屁精一下子愣住了，其他正在谈笑的人也都停止了话题。这时，包工头才抬头看向猴子，这大概是他第一次正眼看猴子。他的眼神犀利，语气带着谨慎："你说什么？"

"你的建筑公司没有注册挂牌，属于非法经营，我可以去工商局举报你。这样的话，你的工程可就没法继续做下去了，说不定以后都不能在这个行业里混咯。"

猴子把陈飞黄教的话说了一遍，那包工头的脸色一下子就阴沉下来，几个马屁精马上将猴子和那两个老乡团团围住。

那两个老乡吓坏了，急忙拉着猴子的衣袖："猴子，怎么办？怎么办？"

猴子也有些紧张，下意识地问："你们想干什么？"

"别紧张，跟着我说。"陈飞黄在电话里教他，"刘老板，我来这里之前已经跟我老乡说了，十分钟内我没给他们报平安，他们就会报警，警察一来，你这工程点就得一锅端了！"

猴子马上照着说，他还算聪明，陈飞黄说一遍，他就记住了。

"你这是在威胁我？"刘老板冷笑着走过来，"你叫什么名字？"

猴子气得咬牙，他在这工地干了七个月，刘老板连他的名字都不知道，可见他们这些人在老板眼中是多么微不足道。

"我叫什么名字不重要，重要的是，我兄弟在你工地上摔断了腿，你只给一千块了事，现在我兄弟在医院检查出右大腿骨折，伤口还感染了，得做手术，那点医药费不够，所以，我只好来找您了！"

猴子一边说一边按照陈飞黄的教导，拿出二傻的检查报告："这是医院的检查报告，你看看。"

那包工头使个眼色，身边的马屁精马上接过报告递给他，包工头粗略地扫了一眼，冷笑着问："你想怎么样？"

"根据《最高人民法院关于审理人身损害赔偿案件适用法律若干问题的解释》第十一条：雇员在从事雇佣活动中遭受人身损害，雇主应当承担赔偿责任。雇员在从事雇佣活动中因安全生产事故遭受人身损害，发包人、分包人知道或者应当知道接受发包或者分包业务的雇主没有相应资质或者安全生产条件的，应当与雇主承担连带赔偿责任。也就是说，工人在施工时发生意外，应当由包工头直接承担责任。如果包工头没有资质，或者项目不符合安全生产条件，那么施工单位应当与雇主承担连带赔偿责任。"

　　猴子按照陈飞黄的指导，一字一句地将这份条例说了出来，冷笑道："刘老板，这些，你应该是知道的吧？不管你有没有跟我们签署劳动合同，雇佣条件已经构成事实，工人在工地里发生意外，你都是要负责的。当然，这里还有一个施工单位连带责任，如果你不愿意负责的话，那我只好去找施工单位……"

　　"你胆子还挺大的。"包工头怒喝，"这些都是谁教你的？"

　　听到这句话，猴子有些心虚，不过耳机里很快传来陈飞黄的声音，他马上跟着说："当然是律师了！我这种没文化的乡下人哪里懂这些。我们村有个很厉害的建筑商，他手下有律师团队。二傻出事之后，我就给那个同乡打电话，把事情说了一下。他本来说要派律师团队过来帮我处理的，但我想着，不管怎样，我们在你这里工作这么久，大家也算是熟人，我不想把事情搞得太僵，只要你赔偿二傻的治疗费，我也不想多事。"

　　包工头早就听说过那个传说中很厉害的建筑商，猴子和他的同乡在这里工作的几个月，几乎逢人就说起那个人，仿佛自己认识一个了不起的大人物是一种光荣，还说以后带他们去找那个大人物，去他的建筑公司上班。

　　所以，猴子现在说有律师教他包工头并不怀疑，况且这个不是重点。重点是，他的建筑队的确没有注册挂牌，一旦被举报，那可不是一点医药费的事情，不仅这个项目没法继续做下去了，他的建筑队以后都不能正常营业，还会得罪开发商，那后果就严重了。

　　想到这里，包工头稍微软下了语气："都是自己人，一点小事何必闹成这样？不就是医药费吗？人在我这里受伤的，我自然要管，现在人在哪里？我先去医院看看。"

　　"广元市医院。"猴子照着陈飞黄的指示说，"去看望就不必了，毕竟山高路远的，动车来回都得折腾十几个小时，刘老板您日理万机，就不耽误您时间了。

我刚才给您的是医院开的检查单，您若是不信，可以派人去医院核实。"

"信，这个骗不了人。"包工头现在才仔细看那些检查单，眉头紧紧皱起来，"医生怎么说？需要多少医药费？"

"以目前的状况来看，十万块是少不了的。"

猴子习惯性地听从陈飞黄的指示说出这句话，说完自己都有些蒙了。十万块可不是一个小数目，他们这些民工辛辛苦苦打工几年都攒不到十万块，包工头会同意赔偿这么多吗？

当然，猴子也明白，医生虽然说至少四万，但实际用的肯定不止四万，再加上各种营养费误工费，所以陈飞黄才要了这个数，但他真的很担心包工头不会同意。

"十万？你不如去抢？？？"包工头身边的马屁精愤怒地大骂。

"一个小小的摔伤，你居然敢敲诈我们刘老板十万块，你当我们是吃素的？"另一个工人也趁机表现。

"我们这些人在工地上做事，哪个没受过伤？去诊所花几十块处理一下伤口就好了，就算骨折了，上个夹板，大不了花个几百块，你居然狮子大开口要十万？你当我们刘老板好欺负啊。"

"就是！"

包工头身边的几个工人你一言我一语地吼骂着，猴子的那两个同乡都有些心虚，连猴子也觉得陈飞黄开口要十万有些夸张了。他一边焦急地等待陈飞黄的指示，一边小心翼翼地观察刘老板的脸色，想着要是刘老板翻脸了就赶紧跑。

"十万，一分都不能少！"

电话里，陈飞黄继续教他："刘老板如果觉得我要多了，可以跟我一起去广元，我把律师叫上，带你一起去医院，你亲自去问医生，直接给医院支付医药费治疗费，再让律师给二傻算算误工费和营养费……算出来是多少就多少，我也省得在中间转一次手。"

"你不用唬我，我出来打拼的时候，你还穿开裆裤呢！"包工头瞪着他，"拿几张报告单就想敲诈我十万块，你当我是冤大头啊？"

"敲诈？刘老板这话说得可不讲道理啊，你看，刚开始你给我兄弟一千块医药费，我们没说什么吧？我老老实实地送他回去，如果不是医生说他的腿伤得很严重，需要手术，我也不会冒着风险来找你。"

"我们这些乡下来的穷小子，不过就是靠苦力挣口饭吃，什么时候不是言听计从？可现在情况不一样，我来找你之前就知道，以后想在你这工地上吃饭是不可能的了，但我为什么还要来？因为我得为我兄弟那条腿讨个说法！

"他小时候出意外，脑子受了伤，现在只能吃力气饭，要是这条腿也没了，他后半辈子怎么办？我不能眼睁睁地看着我兄弟变成残疾人，就算冒险也得来找你。

"我道理也讲了，检查单也拿出来了，如果你还是不信，那我就只能去找这项目的开发商龙天国际的董事长马建立马总了，那可是国内知名的上市集团，我相信，他们一定会依法赔偿的。"

猴子按照陈飞黄的吩咐一句一句地说完这些，包工头刘老板整个人都蒙了。不要说这些乡下来的工人，就算是他贴身手下也不清楚这个项目背后是上市集团龙天国际，更不知道龙天国际的董事长叫马建立。

为了接下这个项目，刘老板没少费功夫，走了不少私人关系。到现在龙天国际恐怕都不知道他的建筑队没有注册，万一这件事曝出来，后果不堪设想。

看来这个乡下佬背后真的有高人指点，这次是有备而来，怪不得他如此硬气。想到这些，包工头的额头开始冒汗，眼神都有些乱了。当初为了贪便宜才请了二傻，毕竟只给一半的工资，可是他又怕传出去被查所以没给二傻买保险。这下亏大了，平白无故拿出十万块，他不甘心！！！

"我兄弟还在医院躺着，我没时间跟你磨蹭。你给还是不给，痛快点，一句话。"猴子学着陈飞黄的话吼了一句。

"你少在这里糊弄人。"那几个马屁精就要动手打猴子。

"都给我退下。"包工头已经开始心虚，但他还是不甘心，他愤愤地瞪着猴子："你以为就你会找律师？我也有律师。"

他拿着手机走到一边打电话，还把那几张检查报告拍照片发到微信上，大概十几分钟之后，他才挂了电话，脸色有些阴沉："那个受伤的工人叫什么名字？"

"二傻，不，陈晓峰。"猴子马上回答。

"你把他账号给我，我今天把钱转过去，但你得给我立个字据，写个收条。"包工头指着猴子，"要是让我知道你小子诳我，我一定不会放过你。"

"刘老板，您放一百个心，我哪有那个胆子？"猴子把写着二傻银行账号的纸条递给刘老板，"谢谢了，刘老板，好人会有好报的！"

猴子不知道陈飞黄为什么要教他说这句话，但他说的时候，刘老板抬头看了他一眼，眼神没有之前那么犀利尖锐，而是变得柔和了一些。收好纸条之后，他说了一句："钱今天会到账，让二傻好好治疗吧。"

"谢谢。"

猴子和两个工友回到宿舍就给陈国标打电话说了包工头答应转账的事情，陈国标马上带着二傻的母亲张文芳去医院附近的银行查余额，查了三次，下午一点半，十万块真的到账了！

张文芳激动得又哭又笑，陈国标告诉猴子钱已经到账，猴子终于松了一口气，当即就跟两个同乡一起离开工地回广元找陈飞黄，他们决定了，以后就跟着陈飞黄混！！！

|〇〇六|

温暖

陈国标和张文芳回到病房，发现床边堆着很多生活用品、营养品，房间里只有昏睡的二傻，还有隔壁床的病人和家属。

那家属说，这些东西是最开始送二傻来的那个男人买的。他放下东西跟二傻聊了几句就要走，二傻拉着他不让他走，他哄着好一会儿，二傻都不撒手，直到医生来给二傻打针，他才趁机溜走。

听到这些话，陈国标深深地叹了一口气，张文芳看着旁边堆放的大包小包的东西，神色有些复杂。

陈国标趁机劝道："文芳，你看看，飞黄刚刚帮二傻要回了十万块的赔偿金，又给你们买吃的用的，他对二傻的情义真的很难得，你以后不要再那样对他了。"

"他那是良心有愧，这么做也就是为了让自己良心好受点。"张文芳冷冷地说了一句，拿着开水瓶去打开水。

陈国标叹了一口气，走过去替二傻盖被子，二傻醒过来，抓着陈国标的手焦急地说："老叔，飞黄走了，你快把他叫回来。"

　　"飞黄忙着呢，他有很重要的事情要去办，咱们就别打扰他了。"陈国标想着陈飞黄生意忙，肯定赶着回去，不想耽误他。

　　"不是的，飞黄没有家了……"二傻哭丧着脸说，"他没有家了，我不能不管他，他一个人在外面会害怕的。"

　　"什么？"陈国标愣住了，二傻虽然智力有点问题，相当于六七岁的小孩子，但从来不会说谎，也不会乱说话。他这么讲，难道是陈飞黄出了什么事？

　　"我听到飞黄接电话说什么离婚了，现在一无所有……"二傻十分担忧，"总之你先把他找回来吧，我很担心他。"

　　"好好好，我知道了，我这就去给他打电话。"

　　陈国标急忙出去给陈飞黄打电话。自从上次去省城找他资助之后，陈飞黄就把新号码给他了，但他一直没打过。

　　陈国标现在一想就明白了。以前他去省城，陈飞黄一定是带着老婆一起来接待他，每次都安排他住家里，怎么这次没见到他老婆沈颜颜，家里也不让去，而且看他的穿着打扮也不如从前了。当初他就纳闷儿，莫非陈飞黄出了什么事？现在听二傻这么一说才知道原来陈飞黄离婚了，怪不得他那么憔悴。

　　电话很快就接通了，陈飞黄的声音传来："喂！"

　　"飞黄啊，你在哪里？"陈国标焦急地问。

　　"我在大好火车站，怎么了？老叔。"

　　"你要走了？"

　　"是啊，晓峰这里的事情都安排好了，我该回去了……"

　　"飞黄，老叔知道你很忙，不过你都已经回来了，就不要这么着急走了，多待两天吧，明天是老叔的六十大寿，你留下来吃了喜酒再走行不？"

　　"老叔您明天大寿啊，恭喜恭喜。"

　　"猴子把你教他要债的事情跟我说了，他们几个现在对你崇拜得不行，这会儿已经坐上了回广元的动车，就赶着回来见你一面。还有二傻，他一醒了就在找你。飞黄啊，你做了一件好事，就当是老叔请你喝碗酒答谢你，你多留两天吧！"

　　"好吧……"

　　挂断电话，陈飞黄坐在车站候车室的椅子上，看着面前人来人往的旅客，心情复杂难言。早上他买了东西送到病房的时候，二傻还在睡觉，隔壁床的病人出去了。他的手机有来电，是沈颜颜打来的。他见周围没人，就直接接听了电话。

沈颜颜在电话那头责备陈飞黄没有跟债主说清楚他们离婚的事情，害得债主老是纠缠她。陈飞黄说他早就当面说清楚，并且又让大头去跟他们说明，他们现在纠缠是想通过沈颜颜找到他的联系方式。

如果沈颜颜觉得烦恼，就把他的电话告诉他们，或者直接报警。沈颜颜在电话那头不停地发牢骚，说结婚这么多年，从来没有过过一天好日子，他一天到晚就知道在外面忙，没空陪他，现在离婚都离得不安生……

陈飞黄终于忍不住低吼了一句："我他妈离婚几乎把所有东西都给你了，现在一无所有，你还想怎么样？"

吼完他就把电话给挂了，抬头发现病床上的晓峰已经醒了，正怔怔地看着他。他知道自己说漏了嘴，但他以为二傻什么都不懂，也就没有多说，准备离开。二傻却拉着他，焦急地询问发生了什么事，还说他不是无家可归，金河村就是他的家……

二傻跟陈飞黄同年，他今年三十七岁了，智力相当于六岁的孩子，说话的语调也像小孩子，总是一字一句，迟缓而笨拙，却带着最纯朴的情义。

陈飞黄感动得眼睛都红了，他不想让人看见，只想离开，二傻却死拉着他不肯放手，刚回来的隔壁床的病人和家属都蒙了。这时医生进来给二傻打针，陈飞黄才脱身离开，走出病房的时候，他听见晓峰在大喊："飞黄，你别走，你跟我回家……"

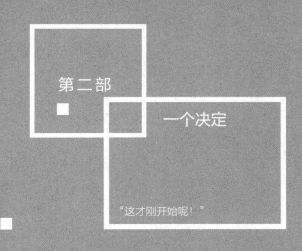

第二部

一个决定

"这才刚开始呢！"

特别的归乡者

|〇〇七|
金河村

听到这句话，陈飞黄忍不住鼻子一酸，眼泪差点掉下来，这是他破产之后，第一次泛泪。

陈飞黄猜测也许是二傻跟老叔说了些什么，老叔才打来这个电话找借口把他留下。老叔那番话简简单单，却让陈飞黄感觉到了久违的温暖——他已经很久没有感受到亲情了。

陈飞黄从小就没有父母，是爷爷把他养大，可惜爷爷在他十一岁那年病逝，后来就是村里的乡亲们一家一口饭把他养大。他读书不用心，学习成绩差，在学校总是打架闹事，初中毕业就跟着村里的年轻人一起去工地打工。再后来，他独自一人去外地闯荡……

十年拼搏，陈飞黄才拥有了自己的建筑公司。他拼命挣钱，总是像个陀螺忙个不停，他以为这样就会拥有更多，没想到自己终究还是太年轻，一不小心就栽了跟头。

人在辉煌的时候从来不缺朋友。不管是生意上的伙伴，还是身边做事的人，抑或那些社会人士，总是对他热情殷切，让他误以为自己有什么特殊的人格魅力，身边围绕的都是热情亲切的人。直到他跌入谷底，那些昔日笑容满面、殷切热情的朋友全都一哄而散，对他唯恐避之不及。

多么俗套的剧情，陈飞黄在电视上看过不少，但终究是当局者迷，没有亲身经历过总是无法体会到这些道理的真实性。

这将近半年的时间里，除了大头和姚辉，其他人都渐渐离他而去，包括他最亲密的妻子。而现在，老叔和二傻又再次给了陈飞黄亲情的温暖，让他知道，就算他一无所有，也有人关心他……

陈国标坐三轮车到火车站接陈飞黄，两人坐车到青山村的村口，然后绕道走回去。

陈国标一边走一边介绍周边的情况。陈飞黄离家二十年，后来也回来过几次，但每次都是风风光光地开着豪车回村，村民们总是站在村口翘首以待，然后他整个行程都在众人的拥簇中结束，根本没有机会看到乡亲们真实的生活。

如今以另一个身份回到家乡，一步一个脚印地走进村子，才看到家乡的真面目，记忆里的泥泞路，田埂，小溪，河流，老槐树，老黄牛……一切都是那么熟悉，仿佛回到了儿时的时光。

陈飞黄穿着皮鞋，一路一陷地走着，没几步，皮鞋就沾满了泥巴，袜子和裤脚都弄脏了，但他并不觉得脏，反而感到踏实。

陈国标在前面走，滔滔不绝地说起这些年发生的事情，山河镇几十年如一日，几乎没有什么发展，镇上的年轻人都出去打工挣钱了，只留下老人和孩子。

镇里干部多次招商引资，都没有什么实效。不过这几年国家开始精准扶贫，调派了很多有能力的干部下乡，带领村民们一起致富，各种工作已经开展起来，估计很快他们金河村也会有第一书记下乡，到时候修桥的事情就能解决了。

"金河桥还没修好？"陈飞黄问。

"还没呢。"陈国标连忙解释，"飞黄，你别多想啊，我没有别的意思……"

"我知道，五万块根本不够修桥……"陈飞黄不想让陈国标知道自己破产的事情，只能转移话题，"那这段时间，村民们出行岂不是很不方便？"

"是啊，每次出出进进都得从青山村绕道，去镇上得多绕一个小时，特别不方便，如果开车的话倒是可以从金河大桥绕过去，不过那就更远了。我们今天走的是小路，近一些，但是……哎呀……"

陈国标话没说完就一脚踩进了水沟里，差点摔倒，幸亏陈飞黄一把把他扶住，陈国标拔出满是泥泞的脚，苦笑道："我每次出门都穿雨鞋，昨天走得急没换，这下回去，你大婶儿又要骂人了。"

"大婶儿骂起人来，全组的人都能听见。"陈飞黄笑了。

"哈哈哈，没办法，你大婶儿就是风风火火的性格，说话嗓门儿也大，不过她心好。"陈国标笑道。

"那是，我小时候，大婶儿可没少照顾我。"陈飞黄笑了笑，问道，"老叔，孩子们平时上学也是走这条路吧？"

前面是坑坑洼洼的泥泞路，左边是泥田水沟，右边是溪流，小道还不够一米宽。如果是晴天还好，遇到下雨天或者是雨后，小路全身泥水，一不小心就会摔倒，弄得满身泥泞。

"是啊，都走这条路，这几天我叮嘱家里的老人护送孩子们上学，免得出事。"陈国标说，"上个星期金凤家的女儿掉溪里去了，磕伤了脑袋。金凤跑我家哭了半天，你大婶儿安慰了好久，临走送了她一篮子鸡蛋，等金凤走了，劈头盖脸对我就是一顿臭骂，说我这干部白当了，一点事情都做不好……"

说完这些，陈国标深深地叹了一口气："基层干部不好当啊，很多时候，我是心有余而力不足。我也想为村里做点事情，但是村委会没有资金，很多工作都开展不了。每次村里有什么事，我就只能厚着我这张老脸，去找你们这些从村里走出去的商人赞助。你还好，是我陈家的种，尊重我这老骨头。有些人根本不把我当回事，就好像我是叫花子去讨饭一样，对我没个好脸色……"

"这种情况，镇上不管吗？"陈飞黄说，"小金河桥虽然是我出钱修的，但也算是公共设施，现在坏了，镇上应该要负责修建的。"

"我找过镇上的，镇上也穷啊，镇委书记还反过来跟我诉苦，最后答应拨款一万块，让我想办法解决，加上你那五万块，也不过六万，还是不够修桥啊。"陈国标说到这些就愁眉苦脸，"我这村支书当得那叫一个窝囊，忙里忙外，操碎了心，还两面不是人，唉……"

"老叔，您别着急，我想想办法。"

陈飞黄看着远处金河大桥的方向，再看看附近贫瘠的村庄，心里颇有些感慨。他以前觉得，在外面做大事挣大钱，回来就可以建设家乡，报效亲人，现在想来，其实应该从根本入手。授人以鱼不如授人以渔，与其给赞助资金，不如帮他们找到资源，开拓渠道，让他们可以自己养活自己……

"飞黄，我刚才跟你说那些，也就是一时感叹，唠叨几句，你别往心里去。"陈国标叹息道："我知道，在外面做生意不容易，谁的钱都不是大风刮来的，个人有个人的难处。村里每次有事，你都鼎力相助，这次二傻的事，你也劳心劳力，已经很难得了，可别再操心了。"

"老叔。"陈国标微微一笑，"现在天色还早，带我去金沙河看看吧。"

"你要去金沙河？现在？"

"是啊，看了再回去，你给大婶儿打个电话通报一下，免得回去挨打，哈哈哈……"

"你这小子！！"

陈国标带着陈飞黄绕路来到金沙河，夕阳为金沙河镀上一层金光，两边的树木丛林茂密葱郁，形成一条林荫小道，微风吹过，树木摇曳生姿，河面微起涟漪，波光粼粼，美不胜收。

这样美丽的景色，陈飞黄已经很久没有看到了。这些年，他只顾着做生意，与建筑和金钱打交道，却很少有时间可以静下来看看自然风光。

山河镇有一座主桥，叫金河大桥，那是山河镇和隔壁凤凰镇的桥梁。

小金河桥是陈飞黄为了方便金河村的村民建的一座拱桥，建在金沙河边角处，当时轰动了整个县城，因为是第一个私人修建的桥梁，陈飞黄还因此得到了县里的表彰。

当初有人提议这座桥就叫飞黄桥，被陈飞黄否决了，他取了个名字叫小金河桥。

如今的小金河桥已经被洪水冲断，桥梁横在河水中央，阻断了来往的路。桥梁断在河水里已经半个月，水泥板都泡坏了，如果不尽快修理，恐怕工程会更大。

"飞黄，我们回去吧。"陈国标拍拍陈飞黄的肩膀，"你大婶儿知道你来了，杀了一只鸡，正在做饭呢，猴子和双喜平安他们也从县医院看望二傻回来了，晚上一起在我家吃饭。"

"嗯。"陈飞黄收回目光，跟着陈国标一起慢悠悠地往村里走去。

陈国标见他心事重重，安慰道："飞黄，你别多想，这座桥虽是你建的，但不是你一个人的责任。这几天省里调了新的领导干部到镇上，我明天就去镇上找他们说说，他们肯定要管的。"

"好。"陈飞黄点点头，突然问，"大叔，金沙河没有开发吗？"

"开发？开发什么？"陈国标愣了一下，笑道，"你是说商业开发吧？我们之前开会，青山村的村支书倒是提起过要搞开发，说金沙河风景好，弄个什么农家山庄，把城里人吸引过来吃饭旅游——"

"山河镇现在有什么产业吗？"陈飞黄打断陈国标的话，继续问，"我今天一路走过来，好像没有看到任何工业，除了务农之外，山河镇的村民都以什么为生？"

"年轻人都出去打工挣钱，老人在家种地带孩子，偶尔也养点鸡鸭鹅，有精力的再养个鱼塘啥的，也有人开个小商店搞点副业……"

"鱼塘我知道，村里很多，养的都是什么鱼？"

"草鱼鲫鱼鲤鱼鳊鱼胖头鱼之类的……大部分都是自己吃，有的也拿到镇上卖，不过就是逢年过节或者办丧事喜事的时候才用得上，平时谁买呀，家里的老人都吃自己种的菜，一年到头都上不了几次街。"

"嗯。"陈飞黄点点头，"也就是说，几乎没有什么产业……"

"能有什么产业？年轻人都出去了，家里都是些老人小孩，啥也做不了。不过这几年，镇上来了一些年轻干部，他们先是勘察，做计划，然后修路，建学校，为镇上做了不少事……"

"这是好事。"陈飞黄回头看着金沙河，"不过，只是用国家的钱来搞建设，带动农业发展，其实远远不够，要想从根本上改善农民的生活，必须给大家带来资源和渠道，让大家学会自己挣钱。"

"你说的这个我懂，之前镇委书记也这么说过，所以他想尽办法去外面招商引资，可是一直都没成功，我们这里穷乡僻壤，谁愿意把工厂开过来？"

"就算开过来，村民们也只是去工厂打打工，除了解决人口流动问题之外，也没有太大的改善……"

"那你的意思是……"陈国标听不明白了，陈飞黄说的到底是什么意思？

"山河镇有山有水，这么好的资源，不好好开发，可惜了。"陈飞黄喃喃自语，"只是要开发，可不是一天两天的事情……"

他仿佛在思考什么，过了一会儿，抬头说："希望省里派下来的干部能有这样的魄力！"

还没走进村支书家的院子，陈飞黄远远就看到了袅袅炊烟，柴火香伴随着鸡汤、米饭的香味从厨房传出来，馋得陈飞黄咽了一口口水，忍不住说："好香啊，大婶儿做的饭菜我都馋了二十多年了。"

赵荷花不仅农活儿干得好，饭菜也做得好，村里谁家办喜酒都请她去当厨子，这次陈国标的寿宴就是她一手操办。

"哈哈哈，你要是不嫌弃家里简陋，就多住几天，让你大婶儿天天给你做饭。"陈国标非常高兴。

"什么简陋，你这院儿放在城里，那叫别墅。"陈飞黄打趣道。

"哈哈哈……"陈国标乐开了花。

村里两个妇女端着碗，一边扒饭一边在赵荷花的厨房蹭菜吃，被赵荷花一顿呵斥："滚滚滚，平时也就算了，今天是要招待贵客的，注意点形象。"

"什么贵客这么金贵呀，你们家小兵回来了？"那两个妇女也不跟赵荷花计较，被打了手背，还是继续偷菜吃。

"小兵在部队，怎么可能现在回来？"赵荷花往灶里递柴火。

"那是百合回来了？"

"百合明天上午才到家……"

"那是谁……"

"打听啥呢？回家洗碗去。"

"啧啧啧，搞得这么神秘。"

两个妇女端着碗从厨房出来，跟陈国标陈飞黄迎面撞上，两人下意识地跟陈国标打招呼："陈书记回来了！哟，这是……"

"这是飞黄总吧。"后面个子瘦小的妇女眼尖认出来了："天哪，真是飞黄总！！"

"啊？飞黄总回来了。"前面胖胖的妇女马上整理头发，顺带抹了一把嘴边的油，激动地说，"我就说嘛，荷花姐搞得这么隆重，一定是贵人到了。"

"老叔，这是……"陈飞黄低声询问，他这二十年很少回来，不太认识这些新嫁进来的媳妇。

"这是陈家田的媳妇潘银莲，这是陈有财的大儿媳妇李莉莉！"陈国标介绍道。

"咳咳……"陈飞黄干咳一声，这名字可真好记。

"飞黄总，您这大老板日理万机的，怎么有空回来呀。"潘银莲殷切地套近乎。

"瞧你说的，飞黄总肯定是回来参加陈书记的寿宴啊。"李莉莉自作聪明地说，"飞黄总，我说得对吧？"

"对。"陈飞黄挤出一丝尴尬的笑容。

"飞黄，来了，快快快，快进屋坐。"这时，赵荷花出来招呼，陈飞黄终于摆脱两位妇女，快步进了屋，陈国标却被那两个妇女拦住攀谈起来："陈书记，你好大的面子啊，把飞黄总都请回来了，太了不起了。"

"是啊是啊，飞黄总回来参加你的寿宴，真是太有面子了……"

"飞黄是正好来广元办事，顺便来喝寿酒，这事儿要低调，你们不要出去瞎传，知道不？"

"知道知道，你就放心吧。"

"哎呀，我刚才看到飞黄总的鞋子沾满了泥土，刚好我家里有一双新做的布鞋，我去拿给他。"

"我家也有，我现在就去拿。"

两个妇女争先恐后地回家拿东西去了，陈国标得以脱身，赶忙进屋，还责备着赵荷花："我不是在电话里跟你说了吗？这事儿别张扬，你怎么就让那两个婆娘知道了呢？她们跟大喇叭一样，恐怕还不到明天早上就传得全村都知道了。"

"哎呀，我又没跟她们说。"赵荷花解释，"她们习惯了每天晚上吃饭的时候来找我摆龙门阵顺便蹭吃，我赶也赶不走啊。再说了，她们今天还帮我一起上街买明天寿宴的菜呢，我怎么能撵人家走？"

"女人就是麻烦。"陈国标皱眉低喝。

"你……"赵荷花正要开骂，想到陈飞黄在这儿，又忍了下来，转眼笑容满面地给陈飞黄倒茶去了："飞黄啊，你喝口热茶，婶儿先去做饭。"

"辛苦大婶儿了。"陈飞黄接过茶，打量着屋子，"老叔，您家这房子，我记得是十年前建的吧？"

"是啊，建了两层小楼，小兵和百合回来了有个地方住。"陈国标感叹道，"以前就是一层的砖瓦房，两间屋，小兵和百合姐弟俩隔着一张帘子挤一间屋子，很不方便，有时候雨下大了，屋里还要漏水。我和你大婶儿辛辛苦苦一辈子，再加上儿子当兵的补贴，攒了点钱建了这小楼，自己筑起小院儿，日子还算过得去。"

"挺好的。"陈飞黄走到后院，看着不远处那片废墟。那里曾经是他和爷爷居住的房屋，一间破旧的砖瓦房，但即便是那样，年少时的他依然感到温馨，直到爷爷去世，房子没多久就垮了。村里的乡亲轮流收留他，他从来没有饿着冻着，就这么平平安安地长大……

现在想想，陈飞黄不免有些愧疚。想当初年少无知，还大言不惭，说将来挣大钱，给全村的人盖新房子。后来发达了，他也曾有过这样的计划，等到资产多一点，再多一点，就回来建个小区，给当初那些接济过他的乡亲们一家安排一套房子，他们也就能过上好日子了。

可惜，现在愿望还没实现，他就已经破产了。

"飞黄，你先来洗个脚，换双鞋子，吃完饭，我陪你到处走走。"陈国标拿来一双帆布鞋，"洗手间有热水，你打开水龙头就可以用了，这是你大婶儿给你买的新毛巾。"

"好，谢谢老叔。"

陈飞黄刚洗好脚，穿好鞋，猴子就带着双喜和平安，兴冲冲地走进了院子，隔着老远就大喊道："二叔，二婶儿。"

猴子和陈国标是嫡亲的叔侄关系。双喜是金河村四组的村民，平安是六组的，虽然跟陈国标他们没那么亲近，但因为跟猴子关系好，来往密切，大家也都是熟人。

陈国标招呼着他们进屋，三个年轻人见到陈飞黄，激动又紧张，猴子更是语无伦次："飞黄哥，我长这么大，第一次觉得自己像个人样。刚才在医院，我看到芳婶儿的银行条上那十万块，我觉得自己太棒了，我，我就是个英雄！"

"放屁，飞黄哥才是英雄！！"双喜大喊，"如果不是飞黄哥这个军师，你早就吓尿了。"

"就是，没有飞黄哥教你，你怎么可能把事情办成？"平安也跟着说道。

"对对对，你看我都激动糊涂了。"猴子往自己嘴巴上拍了一巴掌，"飞黄哥，你就是我偶像，我真的太崇拜你了。平时那刘老板在我们面前耀武扬威，从来就没有正眼瞧过我们，这次还不是像孙子一样，乖乖把钱打过来。还有啊，我们仨都走出工地了，他那马屁精手下还追过来把工资给我们结了。"

"对对地，这个月我们干了二十七天，给我们按满月算的，一分钱没扣。"平安兴冲冲地说，"他们还说，之前的事情是他们不对，请我们大人不计小人过，千万别跟他们计较。"

"是啊是啊，我长这么大，第一次觉得这么有面子，嘿嘿。"双喜笑开了花，"我们刚才去看二傻，把事情经过都跟二傻还有芳婶儿说了，二傻可高兴了，非要跟我们一起回来，拦都拦不住，最后还是护士小姐给劝住了。"

"芳婶儿也很高兴，有了这十万块钱，二傻后半辈子就不用愁了。"平安满眼崇拜地看着陈飞黄。

"十万块只够给他治腿，过日子是远远不够的。"

陈飞黄做手势，示意大家坐，三人这才敢坐下来。陈国标在旁边抽着旱烟，爬满皱纹的脸上堆满了笑容。

"是是是，是我没见识，飞黄哥说得对。"平安连忙改口。

"工资结了就好，你们以后不去工地了？"陈飞黄问。

"不去了，我们以后就跟着你混了。"猴子又激动地站起来，"飞黄哥，我们三个干活都卖力，希望你能收下我们。"

"是啊，飞黄哥，工钱不工钱的无所谓，只要你肯收下我们，我们愿意为你赴汤蹈火，在所不惜……"

"上刀山下火海——"

"等等，等一下。"陈国标打断他们的话，严肃地低喝。"你们这是干什么呢？你们知道飞黄的公司还要不要人，就开始上刀山下火海了？"

三人紧张兮兮地看着陈飞黄。

"这事儿以后再说吧，先洗手吃饭，我去帮大婶儿端菜。"

说着，陈飞黄就起身往厨房走去……

"飞黄你坐下，怎么能让你帮忙呢……"陈国标急忙跟上去。

猴子和双喜、平安三人对陈飞黄的态度捉摸不定，不免有些慌乱，三人低声商议："怎么办？飞黄哥是不是担心我们能力不行？"

"我砌砖技术一流，我去跟飞黄哥汇报一下。"

"哎呀，你慌什么？飞黄哥的建筑公司那么大，缺你一个泥瓦工吗？"

"那怎么办？我们工作都辞了。"

"飞黄哥说过，我们的工作要是丢了，他给我们负责，他一定不会食言的，我们先别急，淡定点儿。"

"嗯嗯。"

潘银莲和李莉莉先后送来自己亲手做的鞋子给陈飞黄，被赵荷花打发走了。赵荷花把两人拉到外面叮嘱了一番，送她们离开之后，把院子门关上，一家人安安静静地吃晚饭。

陈飞黄在外面闯荡这么多年，多高档的馆子都去过，什么名厨的手艺都尝过，可是从来没有一顿饭像今晚这么香。虽然没有什么特别的配料，也没有多么高超的厨艺，但是饭菜里透着家乡的柴火香味，让他感觉到温暖的亲情。他好像很久没有吃过饭似的，连吃了三大碗饭，喝了两碗鸡汤，还吃了很多菜。

赵荷花和陈国标看着很是高兴，特别是赵荷花。看着自己做的饭菜这么合陈飞黄的胃口，她就特别有成就感。陈飞黄连连夸赞她的厨艺，猴子也跟着拍马屁，说二婶儿的厨艺都能上国宴了，赵荷花笑得都合不拢嘴了。

晚饭后，陈国标和猴子他们陪着陈飞黄在村里散步。

夜深了，村庄里十分安静，偶尔有猫狗的叫声传来，给这寂静的夜晚增添了几分生活气息，村庄的路崎岖不平，没有路灯，四周一片漆黑。

陈国标和猴子打着手电筒，一左一右地跟着陈飞黄，平安和双喜跟在后面，踩着陈飞黄的影子走路，几个人像保镖一样前后簇拥着他，陈国标低声跟陈飞黄介绍着村里的情况，挨家挨户的事儿大致都讲了一遍，陈飞黄都记得，小时候，这家给过陈飞黄一件衣裳，那家收留他住过几天。

一趟来回走下来，陈飞黄算是明白了，这金河村十个组，每个组大概三十户，凡是有点经济能力的都搬到县城或者市里去了，留在村里的都是些家境不好的，年轻人出去打工挣钱，老人孩子留在家里，日子过得很是凄苦，有些身体不好的，连地都种不了，只能种点菜，养点家禽，靠儿女寄回来的钱生活。

而那些年轻人在外面就是在工厂里打工，或是在城里当服务员之类，挣的钱也不多。总之，金河村，乃至整个山河镇，普遍都是这么个生活情况。

陈飞黄一摸口袋，烟没了，于是找了个借口让猴子他们三个年轻人陪他去镇上买烟，让老叔早点回家。明天要办寿宴，现在家里都忙着准备，别让大婶儿一个人忙。

陈国标知道他们年轻人有事要谈，也就没再多说，叮嘱他们注意安全，把手电筒给了他们，自己先回家了。

陈国标走了，双喜和平安马上凑近陈飞黄，两人开始你一言我一语地讲着自己在工地上的经验，陈飞黄一句话都没说，只是"嗯嗯"地点头回应，走了好长一段路，他突然说："如果你们还想去建筑公司工作，我可以安排。"

"真的？是去你的公司吗？"猴子非常激动。

"朋友的公司。"陈飞黄说话总是很简略，"规模不大，但是很正规。"

"飞黄哥，我们想跟着你干。"平安直接说。

"以后有机会，我会找你们的。"陈飞黄拍拍他的肩膀。

"飞黄哥——"

"时间不早了，早点回去休息。"陈飞黄打断他们的话，叮嘱道，"路上黑，注意安全。"

陈飞黄说完就走了，三个年轻人站在原地，有些不知所措，经过这件事，他们已经把陈飞黄当作偶像，下定决心要跟着陈飞黄。

十万块，几句话就拿到了，那是他们从前想都不敢想的事情，如今却顺利办到了，他们活到现在才知道，原来只要有人教导，他们也可以办大事。

人若是没有见识到更高的世界，没有发掘身上的潜力，也就安于现状了，可是现在他们尝到了甜头，就不想只当一个小小的建筑工人，他们也想有出息，想要做大事，他们把希望全都寄托在陈飞黄身上。

三个年轻人一番商讨，决定用真诚的心打动陈飞黄，当初刘备三顾茅庐才请到诸葛亮出山，他们也要有耐心！

|〇〇八|

寿宴

陈国标和赵荷花在院子里忙着准备明天寿宴的菜，现在不是过年，很多亲戚朋友都在外地打工没有回来，请的都是亲戚和组里的乡亲们，总共也就六桌，老两口为了节省开支，没有请办宴席的人，都是自己包揽所有事，再加上乡亲们的帮助，人手也就够了。

赵荷花做事利索，一个人在院子里备菜，陈国标则是在摆放桌椅，两人一边干活一边聊着明天女儿和外孙回来的事情，言语中充满了期待。

陈飞黄走进院子，陈国标连忙招呼："飞黄，回来了，我带你去房间休息。"

"还早呢。"陈飞黄走过来帮着陈国标一起摆放桌椅，陈国标急忙阻止，"哎呀，飞黄，哪能让你做这些事啊，你快歇着歇着。"

"就这么点事，我怎么不能做？老叔您是把我当外人了？"陈飞黄力气大，直接把一堆板凳都搬了过来。

"你小的时候倒是经常帮我干活儿，但现在身份不同了，开那么大的公司，管着上千号员工，这手金贵着呢，我怎么能让你干粗活儿，快放下放下。"

陈国标不停地劝阻，好像让陈飞黄帮他干活儿就是一种罪过。

"在外面怎样是外面的事情，回到家，我还是您侄子。"陈飞黄依然利索地搬东西："老叔，你就别跟我客气了。"

"可是……"

"哎呀，孩子一片孝心，你就别这样那样了，多矫情。"赵荷花心里乐开了花，"电视里都说什么不忘初心，我看咱们飞黄就是，不管他在外面当多大的老板，回到家乡，对咱们还是跟以前一样孝敬。"

"那是当然的。"陈飞黄话不多，干活儿十分利索。

陈国标和赵荷花两口子看着陈飞黄忙碌的背影，脸上扬起了欣悦的笑容。陈国标使了个眼色，赵荷花连忙进屋给陈飞黄沏了一杯茶，陈飞黄忙完之后，大口大口地喝着茶，由衷地感叹："这日子，真好！"

是啊，真好。陈飞黄在外面漂泊那么多年，买过很多房子，却极少感受到家庭的温暖！婚后也不例外。沈颜颜从小娇生惯养，从不知道如何体贴照顾别人。那时的陈飞黄也不懂什么是爱情，他只知道，挣了钱什么都要最好的，买房子要买最好的地段，买车要买贵的，娶老婆要娶漂亮的。看到别人羡慕的眼神，他觉得那就是一种成功！

直到现在，从高处跌落，他才发现自己之前多么肤浅。有些东西就像烟花，虽然灿烂绚丽，却十分短暂，刹那间的绽放之后，就会烟消云散……

反观眼前村支书这老两口朴实无华的生活，看起来粗糙，却安安稳稳，让人内心踏实。夫妻俩一辈子相濡以沫，子女安好，还能为村里做点事，谁又能说这样的人生不是一种成功呢？

"飞黄，飞黄……"陈国标的声音打断了陈飞黄的思绪，他回过神来，才发现自己一直靠坐在藤椅上发呆："老叔，怎么了？"

"你的茶凉了，我再给你倒一杯。"陈国标拿过陈飞黄手中的搪瓷缸子，又倒了半缸茶，"晚饭吃好了吗？我让你大婶儿再去给你煮碗面？"

"不用了，晚饭吃得很饱，现在还没消化呢。"陈飞黄端着搪瓷缸子进屋，"我去睡觉了，老叔，你们也早点休息。"

"你睡小兵的房间，二楼右边那间。我带你上去。"

"好。"

陈国标看得出陈飞黄有心事，以为陈飞黄是因为离婚的事情大受打击，本想安慰安慰，但转念一想，陈飞黄瞒得这样好，大概是不想让人知道，所以他就没有说穿，只是在心里深深地叹息，人啊，不管多么优秀，总有不圆满的地方。

农村的早晨苏醒得很早，鸡叫声，楼下阿姨的谈笑声，赵荷花故意压低的呵斥声，还有陈国标的咳嗽声……充满了烟火气息的声音和阳光一起从窗户边传来，带着令人踏实的暖意。

陈飞黄起床穿上衣服，一边系扣子一边走到窗边观望，院子里已经围了七八个人，杀鱼、杀鸡、剁肉、择菜……一边忙一边压低声音谈笑，赵荷花又一次从厨房跑出来呵斥："小点儿声，小点儿声，我家客人还在楼上睡觉呢，别吵到他。"

"啧啧啧，是什么客人这么金贵呀，问你又不说。"一个大妈正在刮鱼鳞，动作十分熟练。

"保密。"赵荷花傲娇地翻了个白眼儿，又回厨房忙去了。

在旁边帮忙择菜的两个媳妇李莉莉和潘银莲低声窃窃私语，不时往楼上瞟一眼，发出"咯咯咯"的笑声，两人仿佛在为自己知道什么秘密而骄傲。

陈国标刚才又出去添补用品了，骑着装得满满物品的三轮车进了院子，几个乡亲立即上前去帮忙拿东西。大家讨论着现在的物价贵了，一瓶酱油要十几块，以前才三四块。

陈国标放下东西就走了，大家打趣地说酒菜够了，不用再添了，他说有重要的事情得去办，午饭前赶回来，随即在一群人的笑声中匆匆离开。

陈飞黄洗漱好下楼，院子里的人马上就炸开了锅："天哪，是飞黄回来了！"

"飞黄哥，你怎么回来了？"

"飞黄总，你起来了？我给你做早餐去。"

院子里帮厨的，看热闹的，蹭吃的，老老少少全都围了过来。老一辈都亲切地叫陈飞黄为飞黄，年纪差不多的都叫他飞黄哥，那些女的也不晓得从哪里学来的称呼，叫陈飞黄为"飞黄总"，听得陈飞黄浑身不自在。

"嗯嗯，回来了，王叔好，王婶儿好，大连兄弟，你又胖了，金凤姐，好久不见……"

陈飞黄用家乡话跟乡亲们打招呼，大家都非常开心，拉着陈飞黄说个不停，嗓门儿大得把外面的人也引了过来，院子里的人更多了，陈飞黄又像以前一样被一大群人众星捧月般的围着。

赵荷花让大家不要打扰陈飞黄，陈飞黄倒是很大方，对每个人都是笑容可掬，客客气气。

过一会儿，陈国标的女儿陈百合带着儿子小宝回来了，一些乡亲又围着她说说笑笑去了。

赵荷花叮嘱陈飞黄回楼上去看电视，等开席的时候再叫他，可陈飞黄是个闲不住的人，跑到厨房帮赵荷花烧火，赵荷花拉扯了半天，怕灶台弄脏了陈飞黄的衣裳，但陈飞黄执意要帮忙，她也就笑哈哈地答应了。

陈百合带着儿子小宝来问候陈飞黄，小宝今年五岁，虎头虎脑的很是可爱。这一家人在广元市生活，陈百合是小学老师，她的丈夫是广元电视台的一名记者，一家三口日子过得幸福美满。今天丈夫去外地采访没有回来，陈百合独自一人带着小宝回来给父亲贺寿。

百合跟陈飞黄打了招呼，还带着小宝来叫舅舅，陈飞黄十分高兴，等她们走了，他给猴子打电话，让猴子帮他去镇上取点现金，猴子说他们在工地里结的工资就是现金，马上让双喜送过来，还说他和平安陪着陈国标去了金沙河。

"去金沙河干吗？"

"二叔说要测量小金河桥，给镇里报个精准的数据。"

"好，那你们注意安全。"

"知道了……"

|〇〇九|

落水

双喜很快就把钱送来了，这是他在工地上结的工资，陈飞黄马上从微信上把钱转给他，然后让双喜找来两个红包，封给陈国标做寿，还有给百合孩子的见面礼。

这边寿宴基本都准备好了，赵荷花让百合给父亲打电话，让他们回来吃饭，百合的电话还没拨出去，那边就传来平安焦急的呼喊声："不好了，不好了，陈书记掉到金沙河里去了！！！"

"啊？怎么回事？？"顿时，所有人都炸开了锅。

赵荷花双腿一软，差点倒下去，百合急忙扶住母亲。

陈飞黄大步冲了出去，拉着平安问："人呢？"

"人捞起来了，猴子守着书记，让我回来找车……"

"我家，我家有。"双喜急忙说，"有摩托车。"

"摩托车肯定不行，要汽车，双喜，你跟乡亲们帮忙联系车，平安，你先带我过去看看。"

"好好好，骑我的摩托车去。"

陈飞黄用最快的速度把陈国标送到了镇上的医院。辛亏送医及时，陈国标没有什么大碍，只是呛了几口水，受了风寒，需要输液和住院观察，不过今天这个寿宴是办不成了。

赵荷花是个利索人，让帮厨的亲戚把酒菜打包分给乡亲们，一个一个地还礼，解释清楚缘由。

百合带着儿子小宝赶到医院的时候，陈国标正躺在病床上输液，脸色苍白，虚弱无力，却反复叮嘱百合给妈妈打电话，让她好好招待客人，不要因为他落水的事情怠慢了宾客。

百合说家里的事情都安排得很好，让他别操心，然后就在床边照顾父亲。小宝拿出寿桃给外公，陈国标感动得眼眶红红的。过了一会儿，几个乡亲也提着东西来看望陈国标，病房里围满了人。

陈飞黄拿着住院单和药走进来，看到这一幕，招手叫来平安，让他把单子给猴子收好，然后就出去了。猴子连忙追出去，生怕陈飞黄走了。陈飞黄倒是想走，可他的背包还在陈国标家呢，两人只得先回村。

赵荷花料理完家里的事情就匆匆赶到医院照顾陈国标，可陈国标十分固执，坚持不肯待在医院，当天晚上输完液就回家了。

一行人到家，正赶上陈飞黄背着背包准备离开，赵荷花急忙拦住他："飞黄，你别急着走，今天为了你老叔的事忙了一整天，饭都没吃，还给他垫付了医药费，怎么能这样走了呢。"

"是啊，不能走，不能走……"陈国标用扎着针头的手拉住陈飞黄，低哑的声音虚弱无力，"飞黄，今天都这么晚了，要走也等天亮了再说吧。"

"老叔，大婶儿，都是自家人，你们就别跟我客气了……"

"这大半夜的，你坐车都不方便。"赵荷花也急了，"先别说了，进屋进屋，我去做饭，有什么事明天再说。"

"对对对，飞黄哥，先进去吧，不急于这一时半会儿。"百合和猴子他们也跟着劝道。

陈飞黄终究还是没能走成。晚饭吃完已经十点多了，赵荷花忙着照顾陈国标，百合带着孩子收拾厨房和院子，猴子和双喜在帮忙，平安家里有事被叫回去了。

陈飞黄下楼来帮忙，百合连忙推辞，两人拉扯之际，百合的丈夫邱文成背着摄影机走进了院子，看到陈飞黄，不由得愣住了："这位是……"

"文成，你来了。"百合招呼丈夫，并介绍道，"这是我经常跟你提起的飞黄哥。"

"飞黄哥，你好，我是邱文成！"邱文成客气地跟陈飞黄打招呼，"百合经常跟我提起你。"

"谢谢。"陈飞黄看着他背上的摄影机，"记者？"

"是啊，广元电视台的。"邱文成笑着说，"去年市里还给我布置任务，让我去采访你，后来……"

邱文成的话说到一半又慌忙顿住，改口道，"飞黄哥，我先进屋看看我爹。"

"好。"陈飞黄微笑点头，他心里有数，邱文成大概是知道他破产的事情了。

"对对对，快进去看看爹。"百合催促，"今天你就应该请假跟我一起来，要是你去测量，爹就不会掉河里去了……"

"今天的采访任务很重要，实在是不好请假，我这就去给爹赔礼去。"

邱文成匆匆进了屋，百合招呼陈飞黄："飞黄哥，这里交给我吧，你去洗个澡，早点睡。"

"我跟猴子把这里收拾完了出去转转。"陈飞黄说，"你进屋吧。"

"那怎么行，你是客人……"

"都是自己人，哪有什么客人，再说了，这里都是重活儿，不应该让女人做，进屋去吧，听话。"

"好吧。"百合放下手中的板凳，带着在一旁玩水枪的小宝进了屋，还不忘了叮嘱猴子，"猴子，你招呼好飞黄哥。"

"知道了，姐。"猴子回应。

三个人很快就把院子收拾好了，陈飞黄让猴子和双喜陪自己去金沙河转转。

路上，陈飞黄问陈国标今天是怎么落水的，猴子说："老叔一大早就骑着自行车去了镇政府，找到新上任的镇长说明情况。镇长问了一堆关于小金河桥的情况，让老叔给个精确数据，他好去协调修桥的经费，所以老叔就带着尺子过去量数据，没想到测量的时候一不小心脚打滑，掉进了河里……"

三人步行来到小金河桥边，月光洒在河面上，微风吹过，河面微起涟漪，两旁岸堤的树林里传来虫子的叫声，给寂静的夜晚增添几分生机。

"你们俩在这里等我。"

陈飞黄拿着手电筒走到桥边，向前伸直手臂，竖起拇指，闭起左眼，不知道在干什么。

"飞黄哥，小心，别掉下去了。"

猴子是一个专业的马屁精，一路上都在殷切地巴结着陈飞黄，相比之下，双喜就要憨厚多了。

"飞黄哥这是要干什么？"双喜疑惑地问。

"安静，不懂别瞎嚷嚷！"猴子低喝，双喜连忙闭嘴。

很快，陈飞黄报出一串数字。"猴子，记下来，净跨37.02米，拱矢高度7.23米，宽8米……"

$$\backsimeq$$

| 〇一〇 |

舞龙

"啊！等一下，等一下。"猴子连忙拿出手机记录，"宽8米，还有什么来着，飞黄哥，你再说一遍。"

陈飞黄又说了一遍，猴子连忙把他说的那些数据记录下来，陈飞黄走过来，叮嘱道："明天把这些数据交到镇上去！"

"这就是小金河桥的数据？飞黄哥，你是怎么测量出来的？"双喜满眼崇拜地看着陈飞黄，"你没带工具，就那么比画了一下，怎么数据就出来了……"

"这种方法一般用于军队里狙击手射击的时候测量距离，我兄弟大头是退伍特种兵，他教我的，我们搞工程的时候常用，久了就越来越熟悉，现在估算基本能精确到米。"

陈飞黄把手电筒还给双喜："走吧，回去。"

"飞黄哥，你真是太厉害了，什么都懂，你是我的偶像，我太崇拜你了。"双喜激动不已。

"早知道这么简单就能测量出来，今天早上就应该让飞黄哥来。二叔带着我和平安在这里手忙脚乱的，还把几个卷尺接起来，一个站这边一个站那边，用最笨的方法测量……"

"现在什么都要讲究方式方法。"陈飞黄有些感慨，"老叔年纪大了，精力有限，很多事情就要寄托在你们这些年轻人身上。"

"我们也想啊，但我们没读多少书，也没什么见识，能力有限。"猴子急忙说，"飞黄哥，你带带我们吧，我们想跟着你……"

"是啊，飞黄哥……"

"那是什么？"陈飞黄指着不远处的灯火问。

"舞龙灯。"双喜连忙说，"我听人说，青山村这两天准备舞龙灯呢！"

"离家这么多年，好久没看到舞龙灯了，我小时候还举过龙头呢。"陈飞黄看着那条灯火，有些感慨，"不过，舞龙灯不是都在春节元宵的时候才有吗？现在都快清明节了，怎么还舞龙灯？"

"飞黄哥，这您就有所不知了。以前确实是过年和元宵才舞龙灯的，但去年开始青山村组了一个舞龙队，城里有什么公司啊、商场啊，开业什么的都请他们去舞龙，吉利又喜庆，就跟电影里黄飞鸿舞狮那样。好多店开业不就请人去舞狮吗，现在我们这边也流行舞龙灯庆祝了。"

"对对对，这次咱们山河镇连续大雨，庄稼受损，所以青山村就请了舞龙队回来舞龙灯，祈求风调雨顺，五谷丰登……"双喜补充道。

"原来是这样。"陈飞黄恍然点头，"也就是说，青山村这个舞龙队是私人组织的，带着商业性质。"

"他们就是到处舞龙灯赚钱。"猴子抢着说，"组织这个舞龙队的人叫马强，人很精明，好像还开了一个公司，在城里接了不少活儿，靠这个赚了不少钱呢，去年建了楼房，今年把宝马车都开回来了。"

"他们村壮汉多，马强那个舞龙队有十三个人，他现在还在到处招募年轻人加入，估计生意挺好的。"

"我妈就让我去跟着马强干，我不肯，我说我要跟着飞黄哥……"

两人你一言我一语地说个不停，陈飞黄感叹了一句："这都是非物质文化遗产啊，应该好好发扬！"

"什么遗产？"双喜听不懂。

"哎呀，飞黄哥说的是文化遗产。"猴子拍了他一巴掌，"不懂别瞎问。""飞黄哥，你对这事有想法？"

"我只是一个过客，明天就走了，能有什么想法。"

陈飞黄微微有些惋惜。即使是有想法，他也没时间去实现，毕竟他有他自己的事情要做，而且很多事不是一天两天就能做到的。再说猴子双喜这些年轻人，即使知道了方向，凭他们自己的能力也很难做出什么，还不如让他们过着简单的生活，免得眼高手低，反而耽误了他们。

陈飞黄回到村口，百合的丈夫邱文成居然在这里等他，说是百合让他来接陈飞黄。两人告别了猴子和双喜，一起走在回家的路上。

夜色寂静，邱文成几次欲言又止，陈飞黄直接问："你想说什么，不妨直接点儿，都是自己人。"

邱文成犹豫了一下，小心翼翼地问："飞黄哥，接下来你有什么打算？"

"看来你什么都知道了。"陈飞黄苦笑，他知道，终究是瞒不住的。

"我刚刚才知道我爹前阵子去城里找你资助修桥，你还给了他五万块……唉……"邱文成叹了一口气，"他们不知道，在商场打拼并不比他们种庄稼容易，只想着你有钱，每次出事就去找你……"

"没事，这座桥是我建的，老叔找我也正常。"陈飞黄并不在意，"再说，我也没帮上什么忙，五万块根本就不够修桥。"

"可是……"

"到了。"陈飞黄拍拍邱文成的肩膀，"谢谢你，早点休息。"

邱文成叹了一口气，没再多说。

晚上，陈飞黄躺在床上辗转反侧。他才回来两天，就发现这里有很多事情可以做，很多项目可以开发，只是苦于没有人才。不过现在国家有精准扶贫政策，老叔也说了，省里已经派了有能力的人下来开展扶贫工作，想必，这些也不需要他操心了。

他能想到的，那些人也一样能想到吧。

早晨，陈飞黄被赵荷花的声音吵醒："我家老头子都病倒了，这事儿就算了，你们去问别的村吧。"

"赵婶儿，别的村全都办，就你们金河村不办，未免太寒酸了吧，陈书记生病了没关系，他人不能露面，可以签个字，赊账也行啊……"

"赊什么账？签什么字？你不就是想赚钱吗？我还偏不给你赚了，怎么着！！！"

"赵婶儿，好好说话，你发什么火呀……"

"我发火？你说话过脑子了吗？什么叫生病了没关系？你也是有父母的人，知不知道什么叫尊重长辈？你脑子就只有钱是吧？"

"我不是这个意思……"

"滚滚滚，我没空搭理你。"

"泼妇！"

"你说什么？我撕烂你的嘴——"

| 〇一一 |

还钱

陈飞黄起床走到窗边往外看，赵荷花已经拿着扫把风风火火地把三个年轻人赶出了院子。其中一个打扮得油头粉面，气得面红耳赤的年轻人，大概就是猴子所说的马强，他身边还跟着两个人，一个扛着红黄相间的龙头，一个举着"青山舞龙队"的旗帜，三人骂骂咧咧地离开了。

陈飞黄明白，这大概是其他村都请了马强的舞龙队舞龙灯，只有金河村没请，所以他们就来找陈国标说这个事儿，没想到被赵荷花赶了出去。

赵荷花平时性子就烈，又遇到老伴儿在寿宴这天跌落河这件事，心里本来就窝着一团火，再加上马强那德行，她的脾气一下子就炸了。就连陈飞黄这样在外面说一不二的亿万富翁，回到村里，依然对他们长辈敬重有加，他马强有什么好嘚瑟的。

陈飞黄的目光越过院墙看向外面离开的三人，那马强一副暴发户的样子，临走了还骂骂咧咧的，德行实在不怎么样。

"什么东西，为了赚钱，脸皮都不要了，到处坑蒙拐骗的，就他那舞龙队，舞成那个德行，把我们老祖宗的脸都丢光了！"

赵荷花一边扫院子一边气恼地大骂。

"好了，妈，别骂了，等会儿把飞黄哥给吵醒了。"百合提醒。

赵荷花这才压低声音："说起飞黄，那孩子真是难得，在外面做那么大的生意，回到家一样帮我们干活儿，哪像马强，还真把自己当回事儿了。"

"行了行了，咱们不搭理他不就完了嘛。"百合安抚着母亲。

"妈，我来吧。"邱文成抢着帮岳母干活儿，赵荷花进屋去照顾陈国标，百合带着小宝去厨房做早餐……

陈飞黄回头拔下充满电的手机，把手机开机，然后对着纸条上的电话号码拨打顾千秋的电话。昨天洗澡的时候后知后觉，把纸条装在裤子口袋里，电话号码弄花了，中间两个数字看不清楚，他只能一个一个试。

两个数字可以组成九十组，也就是说，陈飞黄得打九十个电话才知道哪个是顾千秋的号码，他在纸上写下九十组号码，然后一个一个地打，打完一个就用笔划掉一个，转眼就打了一个小时。

"飞黄哥。"外面传来猴子的声音。

"进来吧。"陈飞黄应了一声。

猴子蹑手蹑脚地走进来，笑着说："百合姐叫你下去吃早饭了。"

"叫他们先吃，不用管我，我打完电话就下去……"陈飞黄说话的时候，电话正好通了，一个好听的女声传来："喂？"

"你好，你是顾千秋吗？"

"是我，你是哪位？"

"我是陈飞黄，前天我们在动车上认识，我兄弟腿受伤了，发烧住院，是你帮我们垫付的医药费，你还记得吗？"

"是你啊，当然记得。"顾千秋笑了，"你还在山河镇吗？你的朋友怎么样了？腿伤好了吗？"

"他在医院治疗。麻烦你给我发个银行账号，我把住院的钱还给你。"

"不用这么着急的……"

"我不喜欢欠人钱，请把银行账号发给我！"

"好吧，我稍后发给你。"

"嗯，谢谢你，等以后有机会，我再当面答谢。"

"不客气……"

"先挂了，再见。"

挂断电话，陈飞黄把顾千秋的号码存了起来，猴子走过来说："飞黄哥，你是要还二傻住院费的钱吧？这件事我正要跟你说呢，今天芳婶儿回来了，她让我把这个交给你。"

说着，猴子递给陈飞黄一个信封，陈飞黄接过来一看，里面装着四千一百八十块现金，正是晓峰的住院费，一分都不少。

陈飞黄的眉头紧紧皱了起来，过了这么多年，芳婶儿还是不肯原谅他，不肯接受他的帮助，就连这点医药费都一分不少地还给他，她是想让他一辈子都亏欠啊。

"飞黄哥，芳婶儿性子顽固，不听人劝，你别往心里去。"猴子小声劝道，"二傻念着你的好呢……"

"芳婶儿不是在医院照顾晓峰吗？怎么回来了？"陈飞黄问。

"她回来拿东西，二傻明天手术。"猴子说，"她刚才还来看了二叔，放下几百块礼钱，二婶儿让她留下来吃饭，她说急着回医院，临走前把这个信封给我，让我交给你的。"

"嗯。"陈飞黄没有多说，很明显，芳婶儿是不想跟他碰面，所以才匆匆离开，他突然想起一个问题，"对了，晓峰说他妈生病了？是什么病？"

"好像去年是住过院，具体情况我也不太清楚。"猴子说，"老年人嘛，多多少少都有些毛病的，我妈去年也住过院。芳婶儿这些年一个人拉扯二傻不容易，现在她年纪大了，身体不好，不能再像以前那样下地干活儿，所以二傻才出去打工的，我想应该就是这样吧。"

"好吧。"陈飞黄想想也对，看着芳婶儿挺精神的，也不像是有什么大病的样子，他没有多想，跟猴子一起下楼吃早饭。

百合系着围裙站在厨房门口望望二楼，见到陈飞黄下楼了，她连忙烧水煮抄手，邱文成拿着手机在一边接电话。

"飞黄，起来了。"赵荷花拉着陈飞黄坐下，然后从怀里摸出一个塑料袋子，"昨天你大叔看病的钱是你垫付的，我问了医生，一共是九百六十五毛四，你数数。"

她一边说一边把钱递给陈飞黄。

"大婶儿，您这是干什么呀……"

"飞黄，你必须收下。"

陈飞黄刚要推辞，赵荷花就一脸严肃地说："我和你大叔把你当成自家侄子，村里有事儿，你大叔每次都是去找你资助，从来没跟你客气过，但是这次不一样，这是咱家自己的事儿，我们可不能花你的钱。你看你昨天赶礼的钱，还有给小宝包的红包，我们也就收下了，但这住院费一码归一码，我可不能让你出，你赶紧收下，不然就是不认我这个婶儿。"

"好吧。"陈飞黄知道，他们喜欢认死理，他若是再推辞，反而弄得大婶一家不痛快。

"来来来，吃早饭了，我早上刚包好的牛肉馅儿抄手。"百合热情地招呼着。

⌄

|〇一二|

辞官

一家人一起吃了早饭，陈飞黄去里屋看望陈国标，陈国标还躺在床上，看上去十分虚弱，见到陈飞黄，不好意思地苦笑："唉，叔年纪大了，不中用了，受点儿风寒就弄成这样，我年轻的时候，大冬天还在金沙河游泳呢……"

"你就别吹了，六十的人了，你以为自己还年轻呢。"赵荷花端来一碗中药："赶紧把药吃了。"

"老叔，大婶儿，我的车票订好了，下午三点的动车，等会儿我就直接去车站了，你们保重身体。"陈飞黄说。

"知道你忙，我们也不敢多留你，这次回来本来想着让你参加寿宴，没想遇到这种事儿。"赵荷花歉疚地说，"我让百合收拾了一些土特产，你带回去……"

"大婶儿，这个就不用了，真的。"陈飞黄连忙推辞。

"我知道这些东西不值钱，但都是我们的心意，城里的东西再贵再好也没我们自己养的好……"赵荷花非常坚持，"你就带着吧。"

"我又不回家，你给我，我带在身边还麻烦……"陈飞黄的话还没说完，外面突然传来潘银莲焦急的大喊声，"大婶儿，大婶儿，不好了，不好了。"

"咋咋呼呼的，干什么呢？"赵荷花连忙走出去查看情况。

"芳婶儿在村口晕倒了。"潘银莲一边说一边习惯性地比画着，"怀里的熟鸡蛋滚了一地，给二傻炖的鸡汤也洒得到处都是，李莉莉和四婆他们把人扶到我家坐着，正在喂糖水呢，我赶紧过来跟你们报告一声。"

"怎么会这样？刚才来我家的时候还好好的。"赵荷花一听就急了，连忙跟着潘银莲往外走。

"妈，围裙围裙。"百合急忙提醒。

赵荷花手脚利索地卸下围裙，摘下袖套，急匆匆地跟着潘银莲赶过去。

"怎么会这样？"陈飞黄一听芳婶儿晕倒了，心里就很着急，晓峰还在医院等着她呢，她现在出事了，晓峰可怎么办？

"唉，你芳婶儿也是个苦命人……"陈国标深深地叹息，"本来就有脑梗，这下遇到二傻出事……"

"什么？"陈飞黄愣住了，"老叔您说芳婶儿有脑梗？"

"这个……"陈国标犹豫了一下，还是说出实情，"她去年因为脑梗住了半个月院，治病花了一万多块，我在村里给她凑了点钱准备送过去，她却坚持回家不肯治了，也是因为这样，二傻坚持要跟着猴子他们出去打工……"

听到这些话，陈飞黄的脸色十分沉重，陈国标安抚他不要着急，村里人会帮忙照顾二傻的，又说他已经帮二傻要回了十万块赔偿金，只要不缺钱，其他就不是什么大事儿，但这些话陈飞黄都听不进去，他觉得是自己欠了二傻的，他不能一走了之。

陈飞黄让猴子去打探情况，看看芳婶儿到底怎么样了，猴子很快回来，告诉他人已经送到了镇上的医院。

陈飞黄当下就把火车票给退了，先是跟猴子赶到镇上的医院去了解芳婶儿的情况，确定目前情况不是很严重之后，他让赵荷花转告芳婶儿，二傻那边他去照顾，让芳婶儿安心治疗，在家里等着二傻。

然后，陈飞黄就背着背包去了市里的医院照顾二傻……

也是奇怪，陈飞黄来了之后，山河镇的雨就停了，阴了两天就开始出太阳，村民们又忙碌起来，只是小金河桥没有修建好，村民们出行不方便，大家都找陈国标诉苦。

而陈国标自从上次寿宴跌落河里之后就一病不起，五天了还没下床。百合虽心疼父母，但还得上班，又要照顾孩子，只得先回去，每到周五就赶回来看望父亲，帮母亲分担点家务。

二傻的手术很成功，医生说两周后伤口愈合良好就可以出院，芳婶儿那次晕倒之后就一直在镇上住院，但她的情况，生活尚能自理，赵荷花时常去看看她，给她送点吃的。

芳婶儿最大的心病还是二傻，每天早晚都要打电话询问二傻的情况，听到二傻的声音，知道二傻很好，她才能安心。

平安家里催得紧，已经去工地打工去了，双喜去了媳妇家，只有猴子像个跟屁虫一样跟着陈飞黄，隔一天就骑摩托车来医院给陈飞黄和晓峰送饭，有时候还会带着赵荷花为他们炖的鸡汤。

陈飞黄外出闯荡二十年，即使是当初当小工的时候也没有像现在这样端屎端尿地照顾过人，可他并不觉得硌硬，反而心里踏实。欠了二傻一条命，现在总算能够补偿一点了。

这天，六组牛壮家的儿子牛登上学的时候掉到田里去了，滚了一身的泥巴，耳朵嘴巴鼻子灌了很多泥水，哇哇大哭地回了家，一家人心疼得不行。

牛壮怒气冲冲地找到陈国标家来要说法，叉着腰，扯着嗓子大声嚷嚷："陈国标，小金河桥再不修起来，咱们的日子就没法过了，你身为村支书，这么点事情都办不好。难道当官就只知道拿工资，不为百姓做事？那还不如趁早下岗让我来当！"

"你，你……"陈国标气得从床上栽下来。

"你这说的是什么话？"赵荷花愤怒地反驳，"当初小金河桥就是我们组飞黄出资修建的，给你们用了这么多年，也没见你感谢过谁，现在桥坏了，你就来我家里骂，你以为当村支书能有几个工资？又有几分权力，说修桥就修桥？"

"那我不管。"牛壮手一挥，怒喝道，"反正陈国标是我们的书记，这件事就得你负责，我儿子今天掉到泥田里，就是你们家陈书记的责任，陈书记要是不能把桥修好，我就去镇上告你！"

说着，牛壮就骂骂咧咧地走了，赵荷花气得要追上去骂，百合叫住她："妈，别吵了，快来看看爸。"

赵荷花又急忙跑回去："老头子，你这是干什么呀，你跟这些人置什么气啊，你就当他放屁！"

"老婆子，你，你去……把村委会……的人……叫来。"陈国标躺在床上，虚弱无力地吩咐，"百合，把这封信……帮我送到……镇上去。"

"爸，你这是……"

"叫你去就去。"

陈国标辞官了，这倒不完全是因为牛壮上门骂架的事情。其实没能把桥修好，他一直很惭愧，希望自己的病早点好起来把这件事给办了，无奈身体不争气，就这么一拖再拖，拖到了现在。

今天牛壮的话也算是提醒了他，既然没有能力，不如退位让贤，让有能力的人当村支书，也能为村民们做点什么。现在国家精准扶贫，派了很多干部下乡，也许可以给他们村也安排一个第一书记，那样，金河村就有救了。

|一〇一三|

开会

陈国标辞职后，镇里派了个马主任下来调研，同时，村里需要选出新的村支书。于是，这天下午，金河村村委会召开会议商议新的村支书人选，陈国标的辞职令还没批下来，因此也需要参会。

赵荷花扶着陈国标到村委会，然后在旁边帮忙烧开水，给参会人员倒茶。

村委会的三个人，连同几个党员组长一共也就十个人，大家挤在一个小平房里，喝着花茶，抽着烟讨论事情。

屋子里浓烟密布，赵荷花被熏得直咳嗽，骂了两句，没人理会，她又继续做事。

马主任一进屋就做陈国标的思想工作，劝他继续任职，还说再过几个月省里派下来的第一书记就要上任了，等那时候把工作交接好再辞职也不迟，现在贸然辞职了，村里一时半会儿找不到合适的人选来当这个村支书。

陈国标自从上次跌落河之后，到现在还病着，几天的时间瘦了一圈，眼眶都凹陷下去了，抽一口烟要咳半天，咳完之后一直喘气，半天都说不清楚一句话。

赵荷花给陈国标拍着后背，无奈地说："马主任，我家老头当了十几年村支书，真是尽心尽力了。这些年，家里油瓶子倒了我都没让他扶一下，倒是村里大大小小里里外外的事情，他是操碎了心，您上村里打听打听，我说的是不是真的？"

"陈书记为了村民的确是鞠躬尽瘁，呕心沥血，没什么可以挑剔的。"村里的金会计说话就喜欢舞文弄墨，每句话都要带成语。

"对对对，陈书记是个好干部，为我们村做了不少事……"其他人也回应道。

"就因为陈书记是个好干部，我们才想让他继续当下去……"

"马主任，我……咳咳咳……"

陈国标的话还没说完，又开始咳嗽，咳得上气不接下气。

"叫你别抽烟别抽烟，你就是不听！"赵荷花一把夺了陈国标手中的旱烟枪，气得在他后背上敲了一下，随即又软下语气对马主任说："马主任，我家老头这一病呀，老病根儿都出来了，我还想让他多活几年，您就别为难他了。"

"是是，嫂子说得对。"马主任见陈国标咳成这个样子，叹了口气道："唉，陈书记，您这身体状况……也罢，我就不为难您了。"

陈国标好不容易转过弯来，捂着心头顺了顺气，哑着嗓子说："大家商量下一任村支书的事吧。"

"对对对，进入正题吧，我下午还要去耕田呢。"

"我也得回去干活儿，我那婆娘给我规定太阳下山前必须到家，否则就扒了我的皮！！"

这些村干部的工资都特别低，他们主要是靠耕种生活，工资只是赚点补助，所以一个个都觉得村里开会是浪费时间，着急回去，只有几个盯着陈国标位置的人给马主任递烟倒茶套近乎。

"行吧，既然这样，咱们就先商量，咱们金河村有谁适合接替陈书记这个职位。"马主任说，"咱们先推荐一下备用人选，到时候召开党员大会，投票选举做出最后决定。当然，也可以自荐，在座的都是优秀的村干部，也是党员，你们更有经验……"

"我推荐三组组长王汉斌。"

"我推荐六组的牛壮。"

"我推荐我自己，我当了十几年组长，一直配合陈书记的工作，我觉得我最有能力接替他的位置……"

一番讨论下来，已经五个备用人选了，虽然村支书的工资也不高，但是对于这些在家务农的人来说已经算是一笔不小的收入了。再说了，他们一辈子在这片土地上生活，能当上个小小的书记也是一种荣耀，走到哪里都有面子。

一行人正讨论着，猴子推开门，透过门缝低声喊道："二婶儿，二婶儿。"

"干啥？"赵荷花低喝。

"二傻家的钥匙在您这儿吧？"猴子问。

"在家呢，二傻出院了？"赵荷花连忙走过去。

"是啊，恢复得很好，提前出院了。"猴子催促道，"您快把钥匙拿给我吧，飞黄哥和二傻还在外面等着呢。"

"钥匙在我家里。"赵荷花低声说，"我前天去帮文芳把家里收拾了一下，但现在她家里还是冷锅冷灶的，飞黄去了都没口热水喝。这样吧，你在这里帮忙烧开水倒茶，我先领他们去我家歇下，等你叔开完会，一起来我家吃晚饭，我菜都买好了。"

"我现在肚子饿得叫唤。"猴子委屈巴巴。

"抽屉里有饼干，你先垫一下，这会开不了多久，你也跟干部们学点儿东西。"

"噢。"

赵荷花匆匆离开，屋子里的人还听得见她的大嗓门儿："哎呀，二傻出院了！我就说这娃儿身体壮，恢复得快。飞黄辛苦了，走，先到大婶儿家喝口茶，吃了晚饭再过去。"

"麻烦大婶儿了。"陈飞黄回应道。

屋子里的几个组长会都不开了，跑到门口伸出头去看："呀，那就是大富豪陈飞黄呀，听说他在医院照顾二傻，这是真的吗？"

"当然是真的，当初我和二傻在成都火车东站碰到飞黄哥，飞黄哥就跟我们一起回来，一直待到现在都没走。你们还不知道吧，二傻那十万块医药费还是飞黄哥指导我去要回来的呢……"猴子一说起这个事就满脸骄傲，"当时啊，我带上双喜和平安，直接去找到包工头……"

"不对啊，陈飞黄做那么大的生意，照理说应该是一天都走不开的，怎么回到乡下一待就是十多天？"

"生意哪有情义重要，飞黄哥重情重义，对二傻那是真好……"

"什么狗屁情义，你们还不知道吧，陈飞黄早就破产了，现在欠了一屁股债，我估计，他就是回来躲债的。"

⌄

| 〇一四 |

他破产了

金会计这句话一出口，所有人都愣住了。

"你说什么？"陈国标惊愕地问，"金得财，你可别乱说啊。"

"就是，你别污蔑我飞黄哥。"猴子气恼地申辩，"我飞黄哥有情有义，出手阔绰，怎么可能破产呢？"

"你也不想想，一个亿万富翁有空在乡下一待就是十几天？"金得财嘲讽地冷笑道，"就算他重情重义，为了报答二傻当年的救命之恩吧，那他不会请看护？至于自己亲自照顾吗？"

"就是就是。"一个组长附和道，"说你没见过世面你还不信，对那些大老板来说，时间就是金钱，有些人一天就赚几十万的，哪有空在乡下待着。"

"金得财，无凭无据可不能乱说。"陈国标焦急地问。

"怎么无凭无据，我听我女婿说的。"金得财并不怕事儿，"我女婿在成都一家建筑公司当建造师，城里那些公司之间互相都是会打交道的，他听他老板说陈飞黄早在前两年就破产了，房子车子全都卖了，现在欠了一屁股债，连个窝都没有。"

"这不可能，不可能……"陈国标有些激动，"七号那天我去城里找他资助修桥的事，他亲自带着司机来接我，给我开了酒店，请我去高档酒店吃饭，还给了我五万块。"

"破船都有三斤铁，搞招待能花几个钱？"金得财嘴巴一撇，"再说了，你也不想想，他为什么只给你五万块？当初修那座桥的时候，他可是出了八十万呢，那还是十年前，他要是没破产，这次起码给你五十万！！！"

"金会计说得对。"其他人一副恍然大悟的样子。

六组的组长牛田愤愤地说："我就说嘛，这座桥当初就是他建的，现在垮了，可不得他出资修建吗，他才给那么点钱，害得小金河桥一直没修好，我孙子都掉田里去了。"

牛田就是牛壮的父亲，他们一家人到现在还在为孙子掉田里滚一身泥巴耿耿于怀。

"你说的这是什么话？"陈国标气得面红耳赤，"当年飞黄给我们金河村修桥，那是在做善事，现在桥垮了，我们应该自己想办法，你这意思，好像修桥就是他一个人的责任！"

"难道不是他的责任？桥是他修建的，就该由他负责。"牛田理直气壮，"要不是他修了小金河桥，镇上早就给我们修大桥了。自从国家出台精准扶贫政策以来，修路的修路，修桥的修桥，到处交通都很便利，镇上怎么可能看着我们每天绕路不管？"

"牛田说得有道理，如果陈飞黄没有修小金河桥，也许我们现在已经有更好的桥了。"四组的组长也赞成。

"你们真是不讲道理！！！"陈国标气得直发抖，"难不成人家送你一把锄头，你还要人家每年给你包粮食不成？"

"这是两码事，不能这么打比方……"

"就是！"

"你们这些忘恩负义的东西！！！"陈国标怒喝。

"没错，你们真是忘恩负义。"猴子也非常气愤，"就算镇上为给咱们修桥，那也是这两年的事情吧，小金河桥你们可是用了十年的，前八年你们过的是什么桥？奈何桥吗？这么快就给忘了？"

"猴子，你算是什么东西，也配在这里说话。"牛田指着猴子，"滚出去！"

"你……"

"行了行了，大家别吵了。"马主任站起来打圆场，"关于修桥的事情，我觉得咱们都应该中肯点儿，陈飞黄当初的确是为村里做了善事，这个是谁也不能否认的。这次小金河桥出了问题，陈书记多次找到镇里，镇里也在想办法解决，相信很快就会有结果的。现在咱们商量的是新任村支书的备选人，你们还有什么人可以推荐的吗？"

"没了，就刚才说的那几个，到时候召开村民大会……"

"我推荐陈飞黄！"猴子突然举手大喊，"飞黄哥有头脑有见识，还重情义，他来接替我二叔的职位是最合适的。"

"你算个什么东西，你也在这里嚷嚷，滚出去。"牛田站起来就要赶猴子。

"他不能嚷嚷，那我总可以发表意见吧？"陈国标冷喝道。

牛田看了他一眼，没有说话。

"有话好好说，别吵了。"马主任打了个圆场，随即笑着询问："陈书记，您有什么合适的人选？"

"我推荐陈飞黄。"陈国标举手表态。

"啊？？"一群村干部全都炸开了锅，牛田冷笑道："陈书记，您该不会是发烧烧糊涂了吧？陈飞黄是我们村儿的人吗？他户口早就迁出去了吧？关键是，他是党员吗？"

"陈飞黄的户口还真就在我们金河村一组，一直没有迁出去。"陈国标十分坚定地说，"而且十年前他资助修桥的时候，我就让他入了党，不信你们可以去查。"

牛田皱着眉，一句话都没有说。

"陈书记，就算他是金河村的人，也不代表他适合当村支书啊。"金得财笑嘻嘻地说，"他做生意都破产了，怎么能……"

"他破没破产我还不确定，我回去会落实这件事。"陈国标打断金得财的话，坚定地说，"即使是真的破产了，但他曾经把生意做得那么大，就说明他有真本事，那么大的公司都能做起来，一个村支书照样能干好！"

"这倒是没错。"另外几个组长都觉得有道理。

"那可不一定，能做生意可不代表就能当好村干部。"牛田阴阳怪气地嘀咕。

"现在当村支书就是要带领大家脱贫致富，一个商人最擅长的就是赚钱，有什么比这个更重要？"陈国标用烟斗敲着桌子，"你们哪一个比他更会赚钱？"

"那他不是破产了吗？"金得财反驳。

"即使是真的破产了，那也是一时的低谷，反而会成为他宝贵的人生经验。"陈国标十分激动，"再说了，他之前生意做得那么大，钱也赚到了，那就证明了他的成功。不说别的，2008年修金河桥拿出八十万，2011年修路资助二十万，2013年赞助镇中心小学三十万，这都是铁一般的事实，你们谁能做到？"

这一席话说出来，大家都鸦雀无声。

| 〇一五 |

推荐他

牛田脸色铁青，但一句话都说不出来。

马主任连连赞叹："我前年才到镇上，都不知道那位陈飞黄同志为镇上做了这么多好事。这样看来，如果他能接任村支书的职位，那的确是最好的。"

"呵呵，好是好，就怕他不肯干。"金得财笑着说，"毕竟是做过大事的人，怎么会甘愿留在我们这样的小地方当个小小的村支书？"

"这倒是个问题。"马主任的眉头皱起来。

"这你们就不用管了，包在我身上。"猴子拍着胸脯保证，"我一定说服飞黄哥留下来。"

"八字还没一撇呢，你就说服他留下来？"牛田冷喝道。

"牛田，你为什么处处针对陈飞黄？你是怕他抢了你儿子书记的位置吗？"陈国标终于忍无可忍。

"怎么着？"牛田一下子跳起来，"就你能当书记，别人就不能当了？你早该退休了！"

"你……"

"好了好了，都别吵了。"马主任急忙打圆场，"陈书记，您消消气。牛组长，陈书记说得对，现在村里需要人才带领我们脱贫致富，陈飞黄是非常好的人选，如果他可以留下来的话，那对金河村的村民来说也是福音啊。"

"谁能保证他一定能带领咱们脱贫致富？"牛田冷笑着质问，"马主任你能保证吗？还是他陈国标来保证？"

"这……"马主任看着陈国标，不敢说话。

"那你就能带领大家脱贫致富吗？"陈国标反问牛田。

"呵！"牛田冷笑道，"我没那个本事，我不敢打包票，所以我也不吹那个牛。"

"既然大家争执不休，不如我来提个建议吧。"金得财永远都是一副笑嘻嘻的样子，谁也不得罪，"就把陈飞黄作为备用人选，跟我们刚才推荐的几位备用人选一起进行党员投票，最后得票多的人就是下一任村支书。"

"我赞成！"陈国标举手表态。

"对对对，投票，投票。"马主任连连点头，"历来历任村支书都是投票选出来的，这次也不例外，到时候结果出来也就没有人会质疑了。各位没意见吧？"

"没意见！"大家纷纷表态。

散会后陈国标跟猴子走在回家的路上，猴子怒气冲冲地吐槽牛田的嚣张跋扈，陈国标却一声不吭，直到两人走到家后门，陈国标才停下脚步，对猴子叮嘱道："等一下见了飞黄不要乱说话，就当什么都没发生过，知道吗？"

"啊？"猴子不明所以，"为什么？"

"唉，刚才我是被牛田气到了，跟他赌一口气。"陈国标叹息道，"现在冷静下来想想，飞黄是做大事的人，即使是真的破了产，也要回到大城市去东山再起的，怎么可能留在这穷地方当村支书？"

"二叔，你也觉得飞黄哥破产了？"猴子眉头紧皱，"那个金会计可不是个好人，他的话，我半句都不相信。"

"唉……"陈国标深深地叹了一口气，"其实我早就觉得飞黄怪怪的，上次我去成都找他，保安说他搬家了，后来他给我在外面开了酒店，却没带我回家……刚才金得财说得也有道理，飞黄就算是真的关心二傻，也可以请医护，为什么要亲自去照顾？他那么大的生意，怎么能耽误这么久？而且上次在医院，二傻还听到他打电话说什么一无所有……"

"哎呀，二叔，您就别说这些了。"猴子打断陈国标的话，焦急地说，"是不是破产了，您去问问不就知道了吗？如果飞黄哥没破产，那就证明金得财不是个好东西，我们可以狠狠打他的脸。如果真的破产了，我倒是觉得，让他留下来是好事，因为，他可能真的没有地方去……"

听到这些话，陈国标的脸色更加沉重，想了想后对猴子说："等会儿吃完饭，我私下找他问，你先带二傻回去。"

"哎，知道了。"

回到家，赵荷花已经做好了晚餐。知道二傻今天出院，赵荷花一大早就上街买了棒子骨回来炖萝卜，这会儿肉汤香喷喷的，摆上桌就让人忍不住流口水。她还做了陈飞黄喜欢吃的卤牛肉和凉拌鸡，还有一大盆腊肉香肠和自家种的青菜，摆了一大桌子。

二傻的腿虽然可以下地但是不能负重，陈飞黄扶他坐在椅子上，又给他倒水拿东西，无微不至地照顾着他。

在厨房里帮忙的张文芳看到这些，神情有些复杂。赵荷花低声劝道："文芳，你看看，飞黄对你家二傻真是没话说，你就不要再怨恨他了，过去的事就让它过去吧。"

张文芳没有说话，低头盛饭。

院子里的灯点亮了黑夜，照得四周一片明亮，像这样一大家人围坐在一个大圆桌前吃饭，实在是难得，大家心情都很好，说说笑笑地吃着菜。

赵荷花倒了三杯药酒，压着嗓门儿对陈国标警告："就一两，你这身体，可不能喝多了。"

"知道了，啰唆。"陈国标白了她一眼，开始跟陈飞黄推杯换盏。

陈飞黄似乎心情很好，不一会儿，杯子里的酒就见底了，赵荷花又去给他打酒。

猴子今天很老实，一句话都没多说，默默地帮着拿东西、倒酒。

赵荷花调侃道："猴子今天晚上怎么不说话？是不是因为飞黄在，你就老实了？"

"嘿嘿，那可不嘛。"猴子有些不好意思，"在飞黄哥和二叔面前，哪有我说话的份儿。"

"也就只有飞黄能够制得了他。"赵荷花给陈飞黄夹了一块酱牛肉，"飞黄，多吃点儿，你从小就爱吃这个。"

"谢谢大婶儿。"陈飞黄吃了牛肉，给二傻夹了一块排骨。

"谢谢飞黄……"二傻只顾着埋头吃，嘴里包得满满的。

张文芳在旁边一边给他夹菜一边给他擦嘴，像照顾孩子一样照顾着他。

"文芳，你别光顾着二傻，你也吃啊。"赵荷花招呼道，"你晚上一直给我帮厨，累坏了吧。"

"没事儿，家务活儿我们都做一辈子了，有什么可累的。再说了，我和晓峰住院这阵子，多亏你帮我看着家，还给我们炖汤，今晚又在你这里白吃白喝，我不做点事儿，心里不踏实……"

|〇一六|

无家可归

芳婶儿本来今天还在镇上的医院住院，她听村里人说儿子提前出院了，马上赶了回来，帮着赵荷花一起准备晚饭。她这次住院回来，精神不太好，说话也有气无力的。

"都是自家人，别这么客套。"赵荷花拍拍她的手。

"明天还要去医院不？"陈国标问。

"不用，我已经办了出院手续了。"芳婶儿说起住院就一副头疼的样子，"天天输液，烦死了，真是花钱受罪，我闻着医院那股子味儿就难受，本来没什么大问题，好人都给住成病人咯。"

"真没事儿？"陈国标皱眉问，"你可别瞒着，有病就要治。"

"这有什么可瞒的呀，要真有事，医生肯让我出院吗？"芳婶儿急了，"荷花，你快管管你家老陈，这都不当书记了，怎么还操这么多心呢。"

"哈哈哈，他就是操心的命，一时半会儿改不了。"赵荷花大笑，"哎，对了，你们新任村支书选出来了吗？"

提到这个问题，陈国标和猴子的脸色就变得沉重起来，陈飞黄疑惑地问："新任村支书？老叔要退休了吗？"

"是啊，年纪大了，该退下来了。"陈国标笑着回应，"来，喝酒，喝酒。"

"飞黄哥，我敬你一杯。"

今晚陈国标仿佛特别感慨，一杯酒喝完了还想喝，要不是赵荷花拦着，恐怕他那个酒杯都放不下来了。

饭后，猴子先送二傻回家，芳婶儿也准备走，赵荷花拉着她说是家里有些菜，让她带回去吃。

陈国标叫上陈飞黄去看金沙河，正好，陈飞黄也习惯饭后散步，两人打着手电筒一起往金沙河的方向走去。陈国标平时话挺多的，但今晚显得特别沉默，陈飞黄主动问："老叔，您是不是有什么话想跟我说？"

陈国标抬头看着陈飞黄，迟疑了几秒，鼓起勇气说："飞黄，老叔问你，你是不是……事业出状况了？"

"嗯。"陈飞黄点头，"我的公司被查封了，项目也停工了。"

陈飞黄说得轻描淡写，就好像在说一件微不足道的小事，表情平静得没有半点情绪变化。

"啊？"陈国标徒然顿住脚步，不可思议地看着他，"怎么会这样？"

"这件事说来话长。"陈飞黄微微一笑，"老叔，您突然想起问这个，是听到什么传言了吗？"

他早就料到，这件事迟早会传开的……

"唉……"陈国标叹了一口气，把今天开会时发生的事情详细讲述了一遍，最后说，"飞黄，我之所以那么说，是跟牛田、金得财赌一口气。我知道，你是做大事的人，不会留在山河镇，所以你不用理会这件事。"

"嗯，您明白就好。"陈飞黄点点头。

"飞黄，这到底是怎么回事啊？那么大的生意，怎么突然就破产了？"陈国标依然觉得难以置信。

"这事情三言两句说不清楚。"陈飞黄很淡然，"老叔，您就别替我操心了，做生意就这样大起大落，我看得很开，我也相信，将来我一定会东山再起的！"

"对对对，每个大人物都会经历起起伏伏，我相信你，一定能行的。"陈国标鼓励道，"飞黄，老叔没什么本事，帮不了你，你生意上的事情，老叔也不懂，给不了什么意见，但是，不管你遇到什么事，金河村永远都是你家，在外面累了就回来，老叔家的门永远为你敞着，有我一口饭吃，就不会饿着你。"

"谢谢老叔！"陈飞黄十分感动。

猴子扶着二傻回到家，试探性地说："二傻，飞黄哥这几天在医院有没有跟你说什么？"

"什么？"二傻坐在床上整理自己的布包，里面有他从工地上带回来的工钱和那一千块赔偿金。

"哎呀，你把东西放下，好好听我说。"猴子一把夺走二傻的布包。

"还给我。"二傻焦急地大喊，"这是我给我妈的！"

"你先回答我的问题，我再给你。"猴子随口说。

"给我！！！"二傻急得下床来抢，受伤的腿不能受力，不小心摔倒在地上，猴子急忙上前扶起他，"你说你急什么呀，我又不会要你的东西。"

"哼！"二傻夺过自己的布包，紧紧抱在怀里，生怕猴子抢走。

"好了，好了，别生气，我就是逗你玩儿呢。"猴子揉揉他的头发哄着他，"你这里才多少钱，我和飞黄哥都帮你要回十万块的赔偿金了，十万啊，我长这么大都没见过那么多钱。"

"十万很多吗？"二傻对钱没有概念。

"十万块当然多了。"猴子羡慕不已，"我要是有十万块，我就可以……"

说着说着，他就盯着二傻的布包。是啊，如果我有十万块，那就可以结婚了。

"可以什么？"二傻疑惑地问。

"没什么。"猴子收回目光，进入正题，"飞黄哥这段时间有没有跟你说过什么？比如，他生意破产了……"

"什么是破产？"二傻又开始摆弄着床上的魔方。他像个有多动症的小孩，很难集中注意力安静地坐着，不管什么时候手上总是要弄点什么东西。

"破产就是……"猴子顿了一下，不知道应该怎么跟二傻解释，想了想，他说，"就是没钱了，所有的钱都没了，房子，车子都没了。"

"嗯。"二傻点点头，"那飞黄是破产了。"

"啊，原来是真的。"猴子脸色大变，虽然早就有心理准备，但是现在证实了真相，他还是感到震惊，他急忙说："二傻，既然飞黄哥都已经破产了，钱也没了，房子车子都没了，那就说明他无家可归，他对你这么好，你可不能不管他啊。"

"当然不能。"二傻马上抬起头，非常认真地说，"我跟飞黄说了，我家就是他家，以后他就跟我住，等我的腿好了，我去工地赚钱给他。"

"你这样说就对了。"猴子继续引导，"不过你妈不喜欢他，他肯定不会住你家的，但他离开山河镇就无家可归了……"

"无家可归？"二傻在想这个词的意思。

"无家可归就是像街上的乞丐一样，没地方睡觉，没饭吃，没衣服穿，好可怜的。"猴子夸张地形容，"受伤了也没人管！"

"不行，不行，我不能让飞黄变成这样。"二傻一下子就急了，"我要跟我妈说，让她不要为难飞黄！"

"对对对，你好好跟你妈说说。"猴子终于说到正题了，"另外，二傻，你一定要把飞黄哥留在金河村，只要你把他留下来，他就不会变成乞丐了。"

"嗯嗯。"二傻连连点头。

"你知道怎么跟他说吗？"猴子继续教导。

"我就说，不要离开，不要变成乞丐……"

"不行，你要跟他说，你的腿没好，你妈的身体也没好，你需要人照顾，如果他走了，你和你妈就没人照顾了……你只有这么说，他才不会走，知道吗？"

"知道了。"

|〇一七|
母亲的心

陈飞黄和陈国标回到家，刚好在院子门口遇到芳婶儿。芳婶儿拿着赵荷花送的一篮子菜准备回家，陈国标叮嘱她路上小心，她看了陈飞黄一眼，抬步离开，陈飞黄小心翼翼地问了一声："芳婶儿，要不，我送您回去？"

芳婶儿顿住脚步，背对着他点了点头。

陈国标大喜，急忙把手电筒拿给陈飞黄，还推了他一把："去吧，回来的路知道吧？"

"知道。"陈飞黄应了一声，接过芳婶儿手上的篮子，一声不响地跟在她身后三米的距离。

奇怪的是，芳婶儿并没有直接回家，而是带着陈飞黄绕过一片田埂，走向村头的那片山丘……

陈飞黄心里疑惑，却没有多问，依然跟在芳婶儿身后。

两人就这么沉默地往前走，一路无言。陈飞黄几次张了张口，想要说句对不起，可是心中思绪翻涌，他一句话都说不出来。当年出事的时候，他睁大眼睛呆呆地看着晓峰，一句道歉的话也没说，这么多年了，他始终记得自己欠芳婶儿一句"对不起！"

"芳婶儿，有一句话我一直想跟您说……"

"陈飞黄！"

陈飞黄正准备正式跟芳婶儿道个歉，芳婶儿突然停下脚步，回头看着他，一脸严肃地问，"你说过，你会对晓峰负责一辈子，对吗？"

"对。"陈飞黄毫不犹豫地点头。

"你发誓！"芳婶儿指着前面说，"对着你爷爷的坟墓发誓！"

陈飞黄抬头，不由得微微一怔，前面正是他爷爷的坟墓。十年前，他回到家乡为爷爷重新翻修了坟墓，旁边还种了一棵桂花树，小时候，家门前也有一棵桂花树……

芳婶儿的手电筒指着墓碑上的照片，爷爷那双慈爱的眼睛仿佛在看着陈飞黄，对他说："飞黄啊，做人，一辈子就图个问心无愧……"

"陈飞黄！！！"芳婶儿愤怒的质问声打断了陈飞黄的思绪，"你在犹豫什么？你不敢发誓？还是你根本就做不到？"

"我只是想起爷爷了。"陈飞黄叹了一口气，举起手发誓，"我陈飞黄在此发誓，这一生，定会对晓峰负责到底，只要有我一口饭吃，就不会让他饿着，只要我还有一口气在，就绝不会让任何人欺负他！如有违背，让我天打雷劈，不得好死——"

"行了！"芳婶儿打断了陈飞黄的话，点头喃喃道，"你这么说，我就放心了，放心了。"

她的声音有些发抖，情绪也有些激动，说完扭头就往回家的方向走去，瘦小的背影在黑暗里显得特别凄凉无助……

陈飞黄感觉有些不对劲，急忙提着篮子跟上去："芳婶儿，您怎么了？是不是发生什么事了？"

芳婶儿停下脚步，劈头盖脸地骂道："有什么事，你是不是希望我有事？我出事就没人骂你了是吗？我告诉你，你欠我家晓峰的，一辈子都还不清……"

"呃……"陈飞黄愣了一下，急忙保证，"是，所以我会好好照顾他，您放心。"

芳婶儿大概意识到自己有些失控，缓了缓，她又低沉地说："如果我不在了，你就把他带到城里去，让他帮你看看门，打打杂都行，给个住的地方，给口饭吃，别让他被人欺负……"

说到最后那句话，她突然就哽咽了，捂着嘴转身快步离去……

陈飞黄看着她的背影，眉头紧紧皱起来，他突然意识到，芳婶儿可能真的……有事！！！

陈飞黄把篮子送到芳婶儿家门口，敲了敲门，听到脚步声过来就走了。

这个晚上，陈飞黄一夜未眠，第二天一大早他就叫上猴子带他去镇上的医院。猴子骑着摩托车来接他，问他是不是哪里不舒服，他没有回应，猴子见他心情不好，也就没有多问。

两人来到医院，陈飞黄让猴子去找到芳婶儿的主治医生。这医院很小，真正的医生总共也就那么几个人，猴子很快就把人给找到了，带着陈飞黄来到马医生办公室。

陈飞黄走进来，顺手把门给关上，直截了当地地询问芳婶儿的病情，马医生推了推眼镜，上下打量着他："你是张文芳什么人？"

"马医生，这是飞黄哥。"猴子连忙抢着回答，"是我们村的陈飞黄，小金河桥就是他修的……"

"噢，我知道你。"马医生点点头，继续写单子，并没有要回答的意思。

"马医生，我就想知道芳婶儿的病到底是什么情况，如果还可以治，我就带她去城里治病。您是医生，您也知道，这病情耽误不得……"

"去城里治病可要不少钱啊。"马医生看了他一眼，"她跟你无亲无故，你真要这么做？"

"这您就不用管了。"陈飞黄急了，"人命关天，麻烦您告诉我吧。"

"马医生，您就说一下吧，飞黄哥跟二傻情同手足，他不会看着不管的……"猴子也跟着说。

马医生沉默了几秒，叹息着说："治不了了，就算你送到北京协和也没用，肺癌转移到脑部，晚期，没多少时间了。"

| 〇一八 |

新任副镇长

"什么？"陈飞黄脑子轰的一声，整个人都僵住了。

猴子也惊呆了，他知道芳婶儿去年住了院，没想到会这么严重……

"去年在市里检查出来中期，她没有接受治疗，一直拖到现在，拖成了晚期。"黄医生凝重地说，"她这次晕倒送过来，我建议她去市里治疗，她不肯去，我说那你起码去做个检查吧，我好知道你现在什么情况，不然怎么给你开药？陈书记的老婆也在劝她，说她倒了儿子可怎么办，于是她一个人摸索着去市里做了检查，拿着片子和检查报告回来找我，我看了片子……唉……"

"片子和检查报告在您这里吗？"陈飞黄问。

"在我这儿。"黄医生从抽屉里翻出那个CT片递给陈飞黄，"那天她失魂落魄的，忘记带走了。"

"谢谢！"陈飞黄看了检查报告，眉头皱得更紧，"我可以拿走吗？我想拿去问问其他医生。"

"可以。"马医生点头，"希望有奇迹。"

"对了，马医生……"陈飞黄想了想，还是问出口，"以您的经验估计，芳婶儿还有多长时间？"

"保守估计，半年到一年吧……"

从医院离开，陈飞黄打电话给他从前相识的医生，把检查报告拍照发过去，得到的是跟马医生相同的结论，医生给的建议是让病人好好享受余下的生命，其他的话也就没有多说了。

陈飞黄心里五味杂陈，百般不是滋味。

猴子今天很沉默，推着摩托车默默陪着陈飞黄往前走，不知不觉，两人就走到了金河大桥边，陈飞黄看着不远处断掉的小金河桥，忍不住叹了一口气。

"飞黄哥，你别太伤心了，我觉得这都是命。"猴子安慰道，"我们这小地方很多人得癌症的，我们村就我知道的都好几个了，三狗他爸，双喜他三叔，金凤姐的公公……这两年相继得了癌症，只有三狗他爸在市里治疗，其他人都是在家吃中药熬时间……"

"怎么会有这么多人得癌症？"陈飞黄眉头紧皱，"有没有查过水源？"

"什么水源？"猴子没听懂。

"现在镇上的自来水都是从金沙河抽的吧？你看看河水，脏成这样，人喝了能不生病吗？？"

陈飞黄看到远处的河滩上有很多挖砂船正在挖砂，河水已经变成绿色，河边还漂荡着垃圾。前两次他来河边的时候都是夜色暗沉，看得不太清楚，更何况，他之前是在小金河桥，那边的河水还算干净，这一片简直惨不忍睹。

"金沙河早就变了。"猴子感叹道，"小时候在河里撒泡尿转身就能喝水，现在河里连鱼都没了！"

"这是在吃绝户饭啊！"陈飞黄皱眉看着那些挖砂船，"这些挖砂证吗？"

"什么证？"猴子一脸茫然，"挖砂还要证？"

"河砂属于国家矿产资源，私自开采是违法的。"陈飞黄讲述道，"而且，非法采砂对河道生态环境有很大的破坏力。"

"啊，原来是这样啊，我都不懂呢。"猴子恍然大悟，"对了，我听二叔说，好像现在挖砂都是金会计的儿子在搞。"

"金会计？"陈飞黄记得这个人，"金得财吧？"

"对，就是他。"猴子说起他就来气，"金得财一家人都不是什么好东西，这些年他们一家在镇上可捞了不少钱，上次在会上还说你……"

"行了，先回去吧。"

陈飞黄现在没心情管这些，他满脑子都是芳婶儿的病情，他现在才明白，芳婶儿昨天晚上为什么非要逼着他在爷爷坟前发誓，原来她是担心自己走了，二傻就没有人照顾。

回村的路上，猴子一直在感叹芳婶儿实在是太可怜了，一辈子辛苦操劳，三十岁就开始守寡，本来盼着二傻长大了可以熬出头，没想到二傻又出了事，眼瞅着把二傻拉扯到三十多岁，还能出去打工挣点钱，母子两人能安安稳稳度过下半辈子，没想到自己又病倒了，这以后可怎么办啊。

陈飞黄一句话都没说，只是默默地取消了订好的车票，这个时候，他若是走了，心里也不安宁。

回到陈国标家，还没进院子，陈飞黄就听见赵荷花爽朗的笑声："我早就听说省里要派干部下乡，可没想到居然是一个清秀的小姑娘。顾镇长，看你年纪，大概跟我闺女差不多吧。"

"大娘，我今年二十九岁，不知道您闺女多大？"一个好听的声音传来。

"是她！"猴子眼前一亮，急忙推开院子门儿。

陈飞黄抬步的时候，刚好看到扭头看过来的女孩，他不由得愣住了，是顾千秋！！！

"飞黄，你回来了，快来快来，我给你介绍一下。"赵荷花上前拉着陈飞黄，笑着介绍道，"这位是省里派下来的干部，是我们山河镇新上任的副镇长。"

"原来你是副镇长啊！"猴子激动不已，"我真是有眼不识泰山……"

"哈哈……"顾千秋大笑，"人民公仆是为人民服务，怎么会是泰山呢？"

她落落大方地跟猴子握手，又向陈飞黄伸出手："陈飞黄，又见面了。"

"上次谢谢你。"陈飞黄跟她握了握手，微笑着说："一直想找机会当面答谢，没想到这么快就见面了。"

"我要是知道你们住在金河村，早就来找你们了。"顾千秋笑着说，"今天是带着任务来的。"

"任务？"陈飞黄有些疑惑，陈国标激动地说，"顾镇长刚上任就为我们金河村做了一件大好事，她呀，协调好了修桥的事情，明天就可以开工修建小金河桥了。"

"那真要谢谢你。"陈飞黄意外地看着顾千秋，这小小姑娘，没想到办起事来这样有魄力，"看来你是个能为百姓办实事儿的干部！"

"哈哈哈，能够得到你的夸奖，我很荣幸。"顾千秋笑起来有两个酒窝，"还有一件事，我想和你，还有陈书记单独谈谈。"

"好。"陈飞黄点头。

"来来来，里屋请。"赵荷花热情地邀请，"茶水都备好了。"

❧

|〇一九|
二傻不傻

三人进了里屋，猴子拉着赵荷花低声问："二婶儿，顾镇长来找飞黄哥是商量那件事吗？"

"嗯。"赵荷花点头，"顾镇长一直在这里等飞黄回来呢，等了两个多小时！"

"没想到镇上这么重视飞黄，这副镇长还特地上门来请他。"猴子有些激动，"如果飞黄哥能够当上村支书，我们金河村就有希望了。"

"你想得真美。"赵荷花白了他一眼，转身去了厨房，"我看顾镇长今天是要白跑一趟咯。"

猴子眼睛盯着内屋的门，等待结果，急得直搓手。

这时，二傻拄着拐杖从外面走进来："猴子，飞黄呢？"

"二傻，你来得正好。"猴子急忙上前扶着二傻，"飞黄哥正在里屋跟新来的副镇长谈事情呢，等会儿见机行事，在关键时刻助助力，一定要把飞黄哥留下来。"

"什么……"二傻没听懂他的意思，从怀里掏出一个东西，"我是来给飞黄哥送烤红薯的……"

"那行，那你送给他的时候，把我昨天教你的话说一遍，知道吗？"猴子提醒他。

"什么话？"二傻一脸茫然。

"我的天哪，我昨晚跟你说那么久白说了吗？"猴子捂着额头哀号，"我不是告诉你，要把飞黄哥留下来吗？他现在已经破产，无家可归了，如果他走了，就要流落街头……"

"我，我知道了。"二傻连连点头。

"知道就好，飞黄哥还没吃早餐呢，快去吧。"猴子扶他上了台阶，"慢点儿。"

"噢！"

屋里，顾千秋已经说明了来意：马主任回去跟她讲了那天村委会的会议情况，并且向她介绍了陈飞黄，她得知金河村有这样一个不可多得的人才，欣喜不已。她这几年一直都在做扶贫攻坚工作，深知下乡扶贫不是一件容易的事情，有文化有责任心的干部不少，但是有致富经验的人才却不多。所以，她非常想留住陈飞黄。当然，能不能当选村支书，还是要党员投票决定，不过那是后话，她就怕，陈飞黄连竞选都不愿意参与。

顾千秋说完自己的来意，等待着陈飞黄的回应，而陈飞黄只是慢悠悠地喝茶，没有说话，仿佛在思考着什么。

陈国标想着他肯定是不可能留下来的，之所以犹豫，恐怕是不知道怎么开口拒绝顾千秋，于是解释道："顾镇长，那天开会有些意外情况，我当时也是一时冲动，没有考虑周全就推荐了飞黄。其实飞黄纯粹是因为一些私事，才在金河村待了几天，他是做大事的人，迟早是要走的……"

"我知道。"顾千秋微笑地看着陈飞黄，"我大概知道一些你的情况，之前你生意做得很大，这正说明你能力过人。不过，我个人认为，一个人的成功，不在于挣多少钱，而是要看他是不是活得舒坦，过得开心，是不是对社会有价值！山河镇是个好地方，这里虽然不比城里繁华，但这里有山有水，还有善良纯朴的人们，也许，你在这里也能打造出一番天地呢？"

"顾镇长，你这番话很打动我。"陈飞黄抬头看着她，"只是，我志不在此……"

"唉，真可惜……"

"飞黄……"二傻的声音突然打断了顾千秋的话，三人回头看去，只见二傻拄着拐杖，兴冲冲地走进来。陈飞黄正要起身去扶他，他受伤的腿一下子碰到门槛儿，"砰"的一声，整个人就摔倒在地上。

"晓峰！"陈飞黄一个箭步冲过去将他扶起来，"你没事吧？腿有没有碰到？痛不痛？"

"没事没事，嘿嘿。"二傻傻乎乎地笑了。

"二傻呀二傻，你腿都受伤了不在家好好休息，跑来跑去的干吗？"陈国标又气又急，"走路的时候也不扶着墙，左手还插在衣服里面，吊儿郎当的，怎么不摔倒？？"

"我给飞黄烤了红薯，我怕冷了，就把它捂在胸口。"二傻的手从胸口的衣服里抽出来，掌心握着一个用纱布包着的烤红薯，"飞黄，你最爱吃烤红薯了，快尝尝。"

刚才那么一摔，红薯却完好无损。

"你看，一点儿都没摔坏，嘿嘿，我厉害吧。"二傻得意地笑道，"我摔下去的时候，这只手很小心地捂着红薯……"他一边说一边比画，"这里拱起来，所以红薯才没有被我压扁。"

陈飞黄看着二傻憨厚的样子，再看看他手中的烤红薯，心一下子就被触动了……

小时候，他们就是在山上烤红薯吃，遇到了炸山，然后晓峰就出事了。

过了二十多年，晓峰还记得他爱吃烤红薯，怕红薯冷了，还特地捂在胸口保温，摔倒的时候没有考虑过自己受伤的腿，全身心地保护着红薯。

二傻，可真傻！

看到这一幕，陈国标愣了一下，摸摸二傻的头，表示自己的歉意。

顾千秋鼻子一酸，忍不住红了眼，上前扶着二傻："晓峰，先坐着，别再碰到腿了。"

陈飞黄低下头，蹲在二傻面前给他检查腿，确定没碰到伤口，这才松了一口气。

"飞黄，快吃红薯，冷了就不好吃了，我给你剥皮。"二傻给陈飞黄剥着红薯外面的壳，把红薯递到他嘴边，"尝尝，你最喜欢吃的红心红薯。"

陈飞黄咬了一口，连连点头："嗯，好吃好吃。"

他心里泛起阵阵酸楚，内疚感又再次涌上心头，相比二傻对他的好，他做得实在是太少了……

"咦，这是什么？"二傻突然拿起桌上的一个医用X光袋子，陈飞黄反应很快，马上夺过来，"别人的东西，别乱动！"

"噢！"二傻乖乖地点头。

"飞黄，你早上去医院拍片子了？你哪里不舒服？"陈国标关切地问。

"没事。"陈飞黄刚才回来的时候就被顾千秋叫到这里，没来得及收好片子，没想到被二傻发现了，还好他们没有看到里面的检查报告单。

"咦，这不是上次送我们去医院的姐姐吗？"二傻的注意力很快就被顾千秋给吸引了，"姐姐，我跟我妈说了你送我去医院的事情，她也说要谢谢你呢，我去告诉她……"

说着，二傻就要起来，顾千秋连忙拉住他："晓峰，别忙了，我是来找陈飞黄的！"

"哎呀，二傻，你怎么在这里呀？他们在谈正事儿呢。"赵荷花急匆匆地走进来，把二傻连哄带骗地扶了出去，"来，婶儿给你拿饼干吃。"

"婶儿，是那个黑饼干吗……"二傻一边往外走一边回头对陈飞黄说，"飞黄，我让我妈把你的床铺好了，还给你买了白毛巾和新牙刷，等我吃完饼干，咱们就回家住……"

陈飞黄看着二傻离去的背影，又看看手中的红薯，心里感慨万千，谁说二傻傻？其实他一点都不傻，他只是一直保持着孩子时的天性，永远都是这么纯真、善良。

| ○ 二 ○ |
竞选

"陈书记，我先走了，下次再来拜访您。"顾千秋起身告辞，"陈总，要不，那件事您再考虑考虑？"

"不用考虑了。"陈飞黄突然说，"我决定留下来！"

"太好了！"顾千秋喜出望外，"山河镇欢迎你！"

这天晚上，张文芳和二傻过来接陈飞黄到他们家去住，张文芳话不多，只是淡淡地说了一句："你小时候住的房间，晓峰非闹着让我给你收拾出来了，你搬过去住吧，总麻烦陈书记家不好。"

"瞧你说的，都是自家人，什么麻烦不麻烦的。"赵荷花笑道，"不过我家就我跟老头两人，是冷清了点儿，飞黄过去跟二傻有个伴儿也好。再说了，咱们两家离得近，我在院子里喊一声，你们就能听见，我这边煮好的腊肉香肠，香味儿都能飘到你家门口。"

"哈哈，对对对。"张文芳笑了。

"所以说，住哪边都一样。"赵荷花拍拍她的手背，"飞黄能留下来，我们都高兴，是吧。"

"嗯。"张文芳点了点头，"是。"

陈国标和赵荷花对视一眼，看到张文芳能够原谅陈飞黄，他们都感到十分欣慰。

三天后，金河村正式进行选举，陈国标一大早就去二傻家把陈飞黄给叫了起来，还再三叮嘱陈飞黄准备发言稿。二傻今天换上了新衣服，陪陈飞黄一起去。猴子特地把双喜叫过来给陈飞黄助阵，赵荷花也召集了潘银莲和李莉莉等一些妇女为陈飞黄助威！

但就是这样的阵势，还是被六组的牛壮给比了下去，牛家号召了六组几乎所有男女老少，还有牛壮媳妇娘家四组的一伙人，两个组加起来几十人浩浩荡荡地赶到村委会。

　　马主任今天亲自来监票，看到这个情景，委婉地提醒："大壮啊，村支书可是由党员投票选举，你叫来这么多亲友团干吗？"

　　"马主任放心。"牛壮殷勤地给马主任递烟，笑着讨好道，"我绝对不会扰乱会议秩序，这些乡亲父老都是自愿来支持我的，你不晓得，平时我就爱跟人打交道，哪家办事儿，都是从我家买肉，我这人啊……"

　　"看来大壮的群众基础很强大啊。"马主任笑着打断了他的话，"我不抽烟，谢谢。"

　　"那是当然，我爹当了十几年组长，组里大大小小的事儿都是他在操办，而且我们家一直在街上卖肉，全镇百姓们吃的猪肉几乎都是在我家买的，整个山河镇就没人比我群众基础更好了。"

　　牛壮一说话就爱吹牛，唾沫星子四处飞溅，都溅到了马主任脸上。

　　"呵呵，那是，那是。"马主任笑得有点难看，抬手摸了摸脸，随即找了个借口去招呼其他人，"金会计来了！"

　　"马主任好！"

　　陈飞黄一行人到达村委会的时候，离开会就只有两分钟时间了，陈国标领着他走进去坐下，顿时，全场的人都看着他，有些人在默默地打量着他，有些人已经开始低声议论——

　　"哎，这就是陈飞黄？嘴巴上毛都没几根，看起来跟我家那臭小子差不多年纪啊！这么年轻，能当好村支书？"

　　"听说有三十六七了，城里人保养好，显年轻。"

　　"据说他的公司开得很大，赚了好多个亿呢。"

　　"怪了，那么大的生意放着不做，跑回来当村支书，图啥？"

　　"我们这穷乡僻壤，有啥可图的？我听说他公司破产了，被债主赶出了成都，没地儿去，所以才回来避难的。"

　　"原来是这样啊……"

　　"如果真是这样的话，那可不能让他当村支书，到时候不要说什么脱贫致富，反而还给我们惹麻烦。"

"就是，生意人最奸诈！"

"……"

听到这些言论，陈国标气得脸都绿了，站起来就要跟他们理论，陈飞黄拉住他的手，示意他淡定。

猴子双喜二傻等人在外面张望，双喜看到他爹坐在牛壮那边，急得直挥手，他爹摇摇头，反过来向他使眼色，示意他赶紧离开，别在这里瞎掺和。

赵荷花坐在后面，一边织毛衣一边跟旁边的妇女主任金嫂聊家常，牛田拿着一包烟挨个儿散烟，笑着招呼："多关照，多关照啊！"

大多数人都接过了他的烟，包括女同志们，想着拿回去给自家老爷们儿抽也是好的，金嫂接过烟，笑着打趣："哎呀，还是娇子呢，好烟啊！！！牛组长今天可是下血本了。"

"什么血本啊，乡里乡亲的，请你们抽根烟那还不是应该的吗？"牛田笑得眼睛都眯起来了，"再说了，我儿子是晚辈，他以后还需要你们指点呢。"

"是吧，陈书记。"牛田给陈国标也递了一根烟，陈国标下巴一仰，不搭理他，他拍拍脑门儿补了一句，"哎呀，瞧我这记性，陈书记早就卸任了，现在不能叫陈书记了！陈国标同志家里富裕，大概瞧不上我这根烟，那就算了。"

"那还真是瞧不上。"赵荷花撇嘴一笑，脆脆的嗓子说话特别响亮，"我家老头子不送礼不收礼，那是清廉、干净，不拿群众一针一线。这下一任书记竞选人的老爹，还没开始竞选就到处给人散烟，不知道是什么风气呢？"

"你……"牛田气得脸色铁青。

"好了好了，开会时间到了，大家请就座！"马主任用话筒宣布。

牛田狠狠瞪了赵荷花一眼，回到位置上。

牛壮一坐下就习惯性地抖腿，双臂环胸，牛田推了推他，他这才把胳膊放下来，稍微坐直了些，但是没一分钟就受不了，桌子下的二郎腿又抖了起来。

而另一边，陈飞黄端端正正地坐着，安静地听着，平时那些开会就开小差聊天吃瓜子的人见到他这样，都不由自主地放下东西，认认真真地开会。

台上，马主任先是说了选举章程和草案，随即宣布，新上任的副镇长顾千秋同志将要发表讲话。

顿时，台下议论纷纷。这时，穿着修身西装的顾千秋走了进来，台下掌声响起。工作人员摆上名牌，顾千秋坐在台上，微笑地向大家问好，自我介绍，然后发表讲话。

台下，作为候选人的陈飞黄安静地听着，开始对顾千秋另眼相看，与许多干部不同，她没有说什么官话客套话，而是说了一些实实在在的想法，要找一个有头脑有能力肯干实干的人来带领大家脱贫致富，不能让子子孙孙都守着一堆黄土刨食，一辈子都不知道外面的世界是怎样的……

顾千秋一番话让台下的群众感同身受，顿时，台下掌声雷动。

陈飞黄也在鼓掌。

接下来的程序就是候选人发表感言。一共五个候选人，除了陈飞黄和牛壮，另外三个都是金河村的组长。他们先发表讲话，内容都是大同小异，大概就是说，如果自己当选的话，一定会做好本职工作，尽心尽力地为人民服务。

接着就是牛壮发表讲话，一看他就是做好了充足的准备工作。他清了清嗓子，慷慨激昂地说："都是乡里乡亲的，我也不跟大家伙说什么漂亮话。就一句——我家养猪杀猪不少挣钱，想跟我一样，年头不借债、年尾有钱花，四时八节都能吃得上肉，寻常日子还能有一挂下水打牙祭，那就选我当村支书！"

"哟，你这意思是，选你当村支书，你就免费送猪肉？"金嫂笑着打趣。

"选我当村支书，我就教大家养猪。"牛壮拍着胸脯保证，"到时候，家家户户都能像我一样发家致富。"

"对对对。"牛田站起来拉票，"我牛田在此保证，只要我家大壮当上村支书，我们一定把养猪的技术传授给大家……"

牛田家一直以养猪和卖猪肉为营生，镇上最大的猪肉铺就是他家开的，平时他家里就喂养了十几头猪，其中包括一头种猪，养猪的村民们都是去他家配种、买小猪仔，办喜事儿的时候也是去他家买猪肉。

如果牛家能够把养猪技术传授给大家，那在一定程度上确实是可以帮助大家脱贫致富的。

牛壮发表完讲话之后就轮到陈飞黄了，此时在场已经有大半的人表示要支持牛壮，还有一部分持观望态度，想先听听陈飞黄怎么说再做决定，毕竟陈飞黄是做大生意的人，如果他的产业还在的话，那随便从指甲缝里挤一点出来都够他们致富了。

陈国标心里惶惶不安，他担心，陈飞黄现在没有资本，拿什么来跟牛家比？

然而，陈飞黄很有气度地站了起来，正准备讲话，金得财突然问了一句：

"陈总，在你发言之前，我有一件事想要先确认一下，请问你是不是破产了？并且负债累累？"

这番话一说出来，现场传来一片哗然，一群人开始议论纷纷，早就听说陈飞黄破产了，只是以为那是传言，现在金会计当面质问，想必是真的了。

现在，大家都等着陈飞黄的答案。

台下，陈国标为陈飞黄捏一把汗。他早就知道，金会计跟牛田是穿一条裤子的，只是没有想到金会计这么卑鄙，在这样关键的时刻当着众人的面来揭陈飞黄的短。

"金会计，这关你什么事？"赵荷花是个暴脾气，当场就站起来骂了，"你这分明是在帮牛壮……"

旁边的妇女主任金嫂拉住了她，马主任连忙维持秩序："现在是竞选村支书，不相干的问题不用回答。"

"怎么会不相干呢？"牛田冷笑道，"如果他破产了，一无所有，拿什么来带领大家脱贫致富？"

"这两个老王八蛋！"门口，透过缝隙看着这一幕的猴子气得咬牙切齿，双喜在一旁干着急，"怎么办呀？"

"怎么了？发生什么事了？"二傻焦急地问。

屋里，大家都看着陈飞黄，陈飞黄淡淡一笑，坦然回应："从某种角度来看，应该算是破产了吧。"

"城里人说话就喜欢绕弯子。"金得财嘲讽地笑了，"破产就是破产了，什么叫从某种角度来看呀？"

"金会计……"

陈飞黄正要说话，顾千秋先发话了："你今天的职责是投票，不是主持，也不是审问！"

"噢，顾镇长说得是。"金得财尴尬一笑，自打圆场，"中午多喝了两杯，话多了，呵呵！"

"遵守会议秩序，是每个党员应有的素质！"顾千秋面带微笑，语气却很严肃。

金得财尴尬地扯了扯嘴角，一句话都不敢说。

"咳咳，金会计只是怕大家上当受骗。"牛田低声嘀咕了一句。

"请大家保持安静。"顾千秋看了他一眼，拿过马主任面前的话筒，亲自来主持，"陈飞黄同志，你可以开始发言了。

"谢谢！"陈飞黄微笑点头，接过马主任递上来的话筒开始讲话，"刚才牛壮那番话真是吸引人啊，听着连我都心动了，如果家家户户都能过上他们家那样的富裕日子，那的确是不错的……"

听到这些话，大家都感到十分意外，难道他已经认怂了？

"知道就好，现在认输还来得及。"牛壮双臂环胸，高傲地仰着下巴。

陈国标又气又急，赵荷花也跟着着急，站起来就要为陈飞黄说话，又被金嫂拽到座位上。

陈飞黄淡淡一笑，客客气气地说："牛壮说得对！养猪的确是能致富，可大家想想看，为什么牛壮这样的家庭，在咱们村算是少数？就因为方圆二十里，只有牛壮一家养猪杀猪。

"逢五逢十的圩场，一头猪朝着案子上一摆，半上午功夫就能卖光！可要是咱们村家家户户养猪，先不说这从无到有需要摸索实践的时间，就算是大家养出来猪了，谁来买？

"我给大家算笔账——牛壮家一年出栏三十头猪，刚好能供上咱们村周围十里八乡的消费，还略有富余。

"可要是大家都养，咱们村两百八十二户人家，算一半人家养猪，每家每年出栏五头猪，那就是七百多头猪。这么多肉，卖给谁？"

这番话一出，全场的人又再次愣住了，刚才他们只是想着可以学到养猪技术就能发财了，却没有一个人往深层次想，陈飞黄这番话倒是提醒了他们——

现在农村经济不发达，家家户户省吃俭用，逢年过节才买点肉回家，平时吃个鸡蛋就当是开荤了，牛壮他们家的肉就经常卖不完，要冻起来到年尾卖僵尸肉，如果真的家家户户都养猪，肉卖给谁啊？

这一下，台下很多人都动摇了……

陈国标连连点头，这一点，他也想到了。

牛壮一下子就急了，站起来质问陈飞黄："你说我教大伙儿养猪没用，那你有什么本事？你倒是说说！"

陈飞黄看了他一眼，进入正题："咱们村周围方圆二十里，七山二水半分田。要想靠着在土里刨食，混个温饱是没问题，想要手里有活钱，那就是做梦了!

"在农村，想要脱贫致富，自然是要回归到本身，比如养殖和种植，可是现在，年轻人出去打工，家里只留下老人和孩子，那么多地荒着没人种，鱼塘里到了季节丢点鱼苗下去就放着不管了，不好好经营，怎么会有收成?"

"那也没办法啊，养鱼还能养出什么花样来?"

"我天天守着鱼塘，一年到头也就过年赚个万把块钱……"

"你那鱼塘还算好的，我一块钱都没赚到，鱼苗钱都得赔进去。"

大家你一言我一语地讨论起来，陈飞黄扬起手来打断他们的话，继续说:"大家都是在山河镇长大，从小就在山上下套逮野物，村子周围都跑遍了。我问问你们，这周围冬暖夏凉、云遮雾罩的山涧有几处? 都不用筑坝，拿石头一垒就是现成的山塘。野生鱼的价钱，出山二十里就翻一倍。要是能运进二百里外的省城，你们算算能卖多少钱?"

"对对对，我侄女婿就喜欢上山抓野生鱼，骑摩托车送到市里卖，卖二十多块一斤，那些酒店还抢着要呢。"一个村民急忙说。

"废话。"金得财冷笑道，"谁不知道野生鱼赚钱? 可是野生鱼出水就不好活，出山二十里，一挑子鱼就能死一半。运出去二百里，怕不是都得死光?"

"野生鱼出水难活，那是因为水里氧气不够。所以，运输的时候备上氧气泵，一路给水箱里增压加氧。别说二百里，四百里也能叫野生鱼活蹦乱跳!"陈飞黄说。

"这倒是个好主意。"又有村民附和。

"对对对，能行，能行。"陈国标有些激动。

"氧气泵? 那得多少钱?"金得财又质疑道，"赚的钱还不够买氧气泵!"

"一辆车弄两个氧气泵，车厢里可以装几百条鱼，算下来，一个氧气泵差不多要二十条鱼的价钱，能够保住几百条鱼活蹦乱跳，这买卖值不值，大家自己算算!"陈飞黄摊了摊手。

台下的人全都在算账，还有人在低声议论，说这个方法可行，可是金得财马上又质疑了:"生意人就是喜欢给人画饼，说得比唱得还好听，山涧里的野生鱼能有多少? 全村人天天去抓鱼又能抓多少? 这比养猪还不实际。"

"金会计问得好。"陈飞黄向他竖起大拇指，"这就是我下一个要说到的问题——山涧里的野生鱼数量有限，不足以让我们发财，所以，我们要打造生态鱼塘，养殖野生鱼！"

"你说养就养？你一个做生意的，懂养殖吗？赔了算谁的？"牛田怒喝。

"我觉得陈飞黄同志的建议非常好。"顾千秋表态，"省里也在鼓励新兴养殖方法，如果有需要，我可以联系农业局和水产畜牧的相关专家提供技术指导！"

"你们看，技术问题解决了。"陈飞黄笑道，"既然是我提出来的建议，赔了当然是算我的，你们不需要承担风险！"

"这样的话，我愿意跟着你干。"马上就有一个养鱼的村民举手表态。

"我也愿意……"

"大家先别着急，刚才我说的养殖野生鱼只是其中一项，目前还有一个项目比较急，那就是做一个蔬菜基地，大量地种植蔬菜……"

"种那么多蔬菜，卖给谁啊？"

"凤凰镇有个蔬菜基地，城里的菜市场都在他们那边进货，我们的蔬菜都是种来自己吃，或者拿到镇上去卖。"

"我们种植的蔬菜不是卖到城里的菜市场，而是直接跟工厂合作。"

"工厂？什么工厂？"大家都感到疑惑。

"大家应该知道，县城有个方便面工厂吧？"

"知道，很有名的……康师傅……"

"大家都吃过方便面吧？方便面里除了面饼之外还有什么？"

"调料包。"

"调料包里是不是还有一包风干的蔬菜包？"

"对对对，有。"大家的热情全都被调动起来。

"蔬菜包就是把新鲜的蔬菜风干，需要的都是一些普通的蔬菜，胡萝卜，莲花白，葱……这些菜简单好种长得快！"

"对对对，我家种了好几片呢……"

"我家也是，我们吃不完，有时候把莲花白拿来喂猪。"

"我们吃的新鲜蔬菜有限，但风干后的蔬菜包可以存放很久，而且方便面销往全国甚至全球，工厂对蔬菜的需求量非常大，只要把这条线打通，蔬菜基地的菜不愁没销量……"

"太好了，太好了。"大家十分欣喜。

"你说得倒容易，谁来打通……"

"我已经联系好了。"陈飞黄说，"这几天我没事干，跟猴子骑着摩托车到处转，发现了那个方便面工厂，于是找他们负责人谈了谈，现在双方已经达成协议：由他们出资在我们金河村建立蔬菜基地，并且聘请我们金河村的村民来种菜！

"这样一来，我们村老人和妇女的工作问题就解决了。同时，他们建立蔬菜基地租用我们的土地，就要缴纳租金，这笔钱就可以拿来当成养鱼的资金……

"具体的操作方式，我会列出一个详细的计划书，递交村委会和镇里，总之就是保证让金河村的村民们有钱赚，有好日子过。

"即便我没有当上村支书，这个事情也可以进行下去，这是一条现成的致富之路，照着做就有钱赚！"

"太好了，太好了，陈飞黄还没当上村支书就已经为我们找到赚钱的路子了，我选你……"

"我也选你！"村民们激动万分。

"乡亲们，山河镇是风水宝地，还有很多宝藏没有开发，只要大家愿意，我可以带领大家一起去挖掘这个宝藏！"

"我支持你！！！"村民们全都在高喊。

简简单单几分钟的发言，已经赢得了全场村民的支持。

陈国标和赵荷花打心里为陈飞黄感到高兴，起初的担忧和不安，全都在这些掌声中消失不见，取而代之的是骄傲和自豪。

顾千秋微笑地看着陈飞黄，眼中满是欣赏，她觉得自己的眼光没有错，从第一眼看到陈飞黄，她就知道，这个男人非比寻常！！！

牛家虽然不服气，却也抵不过群众的呼声，再说了，陈飞黄那一番话，让他们无从反驳，最后也只得灰溜溜地退出会场。

外面等候已久的亲戚朋友迎上去询问情况，牛田怒喝道："一群傻子，被一个骗子给骗了！"

"做生意的就是油嘴滑舌，我倒要看看他能不能兑现自己说的话。"金得财嘲讽地冷笑道，"咱们走着瞧！"

"就是，走着瞧！"

新任村支书

　　陈飞黄正式上任金河村村支书一职，乡亲们都在为他感到高兴，很多村民拿着自家养的鸡，提着鸡蛋、茶叶之类的礼物到二傻家串门儿，顿时，院子里围满了人，十分热闹。

　　陈国标在这里帮陈飞黄坐镇，把东西全都退了回去，劝大伙儿安安心心地回家等待召唤，蔬菜基地的事情已经谈好了，一旦开工，村里家家户户工作都有着落。

　　乡亲们一听就放宽了心，提着东西高高兴兴地走了。

　　晚上，张文芳非要拉着大伙儿在她家吃饭，平时都是陈国标和赵荷花照顾她们母子，今天她也想做顿饭回报他们。

　　从她丈夫走了以后，三十几年了，她家院子的门儿就冷冷清清的，很少有人踏进来，可是今天，村里那么多人提着礼物到她家来拜访陈飞黄，对她的态度那是一百八十度大转弯。以前村里没几个人拿正眼瞧她，现在一个个见了她都是客客气气的，就连称呼都恭敬起来！

　　张文芳做了一大桌子好菜，叫上猴子和双喜陪着陈飞黄喝几杯，陈国标也得到赵荷花的允许，倒了一两自家泡的酒，爷几个聊着致富之路，谈着对未来的发展，一个个都充满希望！

　　猴子激动万分，说自己跟对了人，就连向来瞧不起他的老爹都说他跟着陈飞黄一定能有出息！

　　双喜忐忑不安地给陈飞黄敬酒道歉，说父亲跟牛家是亲戚，所以今天被牛田拉去那边站队，他为此感到抱歉，回去一定好好跟父亲讲道理。

　　陈飞黄笑了，这些小事，他从来不会放在心上，随即进入正题：蔬菜基地需要人手，等生态鱼塘做起来了也需要人手，即使是村里六十岁以下的留守老人全都一起上岗了，人手还是不够！所以，他让猴子和双喜把平安等在外务工的同乡都叫回来。

　　猴子和双喜一听这个，高兴不已，表示这件事交给他们，这十里八乡的年轻人，他们都熟悉，微信上同乡群同学群好几个，发发消息就能叫回来一群人。

陈飞黄一听就乐了，这些年轻人，正是一股子精力没地儿使的时候，可以一个顶两个用！

深夜，大家都散去了，陈飞黄帮张文芳收拾厨房，洗了手来到院子里，看到二傻坐在竹椅上，拍着自己的腿说："腿呀腿，你快点好起来吧，我也想帮飞黄干活儿。"

听到这句话，陈飞黄感触很深，是啊，他得给二傻也安排个事情，让他有成就感，人生才会更有意义！

陈飞黄办事效率很高，第二天，他就骑着猴子的摩托车去了县里，找到方便面厂家"老康家"负责人包总签订合同！

这个方便面工厂是去年修建的，工厂一直在附近采购大量新鲜蔬菜用来制作蔬菜包，凤凰镇有个蔬菜基地也曾给他们提供蔬菜，只是那个蔬菜基地发现自己的货很抢手，于是就涨了价钱，还经常供应不及时，包总对此十分气恼。

而且，因为周围采购的蔬菜量不够，包总就得从其他分工厂进货蔬菜包，这样就大大地提高了成本，他正在为这个问题感到头疼的时候，陈飞黄就找上门去向他提议建立蔬菜基地的事情，包总跟他一拍即合！

山河镇在山腰上，大多是梯田坡地，土地很难流转出去，所以现在承包土地做蔬菜基地成本很低，而且这些留守农民都是种菜的好手，聘请他们来种菜，不仅能收获大量的新鲜蔬菜，还能加工更多的蔬菜包卖给其他工厂！

陈飞黄还提供了几个建议，金河村不仅可以种植蔬菜，还能种植各种菌类，这些也都可以加工，比如菌类可以烘干，包装好卖到城里当特产，金针菇和嫩竹笋可以做成小零食……只要蔬菜基地建立起来，以后他们就有了自己的货源，公司可以做出更多产品！

用低成本建一个蔬菜基地，不仅能够为工厂提供充足的货源，还能开创更多的产品，从基地到后期新产品的开发，陈飞黄都给出了详细的书面计划，"老康家"几乎不用操心，完全捡现成的，这样好的事情，何乐而不为？

包总当天就跟陈飞黄签了合同，只是提了条件：蔬菜基地的建设必须陈飞黄亲自操办，这样他才放心！

短短两天的接触，包总对陈飞黄十分欣赏，他甚至觉得，陈飞黄的见识和能力远在自己之上！

　　当天下午，包总带着助理，开着车来到山河镇跟顾千秋等镇领导会面，一行人考察了金河村的土地，在陈飞黄的建议下选好土地，随后签下了土地租赁合同！

　　包总询问顾千秋需要办理什么手续，顾千秋微笑着解答："现在中央鼓励社会各界开发、支持、扶助农业发展，连续出台了中央1号文件。蔬菜作为'菜篮子'的重要组成部分，国家出台了很多优惠政策，'绿色通道'就是其中之一。

　　"如果是小基地，任何手续都不必办，不过你的蔬菜基地面积有点大，需要办理种植许可证，这个不着急，可以一边建立基地一边办理，相关手续我会让人发给你秘书。"

　　"顾镇长真是专业啊！"包总由衷地赞叹，"我之前在凤凰镇也询问过相关的事情，他们要么一问三不知，要么回答得模棱两可，哪里像我们山河镇，有一个能力突出的村支书，还有一个如此专业的年轻镇长，山河镇的村民们有福啊！"

　　"包总见笑了。"顾千秋说，"凤凰镇那边也指派了新的领导班子，现在一样很专业，我们都在努力进步，需要你们的支持！"

　　"一定一定！"包总连连点头，"以后还有很多事情需要顾镇长您多多指导啊。"

　　"这些客套话就不必说了。"顾千秋笑了，"这个蔬菜基地在咱们山河镇是头一个，我们都盼着能够做大做好。不过，包总，有几句话我得先提醒您一下，我们生产出来的产品必须保证质量，严禁残留农药超标，保证消费者食菜安全。

　　"如果基地以后发展壮大了，你需要销售蔬菜的话，可以申请'无公害'蔬菜产品或'绿色食品'或'有机食品'等，县里蔬菜主管部门帮助你申报，再到省一级农业指导厅或国家农业部认证，颁发给你证书。"

　　"那太好了！"包总喜出望外，"如果有这些证书，那我们的蔬菜也能够以高价畅销啊。"

　　"我说过，这个蔬菜基地可以给你带来很多可能。"陈飞黄拍拍包总的肩膀，笑道，"我们先一步一步来吧，我会用实际行动证明你的眼光是对的！"

　　"哈哈哈，我等着！"

　　陈飞黄开局大吉，上任第二天就拿到了"老康家"的合同！

　　为了建立蔬菜基地，包总从工厂调派了相关的专业人士驻守在金河村，在陈飞黄的协同下快速展开工作。陈飞黄原本就是建筑队出身，这些事情对他来说易如反掌，从图纸设计到后期的布局，他都亲力亲为，要效率有效率，要品质有品质。

包总对他赞不绝口，说自己走了狗屎运，在这个不起眼的地方遇到这样难得的人才，低成本引进高发展！

陈飞黄白他一眼："这才刚开始呢！"

在猴子和双喜的召唤下，平安等几十个年轻人就陆陆续续地回来了，开始投入基地建设工作。陈飞黄之前就跟包总商量好了，工人们在城里多少工钱，回来还是多少工钱，虽说不能要求包总给人加工钱，但也不能亏待了大家。

包总一百个赞成，陈飞黄的要求合情合理，不管什么时候，都要尊重农民工的劳动！

那些年轻人回来工作，虽然工资没涨，但也没少，每天可以在家吃口热乎饭，可以看到父母妻儿，谁不愿意在家就把钱给挣了？谁又想离家几百里在外面流离失所？

这一来，村里家家户户都感谢陈飞黄。

除此之外，陈飞黄也开始签订种菜合同，等到蔬菜基地正式建立起来，村民们就可以在基地种菜。

他们种了一辈子地，相当有经验，以前在村子里种点菜就是自己家里吃，有时候拿到镇上去卖，收入微薄，日子过得十分拮据。

而现在，这些村民可以按照自己的情况自愿选择种几分田，种子和肥料都由基地提供，薪酬是底薪加提成，那个提成就是菜地的收成。

有些老人不懂这些规则，陈国标现身说法，几句话大家都明白了，光是底薪已经够他们生活，如果收成好，还能挣不少钱，比以前的日子可好太多了！

陈国标和赵荷花领养了一亩辣椒地一亩花椒地，还告诉村民们，蔬菜基地分区域，哪块地种什么东西都分得清清楚楚，大家可以按照自己擅长的去选择，会种辣椒的就选择种辣椒，会种土豆的就选择种土豆，每一种菜品种出来提成也不一样，有专业的工作人员给大家讲解。

几天时间，村民们便各自领养了土地，签了合同，等到基地建成就可以干活儿了！

而这个时候，陈飞黄也没有闲着，在顾千秋的协助下，他请来了省里农业局的专家为大家讲课，学习科学种植。每天来听课的村民管一餐中午饭，还轮流发洗衣粉、洗洁精、肥皂、毛巾等生活用品，村民们十分踊跃积极，每天早上九点到下午五点准时来听课！

另外，每天还有一大袋米或者一桶油奖励给听课笔记做得好的村民，所以，村民们不仅准时来听课，还会专心地做好笔记。

那些不会写字的老人也认真地听着，想要以后多种点粮食，也就能多挣点钱，将来给儿子盖楼，给闺女出一份厚实的嫁妆……

这许多年，村里年轻人出去务工，老年人和小孩子留守。孩子读书，老人守着一亩三分地辛辛苦苦地种点粮食填饱肚子，一年到头都在为生计发愁，村子早已失去了活力。

现在陈飞黄当上了村支书，死气沉沉的村子好像又活了过来！

第三部

改头换面

"这样的日子忙碌且充实，原本懒懒散散的村子又活了过来。"

■ 特别的归乡者

|〇二二|

顾千秋被骚扰

一个月后，蔬菜基地的事情已经步入正轨，里里外外全都安排妥当，只需要每天过去监督一下就好，然而陈飞黄是个闲不住的人，他觉得是时候开展生态鱼塘了。

包总是个爽快人，土地租金第三天就打过来了，这样一来，陈飞黄在建立蔬菜基地的同时，就可以操办生态鱼塘的事情。

相比蔬菜基地，生态鱼塘的难度就大多了，毕竟金河村的村民们是以种植为生，种菜种粮食是老手，再加上农业专家的指导，那些从来没有种过的菜也是很容易就能上手了。

可养鱼相对来说就难多了，平时有些村民就是养点难度不高的普通鱼，而这一次要养野生鱼，那是他们从来没有尝试的领域，大家对此根本就没有信心。

陈飞黄知道农村人的性格缺点，不敢尝试新的东西，不敢承担风险，现在让他们参与，他们不仅前怕狼后怕虎，还会畏首畏尾，什么都干不好，于是他索性自己来，先请顾千秋帮忙联系上省里的水产畜牧相关专家，咨询技术相关问题。了解之后发现这个还真不是那么容易的事情，他干脆带上猴子去了一趟省城学习研究了几天，然后带着技术资料回到金河村开工。

陈飞黄这次回省城谁也没通知，来去匆匆，办完事情就回村了，马上召集猴子、平安、双喜先找了一个小鱼塘进行水质改良。其他村民全都安排在蔬菜基地，大家在那边签了合同，现在每天的工作都是有工资的，而生态鱼塘没有投资商，投入进去的工作不一定有回报，所以陈飞黄不能调动其他工人，只能他们几个自己人来干活儿。

但一个偌大的鱼塘要全部进行水质改良，工作量相当大，仅凭他们四个人根本不够，连续五天从天亮干到夜半三更都还没能把原来池塘的鱼和水清理干净。陈国标和赵荷花晚上都来帮忙，张文芳就负责他们每天的伙食和生活起居，一行人每天忙里忙外，十分充实。

二傻也想帮帮忙，但陈飞黄不让他下水，虽然经过一个多月的调养，他的腿伤已经好了很多，但现在还没有痊愈，必须继续休养。

这样下去不是办法。陈飞黄做事讲究效率，毕竟他不可能一直留在这里，他想在有限的时间里多做一点事情。现在缺人手，又不能动用蔬菜基地的工人，他想来想去，打算从青山村请人，这个念头刚刚提出来就被陈国标给否定了。

陈国标说，这些年来青山村一直欺压他们，每次镇上有什么好的项目都被他们抢了去，比如舞龙，比如河沙……他们把金沙河弄得乌烟瘴气，河水都被污染了，很多村民去投诉都没有用。

这些事，陈飞黄倒是早有耳闻。小的时候，他就知道青山村的村民霸道，那时候没有桥，上学需要从他们村的田埂绕过去，经常要被青山村的村民呵斥，有时候还放狗来咬他们。

其实都是一个镇上的，怎么青山村就那么彪悍呢？

因为青山村留下来的青壮年最多，青山村背后连接铁路，还有一批荷田，比起其他村，他们占尽了优势，自然生活条件也好很多，为了守住这些资源，他们非常强势，经常跟其他村的人打架闹事，这个现象一直都没有发生变化。

这几年，青山村还弄了个舞龙队，经常找着由头来让大家请他们舞龙，收费高不说，舞龙也很不专业，把老祖宗留下来的精髓都给浪费了。

这都是其次了，现在陈飞黄弄了个蔬菜基地，青山镇的人就已经找到镇上好几次，要求镇上也给他们村招商引资，弄个瓜果基地之类的，顾千秋跟他们解释说这是金河村新任村支书陈飞黄自己引进的，不是镇上安排的，可他们偏不信，非说顾千秋偏心，闹得顾千秋很伤脑筋。

如果现在弄生态鱼塘请青山村的人来，岂不是自取其辱？

陈飞黄这阵子忙着弄蔬菜基地，又弄生态鱼塘，还真没去关注过这些钩心斗角的事情，他偶尔跟顾千秋联系，也都是讨论工作进度，没听顾千秋提起过那些事，现在听来，才知道其中还有这样的插曲。

他无奈地苦笑，原以为在商场上才会有尔虞我诈、争权夺利，没想到在农村也一样有这样的现象。不过也难怪，虽然在他看来都是一些小利，但相对于贫困的村民们来说，恐怕关系着一家几代人的生计，他们必然是要争要抢的。

其实青山村实在是着急了些，按照陈飞黄的部署，山河镇未来还有很多东西可以开发，光是一个金河村根本装不下，这些好处迟早是要给到其他村的，只是他得先把路铺好再说，青山村这就已经等不及了。

"要不我们再召集一些村民回来吧。"双喜提议，"咱们村还有一些人在外地打工没回来，我再召集召集。"

"能回来的都回来了，没回来的想必是在外面发展很好，而且有合约在身，就不要为难他们了。"陈飞黄说，"听老叔这么一说，青山村的人是不能请了，那我明天跟顾镇长商量一下，看看其他村其他镇有没有合适的人选。"

"这样也好。"

这天晚上，陈飞黄给顾千秋发了条微信："最近还好吧？"

"挺好的，你呢？生态鱼塘弄得怎么样了？"

"人手不够。"

"我给你想想办法……"

"方便接电话吗？聊一下。"

"方便呀！"

陈飞黄给顾千秋打电话，说起生态鱼塘目前的情况，试探性地套出她的话，证实了老叔的说法，话正说到一半，顾千秋那边就传来敲门声，随即有人问："顾镇长在吗？"

"又来了。"顾千秋无奈地说了一句。

"谁呀？"陈飞黄问。

"青山村的村支书马强。"顾千秋低声说，"每天晚上来送夜宵，我都说不用了，就是不听……"

"这哪是送夜宵，这是在送警告吧。"陈飞黄冷笑道，"不给他们青山村福利，他们就天天来问候你。"

"没事，我去应付一下。"顾千秋说，"先挂了哈。"

|〇二三|
葫芦里卖的什么药

挂断电话，陈飞黄看看时间，已经晚上九点半了，农村家家户户都关灯睡觉，四处一片寂静，镇政府大楼也都下班了，这个时候马强去给顾千秋送夜宵，分明就是骚扰。

而且他客客气气，殷勤讨好，也不逾越尺度，顾千秋还不好斥责他，这才是真无赖。

陈飞黄随手拿着芳婶儿下午摘的一篮子西红柿，骑着猴子的摩托车前往镇政府大楼。

几分钟，陈飞黄就赶到了镇政府，唯一亮着的一盏灯就是顾千秋的宿舍，他平时都是白天去办公室找她拿资料，还没去过她的宿舍。

这小镇上的办公楼也没有保安，只有一个负责打扫卫生的看门大爷，所以，要是有人借着送东西的名义闯进来，还真是拦不住。

陈飞黄跟王大爷打了招呼，提着西红柿上楼，老远就听到马强的声音："哎呀，顾镇长，您跟我客气什么呀，我自家开的烧烤摊，给您送点儿吃的有什么关系，快收下收下。"

"真的不用了！"顾千秋还在推辞，"马支书，我已经说过很多次了，你不用给我送东西，我不吃夜宵，也不能接受大家的礼物……"

"这算是什么礼物啊，不过就是自家做的一点烤串儿而已，来，我给你拿进去。"

"哎呀，真的不用，哎，你这是干什么呀……"

听着顾千秋的声音，陈飞黄一个箭步就冲了过去，将拿着烧烤在往屋里挤的马强给拽了出来。

马强那袋子烤串儿已经放在了桌子一角，被陈飞黄这么一拽，整个掉下来摔在了地上，马强脸色一僵，破口大骂："你谁呀，给老子滚开！"

最后一个字吐出来的同时，他看清了陈飞黄的脸，这个个头比自己高了近二十厘米的男人，可不就是大名鼎鼎的陈飞黄吗。

"顾镇长都说了不用，你没听见？"陈飞黄将马强推出房外，矮矮的个子"咚"的一声撞到墙上，气得脸色通红。

"误会误会。"顾千秋连忙上前打圆场，"陈书记，这位是青山村的马支书，他来给我送烤串儿的。马支书，这位是金河村的村支书陈书记……"

"我知道他，破了产的老板嘛。"马强将破产两个字说得特别重，口水都差点喷到陈飞黄脸上去了，陈飞黄偏开头，这才避过他的唾沫星子。

"以前风光算什么本事？有种现在再弄个几亿出来看看。"马强冷冷地嘲讽。

"马支书……"

"我是没有马支书有本事。"陈飞黄冷冷一笑，"大半夜给人送烧烤，这是想让顾镇长给你做宣传呢，还是想贿赂？"

"神经病，就这点烧烤也是贿赂？"马强愤愤地瞪着陈飞黄。

"要不然你天天来干吗？"陈飞黄踢了一脚地上的烧烤袋子，"人都说不要还往屋里挤，非要把东西放下，这脸皮厚得跟城墙一样。"

"你……"马强正愁不知道怎么回怼他，眼睛一下子瞄到了陈飞黄手中的篮子，"那你是来干什么的？"

"送货！"陈飞黄将一篮子西红柿递给顾千秋，"三斤，五块四，谢谢！"

"呃……"顾千秋愣了一下，连忙接过篮子，"稍等一下，我去给你找零钱。"

陈飞黄拍拍手，感叹道："以后要多安排几个外卖员，这蔬菜基地建立起来之后，肯定有很多人找我们订货，现在人手不够，还得我自己送。"

"什么？你们还搞蔬菜外卖？"马强十分诧异，"这能挣钱吗？五块四也跑一趟，油费都不够。"

"这你就不懂了吧？这是开业大酬宾，后面再恢复原价。"陈飞黄接过顾千秋递过来的钱，"谢谢顾镇长的惠顾，以后继续照顾生意哈。"

"不客气！"顾千秋没明白陈飞黄这葫芦里卖的是什么药。

"早点休息，不打扰了。"陈飞黄随手将顾千秋的房门关上，然后一手提着篮子，一手揽着马强的肩膀下楼，"马支书，顾镇长虽然是个姑娘，可她也是省里派下来的，不是你送点烤串儿就能收买的，你想拉关系走后门，恐怕是找错人了。"

"你胡说八道什么，我只是——"

"很多人说我那蔬菜基地是镇上安排的，那是因为那些人没见识，你是个聪明人，你应该懂得分辨的，要是镇上能找到这么大的项目，早干吗去了？"

"这个我知道。"马强一听陈飞黄夸自己聪明，马上挺起胸脯，"我开那么大的公司，见过的世面可不比你少，我当然知道这个不是镇上安排的。不过，那到底是怎么拉到的？真是你找的？"

"那是自然。"陈飞黄笑道，"生意都是靠自己去谈的，就好像你的舞龙公司，不就是你自己一手建立的吗？谁帮过你？"

"那是，我当初建立舞龙公司可没少费周折，不过我有远见，我知道这个能挣钱……"

"这就对了。"陈飞黄拍拍马强的肩膀，"马老板，凡事都要走到前头，做第一个吃螃蟹的人才有赚头，不能等别人做了，你再去弄，炒冷饭是没有钱赚的！"

说着，陈飞黄神秘一笑，大步离开。马强在原地怔了几秒，很快反应过来，喃喃自语道："对，要做第一个吃螃蟹的人，第一个，第一个，山河镇还没有外卖行业，趁着陈飞黄的蔬菜外卖还没做起来，我先抢占先机！！！"

这个念头从脑海里闪过，马强不由得眼前一亮，异常兴奋，感觉自己坚持一个星期给顾千秋送夜宵没白送，这不还是从陈飞黄这里找到一个生意了吗！

想到这些，马强的眼睛笑得弯起来，整张脸都乐开了花，回头去看陈飞黄，他刚好跨上摩托车，好像油门儿有些打不开了。马强马上拿出车钥匙，按了一下解锁键，摩托车旁边的宝马"嘟嘟"两声，他仰着脖子，骄傲地上了车，在陈飞黄的白眼儿下开着车扬长而去。

陈飞黄看着马强的背影，忍不住"嘿嘿"低笑了两声，回头冲着宿舍三楼走廊里的顾千秋摆了摆手，推着没油的摩托车优哉游哉地离开。

顾千秋一直目送陈飞黄离去，直到他的身影完全消失在视线里，她才收回目光。她知道陈飞黄是在戏弄马强，但她想不明白陈飞黄的用意，于是拿起手机给陈飞黄发了一条微信："你葫芦里卖的什么药？"

"让他忙起来，就没空骚扰你了。"陈飞黄回了一句。

"什么意思……"顾千秋的话还没发出去，陈飞黄又发了一条："早点休息，晚安。"

顾千秋看着微信上陈飞黄的名字，心里升起一种奇怪的感觉……

︾

|○二四|
实践经验

陈飞黄接到大头的电话，城里的事情全部安排妥当，大头这阵子也闲下来了，问陈飞黄在哪里，他来找他。

陈飞黄随口说："找我干吗？好好在城里待着，跟姚辉合计着谋个差事。"

"我相信公司迟早会解封的，我现在不能另谋差事，我得跟着你。"大头说。

"别瞎扯淡了！"陈飞黄故作冷漠，"我连车都没了，还要司机干吗？"

"就算你只有一辆自行车，我也可以当你的司机，如果你连自行车都没有，我也可以陪你一起走路。反正，不管你做什么，我都要跟着你。"大头十分坚持，"所以，你到底在哪里？"

陈飞黄沉默了几秒，回答："我在山河镇老家。"

"行，我过去找你。"

"大头……"

"嗯？"

"谢谢你！"

陈飞黄很少跟大头说客套话，但是今天这句"谢谢"，他忍不住就说出了口，人有时候就是这样，平时拥有的时候不觉得，等到失去了才知道多么难得，一无所有，还有兄弟誓死追随，情义无价！

顾千秋帮陈飞黄从其他村子物色了几个人来帮忙，陈飞黄的鱼塘总算是放空了，下一步就是引水进来。不过生态鱼塘引进的可不是普通池塘里的水，要怎么弄成生态水源环境，这是最关键的一步。

顾千秋帮陈飞黄请来了省里的专家，陈飞黄带着专家来鱼塘视察环境，然后听专家讲了一下午的理论知识，猴子和双喜、平安他们听得一愣一愣的，对这位专家满是崇拜，陈飞黄却没说几句话，最后等专家讲完了，陈飞黄问了一句："所以，江教授您是建议往池塘里多加氧气泵是吧？"

"对，为什么野生鱼的味道好吃呢，就是因为野生鱼塘有天然氧气——"

"这些您刚才已经讲过了。"陈飞黄打断他的话，继续问，"还有其他需要注意的吗？"

"别的就需要你们按照书籍记载的资料去研究配置了，我给你们推荐几本书……"

江教授说起这些就滔滔不绝，陈飞黄已经不想听下去了，找了个借口转移话题，然后让猴子送他去镇上。

人送走之后，双喜连忙追问："飞黄哥，怎么样？"

"理论知识很足，就是没有实际操作经验。"陈飞黄苦笑道，"我现在是要马上开工，哪有时间慢慢学习研究？这种理论教学对我来说没用。"

"那怎么办？"平安急忙问。

"办法总会有的。"

陈飞黄看着一片泥泞的池塘，神色淡定，但心里其实有些着急。以前公司是自己的，生意好一点差一点都无所谓，但现在，他身上带着使命，时间也有限，他只想早点做出成绩……

正想着，顾千秋打电话让陈飞黄去镇政府食堂吃饭，说是一起陪同江教授，陈飞黄忙说："你不用管，我已经让猴子接待了。"

"人是我请来的，我怎么也应该表示一下。"顾千秋说，"我自掏腰包订了几个菜，让食堂的余师傅帮忙加工，中午就一起吃饭吧，你把平安双喜猴子他们都带着，我们吃饭的时候再跟江教授聊聊，也许会有收获呢。"

"其实你不用费心的，这位江教授他……"陈飞黄的话说到一半又收了回去，想到顾千秋一片好意把人请过来，还自掏腰包帮他接待，他可不能不领情，于是改口道，"好吧，我现在过来。"

到了餐厅，陈飞黄才发现顾千秋的用心良苦，她特地让人买了几条村民在山上捉的生态鱼做成全鱼宴，又弄了几道小菜，买了两瓶好酒招待江教授。

几句客套话开场，然后就开始品尝美味，顾千秋询问今天的情况，江教授又开始滔滔不绝地说起自己的理论知识，顾千秋应和的同时，抬头看了看陈飞黄，见他一直不说话，她抿唇一笑，转移话题道："江教授，您说的这些我都听明白了，您是业内专家，知识渊博，很多人都向您请教，想必也有一些人请教之后养殖成功了吧？"

"这个当然有。"江教授开始说起那些成功案例，满脸的骄傲。

陈飞黄用心听着，其中有三个案例就在四川，还有两个在其他省。他向江教授询问了那几个人的联系方式，并请江教授帮忙引荐一下，江教授欣然答应。

饭后，陈飞黄和顾千秋一起送江教授去招待所休息，随即步行回政府大楼，陈飞黄本来有很多话想对顾千秋说，但话到嘴边又咽了回去，只换了一句："谢谢你！"

"呵呵……"顾千秋笑了，"我知道你对江教授的理论知识不感冒，但这些东西以后肯定会用得上的。不过目前对你来说，更重要的是经验，所以，我中午特地组了这个饭局，让他聊起那种成功案例，如果你跟那几个人联系上，也许会有帮助。"

"是的，现在对我来说，实际经验比理论知识更重要。"陈飞黄有些不好意思，"是我急于求成了，忽略了这个，还好你想得周到。"

"你不是急于求成，你只是不太相信这些所谓的专家，毕竟你的成功都是实践出来的。"顾千秋说话的时候总是笑嘻嘻的，让人如沐春风，"而我的工作会让我更加客观，再加上女性的细致思维，也就会想得多一些吧。但我只能帮你做点后勤工作，具体操作还是得靠你自己，要加油啊，我可是把宝都押在你身上了！"

"放心，我不会让你失望的！"

陈飞黄抬头看着顾千秋，阳光下，她白皙的脸颊纯朴干净，特别好看……

⌄

| 一〇二五 |

舞龙参赛

"你看什么？"顾千秋摸摸自己的脸，"我脸上有脏东西？"

"没有。"陈飞黄连忙移开目光。

"陈飞黄，有一个问题，我一直想问你。"顾千秋突然问。

"你说。"陈飞黄点头。

"你打算在山河镇待多久？"顾千秋的声音很轻，问得有点小心翼翼。

"应该不会太久。"陈飞黄直言不讳地说，"我还有很多事要做，现在只是暂时空下来，想为家乡做点事，再加上晓峰和芳婶儿需要照顾，所以我才留下来。"

"我早就料到了。"顾千秋微微一笑，感叹地说，"我做扶贫工作四年，山河镇是我扶贫的第二个地方。去年，我扶贫过的第一个镇子大部分村子已经靠政策兜底和务工收入摘掉了贫困帽子。

"但我知道这些远远不够，只有把产业扶持起来，让农民有钱挣，有稳定的收入，扶贫工作才算是在当地生了根，可这些短时间是不可能完成的，所以我在那里一待就待了三年，总算做了点事，我走之后，当初跟我一起下乡的第一书记还留在那里继续扶贫工作。

"现在想起那几年的扶贫经历，依然记忆犹新，我刚到那里的时候，感觉压力很大，全村贫困人口超过总人口的三分之一，不通路、饮水难，村民连温饱都是个问题，公路不通，致富无门，我们的工作根本无处下手。

"我从县里找到市里，又找到原单位帮忙申请资金，耗尽心力才筹到资金，在村里打了二十几口机井，还装上了自来水，这样一来，村民喝水不再成问题，我终于松了一口气，但很快发生了一件事情让我感到惊讶，几家贫困户为了节约水费，居然放着自来水不用，直接接屋檐水做饭！

"看到那一幕我感到很心酸，也就在那一刻突然明白，没有产业，村民没有收入，就算给他们提供再好的硬件条件，他们的生活也很难得到本质上的改善。我们必须引进产业，让村民们自给自足……"

说到这里，顾千秋顿了顿，微笑着说："那天你在竞选大会上说的那番话触动了我，我们的思路是一样的。我知道，你不会在山河镇待太久，我不能要求你什么，只是想说，你在一天就努力一天，能做多少就做多少，你所做的一切，都会留下来的，就像小金河桥，所有人都知道是你陈飞黄修的！"

陈飞黄深深地看着她，许久才开口说了三个字："谢谢你！"

顾千秋"噗"的一声笑出来："除了这三个字，你好像不知道跟我说些什么。"

"我不善言辞。"陈飞黄不好意思地笑笑，两人继续向前走。

"哈哈，这就虚伪了。"顾千秋笑道，"你在竞选大会上说的那些话，把所有人都震住了，还有啊，你平时跟猴子他们也挺能说的呀……"

"谈正经事都很能说。"陈飞黄挠挠头。

"你跟我说的不是正经事吗？"顾千秋挑眉一笑。

"我……"陈飞黄哽住了，一时之间不知道该如何接话。

"哈哈哈，你居然会脸红，哈哈哈……"

林荫小路上传来顾千秋爽朗的笑声，灿烂的阳光从树叶缝隙里洒落下来，照在陈飞黄身上闪闪发光……

陈飞黄刚回到村里，猴子就匆匆前来汇报："马强把他的小卖部和烧烤摊搞起了外卖服务，还到处宣传呢，说是不想出来买，可以在网上下单，或者打电话，他们送货上门。"

"不错嘛，动作挺快的。"陈飞黄笑了。

"啊？你早就知道了？"猴子有些纳闷儿，"我们之前不是商议着等蔬菜基地正式开业之后，要在城里打广告，然后给城里的菜市场和饭店送货吗？这个马强是不是偷听到了什么，把我们的方法学走了？"

"不重要，他想学就让他学。"陈飞黄悠闲自在地走进了院子，"给我倒杯水，渴死了！"

"早就给你准备好了。"双喜把陈飞黄的搪瓷缸子端过来，里面有凉好的茶水，陈飞黄接过缸子咕噜咕噜几口喝完，长吁了一口气，准备打电话联系江教授说的那几个人。这时，陈国标背着手一脸阴沉地走了进来，唉声叹气地说："狗日的东西，眼睛钻到钱眼里去了，尽会吸自己人的血！"

"老叔，怎么了？"双喜连忙给陈国标搬来椅子，平安去给他倒茶。

陈国标没好气地说："马强那个东西，搞了个什么外卖，现在到处宣传，还找关系找到市里，说这什么网络外卖是乡镇头一家，要电视台帮他报道，这不刚好文成就在电视台工作，回来跟我说的……"

"那现在上了吗？"猴子追问。

"搞这个外卖是上不了，不过舞龙恐怕就要上了。"陈国标叹了一口气，"就他那德行，还想代表我们山河镇，想想就来气，让外地人看到我们老祖宗留下来的精髓变成这个鸟样，不得气得从棺材里爬出来才怪！！！"

"老叔，喝口茶，消消气。"陈飞黄笑着问，"舞龙上电视是个什么情况？您说说。"

"下个月省城有个非物质文化遗产节，咱们市想要选送一个舞龙队去省里参加，现在是以镇为单位推荐上报，我们山河镇就只有马强那一个舞龙队，所以这次铁定是他们上了。"

陈国标说起这个就有些惋惜："我年轻的时候，可是舞龙队的队长，我们舞龙队的队员每天白天干农活，晚上就一起在稻场练习，把龙灯舞得跟真龙一样，那是真心把舞龙当成一个神圣的事情来看待，哪里像马强，根本就是拿来当赚钱的工具！"

"马强那舞龙队舞得真的很业余，还代表我们山河镇去参赛，真是丢先人的脸。"猴子撇撇嘴说，"还不如我舞得好呢！"

"就是……"

"那我们自己也组织一个舞龙队不就行了？"陈飞黄说，"镇上还没定下来嘛，我们去竞争竞争，如果我们舞得好，就能代表山河镇去参加非物质文化遗产节了！"

|〇二六|
外出考察

陈飞黄的执行力向来都很强，一个念头从脑海里闪过，很快就会行动起来，当天晚上提出了念头，第二天就让陈国标去找龙灯，让猴子去召集人。

陈国标担心陈飞黄的精力不够用，毕竟要操办蔬菜基地的事情，又要弄生态鱼塘，现在还要搞舞龙队，这三件事一起压在身上，谁都忙不过来。

不过陈飞黄不以为然，因为他以前的工作状态比现在还要疯狂。在城里的时候，他早上七点多睁开眼睛就开始忙于工作，不到凌晨不回家，每天的睡眠时间就四五个小时，白天工作的时候依然精神抖擞。

现在，他每天早上六点起床，上午在蔬菜基地监工，下午忙生态鱼塘的事情，晚饭后就没事干了，他觉得自己的时间没有充分利用起来，有些浪费，所以还想给自己找点儿事做。

猴子和双喜他们本来懒懒散散的，现在也被陈飞黄带动得勤奋起来，风风火火地筹备了舞龙队，每天晚上在村子里练习，陈国标还找来以前跟他一起舞龙的老伙计一起教他们，一个个像打了鸡血一样，每天从早到晚时间都被安排得满满的，忙得很有成就感。

舞龙的事情，陈飞黄只是组织和安排，他自己并没有参与，因为他还得研究生态鱼塘。做生意的经验告诉他，当好一个领导者和操盘手，才能更快地获得最大收益。

现在鱼塘已经清空了，就等着放水，然后放鱼苗，但是干了好几天，他都没让人放水，因为他知道，普通的水放进去养不出生态鱼，这也不是加几个氧气泵就能解决的问题。

陈飞黄通过江教授联系那几位养殖大户，可是一个个似乎都很忙，电话和微信里回了几句，说了些经验。但这些远远不够，陈飞黄还是无从下手，他决定明天出门一趟，亲自去拜访省内那三位养殖户，去现场学习学习经验。

陈飞黄跟那三位养殖户交涉好之后，第二天就直接出发了，早上芳婶儿来房间叫他吃饭，发现人不在，她急忙去找，二傻一边啃着肉包子一边说："妈，飞黄去南充了，过两天回来。"

"他去南充干什么？"芳婶儿马上问。

"去拜访养殖户，飞黄说去学学人家养鱼，回来弄生态鱼塘。"

"走了也不说一声。"

芳婶儿眉头紧皱，算算日子，陈飞黄在山河镇已经快五十天了，村里变化很大，晓峰的腿伤也快要痊愈了，只是这孩子到现在还只能跟着凑凑热闹，陈飞黄怕他的腿伤受影响什么都不让他做，可她着急啊，再这么下去，等她走了，晓峰还是什么都不会，就算陈飞黄不嫌弃他，走哪里都带着他、养着他，可是没有个一技之长，终究还是不稳妥的。

想到这里，芳婶儿就对二傻说："晓峰啊，这次等飞黄回来，你就跟着他干活了，可不能再吃闲饭，要不然别人都看不起你，知道吗？"

"飞黄说，等我的腿好了就让我去蔬菜基地的种子仓库工作。"二傻舔着手上的包子油汁，一本正经地说，"飞黄还让王老师教我认种子了，我现在认识好多种子了。"

"真的？"芳婶儿完全不知道这件事。

"是啊，你看，这是飞黄让王老师给我找的书。"

二傻拿出一本书册，上面有图片有文字，记录了各种蔬菜瓜果种子和种植方式，一本厚厚的书已经翻到了最后，中间还有铅笔记录的笔记，书页纸张都快要翻烂了。

怪不得晓峰最近每天都拿着书翻来翻去，还认认真真地做笔记，芳婶儿还以为陈飞黄为了安抚她，特地拿本书打发晓峰，没想到他早就为晓峰安排好了后路，他不想让晓峰受苦，所以安排晓峰学点东西，以后可以养活自己。

芳婶儿在心里感叹，陈飞黄对晓峰真是用心良苦啊……

陈飞黄在车站与大头会合，两人一起去南充，分别拜访那三位鱼塘养殖户，请教他们的养殖经验。

路上，大头跟陈飞黄交代这段时间的事情。启光和耀阳三天两头就催材料款，不过已经没再去打扰沈颜颜了。姚辉的老婆又怀孕了，刚好这段时间他好好陪老婆养胎，顺便盯着公司的情况，一有消息马上通知他们。

陈飞黄摸摸大头的光头，笑着打趣："姚辉都要生二胎了，你啥时候娶个媳妇回来？"

"我就算了吧，我这辈子就跟着你了。"大头白了他一眼，"我在跟你谈正经事，你居然打趣我。"

"公司的事情就等结果吧，不可能一直拖着，方律师那边一直在跟进，还有姚辉盯着。"陈飞黄轻描淡写地说，"你就应该趁这个时间好好休息休息，解决一下个人问题，非要来找我，还没落地，又跟着我到处跑，不累吗？"

"不累。"大头从包里拿出保温杯和一小包好茶，"我特地给你带来的，我去给你泡上！"

"好嘞。"

有兄弟在身边，真是幸福。

顾千秋带着县里的记者来蔬菜基地考察才知道陈飞黄走了，她只好拉着猴子和"老康家"的记者过来接受采访，临走了叮嘱猴子他们看好基地，不要出问题，猴子满口答应。

忙完之后，顾千秋就带着记者回镇上了，她前脚刚走，猴子后脚就给陈飞黄打电话汇报这些事，还扬扬得意地说自己接受了采访："飞黄哥，我按照你教我的，一句都没乱说，你放心——"

"顾镇长说了什么吗？"陈飞黄打断他的话。

"她让我们好好看着基地，别出问题。"

"噢，好。"

挂了电话，陈飞黄想了想，给顾千秋发了条微信："谢谢顾镇长帮忙宣传蔬菜基地。"

过了很久，顾千秋才回复了一条："不客气，应该的。"

陈飞黄看着这句客套话，想要说点什么改善气氛，输入了几句关心的话，想想还是不妥，于是又删除了，关掉微信界面，抬头跟大头讨论养殖鱼塘的事情。

❤

|〇二七|

生态鱼塘

陈飞黄和大头顺利地在南充找到了养殖专家郑总。郑总现在生意做得很大，特别忙，因此没有时间亲自接待他们，让他们直接去公司，然后找了个姓杨的司机领着他们去基地考察。

大头忍不住吐槽："这什么人啊，这么大架子，你特地来一趟，他连面都不露一下。"

"我跟他非亲非故，也没有任何交情，他能让我去基地考察都是给江教授和顾镇长的面子，怎么可能亲自接待我？"陈飞黄倒是看得很开。

"好吧，我只是见不得你受欺负。"大头无奈地叹息，"虽然我不明白你现在在做什么，但我知道，你所做的一切都是有分寸的。我脑子笨，啥也不懂，反正有什么事你吩咐就行了！"

陈飞黄笑着拍拍他的肩膀，拉着他上了车，先是从兜里拿出两包好烟塞给司机老杨，然后跟老杨套近乎，再询问这养殖基地的事情。

老杨本来冷着的脸很快就热乎起来，热切地跟陈飞黄攀谈着，将自己知道的东西都告诉了陈飞黄。

陈飞黄来到基地除了到处参观，几乎没有学到技术方案，偶尔有些问题咨询在场的技术人员，人家也是爱理不理的。大头看着十分窝火，陈飞黄倒是很有耐心，他们不说，那就自己观察记录，然后用矿泉水瓶子装了一瓶鱼塘里的水回去。

走的时候，陈飞黄给老杨塞了一条好烟，让老杨晚上约两个技术人员一起出来吃饭，他请客，老杨一看这好烟就乐开了花。一年到头，各个乡镇来考察参观的人多的是，大大小小的村干部都有，但是像陈飞黄这样对他一个司机这么热情亲切的还是第一个。

陈飞黄点名了两个技术人员，让老杨帮着邀请，还说有礼物要送给他们，以示感谢。老杨见陈飞黄出手这么阔绰，欣然答应，他平时跟那两个技术人员就很熟络，请他们出来吃个饭也不是什么大事，当下就打电话联系把人给约定了。

晚上，陈飞黄在县里最好的火锅店定了包厢，一人准备了一条好烟两瓶白酒当谢礼，两个技术人员都傻眼了，没想到陈飞黄会送这么重的礼，其中一个比较谨慎，连忙说："我是郑总请的人，我不会背叛他的。"

"哈哈哈……"陈飞黄大笑，"兄弟真会开玩笑，我是来考察学技术的，不挖人。"

"那你这是？"那两个技术人员还是有所防备。

"说实话，我今天考察就相当于走马观花，没有学到什么东西，所以特地把二位老师请过来，想私下学习学习。"陈飞黄谦逊地说，"我来考察也是得到你们郑总允许的，可惜他太忙，没有时间接见我，我只能私下邀请你们交流经验了。"

"噢，原来是这样……"两人松了一口气。

"放心，公司规定保密的东西，我不会问，你们也不用透露。今晚就是吃好喝好交个朋友，如果有方便传授的经验和技术，那就请三位老师多多指教指教！"

"行，没问题。"

几个人边吃边聊，说了很多有用的经验和技术干货，陈飞黄一一记在脑子里，司机老杨不解地问："兄弟，我听说你是广元那边一个村支书？你这人才，当个村支书未免太可惜了啊。"

"是啊是啊，我觉得你是个人物！"一个技术人员也说。

"哈哈哈，你们就别跟我开玩笑了，我就是个小人物，只想带领我的家乡脱贫致富，让百姓们都过上好日子！"

"你是个好官，我敬你！"

"兄弟，我也敬你！！！"

一顿饭下来，几个人成了朋友，交换了联系方式，日后若是生态鱼塘有什么需要咨询的地方，他们随时提供建议。司机老杨也拍着胸脯说他虽然不懂技术，但是如果有什么是他可以做的，他一定义不容辞。

第二天，陈飞黄带着一瓶水和一些经验离开南充，先是让大头把那瓶水拿去城里找人化验，看看里面到底含有哪些物质，然后又分别去了乐山和达州考察。

四天后，两人在山河镇大好站会合，陈飞黄晒得黑黝黝的，额头上都脱了一层皮，大头看了很是心疼，陈飞黄以前哪里受过这样的罪，每天出入都是豪车接送，即使去工地也做好了防护措施，现在才几天，活脱脱就变成了一个乡下汉子。

陈飞黄照着镜子，呵呵地笑了，觉得自己现在这样才接地气，更像一个村支书了！

猴子早知道陈飞黄要回来，跟双喜一人骑着一辆摩托车来接他和大头，回去的路上，猴子滔滔不绝地说个不停，口水飞了一路，陈飞黄往他后脑勺拍了一巴掌，叫他闭嘴。

回到村里，陈飞黄马上开始部署生态鱼塘的事情，他先是让陈国标找了两头水牛拉进鱼塘，让水牛把鱼塘里的淤泥翻起后抽走，再往鱼塘里注入井水和山水，然后再放第一批虹鳟鱼鱼苗！

虹鳟鱼鱼苗七毛五一斤，如果能养成成鱼那就可以卖到三十五一斤，但是虹鳟鱼的生长周期是三年，而且养殖过程十分复杂，想要成功养殖需要付出很大心血陈飞黄知道，这是山河镇最大也是最长久的一笔投资。

可陈飞黄也知道，自己不可能在山河镇待太久，他迟早是要离开的，为了以防自己走后，养殖生态鱼的事情没有人接手，陈飞黄每天都把猴子双喜平安二傻带在身边，亲手教导他们做每一个细节——

虹鳟鱼对饲料非常敏感，每个阶段的鱼就要喂相应阶段的饲料；

水中的溶氧量含量不能太低，不然会导致鱼的食欲变差，就算鱼进食之后也很难被消化，降低了原本的生长速度，所以，一定要保持适当的溶氧量，让鱼可以更好地生长；

虹鳟鱼属于冷水性鱼类，它所生存的环境水温绝对不能超过25℃，最适合虹鳟鱼生长的水温在16℃到18℃，如果低于8℃或者是高于20℃的话，那么就可以明显地看出虹鳟鱼的生长速度在下降，一旦水温超过25℃虹鳟鱼就会停止进食，并且在一个星期之内死亡。

现在夏天温度比较高，是绝对不可以使用冰水进行降温的，可以抽取井水进行换水降温，在冬天我们也需要适当地进行保温，最好是让池水一直保持在16℃到18℃之间。

虹鳟鱼一天的投喂量不能太多也不能太少，如果太少会导致虹鳟鱼没有吃饱，如果投喂得太多，不仅会白白浪费饲料，还会使没有吃完的残留饲料溶于水中，影响水质，容易发生病害。所以合适的投喂量非常重要。

陈飞黄说的时候，猴子连连点头，双喜和平安一脸蒙，完全听不懂的样子，只有二傻认认真真地记住，回去用本子记下来，一笔一画写得清清楚楚，陈飞黄看了十分欣慰。

⌄

| 〇二八 |

女人的心

陈飞黄回来一忙就忙了半个月，每天除了早上去蔬菜基地巡查一遍，就埋头扎进生态鱼塘里，晚上再去看看舞龙队的排练，一切都很顺利，除了顾千秋不回复微信！

陈飞黄有点纳闷儿，之前他给顾千秋发微信，她每条必回，就算有时候隔了很久才回复，也会解释自己刚才去做什么了，可是这一次回来，他连给她发了三条微信，她都没有回复。

他真是百思不得其解，女人心到底是怎么想的？

转眼过去两个月，小金河桥已经修好，金河村的人恢复了正常生活，蔬菜基地也基本建好了，包总选了个良辰吉日，定在八号那天正式揭幕，城里的非遗文化节是十三号，现在已经是一号了！

所以，最近有的忙了。

生态鱼塘那边每天安排人盯着水温和饲料就好，现在蔬菜基地马上就要揭牌了，陈飞黄还有很多重要的事情需要安排，那就是销路问题！！

当初找包总弄蔬菜基地，其实就是想解决村民们的生活问题，可是后来包总觉得这个项目好，就把蔬菜基地做大了。现在看来，蔬菜基地的产量恐怕远远不止是提供方便面厂做蔬菜包了，于是陈飞黄又做了一份新的计划书，要把蔬菜销出去。

这天包总来镇里找陈飞黄和顾千秋商量销路的事情，包总刚说出自己的顾虑，陈飞黄就拿出了早就做好的计划书，包总看了之后不禁拍案叫好，顾千秋也十分意外，没有想到陈飞黄忙成这样，居然还能把后续的事情安排得这样完美。

"飞黄兄弟，你真是商业奇才啊，什么事都能想得这么周全，你这些主意都是从哪儿学来的？"包总激动地问。

"自学成才。"陈飞黄笑道，"包总，你要是觉得可以，就准备一下吧。不过我得跟你先说明，这些工作，你得在你公司找人来干，我这里人手不够，况且都是农民，只能种菜做苦力活，做不了销售工作。我建议你成立一个部门，专门对接蔬菜基地的销售服务，这样一来，即使以后你扩大生产也能轻车熟路，我刚才说的那些商业计划就当免费送你的，具体细节你要自己去琢磨。"

"这哪行啊，不能免费啊。"包总一把揽住陈飞黄的肩膀，"这样，我给你抽红利，蔬菜基地的销售你占比百分之五，一切按照你说的去办，但后面如果有什么事，我还得请教你。"

"请教说不上，有什么事你尽管问我，我自然知无不言。"陈飞黄也不推辞，"至于红利嘛，你直接给到村委会吧，我现在做的事情都是为了让金河村脱贫致富，我自己不需要钱。"

"行，你说怎样就怎样！！"包总十分爽快，"顾镇长，金河村有飞黄这么能干的村支书，真是福气啊！"

"是啊，确实能干。"顾千秋深深地看着陈飞黄。

"飞黄，我今天回去准备一下，明天就开始筹备销售组，以后专门对接蔬菜基地的任务，你来帮我指点指点吧。"包总拍拍陈飞黄的肩膀。

"没问题。"陈飞黄爽快地答应。

"下午一点，我派司机来接你，晚上一起吃饭，我再跟你好好聊聊。"

"好。"

"我今天就先走了，赶紧回去准备，明天见。"

"慢走。"

包总走后，办公室就只剩下陈飞黄和顾千秋两个人，陈飞黄忍不住问："你怎么不回我信息？"

"忙。"顾千秋合上计划书，抬头看着他，"这计划书真是绝了，亏你想出这么好的点子，不过，这么好的计划书，你就直接免费送给包总，未免太大方了吧。还有啊，你为什么要让他来筹备销售组？就算金河村人手不够，我还可以从其他村找人呀，再不行，我从镇上调派两个人过去帮忙也是可以的。你虽然是金河村的村支书，但是脱贫致富之路也带带其他村嘛，有好处自己用不完，随手丢给其他村用用也好呀。"

"在你眼中我就是这样的人？"陈飞黄有些诧异，"你觉得我让包总自己来筹备销售组是不想让其他村占便宜？"

"不然呢？"顾千秋摊了摊手，"马强搞烧烤和小卖部外卖是你唆使的吧？才一个月不到，他可赔了不少，舞龙队也耽误了，据说你也开始筹备舞龙队了……"

"你到底想说什么？"陈飞黄的眉头皱起来。

"我想说……"顾千秋顿了顿，终究还是说出口，"商场上那些手段不要拿到这里来，扶贫工作，要的是齐心协力，共舟共济，不是恶性竞争……"

"说完了？"陈飞黄不悦地看着她。

"说完了。"顾千秋点点头。

陈飞黄感到十分失望，什么都没说，转身就走了。

顾千秋看着他离去地背影，眼神变得黯然，发了一会儿呆，整理好思绪，继续工作……

陈飞黄面无表情地从办公楼离开，大头迎过来给他一根烟："小池塘都弄好了，都等你。"

"走吧。"陈飞黄跨上摩托车，给大头来了一句，"晚上弄点酒喝。"

"好啊，让猴子找个餐厅，你今天怎么有兴趣喝酒了？昨天叫你你都不去。"

"想喝就喝，哪来那么多废话？"

"怎么了这是？吃炸药了？那姓包的惹你了？"

"他指着我赚钱呢，怎么会惹我？"

"那是……顾镇长？"

"闭嘴！"

|〇二九|
沉甸甸的信任

陈飞黄又在试行一个新项目，他把金凤家的小池塘整理出来，尝试养小龙虾。说来滑稽，整个金河村几百户人家，只有金凤这个寡妇站出来支持，其他人都怕亏钱，不敢尝试！

金河村原本就穷得叮当响，陈飞黄拉来包总签下蔬菜基地，用土地租金换来了第一笔钱作为培育生态鱼塘的本钱，现在生态鱼塘投喂完毕，这笔钱也花光了，所以接下来要试行的项目得让村民们自己拿成本。

现在金河村家家户户都在蔬菜基地租了土地，等着揭牌开始工作，然后每个月领钱，日子就好过了。生态鱼塘虽然现在看不到收益，但也为金河村的将来打下了基础。村里有这两个项目就够了，可陈飞黄还是不满足。

他想多留一点东西下来，即使将来他走了，金河村的村民们也能过上富裕的生活。

所以，陈飞黄开始推行小产业，也就是养殖龙虾。

养殖龙虾投入少，收益快，一般每亩放养三十斤种虾，在不投饵的情况下可以产出一百多千克商品虾，每只龙虾可以繁殖两百只左右的幼虾，存活一百只左右，纯利润可以达到每亩一千块左右。

两三年后，即使不投放种虾，每亩产量也可以达到一百千克，如果提高养殖龙虾的集约化程度，以投饵养殖为主，每亩产可以达到四百千克左右，收入可以达到两千五百元。

也就是说，养殖龙虾就是前期筹备需要花成本，后期就坐等收成，而且投入养殖之后两个月就能看到收益，这其实是一个非常好的投资方案，只是大多数农民思想保守，觉得有蔬菜基地的收入就够了，没必要继续折腾。

尽管陈飞黄说到养殖龙虾的各种好处，可村民们根本听不进去，但凡是需要投入本钱的事情，他们全都很排斥。

因为蔬菜基地投入的是劳力成本，所以他们才能接受，说到底，他们只愿意投入劳动力，不愿意投入资金成本。

其实还是他们的思想观念没有转变过来，目光只看到眼前，不考虑长远……

对此，陈飞黄感到十分无奈，正当他以为这个计划要泡汤的时候，寡妇金凤站起来支持他！

金凤三十八岁，有一儿一女，丈夫五年前在外地务工遭遇车祸意外身故，肇事者逃逸，包工头给了四万块安葬费，公婆分走了一半，金凤没有改嫁，一个人把俩孩子拉扯大。

说来，这女人真是不容易，一米五五的个子，精瘦精瘦的，干起农活儿来却不输男人。

金凤性子好强，从不要什么救济，除了种地，还养了很多鸡，卖土鸡和土鸡蛋也能换点钱，小日子过得还算踏实，只是眼看着孩子大了，她也想为孩子打算打算，正赶上陈飞黄当上村支书，带动了村里的经济活，她马上去蔬菜基地报名，认领了三亩地。

昨天陈飞黄在会议上提起小龙虾养殖，全村没有一个人愿意尝试，唯有金凤站起来，大大方方地说："我一个乡下女人，啥也不懂，但我相信飞黄书记，他能搞出蔬菜基地，搞出生态鱼塘，就能教我们养出小龙虾，我有个表兄在城里开饭店，他跟我说，每到夏天，小龙虾卖得可好了。正好我家有块鱼塘，养鱼挣不了几个钱，我本来想退租的，现在就拿来试试吧。这些年我攒了点儿钱，可以拿来当本钱，就算亏了，也有蔬菜基地的活儿顶着，反正不会饿死！"

"金凤去试试也好，等你试成功了，我们再跟着学。"

"对对对，你要是忙不过来，需要个帮手就说话，我家虽然没有本钱，但有劳力。”

“做生意不行，但出力干活儿是我们的强项，都是乡里乡亲的，需要的话尽管开口。”

乡亲们纷纷表示支持，金凤一一答谢，散会了，全部人都走光了，就只有金凤留下来，从兜里摸出一个小钱包，拿出钱数了数，一共五千一百六十块，她双手捧着交给陈飞黄：“飞黄书记，你看这些钱够吗？”

陈飞黄看着金凤手里的钱，心里五味杂陈。这些钱在有些人看来也许算不上什么，却是一个农村寡妇省吃俭用存下来的血汗钱，所以她才会随时带在身上，生怕放在家里弄丢了，还双手捧着交给他，可见这笔钱对她来说是多么重要。

金凤没有创业经验，没有阅历，没有见识，她根本不懂养殖小龙虾，也不懂怎么挣钱，仅凭着对陈飞黄的信任，就把这笔钱交给了陈飞黄……

她交给他的不仅是钱，也是一份沉甸甸的信任！

“飞黄书记，您怎么不接着？是不是钱少了？”金凤忐忑不安地问，“这是我所有的钱了，如果不够，我再去想想办法……”

“够了！”陈飞黄接过钱，压抑着心中的感动，真诚地说：“金凤嫂子，谢谢您的信任，您放心，我一定不会让您失望！”

“我相信你！”

下午，陈飞黄带着大头和新招来的几个工人开始动工处理金凤家的池塘，原本约着晚上喝酒，现在是泡汤了。不过晚饭的时候，金凤给他们炖了一大锅芋儿鸡，还打了一壶自己酿的梅子酒，兄弟一行人坐在田埂上喝酒吃肉，有说有笑，十分惬意。

深夜，陈飞黄和大头走在回家的路上，两人浑身都是泥巴，光着脚走在路上，踩着月光，听着四周传来的青蛙和虫鸣声，大头忍不住感叹：“我之前不理解，你为什么要回来当这个村支书，直到昨天下午，金凤嫂子双手捧着所有积蓄交给你的时候，我才明白……”

“是啊。”陈飞黄深深地感叹，“以前觉得，等我挣了很多钱，就回来建设家乡，现在发现，让家乡人民有挣钱的渠道和资源，让他们学会自己挣钱，并且在家里也能挣到钱，这才是真的做好事！”

“我支持你。”大头拍拍陈飞黄的肩膀，“趁着现在这个空当儿，为他们铺好路，等你走的时候，他们的生活应该已经有所改善了。”

|〇三〇|
蔬菜基地揭牌

"那是……"陈飞黄正准备说话，大头的手机就响了，他把手上的泥往衣服上蹭蹭，从兜里摸出手机，"是姚辉！"

"快接！"陈飞黄想着，该不会是公司的事情有着落了吧。

大头接听电话，开了免提："姚辉！"

"大头，没睡吧？陈总呢？"姚辉做什么事都很认真，包括对陈飞黄的称呼，永远都是毕恭毕敬。

"在呢。"陈飞黄应了一句。

"陈总，好消息！"姚辉激动地说，"今天警方那边给出答复说，已经查到开发商法人代表赵君的下落了，只要把人找到，我们公司的事情就有转机了。"

"太好了。"大头喜出望外。

"的确是好消息。"陈飞黄却比较淡然，"不过，即使找到赵君，还有魏荣光呢，必须两个人都找到，飞黄集团才能解封。"

"我知道，不管怎么说，现在有进展就是好事。"

"嗯，继续盯着吧。你最近怎么样？"

"我挺好的，老婆快生了，我在家守着呢。"

"恭喜了！"

"呵呵，谢谢！"姚辉笑了笑，问道，"听大头说了你的事，不愧是我偶像啊，这才两个月，又在老家干出了一番事业，听说搞了生态鱼塘和蔬菜基地？"

"是啊，现在只能小规模去做，可惜我现在的财产都被冻结了，拿不出钱来，要不然我一定把生态鱼塘和小龙虾基地做大，不要说金河村，整个山河镇闲置的土地我都给利用起来……"

陈飞黄说起这个就很有成就感，比他以往做成任何大生意都有成就感。

"陈总啊，金河村的乡亲对您有恩，您帮帮他们就行了，整个镇都开发，那没有个三年五载是行不通的，飞黄集团还等着你回来东山再起呢，您是做大事的人，您的舞台是大都市，将来还要带着我们走出四川省，走向全国甚至全世界，可不能在那个小小的乡镇给耽误了……"

"啧啧啧，两个月不见，你还是跟以前一样啰唆！"

"哈哈，我知道您不爱听，我再说最后一句，您在家乡搞农业玩玩票可以，但是不能当作长久事业啊。您别忘了，飞黄集团六百多名员工都指着您吃饭呢……"

"行了，我心里有数，快去陪老婆吧！"

挂断电话，大头也跟着劝了一句："动脑筋的事儿我不懂，不过姚辉这小子说得有道理，您还是适合在城里做大事业……"

"你也跟着唠叨？"陈飞黄瞪着他。

大头连忙闭紧嘴，不敢说话。

陈飞黄看着他憨厚的样子，"扑哧"一声笑出来，拍拍他的肩膀说："你们俩跟在我身边这么多年，一文一武帮了我不少，我知道你们都是为我好，放心吧，我有分寸！"

回到家，洗漱完之后，陈飞黄还躺在床上看笔记。小龙虾的养殖技巧是他考察生态鱼塘的时候从乐山一家养殖户那里意外学到的，那些养殖户的事业已经逐步稳定，开始扩展各种养殖品种，有了第一次的成功经验，再养殖其他水产品都很顺利。

而小龙虾是最快见到成效的水产品，陈飞黄用了点心思，顺带把这个方法学到了，并且详细记录下来，回来部署完生态鱼塘之后就想一起推行下去，没想到只有金凤一个人支持。

对此，陈飞黄感到有些遗憾，同时他也开始反思，有时候扶贫不仅仅是要扶贫经济，还应该从精神和思想上让老百姓得到进步。这时，他不禁想到了顾千秋的话，"扶贫之路漫漫，不是一朝一夕的事情……"

每天都忙碌得很充实，转眼就到了八号，蔬菜基地揭牌仪式将要正式启动！

包总、顾千秋还有陈飞黄作为主宾剪彩，活动上，包总邀请了一些商业上的朋友，金河村的村民全体到场，其他村也有不少人和村干部来凑热闹，当然，他们更多的是羡慕嫉妒，几个其他村的村干部都殷勤地巴结包总，想着能不能沾上一点光，让包总去他们村也弄个蔬菜基地。

包总是商场老手，自然知道怎么应付这些人，他在发言的时候对陈飞黄赞誉有加，并且着重感谢陈飞黄提供的销售计划，当众宣布以后这个蔬菜基地所有的销售量都有百分之五的红利给到金河村村委会。

听到这些话，全场的人热烈鼓掌，村民们对陈飞黄这个村支书更是敬仰加感激！

发言的最后，包总还公布了一个好消息。如果不出意外的话，年底，他要在现在的蔬菜基地旁边再弄一个花草基地，到时候还会继续聘请村民当花匠。听到这个好消息，在场的村民们继续鼓掌。

顾千秋凑近陈飞黄，低声问："包总之前跟你说过要建花草基地吗？"

"没有。"陈飞黄回应了一句，没有多说一个字。

顾千秋还想说些什么，陈飞黄已经走开了，她有些失落，却继续微笑着鼓掌。

蔬菜基地正式挂牌成功，这是金河村的第一个产业项目，今天是普天同庆的大喜日子，包总请金河村全体村民吃喜酒，金河村好久好久没有这么热闹了，大家满怀感激，纷纷来给陈飞黄敬酒，感谢他给金河村带来的希望！

陈飞黄在一轮又一轮的敬酒中醉倒，顾千秋连忙让大头扶他回去休息，让陈国标和猴子他们在这里招呼大家。

芳婶儿担心陈飞黄，连忙把家门钥匙塞给二傻，让二傻跟上去照顾，顾千秋又怕二傻骑摩托车出事，连忙跟上去陪他一起回村。

回到院子，原本东倒西歪的陈飞黄自己就站直了，径直走进屋里，用葫芦水瓢舀了一瓢水咕噜咕噜地喝起来，一瓢水喝完，劲儿才缓过来，长吁一声，躺在藤椅上呼哧呼哧地喘着气。

"没事吧？"大头知道他刚才是装的，知道他酒量不好，所以陈国标和猴子早就把他面前那瓶白酒兑了水，即使是这样，他也喝得半醉，胃里翻江倒海的难受。

"没事。"陈飞黄挥了挥手，双手不停地顺着肚子，打了几个嗝，"给我弄口吃的，刚才光顾着喝酒，啥也没吃，胃里难受。"

"我去厨房看看。"

|〇三一|

用心良苦

大头去厨房找吃的，外面传来摩托车的声音，不一会儿，院子门打开了，有人走了进来。躺在藤椅上的陈飞黄正在浅睡中昏昏沉沉，听到声音，他迷迷糊糊睁开眼睛，看到两个熟悉的身影，是顾千秋和二傻。

顾千秋快步走过来，情急之下，陈飞黄闭上了眼睛。

"陈飞黄，你还好吗？"顾千秋弯腰看着陈飞黄。

陈飞黄在装睡，没有任何反应。

顾千秋在旁边的水井里打了一桶水，让二傻拿来毛巾，将毛巾在井水中浸湿，然后给陈飞黄擦脸，冰冰凉凉的，很是舒服，陈飞黄没有想到，顾千秋还挺会照顾人。

"飞黄怎么了？他是不是生病了？"二傻在旁边问。

"没事，他只是喝醉了。"顾千秋说话的时候，大头端着一碗面走了出来，看到顾千秋和二傻，不由得愣住了，"顾镇长，你怎么来了？"

"我……"顾千秋连忙直起腰，退到一边，紧张地解释，"二傻一个人回来，我担心他出事，就跟着一起回来了……"

"噢。"大头看着顾千秋手上的毛巾，笑了笑，没有揭穿，把面放在旁边的石桌上，"飞黄是喝多了，胃都吐空了，我去厨房给他煮了一碗面。"

"等他醒了，给他喝点蜂蜜水醒醒酒，我就先走了。"顾千秋放下毛巾，转身离开，陈飞黄马上睁开眼睛向大头使眼色，大头反应过来，急忙说，"哎呀，糟了，我的钱包忘在宴席上了。"

"什么样的钱包？"顾千秋停下脚步，"我回去帮你找找。"

"那里那么多人，乱糟糟的，不好找，还是我去吧。"大头说，"二傻，你跟我一起去吧，我不熟悉路。"

"那飞黄怎么办？"二傻正蹲在旁边用毛巾给陈飞黄擦手。

"顾镇长，能不能麻烦你帮忙照顾一下飞黄，我们去去就回。"大头试探性地问。

"没问题，你们快去吧，晚了就找不到了。"

"好嘞，二傻，走吧。"

"摩托车钥匙，注意安全。"

大头领着二傻走了，院子里就剩下顾千秋和陈飞黄两个人，初夏的夜晚，院子里到处都是蚊子，咬得陈飞黄又痒又痛，可是他为了装睡，一动都不敢乱动。

顾千秋在水井盖上捡到一把蒲扇，给陈飞黄赶蚊子扇风。

陈飞黄感觉好了点儿，闻着面的香味，胃里咕噜咕噜地叫唤，他只好趁机假装醒过来，睁开眼睛，却发现顾千秋的手伸向自己的脸，他吓了一跳，顾千秋也吓了一跳，但是她反应很快，"啪"的一声在陈飞黄脸上打了一巴掌："好大的蚊子！"

陈飞黄愣愣地看着她，感觉好像有什么不对劲，却又说不上来。

"这里蚊子太多了，我进去找找蚊香。"

顾千秋找了个借口进屋，陈飞黄看着她的背影，更像是在落荒而逃，她刚才肯定不是想打蚊子，难道是趁他喝醉了打他？不会吧，无冤无仇的。

正想着，顾千秋就拿了蚊香和打火机出来，在石桌旁边点了两卷蚊香，又去给陈飞黄倒茶，忙里忙外的，似乎就是在回避着什么。

"别忙了，过来坐。"陈飞黄招呼道。

顾千秋这才咬着下唇走了过来，陈飞黄看着她紧张的样子，不禁好笑："你这是干什么？好像我是老虎，要吃了你一样。"

"我看你的酒是醒了。"顾千秋皱眉瞪着他，"都开始油嘴滑舌了。"

"呵呵。"陈飞黄笑了笑，端起石桌上的面大口大口吃起来。

"这都冷了吧？我给你热热。"顾千秋问。

"不用，正好。"陈飞黄三两口就把面条给吃光了，又把顾千秋倒的茶水也喝完了，这才长吁一口气，满足地躺下来，"空腹喝酒真是难受，刚才苦胆都快吐出来了。"

"现在好些了吧？"顾千秋关切地问，"不够的话，我再去给你煮一碗。"

"不用了，好好坐着说会儿话。"陈飞黄拍拍旁边的凳子，顾千秋坐了下来，依然有些拘束。

"上次在办公室批评我的时候气势如虹，现在怎么别扭上了？"陈飞黄打趣道。

"上次是我不对，一直想跟你道个歉……"顾千秋轻声说，"那个时候因为听说了你的一些事，对你有些误解，所以就说了那种话，对不起啊。"

"听说了我什么事？"陈飞黄挑眉问，"公司被查封，项目工程被停？还是说，盛世豪庭一期倒塌造成伤亡的事？"

"都有。"顾千秋抬目看着他，"外界对你的传闻可不太好……"

"嗯……"陈飞黄点点头，"所以呢？"

"生意场上的事情，我不知道具体情况，不好发表意见，但是建筑的项目发生垮塌这事可就有些恶劣了。"顾千秋一本正经地说，"据说造成不少工人伤亡？"

"所以你开始怀疑我的人品了？"陈飞黄反问。

"相处这段时间，我觉得你不是这种人，但那件事……"顾千秋顿了顿，说，"我想听听你的解释。"

"垮塌的是一期，那是另一个公司负责，我的公司接手的是二期，可以说，一期的项目跟我没有任何关系，不过……负责一期项目的荣光集团，我有一部分股权，而且出事之后，荣光集团的法人和开发商法人都失踪了，所以我就受到了牵连。"陈飞黄轻描淡写地解释，"大概就是这么个情况，你信就信，不信就算了。"

"我信！"顾千秋回答得很快，"我就知道，你不是那种为了赚钱置别人生死于不顾的人。"

"嗯，谢谢你的信任。"陈飞黄点点头，"另外还有一件事要跟你解释一下，我当时之所以把那个商业计划免费给包总，就是在等着他主动说出让利给我，然后把利润给到村委会。商业上很多时候就是要以退为进，对于包总这样的人，我好说话，他就更好说话，毕竟我是实实在在给他带来了利益，如果我斤斤计较，他会算得比我还精。"

"你的意思我明白，但你怎么知道他不会得寸进尺？万一他又贪心又吝啬，那你岂不是白白吃亏？"顾千秋问。

"我在商场这么多年，看人还是很准的。"陈飞黄十分有把握，"再说了，凡是有头脑的生意人，都知道看长远利益，包总是个聪明人，他也希望我帮他把蔬菜基地运营起来，自然不可能占那点小便宜。"

"好吧，这倒也是。"顾千秋点点头，随即又问道，"那马强呢？"

"我可没教唆马强什么，只是跟他随口提起蔬菜基地将来会考虑弄外卖的打算，是他自己心术不正学了去。"陈飞黄坏笑道。

"你就别在我面前装了。"顾千秋白了他一眼，"你知道他这个人贪财，故意撒点诱饵引他上当。"

"他琢磨这些，不就没时间骚扰你了吗？"陈飞黄喝了一口茶，"再说了，他去琢磨这个，我的蔬菜基地才能顺利揭牌，不然指不定要搞出什么事情来。"

"这倒也是……"顾千秋无奈地苦笑，"那段时间我真是被他缠怕了，天天来我办公室，白天送西瓜饮料，晚上送烧烤，就是想让我给他们村也引进一个项目。我仔细跟他解释，他就说，没有新项目不要紧，就去找'老康家'的包总，让包总也给他们弄个蔬菜基地。我跟他说，金河村已经有个蔬菜基地了，再弄一个就是供过于求了。他说，那就弄一个别的什么基地，反正能给他们村引进一个产业就好。我又跟他说，引进产业不是我一句话的事情，金河村这个是村支书陈飞黄自己去谈的，他就让我把包总的联系方式给他，他去找包总谈，我都无语了……"

"呵呵……"陈飞黄笑了，"他一直缠着包总，打电话发微信，包总没有理会，他就找到厂里去，包总避而不见，今天包总发言一结束，马强就和他们村的几个干部把人给围着敬酒去了。"

"啊？我都不知道，包总没事吧？"顾千秋急忙拿出手机，"我问问。"

"别问了。"陈飞黄阻止她，"包总是个老江湖，什么人没见过？应付马强这样的人根本不是什么事儿，更何况，他这次带了十几个人，随随便便就能把马强他们灌翻。"

"你说得对。"顾千秋放下手机。

"这句话，你连着说了三次了。"陈飞黄笑嘻嘻地看着她。

顾千秋不好意思地笑笑，低头不敢看他。

气氛顿时变得尴尬，陈飞黄干咳几声，说了句："时候不早了，我送你回去吧。"

"我自己回去就行。"顾千秋站了起来。

"摩托车被大头开走了，村里又没有路灯，到处黑麻麻的，万一摔倒了，被狗咬了，你喊破喉咙都没人来救你。"陈飞黄故意吓唬她。

"好吧，那就麻烦你了。"顾千秋被他说得有点怕了。

陈飞黄起身洗了把脸，穿上鞋子，拿着手电筒走在前面，顾千秋紧跟其后，两人一边走一边聊天，顾千秋问："对了，包总那个花草基地，你有什么看法吗？"

"花草基地很难做起来。"陈飞黄直截了当地说，"包总是被蔬菜基地的成功冲昏了头脑，想着效仿蔬菜基地的方法再弄一个花草基地，但他忘了，蔬菜是必需品，花草不是，不要说山河镇，就放眼看看整个广元市，花草能有多少市场？"

"可以运到其他城市啊……"顾千秋说，"花草在大城市还是很有市场的。"

"广元市位于四川省北部，北与甘肃省、陕西省交界，南与南充市为邻，西与绵阳市相连，东与巴中市接壤，花草运过去的路上都已经干枯了，如果使用特殊运输方式，成本又大大地增加了。"陈飞黄说。

"不去那么远呢？广元与甘肃、陕西省交界，现在交通便利，如果把花草卖到这些近一点的地方呢？"顾千秋问。

"广元距离这两个省份倒不是很远，可是市场有限。"陈飞黄打了个哈欠，"不过我们也是瞎操心吧，也许包总有自己的销售渠道呢。"

"也对，这个项目他没跟我们商量，应该自己有数。"顾千秋点点头，"不管怎么样，蔬菜基地的渠道是全部打通了，除了供应'老康家'的蔬菜包之外，还打通了市区十几个菜市场和商场，现在感觉都有些供不应求了。其实我觉得包总就应该把花草基地扩展为蔬菜基地。"

"那倒不用，蔬菜基地盘子够大了，刚好够用，即使不够，再往西边扩展几亩地也够了，花草基地其实应该用来一分为二，一半种植瓜果，一半养殖土鸡和土猪……"

他们一边走一边聊，不知不觉就到了镇政府大楼，话题还没结束，两人还有些意犹未尽，陈飞黄停下脚步，微笑着说："很晚了，早点休息。"

"嗯。"顾千秋点点头，"你也是。"

说着，顾千秋就转身往宿舍楼走去，只是步伐很慢，走了几步又回头看着陈飞黄，欲言又止的样子。

"还有话？"陈飞黄问。

"我……"顾千秋顿了一下，问，"你刚才的分析，我觉得很有道理，你要不要跟包总谈谈？"

"没必要。"陈飞黄摇头，"他若是想听我的意见，自己会问我。若是他不想听，我提了反而显得多事，他也是做生意的人，自己有分寸，我们还是不要干涉太多了。"

"好吧。"顾千秋点点头，"那我先上去了。"

"嗯，去吧，我看着你上楼。"陈飞黄点燃一支烟，靠在铁门上。

顾千秋转身上楼，脸上有着掩饰不住的喜悦，陈飞黄看上去是一个钢铁直男，其实也有细腻的时候呢……

|〇三二|
遗言

陈飞黄回到二傻家，远远就听见闹哄哄的声音，他推开院门走了进去，大头一见他，急忙迎过来："飞黄，芳婶儿晕倒了。"

陈飞黄脸色一变，马上冲进了屋子，芳婶儿睡在床上，脸色苍白，二傻蹲在旁边焦急地问："妈，我们去医院吧，去医院好不好？"

"是啊，文芳，你不舒服就去医院，可不能老拖着。"赵荷花一脸担忧。

"我让双喜去联系车。"陈国标准备去打电话。

"不用不用……"芳婶儿连忙阻止，"我没事，就是老毛病犯了，有点头晕，不用去医院。"

"可是……"

"这大半夜的，上了医院又能怎么样？镇上的医院每次就是不管三七二十一，先给人输液再说，输液不好就去城里，我知道我的毛病，就是颈椎引起的脑供血不足，所以老是犯头晕，我睡一觉就没事了。你们别担心，都回去休息吧。"

"真没事？"赵荷花不放心地问。

"没事，我现在就觉得累，想睡觉……"芳婶儿已经没力气说话了，乏力地闭着眼睛。

"好了，都回去休息吧，别打扰芳婶儿。"陈飞黄走进来招呼道，"我在这里守着，真有什么不舒服，我再送她去医院。"

"也好。"陈国标点点头，"飞黄，那就辛苦你了。"

"自家人说什么客套话。大头，送老叔大婶儿出去。"

"好。"

送走了屋子里的人，二傻去烧热水了，房间里就剩下芳婶儿和陈飞黄两人，陈飞黄坐在床边的木凳子上，看着芳婶儿虚弱的样子，心里很是愧疚。

"飞黄，你忙碌一天，去休息吧。"芳婶儿有气无力地说，"我睡一觉就好了。"

陈飞黄沉默了片刻，低沉地开口："我都知道了。"

芳婶儿睁开眼睛看着他："知道什么？"

"您的病，马医生都跟我说了。"陈飞黄语气凝重。

"马医生这个人，怎么这么不守信用？他明明答应我不会说出去的。"芳婶气急了。

"芳婶儿，我明天带您进城治疗吧。"陈飞黄决定跟芳婶儿坦然沟通，"不能再拖了。"

"我这病是没得治了，何苦折腾。"芳婶儿苦涩一笑，"我知道我的日子不长了，我就想在家里过几天清静日子，哪里都不想去……"

"可是您这样，我真的……"陈飞黄眼睛都红了。

"我知道，我知道你是个好孩子……"芳婶儿感慨万千，"飞黄，我以前总是针对你，那是因为，我就晓峰这么一个儿子，他爹去世之后，我一个人养他，吃了不少苦，怕他受委屈，也没有再嫁。

"从小到大，我自己处处省吃俭用，尽量给他好的条件，盼着他将来能有出息，希望他能多读点书，将来有个好工作，有个美满的家庭……可是出了那样的事情，我的希望就破灭了。

"晓峰今年都37了，亲戚给他说了几个亲，要么对方有残疾，要么就是二婚三婚，年纪比他还大。这些年，他都没什么正经工作，只能跟着村里的叔伯兄弟们在附近城市打打零工。

"我都六十的人了，一直干农活儿，不敢休息不敢停下来，甚至不敢生病，我怕我倒下了，就没人管他……"

说到这里，芳婶儿的声音都哽咽了，"所以啊，我心里总是对你有怨恨，我想着，当年要不是你约他去山上玩，就不会出那样的事，要不是关键时刻他扑在你身上护着你，他也不会变成这样。

"我甚至在想，如果当初出事的人是你，我和晓峰都会照顾你一辈子，可为什么会是他呢？那本不应该是他的呀……

"我还记得那天中午吃完饭，晓峰想在家写作业，你非要拉着他去山上玩，我不让你们去，你就走了，可是等我出去割猪草的工夫，你又把他哄了去，这一去，一切都变了……"

"对不起……"陈飞黄愧疚不已。

"唉……"芳婶儿擦掉眼泪，调整好情绪，继续说，"因为心里有怨恨，所以这些年，我没给过你好脸色，但我知道，你在背后为晓峰做了很多事。老陈书记和荷花嫂子，还有猴子一家，为什么这么照应我们母子俩，每年农忙的时候抢着帮我干活儿，给我和晓峰介绍轻松的零活儿，给我送这送那，那都是你在背后打了招呼的……

"这些年，我和晓峰的日子过得还算安稳，如果不是因为我生病了，可能我们就这么过下去了，我时常在想，我只要能多活几年，就多照顾他几年，如果不是因为突然得了这个病，我可能会硬气一辈子，但人吧，总得向命运低头，可能我上辈子做了坏事，这辈子才会这么坎坷，年轻丧夫，中年儿子发生事故，现在老了，又得了病……"

"您别这么说，我带你去华西，给你找最好的医生，您一定会好起来的。"陈飞黄急忙说。

"你有这份心意，我很高兴。"芳婶儿十分感动，"荷花嫂子曾经劝我一句话，让我打开心结，换一种角度去想，你对我这么孝顺，对晓峰这么好，我就等于多了个儿子……

"事实上也是这样，这段时间，你住在我家，对我百般孝顺，对晓峰百般照顾，我真的就像多了个儿子，晓峰也像多了个哥哥，所以，即使我真的走了，也没什么放心不下的。

"至于治疗，我自己的身体，我自己心里清楚，我也怕死的，我刚开始知道自己得这个病的时候，我也哭得伤心，还一个人偷偷去了好几次市里的医院，医生告诉我，我的病已经到了晚期，我知道晚期是什么意思……

　　"这几年，我们镇上很多得癌症的，就我认识的亲戚朋友已经好几个了，一个个都倾家荡产地去治疗，最后都是人财两空，还弄得千疮百孔，我是真的不想折腾了，最后这段日子，我就想清清静静地在家里待着，要死也死在自己家里，而不是医院里……"

　　听到这些话，陈飞黄沉默了，芳婶儿虽然没读多少书，却是个很有主见的人，她一旦拿定了主意，不是别人能够左右的。

　　"好了，治病的事情你就别多想了，我唯一放心不下的是晓峰。"芳婶儿叹了一口气，"希望我死之前，能够看到他有一份正正经经的工作，那我就没什么好担心的了。"

　　"您放心，我已经安排好了，他下周一就正式上岗。"陈飞黄认真说，"晓峰很聪明，他会有出息的。"

　　"好，好……"芳婶儿连连点头，"有你在，我放心。"

　　"妈，热水来了，我给你擦擦脸。"

　　二傻端着一盆热水走进来，把毛巾浸湿拧干，给芳婶儿擦脸擦手。

　　芳婶儿一辈子爱干净，家里院儿里总是打扫得整整齐齐，衣裳即使是旧得褪了色，也从来都是一尘不染。

　　二傻知道母亲的习惯，所以小心地照顾着，芳婶儿已经疲惫不堪，睁开眼睛看了看他，嘴角扬起欣慰的笑容，然后又继续睡了。

　　陈飞黄走出房间，坐在院子里水井旁的椅子上抽烟，从他知道芳婶儿生病到现在已经两个月了，他一直想要带芳婶儿去城里治疗，也曾试探过几次，芳婶儿都非常坚定地说自己没病。

　　今晚她再次晕倒，陈飞黄才跟她摊开来讲。他知道她性子顽固，也明白她的意思，确实，这种病，治疗也不会有什么转机，对于病人来说，最后的时间在医院度过，确实不如在家里清静舒心。只是，看着她生病难受的样子，他却什么都不能做，心里实在是难受……

|〇三三|

投入工作

蔬菜基地揭牌之后就开始正式投入经营了，前段时间建立基地的时候，有些地里就撒了种子。经过两个月的时间，胡萝卜已经长出了秧苗，卷心菜等蔬菜已经可以收获了，再有一些娇贵一点的蔬菜现在才开始种植。

金河村的村民们都开始忙碌起来，大家投入了巨大的热情，全村的人都约着早起一起去蔬菜基地干活儿，中午一起在食堂吃饭，傍晚打了卡一起回家，这样的日子忙碌且充实，原本懒懒散散的村子又活了过来。

蔬菜基地的工作步入正轨，生态鱼塘的养殖也按部就班，目前来看一切顺利，但陈飞黄想到另一个问题，就是修路！

现在金河村的产业发展基本算是解决了，这才两个多月，已经有一些蔬菜可以采摘，运到县里去做蔬菜包。也就是这样，问题出来了——虽然小金河桥已经修好，但金河村的交通还是很不便利。

目前蔬菜基地的产量不多，可以用皮卡车运送，从蔬菜基地到小金河桥六千米，途中都是小路，只有皮卡这样的小车才能通过，而且小金河桥也只能过小车，超重的大车都得从金河大桥通过。

当初陈飞黄来的时候，金河村一穷二白，要修路不实际，他只能先找产业，现在产业有了，就该考虑修路了，不然再等几个月蔬菜基地大丰收货车却进不去，交通就成了制约瓶颈，没有路，种出来的蔬菜只能烂在地里。

陈飞黄算了算，从蔬菜基地到金河大桥有十二千米，首先必须要把这段路给修好，修路这件事还需要去县里拿指标，本来应该是陈飞黄自己跑的，但蔬菜基地刚刚揭牌，他每天都得在那里盯着，再加上金凤家的小龙虾池子也在打理，忙得脱不开身，顾千秋就揽下了跑指标的事情。

陈飞黄这几天每天抽两个小时在金凤家的小龙虾池塘里，指导工人进行池塘清理改建。这个池塘原本是养鱼的，现在重新打理，需要先清理淤泥、修整、曝晒，还要用生石灰兑水消毒池塘，同时彻底消除池塘中的鲇鱼、鳅鱼、黑鱼和蛇、鼠等掠食性野生敌害。

然后在水面施放充分的动物粪便，培育浮游生物以及提供适量的有机碎屑做虾饲料，接着在池子四周种上水葫芦、水花生、水浮莲、茭白等水生植物，让这些植物覆盖池塘水面的三分之一的面积，利于龙虾蔽荫和滋生龙虾爱吃的浮游生物。

池塘进水前还要安装好水隔网，防止其他生物侵害虾苗，池水深度和透明度都有严格的数据讲究……

这得提前半个月部署，等一切都弄好了才能放虾苗。

之前的生态鱼塘已经交给猴子、双喜和平安三兄弟监管，龙虾池就交给金凤、赵荷花、陈国标监管，毕竟是第一次养殖，投入成本还是比较高的，陈飞黄十分谨慎，不想辜负金凤的信任。

陈国标没有鱼塘，手头也没有闲钱，所以有心无力，但是对于金凤，他们还是实打实地给予了帮助，夫妇俩每天一个人去蔬菜基地，另一个人就留下来帮金凤。

再过三天就要放虾苗了，金凤每日每夜的睡不着，总是守在池塘边，帮着工人一起干活儿。

六千多块钱对城里人来说也许不算什么，却是金凤全部的家当，她凭着一腔热血投入进去，也是想要赌一把，看看养殖小龙虾到底能不能发家致富，如果成了，就能给孩子们换一种生活。

陈飞黄每天像个陀螺一样忙个不停，天刚亮就起床，草草吃几口早饭，就带着大头和二傻去蔬菜基地，下午去金凤那边，再去一趟生态鱼塘，晚上又要去弄舞龙的事情。

村子里的人各有分工，但陈飞黄就像监工，一个人统管所有产业项目，从早到晚给自己安排得满满的，好在有大头如影随形地跟在身边打下手，他偶尔还能喘口气。

现在猴子、平安、双喜都安排出去了，三人每天轮流一个人守在生态鱼塘，另外两人白天去蔬菜基地上班，晚上三人就一起住在生态鱼塘旁边的小木屋里，就着卤花生，喝点啤酒，三兄弟日子过得倒也悠闲自在。

经过这些事，他们都特别积极上进，死盯着自己的任务，发誓一定要把生态鱼塘看好！

二傻周一就正式在蔬菜基地上班了，他在仓库负责种子和秧苗统计和发派。刚开始，包总的人知道陈飞黄让他来仓库工作都觉得不可思议，还跟包总告状，说陈飞黄就是想安插自己人进去，根本不管对方能不能任职。

包总倒是无所谓，陈飞黄给他赚了这么多钱，就算有点私心也很正常。不过后来他发现，二傻不仅不傻，还有着超乎寻常的记忆力，他看过的数据一眼就能记住，而且他把所有种子和秧苗都记得清清楚楚，不需要翻阅图标就能分辨出品种。

才去了几天，库管的人都对二傻另眼相看，包总狠狠斥责了那几个以小人之心度君子之腹的库管。

这些事情，陈飞黄都从其他人那里得知了，只是他不动声色，什么也没说，他知道，晓峰会用行动证明自己！

⌄

| 〇三四 |

修路

顾千秋往县里跑了七八趟，终于争取到了十二千米的村组道路建设指标。有了这十二千米路，就可以打通蔬菜基地到金河大桥的路线，同时也串联起村民们的入户路，让村里家家户户都通水泥路。

指标拿下来之后又是修路资金的事情，毕竟政府只负责乡道以上道路的建设和养护，村道要靠当地村民自己解决。村里已经没有钱了，镇上也是一穷二白，顾千秋也在想办法，但陈飞黄不想把这些重担都压在她一个人身上。

他找人估摸了一下，修这段路需要三十多万，若在以前，这笔钱也不算什么，可是现在……

镇政府召集各村干部开会，其他村听说了金河村修路的事，有的赞叹，也有的在嘲笑，特别是马强，嗓门儿大得恨不得全天下的人都能听见："修路是好事啊，让飞黄书记出钱嘛，他可是亿万富翁啊，这点钱对他来说是小意思。"

"咳咳，马书记，你还不知道吗？陈飞黄已经破产了。"一个村干部低声提醒。

"哎呀呀，破产了呀。"马强拍拍脑门儿，夸张地说，"你不说，我还给忘了，那没法了，以前金河村有什么事就去城里找他捐助，现在他都成村支书了，这事儿也是他搞出来的，当然就是他的责任嘛，反正不管他去偷还是去抢，总能把事情解决的。"

"你说得轻巧，几十万，可不是小数目，怎么解决啊？"

"金河村刚弄了蔬菜基地，又养殖小龙虾和生态鱼塘，搞得有模有样，他还是做得不错的……"

"什么不错啊，蔬菜基地是落地揭牌了，挣到钱了吗？那小龙虾和生态鱼塘不知道什么时候才能有收成呢，说不定把村民们租地的钱都拿去打水漂了呢。"

"说得也是！"

"陈飞黄也就是有顾镇长罩着，所以才拿下蔬菜基地，他公司都破产了，能有什么本事，不过就是以前走狗屎运赚了点钱罢了，我倒要看看，他这次能翻出什么浪来。"

"……"

听到这些议论，大头脸色都变了，陈飞黄倒是气定神闲，喝下杯子里最后一口茶，拿起资料起身离开。

"马强那狗东西，居然敢这样说你？"大头气恼地说，"我去教训教训他。"

"哎！"陈飞黄拉住他，"不是告诉你了吗？要以德服人！"

"可是……"

"行了，我饿了，赶紧回去吧。"

陈飞黄跟大头匆匆离开，也没来得及去办公室跟顾千秋打个招呼，芳婶儿打电话问他们什么时候回去，饭菜做好了，今天烧了芋儿鸡，陈飞黄一听口水都快流下来了，催促大头快点。

到了院子门口，两人从摩托车上下来，大头忍不住问："修路的钱，你打算怎么办？"

"放心吧，我有分寸。"陈飞黄随口说，"船到桥头自然直！"

"这船都已经靠岸了，还要到哪个桥头？"大头急了，"要实在不行，我回城一趟，把我那辆车给卖了。"

"你脑壳有包啊？"陈飞黄往他后脑勺拍了一巴掌，"扶贫攻坚是长久战，修路只是一个开始，你现在卖车，下次卖什么？"

　　"我……"

　　"农村建设应该从源头解决问题，搞发展就像一口锅里炒菜，取之于民，用之于民……"

　　"啥意思？"大头没听懂。

　　"饿了，吃饭。"陈飞黄冲他一笑，大步走进去，"老远就闻到饭菜香了。"

　　"飞黄回来了。"芳婶儿连忙将饭菜端上桌，陈飞黄和二傻在一旁帮忙，大头停好摩托车，一家人就围在石桌前吃饭了。陈飞黄看着这么大一锅鸡肉，忍不住问："芳婶儿，您今天怎么把鸡给杀了？家里的鸡不是要留着下蛋吗？"

　　"这是金凤送来的。"芳婶儿说，"金凤家的鸡被野狗偷吃了几只，小鸡崽儿也死了十几只，她想要把院子修整一下，把剩下的鸡都抓来关在我家的院子里，有两只鸡被野狗咬伤了，她干脆杀了吃了，她家吃一只，我家一只……"

　　"我倒是经常听说野狗喜欢偷吃鸡，但还没见过。"陈飞黄发现了问题所在，"好像村里都没有修建鸡舍，都是自己搭个棚子养鸡，就金凤姐家有鸡舍。"

　　"是啊，金凤算是村里养鸡养得最好的，往年总能挣点钱，最近她家的鸡舍被二狗子家的拖拉机给撞坏了，她忙着弄龙虾池子，没顾得上修，野狗就钻进来把鸡偷走了……"

　　"我等会儿去看看。"

　　"对对对，金凤一个人拉扯两个孩子不容易，你们去看看能不能帮上什么忙，把晓峰也带上，他最近天天窝在家里看书，可别变成书呆子了。"

　　"哈哈哈，好，我带着他。"

　　饭后，陈飞黄带着大头和二傻来到金凤家帮忙修鸡舍，没想到陈国标已经找来了泥瓦匠帮忙修筑了，陈飞黄看看简陋的鸡舍，跟金凤了解了一下养鸡的情况，心里暗自有了主意。

　　正好包总打来电话商议花草基地的事情，陈飞黄约他出来见面，包总说现在有饭局，九点后可以，陈飞黄当即就让大头骑着摩托车带他去了县里。

　　路上，顾千秋打来电话跟陈飞黄商议修路资金的事，陈飞黄说了一句："我自己搞定，你就别操心了。"

晚上九点半，陈飞黄在茶楼的包厢等到了包总。包总喝得满脸通红，一身酒气，但脑子还算是清醒的，从饭局上下来就让司机把自己送到这里来，陈飞黄给他要的大红袍已经凉了，他端起来咕噜咕噜一口气喝完，长叹一口气："舒服！"

"你这将军肚，都快要撑破了，还是悠着点儿吧。"陈飞黄笑道，"应酬归应酬，还是要注意身体。"

|〇三五|

为钱发愁

"哈哈哈……"包总大笑，"没办法，坐到这个位置，生意比健康重要。"

听到这句话，陈飞黄不免心生感慨，从前他也曾说过这句话，人一旦站到高处，怎么都不愿意再走下坡路，为了能够一直站在那个位置上，会不惜一切代价，哪怕用健康来交换。

"飞黄，你来找我，是想谈修路的事？"包总跟陈飞黄说话向来直来直去。

"对。"陈飞黄点点头，"修路指标，顾镇长已经申请下来了，现在就差资金。"

"需要多少钱？"包总问。

"预估是三十万，不过通常都会超出预算。"陈飞黄直言不讳地说，"如果你方便的话，希望可以预支给我五十万。"

"预支？"包总对这个关键词很感兴趣，"我还以为你是来跟我借钱呢。"

"我是帮你赚钱，这五十万就当是先预支给我的，我一定会帮你加倍赚回来。"陈飞黄胸有成竹。

"这话如果是别人跟我说，我一定觉得他在吹牛。"包总笑道，"从你口中说出来，我百分之百相信！"

"谢谢包总看得起。"陈飞黄没想到这么容易就搞定了。

"五十万是没问题的，不过……"包总突然来了个转折，"你要怎么帮我加倍赚回来？蔬菜基地的红利，我已经分给村委会了。花草基地还没开始筹建，就算筹建了，我也不打算聘请金河村的村民来种植，我要从外面聘请擅长种植花草的工人，所以，这一次我要走土地流转的模式，土地租金也是给到农民手上。"

"这个想法挺好。"陈飞黄点点头，婉转地说，"如果你有成熟的花草销售渠道，花草基地是个好的项目。"

"渠道都是慢慢打通的，两个月前，我也没想到我会创建蔬菜基地，更没有想到蔬菜基地的蔬菜不仅能够供给我的工厂做蔬菜包，还能对接城里的市场。"包总说起这个就对陈飞黄赞赏不已，"这都是你的功劳啊！！"

"那你的意思是？"陈飞黄预感不对劲。

"我要你当花草基地的营销顾问，负责销售事宜，你放心，你不需要做具体的工作，你只需要帮我打通销售渠道就行了，这五十万就当我预支给你的工资……"

"等一下。"陈飞黄打断包总的话，"你的意思是，你现在并没有成熟的销售渠道？"

"我一个开方便面工厂的，怎么会有花草的销售渠道？"包总笑了，"我一个哥们儿是开种子公司的，他那边可以低价提供各种花草种子和秧苗，趁着现在土地流转便宜，我就想搞一搞。"

"包总，我劝你好好想想，其实不一定要搞花草基地，弄点别的也好……"

"这个你就不用劝了，我已经决定了。"包总打断陈飞黄的话，"生态鱼塘那种高难度的事情你都能搞定，怎么就不能帮我搞定花草基地？我看得出来，你的市场把握能力很强，这方面交给你，我放心！"

"可是……"

"飞黄啊……"包总打了个酒嗝，捂着额头说，"今天有些累了，我得回去休息，你想好了来找我，只要你跟我签订协议，五十万马上到账！"

说着，包总就起身，摇摇晃晃地走了，他的助理上前扶着他上车，问陈飞黄要不要派车送他们，陈飞黄婉言拒绝，目送他们离开。

"飞黄，你不看好包总的花草基地？"大头问。

"嗯。"陈飞黄点点头，"我还以为他有销售渠道，搞半天，他根本没有渠道，就是有便宜种子，觉得土地便宜，就想低成本搞一个花草基地，然后把销售市场都交给我，还真是心大。"

"五十万买你的市场能力，还真是低成本。"大头不悦地说，"这甩手掌柜也太好当了。"

"他不知道我是谁，也不知道我以前有过什么经历，愿意出五十万买我的能力已经很有诚意了。"陈飞黄倒是中肯，"其实换个角度想想，成本低，弄什么基地都不会亏，只是我觉得有更好的项目可以做，他非要执着于这个，未免有些可惜了。"

"说到底，还是眼界有限。"大头感叹了一句，"只考虑成本和风险，没有考虑到长远利益。"

"你说对了。"陈飞黄有些意外，"变聪明了哦。"

"跟了你那么久，见多了。"大头傻笑道，"那你接下来打算怎么办？要跟他签合同吗？"

"不能签，签了就是责任。"陈飞黄十分肯定，"金河村是生我养我的地方，我是没办法，我不想再多承担一个责任了，不然以后想走都走不了。"

"那你打算怎么办？从哪里找钱修路？"大头担忧地问，"再过几个月，蔬菜基地就要秋季大丰收了，到时候用皮卡车运货肯定不够的，货车开不进来，菜就要烂在地里了。"

"我想想……"陈飞黄伤脑筋地抓着脑袋，"以前几十万从来不放在眼里，现在真是每天都在为钱发愁啊，要是我的公司没查封，拿几百万出来搞农村建设，真是什么都有了。"

"要不贷款吧？我的房子车子都能抵押，贷一笔钱没问题。"大头说。

"不能动你的钱。"陈飞黄十分坚定，"你跟了我那么多年，好不容易攒点钱买车买房，这是将来娶老婆的本钱，怎么能动。"

"反正现在又不娶……"

"你以为我不知道，你瞧上你楼下咖啡店的姑娘了，只是你人太实诚，不会追女孩，要不然早就成了……"

"你，你怎么知道的？"

"我怎么会不知道？你撅起屁股我都知道你是拉屎还是拉尿……"

"呸呸呸——"

两人嬉闹了一会儿，吃了点烧烤，骑摩托车回家。

夜已深了，陈飞黄不想吵醒芳婶儿和二傻，轻手轻脚地推着摩托车进院子，催促大头去洗澡，然后自己坐在水井旁边的椅子上抽烟。这五十万，到底要从哪里去找，真是发愁……

正想着，猴子打来电话说舞龙的事情，现在他们舞龙队组织得有模有样，而马强那边也开始重视起这件事，现在镇上要他们对决比赛一次，谁赢了谁就代表镇上去省里参加演出。

陈飞黄给了一句话："比就比，谁怕谁！"

❯

|〇三六|
越来越好

猴子一听这句话顿时就有了底气，有陈飞黄在背后给他们撑腰，他信心倍增。

对于舞龙这件事，陈国标和那几个老前辈比谁都上心，毕竟舞龙在他们心中是很神圣的事情，他们早就看不惯马强糟蹋传统文化，觉得那是在丢老祖宗的脸，现在好不容易可以挽回颜面，他们自然是要竭尽全力。

陈飞黄分身乏术，没有时间亲自参与，但也抽时间到稻场看他们的演出，这一看倒是发现了一些问题，虽说他们的舞龙比马强的队伍要精湛很多，但相比他之前在省里看到的专业演出还是有些差距，具体问题在哪里，陈飞黄一时之间说不上来。

于是，陈飞黄通过微博联系到省里的一位舞龙专家侯老师，请他来山河镇指导。这位侯老师倒是很热心，在微博私信回复了陈飞黄，给予了一些指导意见以及资料，但是拒绝了实地指导，说是最近省城准备举行非物质文化遗产大会，他们忙得不可开交，根本没时间下乡。

陈飞黄没有放弃，给那位专家写了一封长信，发自肺腑，感人至深，在微博上引起很大的关注，很多网民转发，帮着劝说专家去一趟山河镇，这位专家最终还是被陈飞黄所打动，抽了两天时间赶来山河镇。

陈飞黄带着陈国标等人亲自去大好站迎接，这是一位年过六旬却依然精神抖擞的老专家，对非物质文化遗产有着深厚的感情，终生都从事舞龙研究工作，经验丰富。

侯老师为人耿直，也不绕弯子，刚见面就直截了当地说自己只有一天时间，明天下午就要赶回城里，所以他想马上看到舞龙队的表演，然后给出相关指导意见。还提醒道，他说的每一句话，舞龙队都要牢记于心，他没有时间再进行第二次指导了。

陈飞黄非常喜欢侯老师的做事风格，先招待侯老师吃午饭之后，就请他来稻场观看表演，今天，猴子他们都穿上了队服，一个个都打起了十二分精神，表演得十分卖力。

可惜，侯老师还是不太满意，看到一半就让他们停下来，挥着手说："舞龙是咱们中国优秀传统文化的重要元素，它不是游戏，也不是表演，而是一个民族活跃的象征，它凸显出一个民族的浩然正气，预示着一个民族的兴旺发达。龙不仅是我国各民族的文化精髓，更是历史沉淀下来的文化经典。龙行天下，驰骋疆野，我们要舞出龙的恢宏气势！！！"

听到这番话，大家的热情都被点燃了，原本以为舞龙只是为了跟隔壁青山村争个名额罢了，现在才知道原来他们是在发扬中国的传统文化，他们在做一件特别庄严神圣的大事情……

"侯老师说得好！"陈飞黄激动地鼓掌，"我看了他们的表演，总觉得缺了点什么，但具体是什么，我又搞不懂，现在听侯老师这么一说才明白，是缺了灵魂，缺了气势！"

"没错。"侯老师点点头，"真正的舞龙，能让龙活过来！"

说着，侯老师亲自上前，一个一个地指导，还充当龙头展现自己精湛的舞龙诀窍，大家全都拍手叫好……

最后，侯老师给出了改善意见："你们这队伍吧，有一半是年轻小伙子，一半是五六十岁的中老年人，而且这些个中老年人身体素质看起来都不是特别好，我担心去了城里会耗不住。省里的非物质文化遗产节非常隆重，省辖十八个地级市，还有那些自治州和自治县，算起来参加演出的队伍上百个，要排队，要候场，还要长时间表演，身体素质不好的，恐怕会吃不消。另外，龙头是整个舞龙队的灵魂，必须由领袖人物带领，此人不仅身体素质要好，还要有领导能力，现在的龙头虽然不错，但是身体素质……"

"我身体好得很。"陈国标一听这话就急了，拍着胸脯说，"专家老师你放心，我绝对没问题，不需要换人。"

"咳咳……"侯老师干咳几声，对陈飞黄说，"你们自己商量吧，该给的意见我都已经给了。"

"好，我明白，我送您回去休息。"

陈飞黄送侯老师去镇上的宾馆休息，约好了晚上过来带侯老师去吃晚饭，再聊聊舞龙相关的事情，侯老师欣然同意。

趁着这一个多小时的空当儿，陈飞黄抓紧时间去龙虾池，今天是放虾苗的日子，他一早就在金凤家的池塘边盯着工人放虾苗，然后才去车站接人，刚才金凤打电话催他过去看看，他担心龙虾池出问题，跟侯老师打完招呼就马不停蹄地赶回村里。

大头今天没有跟着陈飞黄，因为蔬菜基地那边运货，陈飞黄让他去盯着，猴子他们的舞龙队表演完之后就去生态鱼塘守着了，现在一个个都是大忙人。

陈飞黄匆匆赶回村，金凤、赵荷花、芳婶儿等一帮妇女军团都围在池塘边观察，在这个小山村，不要说活的小龙虾，就是熟的也没多少人亲眼见到过，所以大家都觉得很稀奇。

潘银莲指着池塘里的虾苗，兴奋地说："上次我家那口子带我去城里吃过，剥虾壳太麻烦了，一盘虾吃了一个小时。"

"你该不会是怕浪费，连虾壳都给嚼了吧？哈哈哈……"李莉莉在旁边打趣，引得大家哄堂大笑。

"去，我经常跟我男人去城里，你以为是你啊，没见识。"潘银莲脸色铁青。

"是是是，都知道你家男人对你好，我这不是羡慕嘛。"李莉莉赔着笑脸，"我没吃过小龙虾，下次给我带几只回来嘛。"

"带几只回来还不够你塞牙缝的。"潘银莲白了她一眼，笑道，"等金凤姐家的小龙虾长大了，我们炒一大锅，就着啤酒一起吃。"

"哈哈哈，等着等着。"大伙儿都期待着那一天，"金凤姐，你家的小龙虾长大了，请我们吃不？"

"吃吃吃，长大了先请你们吃饱了再拿去卖。"金凤笑容满面，抬头看到陈飞黄骑着摩托车来了，急忙招呼，"哎呀，飞黄书记来了！"

|一〇三七|
龙头换人

"金凤姐，出什么事了？"陈飞黄急切地问。

"我就是想问问你，什么时候放花鲢、白鲢和鳊鱼？"金凤问，"我好去凤凰镇拿鱼苗。"

"先观察两天吧，没什么事的话就可以放了。"陈飞黄跟各位嫂子打了招呼，然后蹲在池塘边观察虾苗，"记住一定要按照我说的方法去投喂，然后放鱼苗的时候只能放五十克左右的花鲢、白鲢、鳊鱼，每种放两百条就好了，不要太多。放这些是为了缓和池塘里的生态环境，让小龙虾健康成长，放太多就抢食儿了。"

"好好好，我记下了。"金凤做事情特别认真，还拿个小本子记下来，"我先让二叔帮我准备着，如果这两天没什么事的话，大后天就去运货。"

"没别的事我先走了，去生态鱼塘看看。"陈飞黄说，"虾苗很健康，放心吧。"

"好好好，谢谢飞黄书记。"

陈飞黄跟嫂子们打完招呼就去生态鱼塘和蔬菜基地转了一圈，确定都顺利运转，这才带着大头去镇上找侯老师。

两人刚从楼梯间出来就听见喧闹声，原来是马强带着几个人提着大包小包的礼物来找侯老师，侯老师说不认识他们，把他们拦在门外，几个人非要闯进房间，说是来请教舞龙的事。

侯老师抵着门大喊服务员，陈飞黄做了个手势，大头一个箭步上前，用力扒开那几个人，几人还没反应过来就摔倒在地上，正要开口骂，抬头看到大头，都吓得脸色发白。

"马老板每次都是老毛病，提着礼物就往屋子里冲。"陈飞黄冷笑道，"上次在政府宿舍遇到你，这次又遇到了……还真是巧啊！"

"陈飞黄，你有什么好得意的？不就是顾千秋护着你吗？"马强愤愤不平地怒喝道，"她帮你搞那么多项目，现在又帮你请舞龙专家，你们肯定有不正当关系？"

"马强……"陈飞黄眉头一皱，眼神凌厉地盯着马强，"你说我可以，不要污蔑顾镇长的清白！"

"我就……"马强的话到嘴边，看到陈飞黄的眼神，又吓得收了回去，改口道，"怎么？专家你能请，我就不能请了？这专家又不是你一个人的，我就不能来请教请教了？"

"你请啊，从省里再请一个过来。"陈飞黄冷笑道，"侯老师是我请来的贵宾，我不会让你打扰他。"

"我就要请这位侯老师。"马强提着礼物，凑过去讨好地对侯老师说，"侯老师，我是青山村的村支书马强，他们金河村给您多少酬劳，我给您双倍，您帮我……"

"滚——"侯老师气得直发抖。

"侯老师，我……"

"好走，不送。"陈飞黄还是很有礼貌。

"我就不走……"马强还想嘴硬，大头的拳头捏得咯咯作响，马强吓得后退几步，捡起地上的礼品盒慌忙逃窜，两个手下连忙跟着逃了。

"岂有此理，这都是些什么人啊。"

侯老师气得脸色铁青，他一生为了非物质文化而奋斗，从未考虑过金钱，刚才马强那番话简直是一种羞辱。

"抱歉，侯老师，让您受惊了！晚上我让我兄弟在隔壁住下，那帮人就不敢再来了。"陈飞黄诚恳地致歉。

"不用了。"侯老师叹了一口气，"我还是早点回去吧，非遗节有很多事需要我帮忙筹备，本来想着今晚好好睡一觉明天早上再赶回去，可是刚才被这些人这么一闹我估计也睡不好，还不如坐今晚的动车回城，虽然到家晚了点儿，但也能睡个好觉，明天早上还不用赶时间。"

"好吧，既然您已经决定了，我就不拦着您，我现在给您订票。"

陈飞黄给侯老师定了七点半的动车票，现在已经六点钟，从镇上去大好站得半小时，他本想请侯老师吃了晚饭再走，可侯老师坚持要先去车站，陈飞黄理解他的顾虑，忙于事业的人很有时间观念，生怕耽误一时半刻。

陈飞黄让双喜叫来一辆车，又给侯老师准备了山河镇的土特产和晚餐，然后送侯老师去火车站。

路上，侯老师还不忘叮嘱陈飞黄，舞龙队那些需要改进的地方，还发了一些视频片段和资料到陈飞黄微信上，让陈飞黄回去跟着指导。

最后，车开到了火车站，侯老师还叮嘱陈飞黄："其他都没什么，你只要按照我说的去做，舞龙队的水平就能提高几个档次。之前在稻场，当着那些队员的面，我不太好多说，现在私底下还是提醒你一句，如果条件允许的话，最好能换几个年轻人上去，不过现在时间恐怕来不及了，你看着安排吧！另外，你们舞龙队得取个名字，再立个自己的旗帜，不然到了省城就来不及了。"

"我知道了，谢谢侯老师！"陈飞黄真诚地道谢，"让您百忙之中跑一趟，真是辛苦您了，这些东西，您带着路上吃，这个，是给嫂子和孩子的……"

"这不行，我不收礼……"

"不值钱，都是村里人自己种的特产。"陈飞黄补充道，"您看您来一趟，连酬金都不收，要是这点心意都不要的话，我就真的过意不去了。"

"那好吧。"侯老师打开盒子看了一下，的确是农村的土特产，也就没有再拒绝，"小陈，你是个好干部，希望你们村的舞龙队能够竞选成功，到省里参加表演，到时候说不定还有机会见面！"

"谢谢侯老师，一定有机会的！"

送走了侯老师，回去的路上，陈飞黄有些心事重重，大头问："你是不是在发愁，要怎么把老叔换下来？"

"果然还是你最了解我。"陈飞黄笑了笑。

"啊？你们要把老叔换下来？"双喜大惊，"老叔为了舞龙队可费了不少心思，整个队伍里就他最积极了，每天召集大家去练习，而且那几个老前辈都是他招呼来的，他们把当年压箱底的经验都掏出来教大家，这要是把老叔换下去，那另外几位叔伯也是不会同意的，就算他们同意，那也失了民心啊，还怎么团结一致，参加比赛？！"

"你说的我都有考虑。"陈飞黄叹了一口气，"就因为这样，我才为难，不过老叔的身体是真的不好，之前掉到河里去，熬了快一个月才好转起来，现在虽说是没什么问题了，但是让他带队去城里演出，实在是太辛苦了，我怕他撑不住。"

"那怎么办？"双喜一脸忧愁，"今天下午侯老师就提了一嘴换人的事情，老叔的脸色一直都不好看，晚饭也没吃，回去还冲荷花婶子发脾气，两人大吵了一架呢。"

"行了，我想想该怎么处理。"

"嗯。"

|〇三八|
年轻帅气的男人

从火车站回来八点多，三个人去镇上的餐馆吃晚饭，刚走进去就遇到了顾千秋，她跟一个清秀帅气的年轻男人一起吃饭，两人有说有笑，看起来关系很亲近。

大头观察着陈飞黄的脸色。

陈飞黄站在原地看着他们，几秒后，大大方方地走过去打招呼："顾镇长，好巧！"

"顾镇长好！"

"顾镇长！"

大头和双喜也走过来跟顾千秋打招呼。

"嗨！"顾千秋有些尴尬，脸色都不太自然，"你们也来吃饭？一起吧。"

"是啊，一起吧。"年轻男人客气地招呼着，还让服务员加餐具。

"不用了，我们好几个人，就不打扰你们了。"

陈飞黄看了那男人一眼，顶多二十多岁，长得确实英俊，穿着简单的T恤和牛仔裤，看起来青春阳光，说着标准的普通话，看来不是山河镇的人。

"介绍一下，这位是我朋友齐成，他从成都来的。这就是我经常跟你提起的金河村的村支书陈飞黄，那两位是大头和双喜。"

顾千秋介绍道。

"原来是陈书记，经常听千秋提起你。"齐成起身跟陈飞黄握手，也跟大头和双喜握手打招呼。

"客气了。"陈飞黄微微一笑，"你们慢慢吃，不打扰了。"

随即，陈飞黄就带着大头和双喜去了另一边的空桌，顾千秋皱着眉，脸色很不自然，齐成也没发觉什么，一直给她夹菜："多吃点儿。"

陈飞黄点了几个菜和几瓶冰镇啤酒，三人边吃边聊舞龙的事情，讨论着舞龙队的名字。

双喜兴冲冲地说："要不就叫飞龙在天吧？"

"噗——"大头一口啤酒喷出来，笑道，"这是非物质文化遗产节的演出，你以为是搞武林争霸大会呢？"

"那……叫天龙队？"双喜又想了一个。

"我还天龙八部呢。"大头忍俊不禁，"我看你是武侠小说看多了吧？"

"嘿嘿，我就是想取个霸气的。"双喜挠挠头，"大头哥，那你说叫什么？"

"我觉得既然要代表山河镇，那就叫山河舞龙队吧。"大头看着陈飞黄。

"这个名字不霸气，不过大头哥说得也有道理，飞黄哥你觉得呢？"双喜也看着陈飞黄。

"回头让老叔取吧。"陈飞黄的心思不在这上面，"双喜，今天生态鱼塘是猴子和平安值班？"

"是啊。"双喜点头，"刚才猴子还发微信让我给他们带点卤菜和啤酒回去。"

"行啊，你去让服务员弄两份。"陈飞黄说，"我给老叔也送一份过去。"

"好。"

三人赶着回去，所以匆匆吃完了饭，大头去买单，回来跟陈飞黄说："顾镇长走的时候把咱们的单给买了。"

"啊？这太不好意思了。"双喜挠挠头，"怎么能让女人买单呢。"

"是啊，回头我把钱给她。"大头说。

"先回去吧。"陈飞黄没多说，催促大家快点，再晚了老叔该睡了。

上了车，陈飞黄收到顾千秋的微信："修路资金的事有眉目了吗？"

"还在想办法。"陈飞黄回复。

"要不我去跟包总谈谈？"

"生意人的付出都是等量交换的。"

"什么意思？你已经见过他了？他向你开了条件？"

"嗯。"

"条件苛刻吗？？"

"修路的事自己解决，不找他。"

"你有计划了？"

"放心吧，我自有分寸。"

"好吧，就是要快点，时间不等人。"

"我知道，七天内给你答复。"

"也不用太着急……"

顾千秋那边还显示正在输入，陈飞黄直接转了五百块过去，备注："今晚的晚餐！"

"陈飞黄，你不用跟我这么客气吧？我就是顺便……"

"不花女人的钱！"

发完这句话，陈飞黄就把手机给放下了，抬头看看窗外，车子正在驶过小金河桥，像这样的小汽车开过去没有什么问题，不过大货车肯定是不能从这里过的，必须走金河大桥才能通往城里，那就得从蔬菜基地修一条路到金河大桥，按照最短直径估算，那条路要绕过金河村的村路，还有青山村的一段田埂……

正因如此，陈飞黄才多估算了二十万，因为问题远不只是修路这么简单，还存在着赔偿金额。就目前的形势来看，青山村恐怕还不会配合！

回到村里，双喜拿着吃的去生态鱼塘的木屋找猴子和平安了，陈飞黄和大头则是去了陈国标家，现在九点半，往常这个时候，陈国标都会在院子里吃着西瓜，跟舞龙队的几位老前辈吹牛聊天。

今天晚上，他家的院子特别清静，陈飞黄推门进来，正好看到赵荷花在倒洗脚水，连忙招呼："大婶儿，要睡了？"

"飞黄，大头，快进来，快进来。"赵荷花热情地招呼，"你老叔他刚进屋，我去叫他。"

"他要是睡了就算了，别打扰他。"陈飞黄把吃的递过去，"我就是来给他送点儿下酒菜，留着明天吃也一样。"

"哎呀，我就说飞黄孝顺，出去吃饭都不忘给他带吃的。"赵荷花笑嘻嘻地接过东西，"你们坐，我去叫他。"

"别叫了，很晚了，我们也回去休息，反正明天要碰面的。"

陈飞黄瞟了眼一楼卧室的窗户，里面的灯开着，电视声音调小了。

这要是从前，老叔听见他的声音早就急匆匆跑出来了，今天不仅没有出来，还把声音调小，在屋子里听他们讲话，看来还是对今天侯老师说的那番话耿耿于怀，担心陈飞黄来说服他放弃龙头位置。

"那好吧，我代替你老叔谢谢你了。"赵荷花笑着说，"哟，这卤猪头肉、卤猪尾巴可是他最爱吃的，还有啤酒呢。"

"特地买给老叔的，自然是他爱吃的。"陈飞黄笑道，"婶子，那我们先走了，麻烦您帮忙转告老叔，让他抽空给舞龙队取个名字，这舞龙队是他一手带起来的，就跟他的孩子一样，名字得由他来取！"

"好，好好好，我待会儿就跟他说。"

赵荷花喜出望外，连说了几个好。

陈飞黄和大头从院子里离开，身后传来脚步声，随即又被人拦住了，大头笑着感叹："老叔真好哄啊！"

"都是朴实善良的人，都是为了金河村好。"陈飞黄叹了一口气，"幸好今晚回来得晚，没碰着面，要是见着老叔难过的样子，我不知道多内疚。"

"别想太多了。"大头拍拍他的肩膀，"老叔应该是想开了吧？刚才听见让他取名字，他大概激动不已，我们前脚刚走出院儿，他就跑了出来，被荷花婶子给拦住了。"

"估计还没那么容易想开。"陈飞黄想了想，给陈百合打了个电话……

❥

|〇三九|

拭目以待

第二天早上，陈飞黄简单吃了一碗面，带着大头先去巡视金凤的龙虾池，再去生态鱼塘，随即又去了蔬菜基地……

一切都很顺利，龙虾池的虾苗活泼健康，生态鱼塘的虹鳟鱼也稳健成长，蔬菜基地就更不用说了，成熟的蔬菜每天陆续运到方便面工厂加工成蔬菜包，空出的土地都在播种，等待收货。

目前需要做的事情就是修路了，五十万，上哪儿去找，这是个问题。

午饭的时候大头再次提议回城里想办法，陈飞黄回应道："你帮我干点活儿就行了，出钱的事情轮不到你。"

"那你到底有啥办法？你又不说。看你天天心事重重的样子，我着急呀。"大头眉头紧皱。

"你忘了，我以前借出去几笔外债，加起来一百多万呢。"陈飞黄白了他一眼。

"你不说我还真忘了。"大头喜出望外，"当初姚辉死活不让你借，你非要借，这都好几年了也没个信儿，现在出了这状况，也应该还钱了吧。你把他们地址和联系方式告诉我，我去要债。"

"不用。"陈飞黄摇摇头，"过几天正好要去省里参加非遗文化节，我亲自去找他们。"

"我跟你一起去。"大头马上说，"那几个都是老赖，一点都不自觉，你太好说话了，恐怕要不来债。"

"行了，到时候再说吧。"陈飞黄埋头吃饭。

"飞黄！"包总从门外走来，陈飞黄抬头看去，"你怎么来了？"

"我给你发微信，你不回复，打电话又不接，我只好亲自找来了。"包总白了他一眼，随即皱眉说，"你怎么在食堂吃饭？走走走，跟我去下馆子。"

"我都吃完了。"陈飞黄扒完最后一口饭，抽了张纸巾擦擦嘴，"再说了，食堂的饭菜挺好吃的，全都是我们自己种的蔬菜，自己养的猪，绿色环保健康。"

"行，你喜欢吃就吃吧，我也不拦着你，现在吃好了吧？走，去我办公室喝茶，我跟你说，我那里有上好的金骏眉……"包总亲热地揽着陈飞黄的肩膀，一边走一边说，"待会儿你拿一盒回去喝。"

"别，我下午还有事，你啥事找我？有话就直说吧，咱们都是自己人，也不必绕圈子。"其实陈飞黄知道包总找他的目的。

"瞧你这冷漠的态度，这是要拒绝我了？"包总是个聪明人，怎么会看不出陈飞黄的意思。

"不是我要拒绝你，是我实在没有那个本事，不敢担此大任。"陈飞黄笑道，"你也知道，我这里已经堆了一堆事情，蔬菜基地，生态鱼塘，还有小龙虾养殖，我现在每天睡五个小时，连撒泡尿都要百米冲刺跑进厕所，我哪有空再去揽一个项目？再说了，花草市场，我真的不熟。"

"说来说去，你就是不肯帮我开发花草基地的市场。"包总的笑容冷了下来，"那你的修路资金怎么办？"

"呵呵。"陈飞黄苦涩一笑，"没本事拿到包总的赞助，我只能去别的地方想办法了。"

"行，人各有志，你既然已经有想法，我也不拦着你。"包总收回揽在陈飞黄肩膀上的手，"不过我要提醒你一句，修路是你们的事情，可不能耽误蔬菜运输，如果有什么损失，你们村委会、包括镇政府是要负责的。"

"你放心，不会耽误的。"陈飞黄自信满满。

"看来你已经找好下家了。"包总疑惑地看着他，"该不会是拉到其他项目了吧？"

"呵呵，我刚才说了，现在时间都安排满了，金河村的村民也都抽不出空来参与其他项目，目前我只想把手头这几个项目做好，让老百姓实实在在的拿到钱！毕竟，路要一步一步走，急不来。"

"那好吧，祝你好运！"

从蔬菜基地离开，大头不悦地说："那个包总可真现实，一听你不跟他合伙弄花草基地，马上就变脸了。"

"小生意人嘛，都这样。"陈飞黄并不放在心上。

"你这个小字用得好。"大头笑了，"越是做大生意的人越有远见，看来，这个包总是开方便面厂开傻了，你的建议对他口味就是好，不对他口味就不行。"

"哈哈哈，可别让他听见，不然以后他不送方便面给你吃。"

"嘿嘿，他上次送了我两箱红烧牛肉方便面，我问他要老坛酸菜味儿的，他说那个抢手货，卖完了。"

包总在办公室里抽烟，脸色极其难看，手下的助理讨好地劝道："包总，您别生气，那个陈飞黄就是鼠目寸光，自以为是，就这几个小项目，钱还没到手呢，他就满足现状，不敢开发新项目，这种人啊，也没本事为您开发新市场。"

"刚开始他故弄玄虚，我还以为是想抬高身价谈价钱，现在想想，我真是高看他了。"包总吐出一口烟，嘲讽地冷笑，"花草基地的土地还没规划呢，他就不怕我把这个项目给青山村？马强可是天天巴结我。"

"其实真可以考虑给青山村，那个马强比陈飞黄有诚意多了。"

"那个人不行，就会溜须拍马，投机取巧，做正事根本不上心，但凡他有陈飞黄一半靠谱，我早就给他了，毕竟青山村开出的条件比金河村好多了。"

"那……"

"先这样吧，半个月修路的事情还没动工，我就要找镇上，到时候，顾千秋自然会向他施压，我就不信了，他一个小小的村支书，还真能在几天之内搞到几十万修路资金。"

|〇四〇|
缺一不可

陈飞黄从蔬菜基地离开，猴子那边已经打电话过来汇报，说舞龙队都在稻场准备好了，针对昨天侯老师指出的问题，今天再进行改进，让他来看看有没有进步。

陈飞黄十四五岁的时候也曾参加过村里的舞龙队，过年的时候在集市上，踩着鞭炮声热热闹闹地舞一场，围观的人们热情地欢呼鼓掌，这就是一种荣耀！

二十多年过去，陈飞黄一直都没有再舞龙，即使当初他提出要组织舞龙队，也是组织起来让其他人参与，他自己从未上阵，主要是因为分身乏术，不过今天，他想试试。

来到稻场，所有人都到齐了，包括陈国标！

只是，大家的气势并不像往常那样欢呼喜悦，一个个神色凝重，心事重重。看到陈飞黄，猴子和双喜快步迎上来，猴子低声说："老叔他，刚才说要退出舞龙队，队里另外五个叔伯都表示，他要退的话，他们也一起退。"

"呃……"大头十分意外，他还以为陈国标已经想通了，怎么会弄成这样？

"飞黄哥，现在怎么办？"双喜焦急地问，"明天我们就要跟青山村比赛了，他们那边今天也从市里请来了专家，正紧锣密鼓地排练呢，我们这一个队总共就十几个人，现在一下走掉六个，舞龙队就要散了。"

"是啊，飞黄哥，几位叔伯走了，民心也就散了，到时候还怎么排练啊？"猴子哭丧着脸。

"飞黄也是为了叔伯们的健康着想。"大头说，"现在正六月，这烈日当头的，万一在成都出了什么事可怎么办？"

"这个我知道，我刚才也说了这个问题，可是他们听不进去。还说，他们在庄稼地里干了一辈子，从来不怕什么烈日当头，这些就是借口。我还想说话，我爹就拿鞋底子抽我的脸，你们看，这脸上还一个鞋印呢。"

猴子凑过左脸，还真有一个解放鞋的鞋印，相当清晰。

"噗——"大头忍不住笑出声。

"大头哥你还笑！"猴子瘪着嘴，十分委屈。

"我也挨打了，屁股被踹了一脚。"双喜撅起屁股给他们看，上面一个灰白脚印，还沾着泥土。

"哈哈哈……"大头再也忍不住了，大笑起来。

舞龙队其他人都看过来，脸色相当不好看，陈飞黄踢了大头一脚，大头抿着嘴，强忍着笑。

"我特地赶过来看你们表演，怎么都坐着不动了？"陈飞黄笑着走上前去，"老叔，您这是怎么了？"

"飞黄，咱们都是自家人，我说话不爱绕圈子。"陈国标皱着眉，一脸凝重，"你的意思我知道，为了大局着想，龙头的位置我让出来，我刚才已经宣布了……"

"老书记退出，我们也退出。"另外五个叔伯马上大喊，一个个五六十，头发花白的老爷们儿，身上的白色背心儿被汗水染成浅黄色，叉着腰，拧着眉，满脸愤慨。

特别是猴子的爹陈国兵，额头上青筋暴起，上前指着陈飞黄破口大骂："陈飞黄，你这个没良心的狗东西，当初是谁接济你和你爷爷？是谁力保你当村支书？是谁收留你，处处维护你？你现在有点成就，就要过河拆桥了是吧？要赶老书记走，你还是个人吗？"

"陈国兵你闭嘴！！！"陈国标急忙呵斥，"我都跟你们说了半天，你们怎么就听不进去，是我自己要退出，跟飞黄没关系。"

"你就是个老好人，别人把你卖了，你还帮他数钱，长点脑子吧你……"陈国兵一副恨铁不成钢的样子，"当初要不是你招呼我们，我们这些人吃饱了撑的跑来舞龙？一分钱没有，还耽误干活儿。"

"是啊，我们都是买老书记的面子才来的，飞黄书记，做人不能忘本啊！"

"是啊……"

"你们别说了。"陈国标急得直跺脚，"我怎么跟你们说不通呢？"

"各位叔伯的意思我懂。"陈飞黄笑容可掬地说，"放心，我是在金河村吃百家饭长大的，骨子里流的是金河村的血，我永远不会忘本，要不然，我也不会回来当村支书。"

"那你还……"

"昨天侯老师是给出了指导意见，但他真的是为大局考虑，本着对我们负责任的态度才提出那样的建议。说实话，我也很矛盾，从昨天下午到晚上一直在犹豫挣扎，但我最后并不打算让老叔退出去，更确切地说，这队里任何一个人都不能退，舞龙队一共十六个人，缺一不可！"

陈飞黄认认真真地说出这番话，大家都愣住了，大头最为诧异，怎么突然就妥协了？真不让他们退的话，那到时候出点什么事可怎么办？舞龙队的成败荣辱是小事，这帮叔伯要是身体出什么状况，谁能承担得起？

"不退？"陈国标惊愕地睁大眼睛，"飞黄，我没听错吧？那，那你……"

"对，不退，你们没听错。"陈飞黄看着陈国标，诚恳地说，"老叔，昨晚我跟百合通了一个小时电话，我本来想请她帮我说服您主动退出，可后来百合反过来劝我让您留下。

"她说，咱们父辈都是些庄稼人，他们一辈子都面朝黄土，为了解决温饱而奔波劳累，几乎没有什么精神世界，而舞龙是你们唯一的信念，是支撑着你们前行的力量。

"她还说，自从我组织了舞龙队之后，您脸上的笑容都比以前多了许多，话也多了，每天想的就是怎么把舞龙发扬光大。你们白天干农活儿，晚上去排练，却从不觉得累。

"排练完了还把参加排练的叔叔伯伯召集在您家院子里商量着怎么把龙舞好、舞活……这条龙身上有你们付出的心血，有你们在，它才有灵魂，所以，我怎么能忍心让你们退下？"

　　听到这些话，一群人都沉默了，几个叔伯十分感动，陈国标的眼睛都红了，张了张嘴想说些什么，可是一抹心酸哽在喉咙，一个字也没说出来。

　　"我知道你们担心什么，舞龙这件事，重在参与，胜负不重要，重要的是心意，我们竭尽全力把事情做好，这就够了。另外，为了你们的身体着想，我还有一个安排，希望你们同意。"

第四部

一波三折

"人与人之间，原来真的不一样！"

■ 特别的归乡者

|〇四一|

最强候补

"什么安排？"

刚才还听着感动的几位叔伯一下子又警惕起来，担心陈飞黄是先礼后兵，把好话说尽了，让大家感动不已，沉浸其中的时候，又来个大反转。

"准备一个候补队。"陈飞黄说，"万一到省城，大家身体熬不住了，不能强撑，该停下来就停下来，这个时候，我们的候补队就可以上来接力。"

"这个办法好。"陈国标最先回应，"其实我也考虑过，万一我们几个老家伙体力不支，就要耽误演出了，要是有候补就不用担心这个。"

"对对对。"猴子急忙附和，"这样一来，各位叔伯既不用退出，也不会影响到演出，更加不用担心健康问题，实在扛不住就停下来休息，反正有候补队员呢。"

"没错，飞黄哥想了个两全其美的方法，对大家都好。"双喜也弱弱地说了一句，"各位叔伯，你们应该没有意见吧？"

"我觉得这样挺好的。"

"我也赞成。"

其他年轻的队员纷纷表示支持，那几位叔伯都看着陈国兵，有一个低声说："我觉得这样也好，你二弟都同意了，你就不要再跟飞黄书记对着干了。"

"是啊，这主意挺好的，飞黄书记也是在为我们着想。"

"国兵，你就点个头吧。"

"陈国兵，你还有什么意见？"陈国标急了，呵斥道，"飞黄考虑得已经很周到了，你可别在这儿闹了。"

"你嚷嚷什么？"陈国兵瞪了他一眼，扭头对陈飞黄说，"要选候补可以，我有个条件。"

"你还提条件……你有啥资格提条件。"陈国标急了。

"没关系，叔，您说。"陈飞黄赔着笑脸。

"你不能无缘无故换掉我们这些老队员，只要我们不愿意，你就不能让候补替代我们。"陈国兵考虑事情比较周全。

"您放心，不会的。"陈飞黄笑道，"这样，候补人选把我和大头算进去，你们再找三四个人，到时候跟我们一起上成都演出。"

"没问题，这事包在我身上。"陈国兵拍着胸脯保证。

"不对呀，我们还没开始跟青山村比赛呢，说得好像一定能赢似的。"有个队员脱口而出。

"废话，我们当然能赢。"陈国兵一巴掌拍在那队员后脑勺，"你到底是哪边儿的？"

"对不起，口误口误……"

"既然想赢，现在就练起来，时间不等人啊。"陈飞黄招呼道。

"好嘞，练起来！"陈国标大声吆喝，"伙计们，各就各位！"

大家马上投入准备，陈国标想起一件重要的事情，忙对陈飞黄说："飞黄，我想了一晚上，咱们舞龙队就叫'飞龙队'，你觉得怎么样？"

"好，好名字！"陈飞黄拍手叫好。

"这个名字好听，二叔取得好！"猴子连忙拍马屁。

"对对对，这个名字真好……"队员们都纷纷应和。

"这不跟我昨天想的差不多嘛。"双喜低声嘀咕了一句，大头朝他使眼色，他连忙闭嘴。

"哈哈哈，我们飞龙队一定要赢，要代表山河镇去省里参加演出，将舞龙文化发扬光大，伙计们，练起来！"

陈国标非常高兴，挥手招呼着大家，队员们又打起了十二分的精神，开始排练。

陈飞黄看到这一幕，感到十分欣慰。今天他没有像往常一样在旁边看着，而是和大头一起参与排练，因为他们要当最强候补，等到正式演出的时候，万一有队员顶不住了，他们可以顶替上去。

陈飞黄以前做生意的时候，经常在会议上跟他的员工讲一句话，一个团队最重要的核心就是团结，大家万众一心，竭尽所能，一定能把事情办好！

转眼就到了跟青山村比赛的时间，早上九点，两个村的村民都纷纷来到镇政府大楼观摩，而两个舞龙队更是提前一个小时就到场了，大家各自坐着赛前准备工作，一个个都打起十二分精神迎接比赛。

马强也算是有手段，临时从市里请来了舞龙专家给他们指点，亲自开车去市里把专家接过来，到现在人也没走，还穿着一身唐装，端着泡了枸杞的保温杯，坐在嘉宾席的首位，一副大师的样子，派头十足。

另一边，金河村舞龙队的人全都到场了，唯独缺了重要人物陈飞黄！

蔬菜基地那边有一辆皮卡车运输的过程中在小金河桥翻车了，满车的蔬菜都倒在了河里，司机也受了伤，"老康家"驻守在蔬菜基地的负责人赶过去帮忙，却又搞不定，于是打电话向陈飞黄求助，陈飞黄马上带着大头过去了。

"陈飞黄怎么还没来？"陈国兵皱着眉头，不悦地问，"猴子，你再给他打个电话催催。"

"爹啊，我刚才都跟你说了，飞黄哥在处理蔬菜基地的事情，处理好了自然就来了，我一直打电话催不好吧。"猴子劝道。

"蔬菜基地的事情可以放一放，我们这边是火烧眉毛了，他肯定要以我们为先啊。"陈国兵是个暴脾气，一巴掌甩在猴子头上，"这比赛就要开始了，他还不到场，阵前就输了气势！"

"可是……"

"叫你打就打，哪里那么多废话？"陈国兵脱了鞋又要抽猴子。

"好好好，我打，我打。"猴子吓得缩到一边。

"哎呀，陈国兵，你急什么。"陈国标气恼地低喝，"我们队员都到齐了，等比赛开始，直接上就是了。"

"你懂个屁！"陈国兵看到这个弟弟就气不打一处来，"就你这个温吞子，能干成什么事？"

"你这个人怎么老是这么暴躁？"陈国标急了，拉着陈国兵讲道理，"我跟你说，现在马上就要比赛了，我们俩作为队里的前辈，应该稳定军心才对，你老是在这里发脾气，会让气氛变得很紧张，大家本来好好的，现在也跟着慌乱起来了……"

"你们看看，金河村还没开始就乱套了，呵呵，还想赢我们，白日做梦，哈哈哈……"马强得意地坏笑，他的队员们也都跟着大笑起来。

|〇四二|
牛小胖跌落河

还有三十分钟，比赛就要开始了，顾千秋看着金河村那边乱糟糟的样子，不禁皱起了眉，陈飞黄不在，整个舞龙队的军心都散了，队员们都无心恋战，一个个都眼巴巴地看着院子大门的方向，等着陈飞黄的到来。

"顾镇长。"马主任匆匆跑来汇报小道消息，"我刚才听人说陈书记跳河了，估计一时半会儿来不了，看眼前这形势，青山村怕是要赢哦……"

"什么？他为啥跳河？"顾千秋慌忙追问。

"好像是下去捞什么东西，具体我也不清楚，我都是听赶来的村民说的。"马主任看着顾千秋焦急的样子，讨好地问，"要不，我过去看看？"

"好，你赶紧去看看，可别出什么事。"顾千秋急切地说，"我没办法亲自过去，我得主持比赛。"

"我马上去。"马主任立即往后院走。

"你还去后院干吗？赶紧啊。"顾千秋急得跺脚。

"我自行车停在后面。"马主任笑嘻嘻地回答。

"天啊，这都火烧眉毛了，你还骑自行车？"顾千秋无语了，"等你骑过去，比赛已经开始了。"

"嘿嘿，我只有自行车，又不会骑摩托车。"马主任堆起笑脸解释，他办事总是这样，慢吞吞的像个蜗牛，别人催他，他还笑着说，不急不急，急也急不来。

"你……"

"千秋，不如我去吧，我开车去快一点。"坐在一旁看演出的齐成突然说。

"好好好，那麻烦你了。"顾千秋连忙说，"马主任，你给齐成带路，他不认识路。"

"好嘞。"

小金河桥不算窄，不过如果两辆轿车同时行驶的话，桥上会有些挤。驾驶技术好的老司机就可以安全通行，蔬菜基地负责运输的司机自然是没有问题的，问题是今天牛壮在市里提了一辆新车，喜笑颜开地开着车回家，一时兴奋过头，车速有些快，于是错车的时候导致两车相撞，然后皮卡车就翻车了。

当然，牛壮家的大众帕萨特也撞到桥上，坐在副驾驶上的孩子牛登直接从车窗摔了出去，掉进了河里……

车子相撞，两人都受了伤，牛壮的脑袋撞在挡风玻璃上，流了血，整个人是蒙的，皮卡车的蔡师傅腿受了伤，两个人居然都不知道孩子掉河里去了。

陈飞黄赶过来的时候，一个捂着正在流血的脑袋，一个拖着受伤的腿在吵架，差点打起来，是大头发现桥边有一只孩子的鞋，陈飞黄马上问他们车里是不是还有其他人。

牛壮这才反应过来，急忙去车上找孩子。发现孩子不见了，他整个人都慌了，大声呼喊着孩子的名字，牛高马大的一个大男人吓得惊慌失措，号啕大哭。

陈飞黄冷静分析孩子可能掉河里去了，马上跳到河里去找，大头打电话给120，同时也通知了交警大队过来处理，可是这小镇上的办事效率不高，折腾了好久都没到。

齐成和马主任赶过来的时候，小金河桥围了很多人，大都是蔬菜基地的文职员工，还有路过的村民，"老康家"驻守在蔬菜基地的负责人老邓穿着不合身的西装和皮鞋，在桥边急得团团转："这可怎么办啊，要是出人命可怎么得了啊。"

"我的儿子啊，我们老牛家的独苗啊，我的儿子——"

牛壮坐在地上号啕大哭，他爹妈、老婆还有一个村的老丈人一家全都赶过来，隔着远远的边跑边哭……

"飞黄，飞黄——"大头在岸上喊了几声，没见陈飞黄回应，他马上纵身跳了下去。

"哎哟——"围观的群众被溅了满身的水，发出一身惊呼，趴在桥栏边往下看，河水并不算急，怎么人下去就不见了呢？

"救护车怎么还不来？我的腿好痛啊。"皮卡车司机抱着腿坐在地上，烈日当头，他衣服全都汗湿了。

"都是你，是你害了我孙子，我孙子要是有什么三长两短，我要你偿命。"

牛田冲过来掐着皮卡车司机的脖子，皮卡车司机惊慌挣扎，蔬菜基地有几个文职员工跟司机认识，都跑过来拉架，于是牛家的人就过来打他们。

总之就是自家人帮自家人，全都打成一团，闹成一团。

"别打了，别打了，儿子救上来了——"

牛壮的老婆激动地大喊着，这一下，所有人都停止了打架，全都围了过去。

陈飞黄和大头一起把牛登给救了上来，好小子，才七岁，已经一百多斤了，胖得跟个球一样，陈飞黄费了好大劲儿都捞不动他，幸好大头跳下去帮忙，这才把孩子给弄上来。

牛家人一股脑儿全都扑了上去，哭喊着去抱孩子，浑身湿透的陈飞黄被他们挤得跌坐在地上，大头气不打一处来，他们拼了命地救人，这帮家伙一声感谢的话都不说，还把人撞到地上去了。

但现在也不是生气的时候，大头扶起了陈飞黄，两人整理头发和衣服上的水，这时，一个身影大步冲过来："都让开，孩子呛了水，需要做人工呼吸。"

陈飞黄抹掉脸上的水，定睛一看，这人居然是齐成。

齐成十分专业，熟练地给小胖子做人工呼吸，很快，孩子就吐出一口水，"哇"的一声大哭起来，牛家人抱着孩子哭成一团。

这时，救护车和交管局的人也来了，陈飞黄松了一口气，马主任上前问："陈书记，你没事吧？"

"没事……"

"舞龙比赛就要开始了，你赶紧过去吧，金河村的人都等着你呢。"马主任催促道，"老书记的电话都打到我这里来了，他说，你不在，大伙儿都没信——"

不等马主任把话说完，陈飞黄就扶着大头的肩膀问："摩托车呢？"

"摩托车？"大头四周看看，刚才赶来的时候，摩托车停在桥边的田埂上，不知道被什么人推倒在泥田里了，他急忙捞起摩托车，顾不上上面满是污泥，打燃火，载着陈飞黄往镇政府赶去。

"陈书记，你不能就这么走了呀，我怎么办啊？"皮卡车司机大喊。

"陈书记，您就这么走了？谁来替我们主持公道啊。"老邓跟在后面追了几步，陈飞黄头也没回地说："有事找马主任！"

| ○四三 |

飞龙队

陈飞黄在比赛前五分钟赶到，金河村的人看到他来了，全部都在欢呼"飞黄书记来了"，飞龙队的队员更是激动不已，原本低沉的气氛瞬间活了起来。待陈飞黄走近，大家看到他浑身湿透、沾满污泥的狼狈样子，又心疼又愧疚。

"不好意思，我来晚了。"陈飞黄快步跑到队伍里，喘息未定地说，"大家都准备好了吗？"

"飞黄书记你这是怎么了？发生什么事了？"有些队员不知道情况。

"还以为你不来了呢，怎么搞成这样？这种事情应该让他们自己处理，不要把什么事都揽在自己身上，多累啊！"

陈国兵看到陈飞黄这个样子，刚才的怨气一下子烟消云散，虽然语气依然有着长辈的架子，但已经满是关心。

"没办法……"陈飞黄说话的时候，赵荷花送来湿毛巾，陈飞黄和大头赶紧接过来擦脸，芳婶儿和二傻也给他们拿来了茶水，"快喝点水吧，可累坏了吧？"

"没事，已经搞定了。"陈飞黄轻描淡写地说，"你们别管我，去观众席坐吧，别影响他们比赛。"

"好好好，我们马上走。"赵荷花和芳婶儿带着二傻走了。

"飞黄哥，你这腿是怎么回事？"猴子突然指着陈飞黄的小腿大喊。

陈飞黄低头一看，自己的右腿腿肚子居然在流血，他也没感觉到疼，大概是之前救牛小胖的时候被弄伤了。

"我看看……"陈国标连忙凑过来查看，"刮伤了，这得去处理伤口。"

"比赛准备开始！"司仪台上传来声音，"请双方舞龙队各就各位！"

"好了，老叔，您别管我了。"陈飞黄后退半步，以免自己身上的污泥弄到陈国标身上，"大家一定要好好比赛，展现最高的水平，知道吗？"

"知道！！"全体队员一起回答。

比赛开始，请两队队长上前抽签，决定谁先表演，陈国标和马强各自上前抽签。

现在太阳越来越大，越早表演状态越好，如果排到后面表演，队员们都已经热得受不了了，体力不支，效果自然会大打折扣。

更何况，青山队十六个队员全都是青年壮丁，而飞龙队十六个人有六个是五十五到六十五的中老年人，他们的身体素质怎么也比不上年轻人，还穿着舞龙服，在烈日下多等一分钟就会多损耗一分体力。

所以，谁都想抽到一字签，先行表演。

可惜还是青山队抽到了一字签，马强得意地大笑："哈哈哈，天助我也，热不死你们这帮老家伙！"

"你……"陈国标气得脸色铁青，却因为要比赛，忍着一句话都没说。

陈国兵就没那么好说话了，指着马强，咬牙切齿地怒骂："马强，你这个狗东西，等比完赛，我抽死你个狗日的！"

"陈国兵，你要抽死谁？"马强的爹马正福站起来护犊子。

"怎么着？就抽死你家的野种，你不懂教儿子，我帮你教！"

陈国兵是出了名的暴脾气，他年轻的时候当过兵，能抗能打，虽然不惹事，但也不怕事，大家都不敢招惹他。

"你……"

"行了行了，现在是比赛，怎么还没开始就吵起来了？"冯镇长站起来打圆场，"现在是讲素质讲文明的时代，大家比赛第二，友谊第一！"

"是啊是啊，各位准备比赛吧。"顾千秋也笑着招呼。

马强拿着一字签，仰着脑袋，得意扬扬地回到自己的队伍。

陈国标也拿着二字签回到自己队伍，大家都愁眉苦脸，有人说："真倒霉，怎么就抽了个二字签。"

"是啊，如果抽到一字签就好了，趁着现在凉快，早点表演。"

"唉，都是我手气不好。"陈国标有些愧疚。

"抽什么签不重要，一场表演也没多长时间，我们等得起。"陈国兵说。

"可我刚才发现一个问题。"平安小声嘀咕，"马强从市里请的那个专家跟那八个评委都很熟，刚才一一做手势打招呼，他们会不会走后门啊？"

"很有可能，马强天天跟那帮人混在一起，估计早就塞了钱了。"双喜说。

"那我们还比什么？输赢不是早就内定了吗？"一个队员说。

"不会吧。"陈国兵怒火中烧地低喝，"龟儿子，他们要是搞这一套，我就跟他们闹到底。"

"飞黄书记过来了。"猴子提醒。

这时，陈飞黄和大头抬着两箱饮料走过来，给大家一人分了一瓶，安慰道："现在太阳大，大家喝点冷饮，保持体力。还有啊，心态一定要放平和，后面表演也没关系，评委们看着印象更加深刻，反而占优势！"

"就是就是，刚开始闹哄哄的，大家还没收心呢，谁会认真看。"猴子跟着安慰。

"说得也对！"大家听到陈飞黄这么一说，又开始眉开眼笑，重新燃起了信心。

"不要为了一点小事影响心情，大家放松心情！"陈飞黄叮嘱。

"放心吧，我们知道。"陈国标心疼地说，"飞黄，你快去洗个澡，换身衣裳，把腿上的伤处理一下，可别留下毛病。"

"对对对，反正还有一会儿才到我们上场，你不用在这里等着，先去换衣服吧。"陈国兵难得关心陈飞黄。

"没事，我在这里盯着他们。"陈飞黄瞟了一眼青山队，"你们只管好好比赛，其他任何事都不用担心，我保证，没人敢在我眼皮底下玩花样！"

"呃……"陈国兵先是愣了一下，随即反应过来，"哈哈"大笑，拍着陈飞黄的肩膀说，"好样的！"

"对，有飞黄书记在，我们什么都不怕。"队友们一个个跟打了鸡血似的，非常有信心。

"好好比赛，今天晚上，我请你们喝酒！"

"耶——我们一定能赢！！"

"咚咚咚——"

随着大鼓声响起，演出就要开始了，陈飞黄和大头退到一边去，这时，百合领着老公邱文成从人群中挤过来："飞黄哥！"

"都准备好了？"陈飞黄回头问。

"准备好了！"邱文成做了个手势，身后的摄像大哥开始拍摄。

｜〇四四｜
舞龙比赛

冯镇长发现有记者来，马上跟顾千秋一起过来询问情况。

他们还没开口，邱文成就解释道："是这样的，冯镇长，顾镇长，市里听说了这次的舞龙比赛，感到非常高兴。市领导认为，山河镇的村民为了代表镇上参加省里的非遗文化节如此卖力，这是一件非常好的事情，值得大家学习，所以特地派我来直播采访，今晚电视台一频道新闻第一线节目会据实报道！"

"原来如此，谢谢谢谢，辛苦二位了。"冯镇长非常高兴，"我记得你是陈老书记的女婿吧？"

"是，我岳父叫陈国标，这是我媳妇儿。"邱文成介绍了一下百合，百合跟两位打了声招呼，"冯镇长好，顾镇长好！"

"好好好，真好，真好！"冯镇长特别开心，"你们俩作为山河镇的一分子，也在为我们山河镇的传统文化事业做贡献，作为山河镇的镇长，我也要对你们说声谢谢！"

"别客气，这是我们应该做的。"邱文成笑道。

"好了，镇长，咱们不打扰他们摄像了……"顾千秋提醒。

"好好好，我们先不打扰了，等比赛结束再好好感谢三位。"

回到位置上，冯镇长还喜不自禁，本来以为就只是一个小小的比赛，没想到现在得到了市里的关注和重视，这样一来，事情就变得更加重大更加有意义了！

顾千秋回头看着陈飞黄，陈飞黄虽然一身污泥，又脏又狼狈，却意气风发，胜券在握，此时此刻，他站在太阳下，身上的泥水都被晒干了，顽固地黏在皮肤上，一副糙汉子的模样，但那双眼睛却充满了神采！

大头用胳膊肘碰了碰陈飞黄，陈飞黄顺着他的目光看过去，正好与顾千秋对视，两人都微微一怔，眼中流露着复杂的情愫，随即，顾千秋红着脸，先移开了目光。

陈飞黄的唇边扬起浅浅的弧度，扭头继续看演出。

另一边，青山村座席上的几个人和其中几个评委已经有些坐不住了，他们原本以为这只是乡镇上的一个小小比赛，收了个红包，该走水就走点水，不是什么紧要的事情，可是现在有记者直播摄像，据说市里还高度关注此事，那他们可不敢再乱来了。

很快，青山村的演出就结束了，马强带着队伍回到阴凉的棚子底下休息，陈国标也领着飞龙队上场做准备。有了陈飞黄的鼓励，再加上看到陈百合和邱文成带来了记者摄影，经过猴子的翻译解说，他们已经明白怎么回事，现在信心爆棚，只要发挥正常，哪个评委都不敢走黑幕！

"咚咚咚——"

随着一阵鼓声响起，飞龙队的舞龙表演开始，大家伙儿激情澎湃地投入表演，金黄色的龙如同活过来一般，栩栩如生，充满灵气，在慷慨激昂的鼓声中舞动，引来现场观众一片欢呼和掌声。

在场的百姓大多都是从小看着舞龙长大，他们虽然没有什么文化见识，但他们也分得出好坏。青山队的舞龙其实也没什么毛病，但只能说是中规中矩，而飞龙队是真的把龙舞活了，十六个队员之间配合默契，仿佛把灵魂都注入这条龙身上！

陈飞黄站在观众席旁边，骄傲地看着这条游龙，忍不住激动起来。回到山河镇到现在，一共八十五天，快三个月了，他每天从早到晚地忙碌着，想要为金河村做点事，但到现在，蔬菜基地只是产出了少量的蔬菜，除此之外并没有什么收获，农民们还是那么穷，生活也没有得到太大改善……

每到深夜，累得瘫倒在床上，陈飞黄都会问自己，做这些事到底有没有用，有没有帮到乡亲们，他告诉自己要等，等到收获的那一天，结果会说明一切。

而现在，陈飞黄突然就意识到，其实他所做的一切都在开花结果啊，比如这条龙，它虽然没有为金河村赚到一分钱，可是它让大家重新燃起了希望，它让大家充满了美好的信念，它让大家的生活有了盼头，它让大家的灵魂活了过来！！！

这种收获，是无价之宝！！！

比赛的最终结果是众望所归，金河村的飞龙队赢得胜利，将要代表山河镇参加四川省非物质文化遗产节。冯镇长亲自宣布这个大好消息，飞龙队的队员们激动得跳了起来，台下，乡亲们热烈地欢呼鼓掌！

冯镇长将写了飞龙队队名的邀请函装进金色的信封里，让队长陈国标上台来领，陈国标却不停地摆手摇头，指着台下说："让飞黄来，没有飞黄，就没有我们的今天！"

"对对对，让飞黄来领。"陈国兵激动地大喊，"飞黄，快上来！"

"飞黄哥！"

"飞黄书记，快上来！"

队员们全都在喊着陈飞黄，陈飞黄本来已经在回避了，当冯镇长宣布完之后，他就拉着大头悄悄离开，可是没走几步就听到台上的呐喊声，台下，热情的乡亲们推着他上台，他只好就这么走了上去。

一身的泥土，脸上、头发上，全都脏兮兮的，皮鞋掉了一只，索性把另一只给丢了，现在就这么光着满是泥巴的脚走上台。这是陈飞黄人生中第一次如此狼狈，也是如此光荣的时刻！

他用满是泥土的手小心翼翼地接过冯镇长的邀请函，如视珍宝般地捧着，生怕弄脏了，刚接过来就转手交给陈国标："快拿着，别弄脏了。"

"哎！"陈国标连忙接过来贴在心口，然后憨憨地笑了。

"嘿嘿……"陈飞黄也笑了，露出洁白的牙齿。

台下，大头看着陈飞黄这个样子，忍不住红了眼，他总算知道陈飞黄为什么要坚持留在金河村，认识这家伙十几年，他从来没有见过陈飞黄笑得这么开心这么纯粹。

这简简单单普普通通的一个邀请函，对陈飞黄来说，恐怕比从前赚到上亿家产还要重要，这种收获的喜悦和骄傲，才更让他终生难忘啊！！！

〡〇四五〡

美丽的金河村

马强不能接受这个结果，当场就翻脸了，激动地冲过去找市里请来的那个专家，又去找那几个评委，他老爹马正福急忙将他一把拽住，连哄带拖地弄走了。

"爹，你拉着我干什么？"马强气得直跳脚，"我花了那么多钱，他们收钱不办事，我要找他们理论……"

"理论什么？你没看到电视台的记者在吗？"马正福咬牙低骂，"你还在这里大声嚷嚷，你是想让所有人都知道你贿赂评委吗？"

"可我给了钱啊，难道就这样算了？"马强还是不甘心。

"跑得了和尚跑不了庙，等人都散了再找他们把钱要回来。"马正福低声说，"现在可别闹了，冯镇长他们都在呢。"

马强看着台上风光无限的飞龙队，气得抓狂，却只能把这口气给咽下。

赛后，冯镇长私下找陈飞黄谈话，对陈飞黄的付出表示了充分的肯定和感谢。还说，这段时间，他在市里培训，镇上的事情都交给顾千秋，但是金河村的发展和变化，他都是知道的……

陈飞黄跟他客气了几句，找了个借口就走了，邱文成想要采访他，他婉言拒绝，并表示不出镜，让他们去采访飞龙队的人，随即就悄悄溜走了，顾千秋追上来想要跟他说些什么。

陈飞黄跨上摩托车的腿又收了回来，转身等她，可这时，齐成开车回来，拦在了顾千秋前面，顾千秋停下脚步，先去跟齐成说话了，陈飞黄眉头一皱，跨上大头的摩托车就走了。

陈飞黄本打算晚上请飞龙队的队员去镇上喝酒，陈国标和赵荷花坚持让大伙儿去他家吃，还说菜都买好了，大伙儿盛情难却，也就没有再推辞。

金河村最近喜事一件接一件，今天赢了比赛，全村人都跟着高兴，纷纷表示祝贺。

傍晚，芳婶儿和组里的李莉莉、潘银莲都来帮赵荷花准备晚饭，他们两家的老公也都是飞龙队的队员，两个女人觉得脸上有光，走路的时候，胸脯更挺了，感觉十分骄傲，两人还从家里拿来了酒菜庆祝飞龙队第一次胜利。

女人们在厨房忙碌着，男人们还热情未减，围在一起看百合用手机拍下来的录像，换成观众的角度来看自己的表演，才知道自己表演中的优点与缺点，看完之后一群人讨论了一番，又去稻场排练了。

陈国标叼着烟斗，拧着大茶杯，跟兄弟们边走边聊，猴子、双喜、平安一人提着一个开水瓶，二傻端着一筐茶缸子跟在后面，笑哈哈地跟着一起去凑热闹，他也想参加飞龙队，但是陈飞黄担心他的腿还没有完全痊愈，不让他参加，只是让他跟着去熟悉一下，以后等腿好了，当个候补也好。

陈飞黄刚回去洗了个澡，换了身衣服就走了，今天金凤家的小龙虾池子要放鱼苗——这是龙虾养殖中的一个奥秘，即在龙虾池里放一些花鲢、白鲢和鳊鱼的鱼苗，以缓和池子里的生态环境。他让金凤先观察三天，池子里的虾苗适应了再放，所以金凤等到今天太阳下山，气候阴冷的时候放。

毕竟是第一次养殖小龙虾，又投入了全部的家当，金凤是万分小心谨慎，每做一步都得经过陈飞黄的监督，生怕自己弄错。陈飞黄也是很上心，每天不管多忙都要来龙虾池巡视一遍，金凤有事，他都是随叫随到。

步子快一点，走几分钟就到了金凤家的龙虾池，几个工人帮金凤把鱼苗送来了，都放在岸边，等着陈飞黄来了再下，陈飞黄走过去看看，鱼苗都是活蹦乱跳的，品种、大小、数量都没问题，他招呼一声，帮着一起放鱼苗。

金凤不时提醒大家要小心轻放，别把鱼苗弄死了，她守着的这些，可是她全部的家当了。

放完鱼苗，那边有人来叫陈飞黄吃饭，金凤连忙说："飞黄书记，你忙了一天，快去吃饭吧，这边交给我就行。"

"这里已经弄完了，你也一起去吃饭吧，今天老叔家办庆功宴，大家都在，热闹着呢。"陈飞黄说。

"不用了，我想留下来看着池子，晚点我闺女和儿子会给我送饭的。"金凤抹了抹额头上的汗水，笑着说，"我呀，白天去蔬菜基地干活儿，晚上就守着我的龙虾池，就指望着这个池子能生出钱来，将来我儿子闺女可以去城里读书！"

"一定会的！"陈飞黄笑着说，"你放心，我一定让你赚到钱！"

"飞黄兄弟，我信你！"金凤说着有点激动，"你看你把我们金河村领导得多好呀，你来了不到三个月，我们村改头换面，全都变样了，今天我在台下看着咱们飞龙队演出，那真是比电视上都精彩，太精彩了！"

"哈哈，那是队员们努力的结果。"陈飞黄笑了。

"不，是你改变了他们。"金凤急忙说，"你是不知道，那帮老爷们儿以前都是得过且过，种点儿地，一家几口人混个温饱就得了，没事儿就凑到一堆打麻将，还有一些年轻人更是游手好闲，不务正业，可是自从你来了之后，你看看，我们全村没有一个闲人，老少爷们儿都勤快了起来，以前那几个靠男人过日子的懒婆娘也都开始干活儿了……这都是你的功劳！"

"哈哈哈，谢谢你，我继续努力！"

从龙虾池往回走，在路上遇到很多干活儿归来的乡亲，每个人看到陈飞黄，都远远地跟他打招呼，还有几位大爷握着他的手，表达感激之情，一开口就说个没完，还是猴子在旁边提醒："四爷，到点儿吃饭了，飞黄哥今天一天没沾粮食，让他回去吃口热饭吧！"

"哎呀，赶紧的，赶紧回去吃饭，死猴子也不早说。"老大爷急忙说。

"得，还是我说晚了！"猴子挠挠头，轻声嘀咕，"明明是您耳朵不好。"

陈飞黄瞪了他一眼，他连忙闭嘴。

天空出现火烧云，火红的霞光映照着山河村，此时的村子就像一幅山水画般美不胜收，陈飞黄哼着小曲儿，步伐也变得轻快了，从前冷峻严肃的脸上洋溢着灿烂的笑容。

﹀

| 〇四六 |
和事佬

陈国标家的院子整整摆了三桌，就像办酒席一样热闹。

女人们把酒菜端上桌，摆放碗筷，排练回来的男人洗了手擦了汗，站在一边喝茶聊天等着陈飞黄。

陈飞黄踏进院子，大伙儿都开始鼓掌欢呼，陈飞黄吓了一跳，正要跨过门槛儿的那只脚都顿住了。

"飞黄哥，大家都在等着你呢，快进去。"猴子笑嘻嘻地提醒。

陈飞黄这才反应过来，跨过门槛儿走进去，笑着说："大家别这样，都是自己人，弄得这么肉麻干啥，不知道的还以为我中状元了。"

"哈哈哈……"大伙儿都笑了起来。

"来来来，都坐吧，我快饿死了。"陈飞黄招呼着，"老叔，大伯，婶子，上座……"

在陈飞黄的招呼下，大伙儿都纷纷入座，几个队员端起酒准备敬他，大头就急忙说："各位兄弟，飞黄今天从早上到现在一口东西都没吃，他胃不好，今晚就别让他喝酒了，让他踏踏实实吃顿饭吧。"

"啊，飞黄书记，您今天到现在还没吃饭啊，这都六点多了。"

"是啊，飞黄，你咋不吃饭？"

"哪有时间啊，早上刚刚端起碗，电话就来了，还来不及喝口面汤就放下碗匆匆忙忙地跑去了蔬菜基地，等那边装货的事情安排好了，赶着去赛场，屁股还没坐下，小金河桥那边又出事了……"大头解释。

"太辛苦了，快喝口汤。"陈国标提醒着。

"以后啊，不管天大的事情，都得吃完早饭再出门。"赵荷花皱眉说，"你这样下去，会把身体弄垮的。"

"是我想得不够周到，这几天家里面粉用完了，我老煮面条，赶时间的话就不方便，我明天去街上买点面粉回来做包子，你早上忙了，拿两个包子在路上吃，就不会饿肚子了。"芳婶儿有些自责。

"芳婶儿，别这么说，是我自己起晚了，您煮的面条好吃。"陈飞黄冲她笑笑，继续埋头吃东西。

"飞黄，你慢点吃，别噎着了。"陈国兵给陈飞黄倒了一杯热茶，"喝口水。"

"嗯嗯，大家吃啊，别看着我。"

陈飞黄是真的饿坏了，嘴里塞得满满的，赵荷花和芳婶儿不停地给他夹菜，大伙儿本来都看着他吃，听他这么一说，这才开始吃饭。

刚吃了没几口，陈飞黄的手机又响了，他咽下嘴里的牛肉，喝了一口汤，接听电话："喂！"

电话那头说了句什么，陈飞黄回应道："我马上过来。"

随后，他挂了电话，拿了一个煮玉米起身就走。

"飞黄，你去哪儿啊。"赵荷花拉着他问。

"马主任打电话说牛壮家不接受调解，还把皮卡司机和蔬菜基地的老邓给打了，让我过去一趟。"陈飞黄把玉米塞进口袋里，"你们吃，别管我，给我留点米饭和泡菜，我回来吃。"

"你坐下来吃，我去处理。"陈国标拿着烟斗站起来。

"老叔，您就好好吃饭吧。"陈飞黄急忙说，"你也知道牛家人难缠，这事儿不是三言两语能说清楚的，你去了反而惹闲气！"

"可是……"

"行了行了，你坐下。"陈国兵把陈国标拽下来坐下，"你去干啥？你都已经不是村支书了，啥官儿都不是，你说话谁听啊？"

"就是，你坐着好好吃饭。"赵荷花也骂道，"现在全村的人都服飞黄的管，我看那牛家也不敢怎么样，再说了，飞黄过去也就是调解一下，他们要不听就走法律程序好了。"

"大婶儿说得对。"陈飞黄连忙说，"你们别担心，好好吃饭。"

此时，大头已经打燃摩托车的火，在门口等他了，他又拿了一个鸡腿，小跑两步上车，把鸡腿塞进大头嘴里，随即，摩托车"轰"的一声，载着两人消失在大家的视线里。

"飞黄现在真是越来越像咱们农村汉子了。"陈国兵捱着酒感叹道，"那跨摩托车的熟练动作，啃玉米的样子，满手油往身上一抹的样子，跟咱们一模一样。"

"哈哈哈，那是那是。"陈国标也笑着感叹，"刚回来那会儿特别爱干净，每天都要洗头洗澡，吃一餐饭要用几张餐巾纸，走路从来不吃东西，上摩托车斯斯文文的。你看看现在，哈哈哈，完全变样儿了。"

"那是，我们金河村养人嘛！"赵荷花特别得意，"飞黄比刚来的时候胖了好几斤呢，说明文芳的饭做得好吃。"

"哈哈，飞黄不挑食，好照顾，不仅是胖了，还黑了不少。"芳婶儿提起陈飞黄也是一脸亲切，"前阵子都开始穿我家晓峰的旧衣裳，我赶紧去街上买了两条花衬衫，兄弟俩一人一件。"

"芳婶儿，那花衬衫是你买的？"双喜急忙问，"在哪儿买的？多少钱一件？我也去买一件，我觉得飞黄哥穿得可时尚可好看了。"

"对对对，我问了飞黄哥好几次，他忙得没空搭理我。"平安急忙说，"我也要去买一件。"

"帮我带一件，三个人一起买，兴许还能便宜些。"猴子一边啃鸡腿一边说。

"我明天要上街，我帮你们带。"芳婶儿很开心，"二十块一件，我还怕他嫌弃呢，他说好看，没想到你们也觉得好看，看来我眼光不错呀。"

"那是，什么衣服穿在飞黄哥身上都好看，他能引起山河镇的时尚潮流。"

"哈哈哈哈……"

院子里满是欢声笑语，老的少的乐成一团，气氛欢乐而温馨。

倒是陈国标一直放心不下，把猴子叫到一边说："你带着平安去看看，我怕牛家人欺负飞黄，要是有什么事情，及时回来报信儿。"

"好，我马上去。"

|〇四七|

无证驾驶

陈飞黄和大头来到交警局，牛田和牛壮，蔬菜基地负责人老邓和运菜的皮卡车司机孙师傅，还有马主任都在场。

事情出在小金河桥，一边是蔬菜基地的人，一边是金河村的人，陈飞黄这个村支书有义务来调解，只是，来的路上大头就说了，牛家人难缠，这件事啊，不好办。

陈飞黄还说不至于吧，牛家人就算再难缠，他今天也是豁出命去救了他家的胖孙子，怎么也该好好沟通。

没想到到了现场，还没开始说话，牛田就指着陈飞黄破口大骂："就是你，如果不是因为你搞什么蔬菜基地，弄得那么多车在小金河桥来来往往地运送蔬菜，霸占了小金河桥的路，我大孙子今天怎么会受这种罪？"

"……"陈飞黄惊呆了，不可思议地看着他，还以为自己听错了。

"喂，大叔，你没弄错吧？"大头气恼地低喝，"今天要不是飞黄奋不顾身地跳下去救你孙子，恐怕你那胖孙子早没命了！"

"他是村支书，金河桥是他建的，蔬菜基地也是他搞的，出了事他就应该负责，他救人是应该的。"牛田怒气冲冲地大吼，"得亏是我家孙子没事，要是有什么三长两短，我跟他没完。"

"你……"

"牛组长，你这样说是不是太过分了？"马主任实在是听不下去了，"陈书记出钱修桥还修错了？给村里拉项目，带领村民脱贫致富还错了？你不能因为他做了这些好事，把责任都怪在他身上啊？"

"不怪他，难道怪你？"牛田一句话把马主任差点噎死。

"你，你你你……"马主任气得手都在抖。

"陈飞黄搞那什么脱贫致富，我家又没沾光，我家不需要任何人帮忙，一样发家致富。"牛田依然理直气壮。

"就是。"牛壮也附和道，"他搞的那些产业，我们家不稀罕！我家的车今天刚刚提回来就被撞了，我儿子还掉河里去了，这事他得负主要责任。"

"凭啥？"大头气得拳头都捏紧了。

"咋的，你还想打我？"牛田凑过去把脑袋往他身上撞，"你打一下试试，打一下试试，来来来。"

"你这个泼皮无赖，你以为我不敢动手？"大头怒不可遏。

"行了。"陈飞黄把大头拉开，牛田一下子栽倒在地上，他正要大骂，陈飞黄指了指旁边的交警，又指着摄像头说，"大家看到了，摄像头也拍到了，我家兄弟可没碰到你，你自己摔倒的。"

"没错，我们都看到了。"几个交警点头道。

"我们也看到了。"蔬菜基地的负责人老邓和皮卡车司机也应和道，马主任也跟着点头。

"你们……"牛壮气得脸色铁青，但也只能认了，默默地把父亲扶起来。

"交警同志。"陈飞黄扭头问，"想必刚才你们已经了解了具体情况吧，按照交通规则，他们应该怎么划分责任？"

一个交警站出来说："小金河桥没有红绿灯，不过皮卡车有行车记录仪，两辆车虽然是迎面行驶的时候撞上的，但帕萨特明显超速，负主要责任……"

"放屁，我们哪里超速了，我们那是正常行驶……"

"你再这样胡搅蛮缠，我就不客气了。"那交警指着牛壮警告，"我们已经忍你很久了，简直不讲道理，法律是你定的？你说怎样就怎样？"

牛壮见撒泼打滚这一套对交管局的人不管用，只好转头对付陈飞黄："我不管，这事你得负责。"

"凭什么？"大头怒喝。

"就凭他修了小金河桥，还弄了蔬菜基地，他弄了就得负责……"

"你还讲不讲道理？"大头的拳头握得咯咯作响。

"交警同志。"陈飞黄倒是不紧不慢，笑着说，"你们的业务能力不熟练啊。"

"啊？"那个交警蒙了，他明明是公事公办，怎么陈飞黄还反过来说他了？

"陈书记，你是不是喝多了？"老邓也愣住了。

"陈书记你是怎么了？"皮卡车司机慌了，莫非陈飞黄怕被牛家人讹诈，所以转向帮他们？

"没错没错，他们就是业务能力不熟练。"牛田还以为陈飞黄开始转向帮着他们说话，急忙附和，"单凭一个什么记录仪，就说我们超速，凭什么？"

"喂，你们……"

"交通法规第一条难道不是检查双方的驾照和行驶证吗？"陈飞黄突然来了一句。

这一下，所有人都愣住了，牛家父子的脸色马上就变了，那交警才反应过来，马上说："我们检查过了，皮卡车司机证件齐全，帕萨特说是驾照和行驶证还有身份证都掉河里了，没找着……"

"那就让他们报身份证号码，在系统里查。"陈飞黄笑着说，"要是身份证号码也不记得，那就回去拿户口本，如果连户口本都弄丢了，那就去派出所查查，总能查到出处的。"

"是的，我们已经让同事跟派出所联系了。"那个交警马上说，"就是需要一点时间，估计等会儿就能出结果了。"

"喂，你们……"牛壮刚要说话，牛田就拽着他走了出去，父子俩在墙角低声交流了几句，过了一会儿就回来说，"算了，都是一个村儿的，抬头不见低头见，我们答应私了。"

"早这么说不就行了？？"陈飞黄冷冷一笑，"给人家交管局的同志添了多少麻烦。"

"反正都怪你。"牛田愤恨地瞪着陈飞黄，"我家的车今天刚提的，蔬菜基地必须给我赔一辆新车，要不然，我们跟他们没完。"

"凭啥赔车？"皮卡车司机气恼地说，"刚才交警局的同志们都说了是你们超速……明明是你们违规，你们还打人，现在还让我们赔车，你们还有王法吗？"

"你赔不赔？不赔那就没完。"牛壮挥着拳头。

"看来私了是不行了。"陈飞黄无奈地摇头，"怎么着，派出所那边查到了吗？"

"查到了。"另外一个年轻的交警拿着资料走过来宣布，"帕萨特新车还没上牌，驾驶员牛壮未取得机动车驾驶证，现交通肇事致一人受伤，负事故主要责任，构成交通肇事罪！"

"啊——"牛家父子一下子就蒙了。陈飞黄接着问："那么，应该怎样处罚？"

"看这两位受害者要不要告肇事者了，如果要告的话，按照法律规定，肇事者要处三年以下有期徒刑、拘役、管制！"交警说。

牛壮吓得脸色苍白，一下子瘫倒在地上。

〰

| 〇四八 |

公事公办

"对了，他们还打人，恐怕除了刑拘，还要赔偿吧？"陈飞黄加了一句。

"是的。"交警点头，"如果验伤证明受害者伤势严重的话，刑拘还要延期。"

"也就是说，不止三年了是吧？"陈飞黄似笑非笑地看着牛家父子，"不过没关系，牛壮兄弟还年轻，坐三年牢出来依然可以卖猪肉。"

"你，你……"牛壮脸色铁青，气得说不出话来。

"这是哪门子规定？难道修桥的人就不用负责吗？"牛田依然把矛头指向陈飞黄。

"没有一条法律规定说你在桥上出车祸，修桥的要负责。"那交警严肃地说，"照你的逻辑，你要是在公路上出车祸了，是不是还得修路的负责？"

"你……"牛田哑口无言。

"没关系的，你要是觉得我有责任，你就去法院告我。"陈飞黄笑容可掬地说，"现在呢，就请交警同志依照法律程序办事吧！"

"好的。"交警点头。

陈飞黄离开交警局的时候，牛家父子还在背后大骂，交警呵斥道："不许大声喧哗，再这样无理取闹，罪加一等。"

牛家父子马上老实了，随即又拉着邓总和皮卡车司机商量着私了，邓总的头摆得像拨浪鼓一样："那可不行，你们这样蛮横不讲道理，我们要是私了，那还不被你们讹上？"

"就是就是，就公了，没得谈。"皮卡车司机都被这家人闹怕了。

马主任跟着陈飞黄一起走出交警局，抹着额头上的汗感叹道："这牛家人耍无赖的本事，我可真是见识了，那次开会，牛田那张嘴就够厉害了，后来他儿子跟你竞选村支书，他们也是用尽了手段，现在自己无证驾驶撞了别人的车，还赖到你身上……世界上怎么会有如此厚颜无耻之人！！！"

"呵呵，林子大了什么鸟都有，很正常。"陈飞黄笑道，"马主任，你也忙了一天了，赶紧回家休息吧。"

"唉，我今天到现在都没好好吃饭呢，陪着他们闹腾了一天，可累死我了。"马主任无奈地叹息。

"正好我晚上也没好好吃饭，你跟我一起回村吃吧。"陈飞黄招呼道。

"我……"马主任正要说话，一辆车开了过来，他马上喜笑颜开地迎了上去，"顾镇长，齐老师！"

陈飞黄回头一看，一辆大众车停在路边，齐成和顾千秋从车上下来。

"怎么样？处理好了？"顾千秋看着陈飞黄，不知道是在问马主任，还是问他。

"现在交管局按照规章制度处理，原来牛壮是无证驾驶，他还超速了……"马主任噼里啪啦的说个不停。

陈飞黄插不上话，直接跨上了大头的摩托车，顾千秋喊了他一声："陈书记……"

"先走了，再见。"陈飞黄摆了摆手，摩托车疾驰而去。

顾千秋看着他的背影，神色有些黯淡……

陈飞黄在半路遇到猴子和平安，两人骑着摩托车来找他们，陈飞黄做了个手势，一起回村。

酒席吃了一个多小时，人都散了。

陈国标嘴里衔着烟斗，站在门口等他们，见四人一起回来，他紧皱的眉头才舒展开来，立即招呼着院子里的老伴儿去热菜。

赵荷花贴心地为陈飞黄留了他爱吃的饭菜，听见吃喝声，马上去了厨房。芳婶儿给他们泡茶切西瓜，二傻去给他们搬凳子，摆碗筷，就连往日里总是端着长辈架子的陈国兵也上前询问："怎么样？没为难你吧？"

"没事，都处理好了。"陈飞黄笑道，"公事公办，谁也不偏袒谁。"

"事情到底是个什么情况？"陈国标追问。

陈飞黄已经渴得不行了，一坐下就开始啃西瓜，做着手势让大头说，大头就把事情的经过说了一遍，陈国兵听了之后，猛一拍大腿，咬牙叫道："真他娘的解恨啊，牛田那老孙子就应该这么治。"

"对，还有牛壮那狗东西，我看他以后还敢不敢嚣张。"猴子想起这家人就来气。

"这家人在村里蛮横惯了，谁都不敢惹他们。"陈国标感叹道，"以前我当村支书的时候，也没少受他们的气。"

"我就说你太软弱，你还不信，堂堂一个村支书，总是被老泼皮给欺负。"陈国兵看到这个弟弟就恨铁不成钢，"跟那种无赖就没法讲道理，你得学学人飞黄，这才叫手段。"

"我就不明白了，他们为什么这么横啊。"大头疑惑地问，"我看那个马主任都怕他们。"

"牛姓在山河镇算是一个大家族，遍布各村，而且牛家的人几乎霸占了镇上的猪肉生意，全镇杀猪卖猪肉的都姓牛，他们蛮横无赖，又掌握着镇上最挣钱的生意，腰杆子硬，所以横行霸道惯了。"陈国标解释。

"原来是这样。"大头恍然大悟，"他们没有参与蔬菜基地的项目？"

"没有。"陈国标摇头，"牛家人自认为掌握猪肉生意就够了，没必要参与我们的扶贫项目，而且牛壮当初跟飞黄争村支书争输了，他们本来就不服气，估计也拉不下脸面来找飞黄吧。"

"脸面，他们还有脸面吗？"陈国兵冷笑道，"飞黄今天救了他家的牛小胖，他们连一句谢谢都没说，不仅没说，还找飞黄的麻烦，任何一个有脸的人都做不出来。"

"就是就是。"大家都愤愤不平。

"行了，先吃饭，吃饭。"陈飞黄招呼着大头和猴子他们吃饭，"不管遇到什么事，先填饱肚子再说。"

"你还知道这个道理。"芳婶儿责备道，"以后必须吃完早饭才能出门，可不能把身体给累垮了。"

"遵命！"陈飞黄做了个敬礼的手势，引得大家哈哈大笑。

|〇四九|

醒醒吧，我的大圣人

今天折腾了一天，晚上陈飞黄回家的时候已经十点多了，洗完澡躺在床上，已经接近十二点，他疲惫不堪，眼睛都快睁不开了，这个时候，顾千秋发来微信："齐成是我父亲的学生，他受我父亲所托来这里看望我，给我带些东西。"

陈飞黄没有回复，关掉微信提示和手机铃声，翻了个身，沉沉睡去……

早上刚睡醒，陈飞黄就闻到了包子的香味，芳婶儿做点心是好手，以前为了赚钱，经常做包子馒头发糕等点心去街上卖。现在陈飞黄回来了，家里大小事都有他帮衬，她就在家照顾他们的起居饮食就好了。

陈飞黄一口气吃了五个包子，连连赞叹芳婶儿的包子好吃，喝了一碗小米粥，然后就跟大头匆匆忙忙去了镇上，今天冯镇长要针对修路的事情开一个座谈会。

时间还早，不过陈飞黄记得今天是二傻的生日，他想先去镇上订一个生日蛋糕，买点他喜欢的东西，然后再去开会。

早晨正是集市热闹的时候，小小的街道挤满了人，陈飞黄和大头找到蛋糕店，却发现这里的蛋糕不太好，简直没法吃，他看了看时间，已经来不及了，于是让大头去市里买蛋糕。

大头把他送到镇政府大楼，随即就去了市里。

开会的时候，陈飞黄见到了包总，邓总，还有顾千秋，以及冯镇长等人。

包总比起以前的热络，显得客气了些，倒是邓总一直感谢陈飞黄昨天的鼎力相助，说交警队后来拘留牛壮七天并且让他们赔偿蔬菜基地的损失，还有他和皮卡车司机的医药费。

陈飞黄客气地寒暄了几句就正式开会了。这是一场简单的小型会议，大概就是说修路的事情不能再拖了，否则会影响蔬菜基地的运输。这次牛家和皮卡车撞车的事情也是一种警示，小金河桥原本就不宽，平时就是供给村民步行，骑摩托车、自行车、三轮车啥的，偶尔也会有私家车经过，但那次数是极少的。

现在因为蔬菜基地运输问题，每天都有皮卡车来来往往，日后蔬菜成熟了，还有更多的货车要从小金河桥经过，到时候会有更多类似这样的交通事故发生，所以，为了杜绝后患，必须尽快启动修路的事。

随后，冯镇长又说，他一直在向上面申请资金，只是现在全国都在精准扶贫，周边比山河镇贫困的地方还很多，市里县里得优先考虑他们，所以修路资金一时半会儿下不来……

就这么噼里啪啦的话讲了一个小时，陈飞黄听得都快要打瞌睡了，冯镇长终于进入正题：现在包总愿意赞助修路资金，不过有一个条件！

陈飞黄抬头看了包总一眼，包总正好整以暇地看着他，冯镇长继续说："条件就是把生态鱼塘和龙虾养殖的技术和项目都转赠给包总，陈书记你协助包总大规模发展这两项业务。"

顾千秋皱着眉，一直没说话，只是深深地看着陈飞黄。

陈飞黄抿了一口茶，不紧不慢地问："包总不是要弄花草基地吗？"

"花草基地要弄，生态鱼塘和龙虾养殖也要弄。"包总笑眯眯地看着他，"陈书记眼光好，有远见，跟着你干总是没错的。"

"呵呵……"陈飞黄继续低头喝茶，心里却将包总骂了个底朝天，这王八蛋，真是奸诈，故意搞这么一出就是想坐收渔翁之利，他耗尽心血研究的生态鱼塘和龙虾养殖，是要让整个金河村都富起来的长远项目，怎么可能就被他区区几十万给买走？？

"当然，价钱好商量，除了五十万的修路资金，我还可以给你个人……"

　　"冯镇长。"陈飞黄打断包总的话，抬头对冯镇长说，"三天前我跟顾镇长保证过，七天之内搞定修路资金的事情，还有四天时间。"

　　"啊？"冯镇长看着顾千秋。

　　"对。"顾千秋点头，"陈书记是这么说过，冯镇长，陈书记才来了三个月，给金河村带来很多奇迹，我觉得，我们应该相信他！"

　　"这个当然。"冯镇长笑道，"陈书记的能力是有目共睹的，百姓们对他都是赞赏有加，我从来没有不相信他，只是……"

　　冯镇长凝重地提醒陈飞黄："陈书记，五十万可不是小数目啊！"

　　"我知道。"陈飞黄微微一笑，"包总在这个时候提出这样的建议，简直就是雪中送炭啊，这就是我们金河村的大救星！不过我还是想试试，也许，我真的能凑到钱呢，如果凑不到，四天后，包总的诺言应该还能兑现吧？"

　　"当然。"包总重重点头，"四天而已，我等得起。"

　　"那行，那就这么办。"冯镇长笑容可掬，起身分别跟陈飞黄和包总握手，"陈书记，辛苦你了，感谢你为金河村百姓所做的一切！""包总，谢谢你的及时雨，那就劳你再等四天！"

　　"我等着陈书记的好消息。"包总深深地看着陈飞黄。

　　散会后陈飞黄从楼梯处离开，包总在后面叫住了他："陈书记！"

　　陈飞黄停下脚步，回头看着他："包总有何指教？"

　　"五十万可不是小数目啊，况且，你现在是村支书，私人贴进去的钱可不一定能拿得回来哦。"包总笑着提醒。

　　"谢谢提醒。"陈飞黄微微一笑，"我既然能拿出来，就没考虑过要拿回来。"

　　"我知道，你以前也是做大生意的人，可你现在已经破产了，据说车子房子都卖了，现在根本没什么钱。"包总拍拍陈飞黄的肩膀，"就算你四处借债，借来五十万，那下次呢？下下次呢？扶贫之路，道阻且长，你有几个五十万可以往里贴？"

　　"你说得对……"陈飞黄点点头。

　　"不要凭着一腔热血把事情揽在身上，现实点吧。"包总叹了一口气，语重心长地说，"想想你以前多么风光，身边围绕着那么多马屁精，再想想你破产之后多么落魄？除了一个光头兄弟，还有谁理你？男人没有钱，什么都不是！

"情义算个屁，那都是穷人用来道德绑架你的枷锁，他们就是想把你绑在金河村，让你为他们奔波劳累，像一头牛一样把精力都耗在这里，最后再被宰了吃肉。

"想想你昨天豁出命去救那小孩，他家的人是怎么对你的？不仅没一句感谢的话，还反过来讹你。你现在所做的一切，都只是为他人作嫁衣，自己什么都得不到，你醒醒吧，我的大圣人！"

∿
｜○五○｜
谢谢你，救命恩人

包总这番话说得感慨万千，发自肺腑，说完拍拍陈飞黄的肩膀，叹息着走了。

陈飞黄下楼离开，今天他把摩托车给了大头，所以现在准备步行回村，先去生态鱼塘看看，顺便骑猴子的摩托车去蔬菜基地。

谁知刚走没几步就看到了顾千秋，她骑着红色的女士电瓶车在院子门口，向陈飞黄做手势，示意他上车。

陈飞黄也不扭捏，上前接过头盔，坐在顾千秋身后。顾千秋猛地踩燃油门，车子一下子飞了出去，他差点栽下去，下意识地用手搂住了她的腰，然后又慌忙收回来。

电瓶车往村里开去，顾千秋一句话都没说，陈飞黄憋了好久，还是忍不住问："你就这么明目张胆地骑着车带着我，也不怕人说闲话？"

"说什么闲话？"顾千秋反问。

"说你和我，那什么……"陈飞黄没好意思把后面的话说出来。

"那什么？"顾千秋又反问。

"咳咳……"陈飞黄干咳了几声，不说话了。

"你说什么？逆着风，没听清。"顾千秋大声问。

"好好骑车。"陈飞黄没好气地低喝，"等一下把我带田里去了，要你赔钱！"

"哈哈哈……"

电瓶车在生态鱼塘几百米的地方停下来，前面的路被挖得坑坑洼洼的，车骑不过去，顾千秋只好推着走，陈飞黄打电话叫来猴子询问："怎么回事？这路是怎么了？"

"今天早上就这样了，刚才运鱼料，我们几个都是一袋一袋扛过去的。"猴子气恼地说，"前面就是牛壮家，依我看，应该是牛家人做的好事！"

"不会吧？他们为什么这样做？"顾千秋十分诧异。

"报复呗。"猴子气恼地说，"昨天那事儿赖上飞黄哥了，可惜飞黄哥不好对付，讹不上，结果牛壮被刑拘，还赔了钱，他们一家人肯定不服气，于是就来报复飞黄哥了。"

"车祸事件他们是肇事者，既然犯了错就应该受到相关惩罚，怎么能怪陈书记？居然还来搞报复。"顾千秋愤愤不平地说，"我去找他们谈谈。"

"你就别掺和了。"陈飞黄连忙拉住她，"就你这斯斯文文的样子，跟讲道理的人还能说几句，跟这种泼皮无赖根本没法交流。"

"难道就任由他们瞎胡闹？"顾千秋眉头紧皱，"这条路是村里进进出出的必经之路，他们把路给挖了，大家出行多不方便呀，电瓶车都得下来推着走，更不要说是三轮车和自行车了，而且生态鱼塘和金凤姐每天都要运饲料和草料，车子开不进去，全靠人工扛，他们几个男的还好点儿，金凤姐一个瘦瘦弱弱的女人怎么扛？"

正说着，猴子突然指着不远处说："说曹操曹操就到！"

陈飞黄回头一看，金凤挑着两担子草料颤颤巍巍地走过来，整个身子都在抖，随时都会倒下。

陈飞黄和猴子连忙上前去帮忙，顾千秋看着这一幕，心里很不是滋味，推着电瓶车快步往前走，陈飞黄看了她一眼，还以为她是不想挡住他们的路才推着电瓶车快速离开，也就没多想，先去帮金凤挑草料。

"金凤姐，累了吧。"猴子看到金凤一双手都磨破了皮，黑色的汗衫都湿透了，不由得有些同情，"下次遇到这样的事情，你叫我们帮忙就行了，这么重的草料，我一个男人挑都费劲，你一个女人怎么撑得住啊。"

"没事没事，大家都忙，谁也没闲着，我怎么好麻烦你们。"金凤一边擦汗一边笑着说，"再说了，干活儿哪里分什么男人女人的。"

"可是……"

"我刚才好像看到顾镇长了，怎么这么快就不见人影了？"金凤问，"上次她送给我闺女几本书，我还想着当面谢谢她呢。"

"咦，顾镇长好像真的不见了。"猴子仔细一看，惊叫道，"哎呀，顾镇长的电瓶车在牛家门口，她好像去牛家了。"

陈飞黄一听，马上把担子交给猴子，大步跑了过去。

"怎么了怎么了？发生什么事了？"金凤急忙问。

"金凤姐你不知道啊，这路估计就是牛家的人挖坏的，顾镇长找他们说理去了，飞黄哥怕她吃亏呢……"猴子解释道。

"啊，我早上还是问哪个杀千刀的挖坏这条路，原来是牛家人干的？他们为啥这样做？"

"这就说来话长了，昨天撞车那件事你知道吧……"

陈飞黄一口气跑到牛家，从外面就听到一群狗的疯叫声，他正要推门，顾千秋就从里面出来了，差点跟陈飞黄迎面撞上，两人都愣住了，同时问："你怎么来了？""你没事吧？"

"我没事……"顾千秋解释，"牛家人都不在家，就牛小胖和几只大狗在。"

说着，一个小脑袋就从门里钻了出来，肉嘟嘟的牛小胖手里拿着啃了一半的大番茄，满脸都是番茄汁，笑嘻嘻地看着陈飞黄："我记得你，你昨天救了我。"

"你这么快就好了？不用看医生吗？"陈飞黄想起昨天，这小子刚从河里捞出来那会儿，肚子都鼓了，大家吓得不轻，没想到这么快就活蹦乱跳的。

"昨天看了医生，现在没事儿了。"牛小胖笑起来两只眼睛都快看不见了，"我昨天醒来的时候到处找你，你怎么走了？"

"嗯？找我干啥？"陈飞黄有些戒备，难道这小胖子也跟他爹和爷爷一样，想讹他？

"你等会儿。"牛小胖咚咚咚地跑进屋里，不一会儿又跑了出来，手里拿着一个大大的红番茄和一张折起来的A4纸，"给！"

出于好奇，陈飞黄接过了那张纸，打开一看，居然是一幅画，用蜡笔画的一个大人抱着一个小胖子，旁边画着水滴，然后下面写了一句话，"谢谢你，救命恩人！"

看到这句话，陈飞黄不由得愣住了，抬头错愕地看着牛小胖："这是……你画的？"

"是啊！"牛小胖笑着点头，"谢谢你救了我，这个番茄是我自己种的，给你吃！"

〽

|〇五一|
打架

"谢谢！"陈飞黄接过番茄，心里有些动容。之前他还在想，牛家屡次为了这个小胖子闹事，大概这孩子也是跟他父亲、爷爷一样蛮横无理，现在才知道，孩子的世界是最简单的，他不懂什么利益，不懂道理，只是简单地感恩，这就够了！

"你们要进来坐吗？"牛小胖打开大门，两只狼狗嗥叫着冲出来，顾千秋吓得尖叫，陈飞黄马上将她护在身后，幸好那两只狗都拴了绳子，牛小胖对着它们呵斥了几声，两只狗便逐渐安静下来。

"好了，小胖，谢谢你的礼物，我们该走了，你一个人在家要注意安全。"陈飞黄提醒道。

"嗯嗯。"牛小胖点头，"有空来找我玩！"

"好。"陈飞黄正准备离开，想起什么，把包里的一支钢笔送给了牛小胖，"你送我西红柿和画，我也送你一个礼物！"

"谢谢！"牛小胖高高兴兴地接了过去。

从牛家离开，陈飞黄再次提醒顾千秋不要试图去跟牛家人讲道理，他们要报复也是冲着他来的，跟她没有关系，她一个姑娘家的，没必要给自己惹麻烦。

顾千秋本想再说些什么，金凤就叫住了她，为了前几天她送孩子书的事情连连道谢，话就这么被打断了，陈飞黄叮嘱猴子叫几个人帮金凤运送草料，然后骑着猴子的摩托车就走了。

顾千秋一直看着他的背影，显得有些失落，猴子随口问："顾镇长，你这会儿来村里是有什么事吗？"

"我来找芳婶儿。"顾千秋推着电瓶车，"前两天让朋友从城里给她带了点药，趁着现在有空拿给她。"

"噢噢，你知道她家怎么走吗？"

"知道，我自己过去就行，你去帮金凤姐吧。"

"行，那你有事随时给我打电话。"

顾千秋推着摩托车来到芳婶儿家，芳婶儿正在院子里喂鸡，见她来了，连忙上前招呼，顾千秋停好电瓶车，从车座下面拿出一个袋子交给芳婶儿："芳婶儿，这是我让朋友从城里给您带的药。"

"谢谢你啊，你等我一会儿。"芳婶儿连忙接过药，先拿去藏在房间，随后才出来给顾千秋倒茶，"顾镇长，你喝茶。"

"谢谢。"顾千秋接过茶，小心翼翼地劝着芳婶儿，"芳婶儿，您身体不舒服，应该去医院好好治疗才对，光吃药是解决不了问题的。"

"只是小事，没什么大碍。"芳婶儿笑着扯开话题，"顾镇长，你今天就在我家吃饭吧，今天我儿子生日，晚上我叫了好些人来给他庆祝，都是你熟悉的，你也来凑凑热闹！"

"今天是晓峰生日呀。"顾千秋惊讶地说，"我还不知道呢，这样，我下午还有点事，得先回办公室，晚饭的时间过来。"

"也好，那我拿个西瓜给你，你带回办公室跟同事们一起吃。"

"不用不用……"

"这是我自己种的，别客气。"

芳婶儿硬是把西瓜放进顾千秋电瓶车前面的框里，顾千秋盛情难却，也就没有推辞，只是趁着芳婶儿去开院门的时候在石桌上放了五十块钱。

陈飞黄找了几个人去修路，那段路加起来不过两百多米，却给出行的村民带来了很多麻烦，虽然还有另一条路可以供给大家步行，但是骑车开车大部分都得从这里进出，现在被挖坏了，实在是很不方便。

他也是佩服牛家人。两百多米，一晚上就给挖成这样，也不知道他们是怎么办到的，就算一家人全体行动，通宵不睡觉恐怕也很难实现吧？

后来双喜提醒，陈飞黄才知道，牛家有那种犁地的工具，用那玩意儿，很快就能把路给挖坏，他安排双喜在这里帮忙连带监工，自己先去蔬菜基地办事。

临走前，陈飞黄对双喜千叮咛万嘱咐，不要告诉他们是谁挖烂的路，就算遇到牛家人也不要闹事，等他忙完蔬菜基地的事情自然会去找牛田沟通，解决此事。

村里资金有限，目前只能把路修得能用就行，陈飞黄的要求是今晚就要修好，所以一群年轻人得加班加点地赶工。炎炎烈日，他们顶着大太阳填路，一个个咬牙切齿地骂着挖路的人。

双喜劝大家冷静，还说这件事飞黄书记会处理的，让大家安心修路，早点回家吃晚饭，大家也就没有再抱怨，继续修路。

正忙着，牛家媳妇回来了，发现一群人在填路，马上打电话向公公牛田汇报，牛田扛着锄头慢悠悠地走过来，冷笑着说："你们填嘛，填好了，我晚上再给它挖烂，我看你们填到什么时候。"

"原来这路是你挖坏的！！！"几个年轻人听见了，立即停下动作，愤怒地质问道："你好端端的为什么要把路挖坏？你这不是给大家制造麻烦吗？？"

双喜心想这下糟了，连忙走到一边去给陈飞黄打电话……

陈飞黄为了避免惹麻烦，都没有告诉大家是谁挖的路，可牛田偏偏还自己跑来挑衅。

"这是我家门口的路，我想挖就挖，怎么着？"牛田理直气壮。

"什么叫你家门口的路？你家是地主吗？这路都是你家的？这是村里的路，是大家的路，跟你有什么关系？你把路挖坏，我要上镇上告你去。"一个年轻人怒气冲冲地说。

"没错，去告你。"另外几个人也非常气愤。

"去告啊，去啊。"牛田十分嚣张，"你们要是不服，去找陈飞黄，这是他造的孽！"

"你胡说！"双喜一听牛田污蔑陈飞黄，马上站出来，"明明是你家牛壮无证驾驶，撞到了蔬菜基地的皮卡车，还把人给打了，交管局秉公办理处罚你们，你们就怪在飞黄哥头上，你们这一家子都是忘恩负义的东西，你家牛小胖掉河里去，还是飞黄哥给救上来的呢……"

"你是陈飞黄的狗腿子，你当然维护他！"牛田根本不把双喜放在眼里，"我懒得跟你们这群毛头小子瞎扯，总之我告诉你们，我跟陈飞黄势不两立，谁维护他就是跟我作对！"

"作对就作对，你能怎么着？"双喜毫不示弱。

"你这个狗东西，你爹跟我说话都要客客气气，你敢冲我吼？"

牛田一巴掌甩了过去，双喜被打蒙了，还没反应过来，身后那帮修路的年轻人全都扑了上来，对着牛田拳打脚踢……

|〇五二|
顾千秋受伤

牛家媳妇在自家院子门口看到这一幕，连忙回家叫人。不一会儿，牛田的老婆子挥着扁担冲出来了，牛家媳妇又打电话通知家族的亲戚朋友，哭着说老爹被打了……

陈飞黄还在蔬菜基地安排运送的事情，说是今天路被挖烂了，停运一天，明天再运货出去，同时让邓总安排明天播新种子的事情，正谈着，手机就响了，是平安打来的电话："飞黄哥，飞黄哥，不好了，这里出事了……"

"出什么事了？"陈飞黄隐约听见电话那头传来喧闹声。

"牛家的人和双喜他们打起来了……"平安焦急地说，"牛家亲戚现在来了四五个，牛大娘还把狼狗牵过去咬人，他家的亲戚全都扛着农具，双喜和二狗他们都被打了，你快来吧……啊……"

平安的话还没说完就传来一声惨叫，随即电话就挂断了，陈飞黄立即往外跑，老邓跟在后面问："陈书记，发生什么事了？"

"帮我照顾好晓峰！"陈飞黄回应了一句，骑着摩托车疾驰而去。

老邓心里着急，担心陈飞黄出了事，影响蔬菜基地的运转，连忙找来旁边蔬菜棚的陈国标询问。陈国标一脸蒙，他今天一大早就在这里种辣椒，并不知道发生了什么事，不过听邓总这么一说，他有一种不祥的预感，会不会是牛家人在报复？

想到这里，陈国标马上给猴子打电话，电话打不通，他又给哥哥陈国兵打电话，陈国兵接听电话，激动地怒喝："牛田那老狗挑衅双喜，几个后生跟他打起来了，我家猴子和平安过去劝架，都被牛家那群畜生给打了，狗日的，欺负我们没人是吧？我现在带着二饼他们过去，我要弄死姓牛的那些狗东西……"

"大哥，你别冲动，你冷静点儿……"

"我冷静个屁，你个庭蛋！！！"

陈国兵一声怒吼，随即就挂了电话。

陈国标心急如焚，马上给陈飞黄打电话，没人接，他立即跟老邓说："邓总，村里出事了，我回去看看。"

"好好好，你快去。"邓总连连点头，"实在不行就报警，千万别硬碰硬……"

"知道了。"陈国标急匆匆往回跑，身后有人喊了他几声，他因为着急，也就没有理会。

花椒地里，李莉莉挥舞着胳膊大喊："银莲，喜儿，翠翠，珠妈……咱们的爷们儿被牛家人打了！！！"

"什么？牛家人打我爷们儿？在哪里？"

"就是下河湾鱼塘边……"

"他们牛家人当我们是好欺负的，走，回去看看。"

"抄家伙，抄家伙！"

"对对对，把锄头、镰刀、扁担都带上……"

一群老娘儿们也扛着各种农具浩浩荡荡地回村去了，老邓和几个文员拦都拦不住。

邓总急得直跺脚，慌忙给包总打电话，包总正在厂里监督运货，听到这个消息，不仅不急，反而笑了："有意思，有意思，哈哈哈，这回我倒要看看陈飞黄怎么解决。"

"啊？"老邓听得一头雾水，"包总，现在怎么办？工人们都差不多走光了……"

"耽误半天没什么大事儿，你们不要去凑热闹，待在蔬菜基地就行了，暂时不要运货，等着陈飞黄联系你。"

"可是——"老邓还没把话说完，那头就把电话给挂了，老邓眉头紧皱，他不明白，金河村闹成这样，对他们有什么好处？包总之前跟陈书记那么好，怎么现在变成这样了？

下河湾鱼塘边已经打成一团，最开始是牛田动手打了双喜，然后二狗他们几个就扑上去了。随即，牛田的老伴儿扛着扁担冲过来见人就打，再然后牛壮媳妇儿牵着狼狗冲过来了，把二狗双喜他们全都咬伤了。

这时，猴子和平安闻讯赶来打走了狼狗，牛家的亲戚又扛着锄头扁担赶来了七八个人，不分青红皂白，见到猴子双喜他们就打……

紧接着，陈国标也带着他那一辈的老爷子们赶来了，比如二狗的爹二饼，双喜的爹双江，平安的爹健康等，全都扛着锄头和扁担，一个个气势汹汹来为儿子出头。

二十分钟之前，顾千秋从二傻家出来的时候又被金凤拉到她们家坐了一会儿——金凤家的两个孩子都很争气，是镇上学校数一数二的学霸，大女儿马上要升高中了，儿子读小学六年级，金凤因为两个孩子升学的事情想要咨询顾千秋的意见，顾千秋就留下来跟她聊了一会儿。

喝了几杯茶，把问题都聊清楚了，顾千秋也起身离开，路过下河湾鱼塘边的时候，远远就看见一群人在打架，她先是愣了一下，随即马上冲过去劝架："别打了，别打了，大家不要打了——"

"砰——"

不知道是谁的锄头砸到了顾千秋头上，顿时鲜血直流，顾千秋当场就倒了下去……

陈飞黄赶过来的时候，刚好看到这一幕，他箭一般地冲过来，激动地大吼："都给我住手——"

这时，所有人都被镇住，猴子惊愕地大喊："天哪，顾镇长……"

大家看到顾千秋受伤倒在地上，全都吓坏了，陈飞黄冲过来抱着顾千秋，捂着她的头，却捂不住喷涌而出的鲜血，他急忙脱下衬衣包住顾千秋的头，为她堵住伤口，大喊道："叫救护车，快！！！"

"噢噢噢！"平安颤抖着手叫救护车。

"我给我姐夫打电话，他有车。"双喜也打电话叫亲戚开车过来。

此时的牛田等人也都受了轻伤，但是没有什么大碍，大家看到误伤了顾千秋，并且伤得这样严重，一个个全都傻眼了，牛家的亲戚们都丢了手中的农具，慌乱地说："不关我的事，不是我，不是我……"然后一个个开溜了……

陈国兵二饼他们也都吓到了，慌乱地说："我们，我们都没用武器，不是我们……是牛家的人。"

"我们来了——"这时，那帮婆娘挥着武器赶来，远远就喊着要打死牛家人，陈国兵连忙怒喝，"都给我闭嘴，滚回去——"

∨

|〇五三|
全体拘留

有人报了警。警察来了，把打架的人全部带走，顾千秋也被送到镇上的医院。经过检查，她有轻微脑震荡，脑后还有一个伤口，缝了七针，暂时没有发现其他大问题。

冯镇长听到医生这么说，这才松了一口气，赶去警局那边交涉案件。

陈飞黄在医院守着顾千秋，坐在床边看着沉睡中的她，脸色苍白，身上还有没干的血渍，白色连衣裙也都被鲜血染红了，明明是一个斯文柔弱的姑娘，遇到事情却总是往前冲……

他在心里怨恨自己，为什么没能好好保护她。

"飞黄……"陈国标轻声喊道，"冯镇长让你去一趟警局。"

"飞黄，顾镇长就让我们来照顾吧，你别担心。"赵荷花轻声说，"我带了干净的衣裳，等会儿给她换上。"

"都怪我不好。"芳婶儿非常自责，"如果不是我让顾镇长帮忙带东西，她就不会来村里，不来村里，也就不会出事了……"

"文芳，你说这些干吗，这不关你的事。"赵荷花连忙安抚，"你先回去吧，二傻还没吃饭呢，他今天生日……"

"大头刚给我打电话，他带着晓峰正赶过来呢。"芳婶儿哽咽着说，"大家都担心得不得了，谁还吃得下呀。"

"没什么大碍，都别担心。"陈飞黄安慰，"大婶儿，芳婶儿，顾镇长这里就交给你们了，我跟老叔先去处理事情。"

"好好好，你快去。"赵荷花连连点头，"我和你芳婶儿一定照顾好顾镇长，你放心，等会儿金凤也要来，她在家里炖汤给顾镇长送来。"

"嗯。"陈飞黄点头，又对芳婶儿说，"别自责，不关你的事，等会儿晓峰来了，你要好好的，别让他担心。还有，大头来了，让他去警局找我。"

"好。"

陈飞黄和陈国标来到警察局，冯镇长也在这里，警方的人找到了那把打伤顾千秋的锄头，上面还染着血，锄头是牛田的弟弟牛愤的，经过审讯，牛愤已经承认是他不小心砸伤了顾千秋，其实当时他是看到了陈飞黄，举起锄头想去砸陈飞黄，没想到被人撞了一下胳膊，不小心砸到了顾千秋……

按照刑法，牛愤被拘留，具体情况等顾千秋苏醒之后起诉而定。

牛田等持械斗殴者拘留二十天，罚款五百，牛大娘牵狼狗咬伤人拘留十五天，罚款五百，二狗等人拘留十天，罚款五百，陈国标二饼等人拘留五天，罚款五百，双喜猴子等人拘留三天，罚款两百……

另外关于挖路的事情，经过警局和冯镇长的调解，牛家人已经保证以后不会再乱来，这次挖坏了路，他们赔偿三千块。

事情都已经处理好了，警方的人说，之所以叫陈飞黄过来，是通知他一声，毕竟他是村支书，这是发生在他们村的事情。

最后，冯镇长询问："陈书记，你还有什么意见吗？"

"没有了，就这样吧。"陈飞黄跟冯镇长和警局的人握手道别，"辛苦各位了！"

随即，他就走了，陈国标连忙跟在后面，两人走出警局，陈国标才焦急地问："飞黄啊，你刚才怎么不替你国兵伯和猴子他们求求情？这马上就要去省里演出了，现在被拘留可怎么办啊。"

"都是成年人，做错事就要负责。"陈飞黄淡淡地说，"不管什么原因，打架斗殴就是不对的，该拘留就拘留，该罚款就罚款，没什么可说的。"

"可是……"

"拘留三天嘛，四天后才演出，来得及。"陈飞黄十分平静。

"可是你国兵伯和二饼叔呢？他们几个拘留五天的。"陈国标心急如焚，"我知道他们也参与打架了，我也劝了，可是，你也应该求求情啊，其实冯镇长特地把你叫来，就是给你机会求情的，只要你开口说一句，他们肯定能减轻一些。"

"这次能减轻，下次呢？"这是陈飞黄第一次反驳陈国标，态度十分严肃，"我走之前，千叮咛万嘱咐地跟双喜说，千万不要闹事，不要打架，不要告诉二狗他们路是谁挖的，我晚上会去跟牛家人协商，可他们就是不听，我前脚刚走，他们后脚就打起来了！"

"我知道，我知道他们是冲动了，我也不喜欢他们打架，可那是牛田先挑衅的呀……"

"就算是牛田先挑衅，那也应该等我回来再说，为什么非要打架？"陈飞黄气不打一处来，"如果打架能解决问题，那还要脑袋干什么？我每天教他们为人处世，就是想让他们学会用脑袋解决问题，现在都什么年代了，居然还打群架，如果不让他们受点教训，他们永远都不会有改进！"

"好，我知道你说的有道理，可现在省里的舞龙演出怎么办？"陈国标一脸愁容，"就算猴子和双喜他们三天放出来，还能赶得及，可你国兵伯和二饼叔他们要五天，他们就来不及了……"

"不是还有替补吗？"陈飞黄随口说，"缺几个人，补上去几个。"

"你……"陈国标气得语塞，"你就是为了把他们几个老家伙换下来才不去求情的对不对？"

"如果您要这么想，我也没办法。"陈飞黄此时已经是心力交瘁，不想过多解释。

"你知不知道他们为什么打架？我赶过来的时候，双喜跟我说，是因为牛田骂你，他才开口顶撞，然后牛田动手打他，二狗他们才动手的……他们都是为了维护你！！！"

陈国标激动地说完这些话，扭头就走了。

陈飞黄看着他的背影，深深地叹了一口气，对着在门口等他的大头使了个眼色，大头立即跟了上去："老叔，我送您回去！"

"不要你送，我自己走。"

陈飞黄准备步行去医院，冯镇长在后面叫住了他，拍拍他的肩膀提醒道："飞黄，我提醒你一句，虽然现在出了这样的事，但关于修路的四天之约，还是不能变噢。"

"我知道。"陈飞黄微笑点头。

"我知道你压力很大，要不就——"

"四天后再说吧。"陈飞黄打断冯镇长的话，"我先走了，再见！"

"我送你吧，我有车。"

"不用了，谢谢。"

陈飞黄一个人走在无人的街头，天空飘着毛毛细雨，他感到疲惫不堪，他曾经以为，回乡扶贫之路对他这个商业老手来说是易如反掌，没想到，这才刚开始，就已经困难重重……

⌄

| ○五四 |

平凡的感动

回到医院，顾千秋已经醒了，护士正在给她做检查。

赵荷花、芳婶儿，还有金凤都围在旁边，二傻坐在外面等着，陈飞黄走进来，赵荷花连忙招呼："飞黄，你回来了，情况怎么样？"

"警局都处理好了。"陈飞黄避重就轻地说，"天色不早了，你们都回去吧。"

"对对对，你们都回去，这里有我和飞黄照顾就行了。"芳婶儿招呼着，"荷花嫂子，老书记今天也累了，还有国兵大哥家里的都在等着你们的消息，你赶紧跟老书记一起回家吧。金凤，两个孩子都在家等着，你也回去。"

"我没事儿，我孩子都已经大了。"

"芳婶儿也一起回去。"陈飞黄又补了一句，"带上晓峰，把大头买的蛋糕吃了，别浪费，过几天等省里演出结束，我再给他补过生日。"

"那你一个人在这里怎么行，你一个男人又不方便，要不我留下……"

芳婶儿的话还没说完，就被赵荷花打断，赵荷花朝她使了个眼色，笑着说："哎呀有什么不方便的，这里不是有那么多护士吗？行了，这么多人挤在病房打扰顾镇长休息，我们先回去吧，有啥事打电话。"

"噢噢噢，好好。"芳婶儿这才反应过来，拉着二傻一起离开。

金凤半晌都没明白，不过也挎着篮子跟着一起走了……

走出去，金凤才追问："婶子，你刚才使眼色是啥意思啊，我们都走了，飞黄书记一个人照顾顾镇长不方便吧？"

"哎呀，我说你们俩咋都是个木头脑袋。"赵荷花笑道，"飞黄和顾镇长男未婚女未嫁，男有情女有意，咱在那里不是碍事吗？应该让他们单独相处。"

"噢，原来是这样啊……"

"哎呀，我一直以为飞黄书记结婚了的，他不是有个媳妇吗？长得可漂亮，跟电影明星一样……"

"早离了，你可别到处说。"

"明白明白，看我这笨脑袋，之前还真没想到这上面去……"

"我觉得顾镇长挺好的，通情达理，善良温柔，跟飞黄很合适。"

"对对对，我也是这么想的……"

几个女人一边走一边八卦，十分兴奋，走着走着，芳婶儿突然停下脚步大喊："哎呀，我家晓峰呢？"

"刚才还在呢，怎么转眼就不见了？"金凤吓得脸色都变了，"会不会是回医院找飞黄了？"

"应该是，我们回去找找。"

陈飞黄洗了把脸，从洗手间出来，发现一个身影溜了进来，他正要呵斥，才发现是二傻："晓峰，你怎么又回来了？不是跟妈妈他们回去了吗？"

"我忘了把这个给你。"二傻从怀里摸出一个布包递给陈飞黄。

"什么？"陈飞黄接过来，外面包了一层又一层的棉布，最里面用塑料袋装着的是陈飞黄最喜欢吃的酱牛肉，还有一小包芳婶儿特制的辣椒面儿……

"这个酱牛肉是你最喜欢吃的菜。小时候你不记得自己的生日，每年都跟我一起过生日，今天不仅是我的生日，也是你的生日，所以我妈做了好多你喜欢吃的菜。我妈刚做好这个酱牛肉的时候，让我尝一口，我都没舍得尝，就用手指头摸了摸，然后舔了舔我自己的手指头，不过你放心，我没有把口水弄上去的……"

二傻说话就像小孩子，有些没有条理，但陈飞黄知道，他有多用心。

本来疲惫不堪，心力交瘁，甚至怀疑自己留在金河村做这些事是一时头脑发热的陈飞黄，那颗寒了的心，现在突然就被二傻给焐热了，他伸手抱住二傻，拍着二傻的肩膀，很想说些感谢的话，可是千头万绪涌上心头，他不知从何说起，最后只是说了一句："傻瓜，就算有口水，我也不会嫌弃的。"

"嘻嘻，真的吗？"二傻欣喜地笑了，"那你给我吃一口吧，我都忍了一晚上，口水咽了好几口呢……"

"哈哈哈，好，好。"陈飞黄笑着点头，眼睛却有点红。

门口，看着这一幕的芳婶儿忍不住湿了眼眶，赵荷花和金凤在后面抹着眼泪，她们从前不懂陈飞黄和二傻之间的情谊，现在懂了，二傻那颗单纯朴实的心，总是能够带给人温暖……

"来，我们一起吃。"陈飞黄把牛肉打开，准备给二傻分着吃，却发现门口站着的三个女人，连忙走过去开门招呼："你们怎么又回来了？"

"刚才走到一半，发现二傻不见了，这才回来找他。"赵荷花解释道。

芳婶儿抹了眼泪，哽咽着说："今天下午，我做饭做到一半，听说村里出事，连忙跑出去找晓峰，我真怕啊，怕他再出事，一定把人找到我才安心。

"我先是去了下河湾鱼塘边，在那里没找到晓峰，我又去了蔬菜基地，看到他的时候，他正坐在蔬菜基地的仓库，安安静静地记账单呢，完全不知道发生了什么事……

"邓总就在旁边陪着他，见着我，邓总跟我说，飞黄书记跟他千叮咛万嘱咐，不管发生什么事，一定要保护好晓峰的安全，所以，当村里人全都跑回村去的时候，他第一时间就去仓库守着晓峰……"

说到这里，芳婶儿深吸了一口气，"我以前总担心，我若是有什么事，晓峰就没人照顾，现在看到你把他照顾得这样好，我真的很欣慰。"

"这是应该的。"陈飞黄不喜欢说太多肉麻的话。

"我当时出去得太匆忙，忘了灭火，饭都烧煳了，锅也烧破了……"芳婶儿不好意思地笑笑，"就是这道酱牛肉，是早上就开始准备的，也是唯一做好的一道菜，晚上知道你们在医院，我本想用砂锅炖点汤，金凤说她弄了，我就没弄，把早上做的包子热一热给你带过来，没想到晓峰却记得把酱牛肉给你带上，他一路上捂着心口，我还以为他是不舒服呢。"

"我出了很多汗，我怕把酱牛肉弄脏了。"二傻解释，随即又舔了舔嘴唇，咽了一口口水，"不过，我也很想偷吃，但每回都忍住了……"

"哈哈哈……"大家都忍不住笑了。

$\curlyvee$

| 〇五五 |

人与人的不同

大家都在笑，陈飞黄也在笑，笑容却特别复杂……

大头把陈国标送回去，又开着双喜姐夫的车来接赵荷花她们，陈飞黄叮嘱他回去陪二傻把蛋糕吃了，然后早点休息，今晚不用过来了，明天早上来的时候，给他带一套干净衣服。

大头一句话没多说，点头照办。

人都走了，病房清静下来，陈飞黄这才有空陪着顾千秋。她躺在病床上，微笑地看着他，没有悲伤，没有愤怒，反而温柔祥和，就像此时窗外的月亮，让陈飞黄复杂的心情渐渐平静下来。

"对不起……"陈飞黄十分惭愧，"连累了你。"

"说什么呢……"顾千秋皱眉，"我还以为我们是好朋友，不用说这么见外的话。"

"好，不说了。"陈飞黄给她倒了一杯温开水，"饿了吧？金凤姐给你炖了鸡汤，芳婶儿给你做了肉包子，荷花婶子给你带了水果，对了，还有晓峰带来的酱牛肉，你想先吃什么？"

"都行，你把东西拿来我们一起吃吧。"顾千秋撑着坐起来。

"你倒是一点儿都不客气。"陈飞黄扶她坐好，给她后背垫了两个枕头。

"太客气就是矫情了。"顾千秋笑道，"我最喜欢吃的就是这些婶子嫂子做的美食，比那些大餐厅的东西都好吃。"

"嗯，好吃就多吃点儿。"

陈飞黄把病床上的餐桌拉开，然后把东西一样一样地摆上去，先是舀了半碗鸡汤喂给顾千秋喝，然后给她喂包子吃，不时往自己嘴里塞一块酱牛肉……

顾千秋也不推辞，大大方方地享受着他的照顾。很快，她就吃饱了，陈飞黄开始自己吃。他胃口很好，将所有食物一扫而空，还啃了一个西红柿，啃了一口又递给顾千秋："你要吗？"

"你都啃成这样了，还问我要不要？"顾千秋好笑地看着他。

"呃……"陈飞黄看着自己啃了一半的西红柿，"要不我给你切一下？"

说着，他就要去找水果刀……

"不用了，我逗你的。"顾千秋连忙阻止。

"那里还有黄瓜和李子。"陈飞黄把水果袋子提过来给她选，"你知道的，农村人都把西红柿和黄瓜当水果吃，他们自己种的，原生态，确实香甜。"

"不吃了，真的饱了。"顾千秋摸摸肚子。

"好吧，等饿了再吃。"陈飞黄收拾好餐桌，把陪床拉开，躺在陪床上看窗外的月亮，"今天本来是个好日子，二傻生日，我还特地让大头去市里订蛋糕，芳婶儿也买了很多菜，准备办一场生日宴……没想到出这种事。"

"警察来了吧？冯镇长也出面了？"顾千秋问，"后来是怎么处置的？"

"拘留加罚款……"陈飞黄把处置结果大概讲了一下，"估计明天警局的人会来找你录口供，看看你的情况，再决定怎么处置牛愤。"

"都是无心的，小惩大诫就行了。"顾千秋异常平和，"以前我在大山里做扶贫工作，经常遇到这种事，那里民风彪悍，三天两头吵架打架，我刚去的时候很害怕，后来慢慢也适应了，其实都是善良的人，没有什么恶意，只是思维模式固化了，处理事情就比较简单粗暴……"

"你这个受害者，倒是先为他们着想起来了？"陈飞黄白了她一眼，"难道疼的不是你？"

"呵呵……"顾千秋不好意思地笑笑，"其实就是一点小伤，没什么大碍，是我自己太柔弱了才会昏倒……"

"流了那么多血，怎么会是小伤？"陈飞黄眉头紧皱，语气十分严肃，"如果伤口再大一点，位置再偏一点，伤到脸上，或者伤到内脏怎么办？"

"呃……"顾千秋愣住了，从未见他如此态度严厉。

"这件事如果不严惩，就还会有下次，下下次。"陈飞黄郑重其事地说，"这次是伤到你，下次又会伤到谁？这次是缝几针，下次会不会要人命？打架的时候，人的眼睛是血红的，头脑是不清醒的，手上的刀具也是不长眼睛的！！"

"好好好，你说得对。"顾千秋连忙改口安抚，"是我忽略了后果……"

陈飞黄的怒火被顾千秋的好脾气给浇灭，他叹了一口气："我知道，你是为了安抚我才那么说的，其实你可以不必这么替别人考虑，你是个女孩子，你完全可以任性一点，娇弱一点。"

"是这样吗？"顾千秋突然故作娇弱地撒娇，"我好疼啊，我好怕，哪个该死的王八蛋把我打伤了，我绝对不能放过他，我要让他坐一辈子牢……"

"噗——"陈飞黄一口茶水喷出来，"算了算了，你还是像以前那样正常地说话吧，学得四不像，我鸡皮疙瘩都起来了……"

"不行，从现在开始我要学习任性娇弱。"顾千秋继续装模作样，拉着陈飞黄的衣袖说，"陈书记，人家要吃果果……"

"受不了了，你再这样说话，我要走了。"

"哈哈哈，不是你让我任性点，娇弱点儿吗……"

"你呀……"

两人有说有笑，气氛轻松愉快，好像并不是受伤住院，而是两个老朋友在彻夜长谈。

深夜，顾千秋困了，临睡前呢喃道："陈飞黄，明天警局的人来了，我想为打架的村民求情，你不会生我的气吧？我还是觉得，他们本质都是好的，只是处事方法不对，这个得慢慢教，慢慢来……"

"不管你怎么决定，我都支持你。"

"嗯，谢谢你的理解……"

顾千秋迷迷糊糊睡着了，陈飞黄躺在陪护床上，静静地看着她。他突然想起前妻沈颜颜。当初也曾下定决心要当贤妻，陪他一起下工地，穿着连衣裙和高跟鞋，走路都得他扶着。

一个推着小车钢筋的工人从她身边路过，不小心挂到了她的裙子，让她绊了一跤，刮伤了小腿，她哭得整个工地的人都听得见，他马上叫了救护车，去医院处理伤口，消炎打破伤风，其实也没多大的事，但她却不依不饶，非要他把那个工人开除掉，他不肯，两人还大吵一架……

那是两年前的事情了，陈飞黄早已不放在心上，只是今天相似的事情发生在顾千秋身上，她的态度却截然不同，他突然就心生感慨，人与人之间，原来真的不一样！

｜〇五六｜
女人的好戏

顾千秋这个受害者开口求情，所有参与打架的人都减轻了处罚，原本拘留三天的免了罚款，拘留五天的改成了三天，其他人也都缩短了拘留时间……

当警察把这个消息告诉打架闹事的那帮人，他们既感动又惭愧。

陈国标听到这些消息也很高兴，那些老伙计终于不用被换下来了，但他还是不太放心，特地让赵荷花去打听一下陈飞黄的意思。

赵荷花一大早就跟芳婶儿来医院给陈飞黄和顾千秋送吃的，趁着芳婶儿在跟顾千秋闲谈的时候，赵荷花把陈飞黄拉到一边，说起了陈国标的意思，随即又说："飞黄，不管你怎么做，我们都支持你，你老叔就是脾气倔了点儿，但他心里是明白的……"

"明白就好。"陈飞黄点点头，"放心吧，大婶儿，您回去跟老叔说，舞龙队还是原班人马，谁也不用换。"

"那就好，那就好。"赵荷花喜笑颜开，"我就说嘛，飞黄是重情重义的人，是你老叔太小心眼儿了。"

"老叔是关心则乱，能理解。"陈飞黄叹了一口气，"昨晚我也不是不想为大家求情，实在是——"

"我明白。"赵荷花打断他的话，主动说，"你不是受害者，没有权利替受害者原谅他们。更何况，你作为村支书，就应该严惩所有参与者，不能区别对待，否则就有失公允了，这个道理，我懂，你老叔也懂，正如你说的，他就是关心则乱，一时着急所以才会胡乱说话，你别往心里去。"

"大婶儿，您是个明白人……"陈飞黄十分欣慰。

"大家都明白，都支持你！"赵荷花拍拍他的胳膊，笑着说，"这两天你就在医院陪着顾镇长，村里的事就别理了，谁要是找你，你就跟我说，我来处理。"

"找我？"陈飞黄一时没明白过来，正纳闷儿，外面就传来李莉莉和潘银莲的声音，"顾镇长，陈书记……"

陈飞黄还没反应过来，赵荷花就快步走出去，将两人拦在了外面，"两位妹儿，顾镇长在打针，别打扰她，走走走，我们去外面说……"

陈飞黄一头雾水，芳婶儿上前把病房的门关好，低声说："昨天晚上我们回去的时候，一群婆娘都围在我家院子外面，一见到我就拥过来哭诉，非要我去劝你，让你帮忙找警察说情，把她们家的男人放出来。我哪见过这种阵仗，当场吓傻了，一句话也说不清楚，幸好荷花嫂子在，帮我一个一个劝了回去，今天早上那群婆娘又来找我，荷花嫂子又帮我挡住了。她还说，这些婆娘找我不成，肯定会来医院找你和顾镇长，所以一大早就拉着我过来了……"

"呃……"陈飞黄愣了一下，疑惑不解地问，"顾镇长不是已经替他们求情了吗，警方都已经减轻惩罚了，她们还想怎么样？"

芳婶儿无奈地说："乡下妇女没啥见识，男人被抓了，一个个觉得天都塌了，在家里哭天抹泪的，非要找人拉拉关系把人弄出来才安心。"

"才几天时间，很快就放出来了。"陈飞黄想得很简单，"我去跟她们解释一下。"

"哎——"顾千秋急得差点从床上栽下来，"陈飞黄，别去。"

"咋了？"陈飞黄回头看着她。

"你平时那么聪明有远见，怎么一面对女人就傻了？"顾千秋无语了，"这些嫂子婶子们，若是能说得通道理的话，还能找到这里来？我估计荷花婶子该讲的道理早就讲了，她们根本听不进去。这些女人扛不住事儿，急上心头就喜欢死缠滥打，一哭二闹三上吊！"

"好吧，说得也是。"陈飞黄挠挠头，"别的事都还好，可是女人一哭，我就招架不住了……"

正说着，外面又开始传来喧闹声，赵荷花焦急地说："哎呀，你们怎么不听人劝呢，我说了这事儿找飞黄也没用，顾镇长还伤着呢，你们闯进去干啥？"

"我们就是来看望顾镇长的，来给顾镇长道歉，荷花婶子，你拦着我们干啥？"

"赵荷花，你给我让开，陈书记又不是你家的，敢情你家男人没被抓，你不着急，就不许别的婆娘着急了是吧？"

"你们说的这是什么话……"

"糟了，其他人也来了。"芳婶儿透过房门的玻璃往外瞄了一眼，"二饼家婆媳俩，双喜家婆媳俩，还有——"

"别说了，陈飞黄你赶紧走。"顾千秋催促道，"回村里也好，去蔬菜基地也好，反正别叫这群女人看见……"

"这不好吧，我一个大男人临阵脱逃，太不像话了。"陈飞黄觉得有些丢脸，"再说了，我走了，你怎么办？"

"我也是女人，还是受害者，她们能把我怎么样？"顾千秋急切地说，"她们跟我哭，我也哭，她们跟我闹，我也会闹。但你就不同了，一群女人围着你哭哭闹闹，你怎么招架得住？"

"那是那是……"陈飞黄急得汗都流出来了。

"你快走，先去避一避，这些女人闹一阵子累了就走了……"

顾千秋的话还没说完，就有人开始撞门了："陈书记，陈书记……"

"飞黄快走。"芳婶儿抵着门。

陈飞黄再也顾不了那么多了，急忙从窗户翻了出去，还好，这镇上的医院小，病房在二楼……

"砰！"

"哎呀！"

一群妇女冲了进来，差点把芳婶儿给撞倒，幸好赵荷花在外面阻挡了一下，重力没有那么大，她们一进来就到处找陈飞黄，跟土匪抄家一样，赵荷花气急了，怒喝道："你们是瞎了吗？没看到顾镇长还受伤躺在病床上，你们当这是哪里，到处乱闯乱撞？"

有几个跟赵荷花同辈的婶子马上回骂起来，另外有些人在劝架，有些人跟着吵，芳婶儿在一旁急得团团转，却插不上一句话，还是顾千秋大喝一声："别吵了，要吵出去吵！"

这一下，一群女人才安静下来，一个灵光一点儿的回过神来，急忙提着礼物上前去跟顾千秋道歉："顾镇长，真是对不起，吵到您了，我就是过来看看您，顺便找陈书记说点儿事，对了，我是二狗的媳妇，我公公叫二饼，他们俩都被抓进去了……"

说到后面，女人就开始抹眼泪哭起来，其他女人马上跟着围过去哭……

❯

| 〇五七 |

交涉后事

陈飞黄在墙角听见那些女人哭哭啼啼吵吵闹闹的声音，头都大了，急急忙忙逃离医院，直到耳边清静，这才松了一口气。

他在街上找了一家馆子想吃碗面，刚坐下，一只大手拍在他肩膀上，他吓了一跳，回头一看，居然是大头。

"怎么一副做贼心虚的样子？"大头好笑地问。

"还以为是哪家的婆娘追上来了。"陈飞黄抹了一把额头上的汗，"你怎么知道我在这里？"

"这镇上就这么点儿地方，你喜欢来的也就这几家小馆子。"大头拿来一个小板凳，在陈飞黄旁边坐下，冲着老板喊了一声，"老板，肥肠粉三两，加节子，再来两个牛肉锅盔。"

"好嘞！"

现在这个时候，兄弟俩能够坐下来安安静静吃碗粉真是不容易，全村的人都在找陈飞黄，他们都被缠怕了。

大概是饿了很久，两人一句话没多说，埋头猛吃，吃完肥肠粉又各自要了一碗鸡杂面，就着泡菜吃得很香。

不一会儿，两人终于吃饱了，付了钱，抹干净嘴，捂着肚皮，推着摩托车摇摇晃晃地往小路走，大头问："修路的事情还没搞好，又来了这一出，现在可怎么办？"

"今天我把事情都交涉一下，明天一早先回城，你在这里帮我看着，后天带队去省里参加非遗文化节。"陈飞黄早有打算，"现在，我们先去找老叔，跟他商量一下后面的安排。"

"好。"

陈飞黄找到陈国标的时候，陈国标正在蔬菜基地种辣椒，今天干活儿没有往常得劲儿，一直心事重重，时不时摸出手机看看有没有人给他打电话，陈飞黄在身后喊了三声他都没听见，大头上前拍了拍他的肩膀，他才反应过来："你们怎么来了？"

"老叔，上一边喝口水。"陈飞黄招呼着。

三人坐在岸堤边喝水休息，陈国标显得有些不自在。昨晚跟陈飞黄闹了别扭，今天就听说顾千秋跟警察求情的事。他想着，这也许是陈飞黄让顾千秋去求情的，感觉自己错怪了陈飞黄，但事后又担心陈飞黄会换下那几个老兄弟，所以让老伴儿去打听。老伴儿还没回消息，陈飞黄就亲自找来了，不知道是何用意。

"老叔，我来找你是有事跟你商量。"陈飞黄开门见山地说。

"你说……"陈国标有些紧张。

"修路的时候，镇上催得很急，按照我跟冯镇长的约定，只剩三天时间了，所以，我打算明天一早就去城里筹钱，按照预期，后天晚上猴子他们就放出来了，大后天一早，您和大头就带队去省里参加非遗文化节……"

"你要说的是这个啊。"陈国标松了一口气，随即又问，"那，你不参加？"

"我在城里跟你们会合。"陈飞黄说，"邀请函在您那儿吧？"

"在，我一直放在箱子底下呢。"陈国标连忙说，"你不跟我们一起去，那我们能行吗？"

"有大头在，他会带路，你就负责管好大家就行。"陈飞黄一点一点地交代，"邀请函你待会儿找出来，给大头拍个照，上面有时间地址和联系人，大头留个电子版以防万一，到时候他会负责跟对方接洽，带大伙儿先去酒店报到，领取活动资料，给你们盯着活动流程……"

陈飞黄一口气说了一大堆，最后补充："老叔，您都记住了吗？带路和活动细节安排，大头会去跟进，您就负责管好队伍，让大家保持好的心态参加表演，明白吗？"

"明白。"陈国标点点头，"那，还换人吗？"

"当然不换人，还是原班人马。"陈飞黄笑了，"我从来就没想过要换人。不过候补人员得带上，万一队员有个什么身体不适，还有应急措施。"

"好好好，你说得对。"陈国标连连点头。

"临近表演，突然出了这样的事情，大伙儿的情绪可能都会受影响，您要好好给他们打打气，让他们重新燃起斗志，这个重要责任就交给您了！"陈飞黄拍拍他的肩膀。

"放心吧，我知道该怎么做。"陈国标有些惭愧，"飞黄，昨天晚上我太着急了，脾气有些不好，你别往心里去……"

"咱们叔侄俩就别说这些了。"陈飞黄看看手机上的时间，"行了，我还得去找一下包总，您先干活儿，晚上记得把邀请函给大头拍个照留个电子版，然后找到那些队员家里，问他们要身份证号码，让大头统一订火车票。"

"行，我知道了。"

陈飞黄从辣椒地离开，直接去了蔬菜基地的办公室。

包总正在核对这段时间产出的蔬菜，虽然才揭牌不久，但每天都有产出，这已经出乎他的意料了，看到报表，他就很高兴。总的来说，这个蔬菜基地比他预想中利润还高。

秘书低声说："包总，陈书记来了。"

包总抬头看着正向他走来的陈飞黄，热情地招呼："哟，陈书记来了，正好，我在看这周的报表，你也来看看。"

"我每天早上都过来盯着发货，有多少产值，我心里有数，不用看报表。"陈飞黄笑道，"包总，有空吗？一起吃个午饭？"

"好啊。"包总有些受宠若惊，"几次说要请你吃饭，你这个大忙人都没空，今儿居然主动要跟我吃午饭，哎呀，真是赏脸啊！"

"别客气，反正你请客！"

"哈哈哈哈，没问题！"

陈飞黄越是跟包总不客气，包总越开心。经商这么多年，陈飞黄是他见过难得的人才，他想要把陈飞黄留在身边为他所用，可惜自从蔬菜基地之后，陈飞黄就不肯跟他合作，他不明白为什么，几次三番想要私下跟陈飞黄谈谈，但陈飞黄就是不给机会，今天难得陈飞黄肯主动跟他谈，他自然高兴。

包总让人准备了好酒好菜，但陈飞黄对酒没什么感觉，倒是吃得很香，包总一边品酒一边笑眯眯地看着他吃。

| ○五八 |

放心不下

好一会儿，陈飞黄吃得差不多了，这才放下筷子，擦了擦嘴，直截了当地说："包总，你一直想知道，我为什么不肯帮你打理花草基地是吧？"

"顾镇长已经跟我聊过了，她说你不看好花草基地，觉得没什么市场。"包总也很直接，"没关系，你不想搞花草基地，咱们可以弄别的，这个好商量。"

"所以你就开始打我生态鱼塘和龙虾池的主意？"陈飞黄冷笑道，"也对，与其冒风险开发新项目，还不如捡现成的！"

"我就喜欢你这样快人快语。"包总并不否认，"都是生意人，我也不跟你拐弯抹角了，你想要什么条件，尽管提！"

"我免费赠送你一个项目计划！"陈飞黄直截了当地说，"你只需要答应我，好好地经营蔬菜基地，不要打我其他项目的主意就行了。"

"啧啧啧……"包总笑了，"你这么说，好像我在威胁你似的。"

"威胁倒不至于。"陈飞黄很坦白，"蔬菜基地已经在金河村落地，并且运营良好，只要不出什么大事，将来十几年，甚至几十年可能都会继续运行下去。也就是说，你跟金河村的关系密不可分，将来我走了，你还在，既然如此，我也希望你和金河村能够和睦相处，给你一个项目，你继续赚大钱，也不影响金河村的发展，算是两全其美了。"

"你考虑得真周到。"包总点点头，语重心长地说，"其实我并不是不讲道理的人，你能帮我赚钱，我自然不会亏待你。当初我之所以弄花草基地，除了成本低之外，也有一个原因是相信你能帮我运作起来，可你拒绝合作，我就有些慌了。再后来一研究，可能花草基地确实不太合适，所以才想着去参与生态鱼塘和龙虾池。我知道你缺少资金，成本不够，运作得很辛苦，而且投入产量也相当有限，让我入股，我可以帮你把产量做大——"

"不必了。"陈飞黄打断他的话，"我希望生态鱼塘和龙虾池是属于金河村自己的产业，没有任何资本介入，至于资金成本，你不需要为我操心，我自己会解决。"

"看来是真的没得谈了。"包总摊了摊手，"还有三天时间，我就看你能不能筹到五十万修路资金。"

"免费项目，你不感兴趣？"陈飞黄疑惑地看着他。

"我这个人，不喜欢白拿别人好处。"包总淡淡一笑，"便宜没好货，白拿的好处也不一定是好处，我怎么知道你会不会像对付马强那样给我下个套，让我瞎折腾？最后赔了夫人又折兵。"

"哈哈哈……"陈飞黄大笑，"我也算是恶名远扬了。"

"还是等你从成都回来吧。"包总举杯敬陈飞黄，"如果你真的能够筹到五十万去修路，我决不干扰你，如果你筹不到，那就按照预期计划，让我入股，这个事，可不是你一个人说了算，冯镇长都答应了的。"

"好，一言为定！"陈飞黄跟他碰杯。

包总将杯子里的酒一饮而尽，又说："另外还有一件事，我需要跟你说清楚，近期你们金河村发生的事情与我无关，虽然我在幸灾乐祸，觉得这是天助我也，但我还不至于为了点项目耍手段，我要的是长久的合作！"

"那就好……"陈飞黄终于要到了想要的答案，"是我多心了，敬你！"

"哈哈哈，我就知道，你是为了这个才来吃这顿饭。"包总大笑，"放心吧，陈飞黄，咱们之间是君子之争，绝不玩阴的！"

"谢了！"

从饭局离开，陈飞黄才安心。他太清楚，金河村这帮人都是头脑简单，目光短浅，还极其容易被煽动被利用，如果包总真的要玩什么花样，没有一个人够他玩的！

他自己在的时候，尚有些局面失控，但问题总不至于太大。他担心自己走了之后，很多事情就无法控制了，所以才想在临走前跟包总好好谈谈。不过包总也是个聪明人，一眼看出他的顾虑，与他坦诚相待！

随后陈飞黄去了金凤家的龙虾池，金凤一直用心按照他说的方式去养，目前一切顺利。

陈飞黄叮嘱她要注意喂养，过几天就可以把杂鱼和碎肉绞成渣渣配进饲料里一起喂养，等到虾苗长到六七厘米的时候，可以全部投喂轧碎的螺蛳、河蚌以及适量的植物饲料，比如麦子、麸皮、玉米、饼粕等……

而且，龙虾生长快，新陈代谢旺盛，耗氧量大，所以虾池水质要保持清新，每周要给池子里加干净的水，确保水质新鲜干净，并有足够的溶氧，如果天气过热，要往池子里加井水，以稳定水温……

金凤都一一记住了，对陈飞黄千恩万谢，陈飞黄叮嘱她，最近任何事都不要管，蔬菜基地那边也请个假，每天盯着龙虾池，千万不可懈怠，一切等他回来再说。

金凤疑惑地问为什么，龙虾池只需要早晚喂食，她白天在蔬菜基地干活儿，虽然辛苦，但两边都不耽误，陈飞黄没多解释，只让她听他的就行！

金凤想他这么说一定有他的道理，也就听话地照办了。

从龙虾池离开，陈飞黄又去了生态鱼塘。这几天猴子双喜平安被抓了，生态鱼塘都是赵荷花、芳婶儿还有二傻在喂饲料。二傻之前就用纸笔记录了详细的饲养过程，平时也经常跟着猴子他们一起喂养虹鳟鱼，所以很有经验，赵荷花和芳婶儿都是在帮他打下手，起初两人还有些担心，怕喂错了，后来陈飞黄说二傻的方式没问题，她们才放下心来。

芳婶儿看着二傻专注的样子，感到十分欣慰。她以前总以为儿子这辈子只能吃苦力饭，甚至有可能连自己都养不活，没想到，现在他居然也能成为主心骨，不管是蔬菜基地还是生态鱼塘，他都做得很好。

陈飞黄同样地叮嘱赵荷花、芳婶儿和二傻，这几天把蔬菜基地的工作请个假，安心看着生态鱼塘，一切等他们从省城表演完了再说。芳婶儿不明所以，赵荷花一下子就明白了："飞黄，你是怕你们不在的时候，有人来动手脚？"

"防人之心不可无。"陈飞黄凝重地说，"舞龙队的人是金河村的主心骨，我们都去了省城，村子里没有能干的男人，蔬菜基地是包总的，那么多人在，肯定不会有事，我就怕有人趁我们不在，给生态鱼塘和龙虾池制造问题，大家小心为妙！"

"明白了！"赵荷花重重点头，"别的我不敢保证，生态鱼塘这里就交给我了，我一定守好它！金凤那里，我得空也会去照应一下，你放心吧。"

"那就好，辛苦您了。"

第五部

波澜又起

"脱贫致富，修路只是第一步。"

■ 特别的归乡者

|〇五九|
回城筹钱

晚上夜色正好，一个敏捷的身影小心翼翼地从医院窗户翻了进去，还好，那帮嫂子婶子都不在，只有顾千秋一个人安安静静地躺在病床上看书。

顾千秋吓了一跳，看清楚来人是陈飞黄，这才松了一口气："有门你不走，偏要爬窗户。"

"我不是怕那些女人还在嘛。"陈飞黄拍拍手上的灰，"你快躺下吧，伤还没好呢。"

"好多了。"顾千秋笑嘻嘻地看着他，"那些女人早就走了，哪能在这里赖一天呀。"

"那就好。"陈飞黄从衣服里拿出一个油纸包裹的东西。

"什么？"顾千秋接过来一看，居然是一束花，她惊喜万分，"镇上没有卖花的，这是哪里来的？"

"田里采的，好看吗？"

陈飞黄傍晚时分特地去田里采了一束花，用油纸小心翼翼地包好带到医院来，爬窗户之前，他怕把花弄坏了，就学着二傻平时的样子，把花放在衣服里好好保护着，还好，一朵花都没掉。

"好看！"顾千秋有些激动。她喜欢花，在城里的时候，办公室的花瓶总是插着鲜花，下乡之后没法讲究太多，也就不多想了，没想到今天陈飞黄给了她意外的惊喜。

"喜欢就好！"陈飞黄看着她开心的样子，唇边扬起了欣慰的笑容，"我得走了，你好好休息！"

"刚来就要走？晚上还有事要忙？"顾千秋有些失落，"噢，也对，猴子他们都不在，生态鱼塘那边没人照看……"

"我买了今晚的动车票回成都。"陈飞黄解释，"本来说明早走的，后来想想，还是今晚走吧，多点时间办事。"

"非遗节不是大后天吗？"顾千秋问，"你这么早去干吗？"

"修路资金啊，还有三天时间了，我得先去筹钱。"陈飞黄看了看手表，"来不及了，我走了，你好好保重！"

说着，陈飞黄又翻窗户离开……

"你小心点儿。"顾千秋趴在窗户边，焦急地叮嘱，"修路资金的事情尽力而为，不要太为难，我也在想办法，你去了城里记得给我发信息，有事随时给我打电话……"

"知道了！"陈飞黄头也不回地走了。前面，大头骑着摩托车在等他。他跨上摩托车，大头拍拍他的肩膀，朝着病房努了努嘴："还在看着你呢。"

陈飞黄回头看去，月色很好，顾千秋穿着白色碎花长裙趴在窗边，月光洒在她身上，让她显得格外美丽动人，陈飞黄对她挥挥手，"大头，她做你嫂子好不好？"

"好！"大头憨憨地笑了，"我发现，你跟顾镇长在一起比较开心！"

"呵呵……"陈飞黄也笑了，是啊，跟顾千秋在一起轻松愉快，还有说不完的话，更重要的是，心里特别踏实。

九点一刻的动车，差一点就要赶不上了，大头一路疾驰，陈飞黄在最后几分钟冲上车，一件行李都没带，只带了证件和手机。

分别前，大头放心不下，提醒道："那几个人不好对付，你别逞强，实在不行就等我过去，要债我比你在行。"

"别傻了，这年头做事都靠脑子，不是靠拳头。"陈飞黄匆忙留下一句，"后天带好队，其他事别操心了。"

"一路顺风！"

动车上，陈飞黄整理了一下三个欠债者的资料：丁娜，他公司第一任会计，前妻沈颜颜的表妹，在成都买房的时候问他借了三十万，没打借条；

罗子霄，做灯饰生意，因为跟陈飞黄有生意来往认识，后来生意上出了点问题，问他借了二十万凑本钱，主动给陈飞黄打了借条，说是两年内连本带利还清，但现在三年了，没有音信；

朱鹏，小装修公司老板，生意来往，有八十万欠款拖了一年半，虽然没有借条，但是有单据……

　　这三个人的电话、地址，陈飞黄都是知道的，但他出事之后换了号码，没跟他们说，陈飞黄打算直接去找朱鹏，如果朱鹏把钱还给他了，眼前的问题也就能够解决，他也懒得去找另外两个人了。

　　于是，陈飞黄直接给朱鹏打去电话，第一遍没人接，第二遍响了好一会儿，终于接听了，熟悉的声音传来："喂！"

　　"朱鹏，我，陈飞黄！"

　　"喂，喂，喂，说话啊……"

　　"我是陈飞黄……"

　　"喂，听不见，喂，喂！！"

　　对方那边似乎是信号不好，喊了几声就把电话给挂了，陈飞黄再打过去，电话无法接通。

　　"呵。"陈飞黄冷冷一笑，这一招他见多了。不想理会就佯装信号不好，找借口推辞，这是他以前对付一些难缠的客户常用的招数，没想到现在也有人用在他身上。

　　这点小伎俩才难不倒陈飞黄，他打开手机，换上之前的号码，查到朱鹏手下包子的微信。果然，包子最新一条朋友圈正是在某酒吧潇洒的视频，下面还有地址定位，视频里，朱鹏搂着新女朋友走进酒吧，一群人正招呼着要包厢呢，这个时候应该是刚进场子，不到凌晨几点他们是不会散场的。

　　陈飞黄算了算时间，在滴滴上预订了一个专车，打算下了动车直奔那个酒吧找朱鹏……

〰

| 〇六〇 |

人不可貌相

　　阔别三个多月，再次回到成都，陈飞黄看着繁华的夜景，感觉一切都很陌生，明明这里才是他的家，可是不知怎的，这个城市却没有那种归属感。

陈飞黄想起金河村，想起二傻的家，那白墙红瓦的平房，干干净净的院子，还有他每天都去的蔬菜基地、生态鱼塘和龙虾池，那里的一切仿佛更加熟悉更加亲切，更有归属感，更像一个家……

"先生，你旁边有水，可以喝的。"专车司机热情地提醒道。

"噢，好。"陈飞黄打开一瓶矿泉水喝起来，司机问，"你是来成都旅行的吗？"

"出差。"陈飞黄随口回答，说完之后反问，"你觉得我不像成都本地人？"

"不像。"司机笑着说，"你普通话说得这么标准，我们成都人说普通话都带口音的。"

"那你觉得我像哪里人？"陈飞黄问。

"看着像是从周边城市来的，没带行李，应该是过来办事，逗留时间不长，应该是农民……"司机从后视镜里观察着陈飞黄，加了一个词，"企业家？"

"哈哈……"陈飞黄笑了，低头看看自己，还穿着芳婶儿买的花衬衣，军绿色的休闲裤，一双解放鞋沾了很多泥土，头发也从以前时尚流行的发型变成了平头，从前白皙的皮肤变得黑黝黝的，确实不像个城里人，倒是更像刚进城的农民。

这司机大概是看他谈吐不凡，所以才给他定了个农民企业家的身份，算是高抬了。

"不好意思啊。"司机见他笑得不对劲，连忙道歉，"深夜开车怕犯困，就喜欢跟客人闲聊几句，我是不是说错话了？"

"没有，挺好。"陈飞黄随和地笑笑。

"我不打扰你了，你好好休息。"司机不敢再多说话。

陈飞黄看着外面的夜景，心里有些感慨，几个月不见，他不仅身份变了，形象也不一样了，就连心境也变了……

正胡思乱想着，手机突然响了，陈飞黄接听电话："姚辉！"

"陈总，您下车了吗？我刚赶到火车站……"

"你去火车站干什么？大头告诉你的？"陈飞黄眉头一皱，这个大头，总是瞎操心，估计是怕他一个人回来要债不顺利，所以通知姚辉来辅助他。

"你别怪大头，他也是关心你。再说了，你有事总是不跟我说，回来了连招呼也不打，这是把我当外人吗？"

"行了，你赶紧回家陪孩子，我已经上车了。"

"你住哪家酒店？我来找你。"

"我不去酒店，你别管了。"

"你不告诉我，我只好一家一家地找了，反正你经常去的地方我都知道。"

"……"陈飞黄无语了。姚辉跟大头不一样，大头没什么头脑，所以万事都听他的安排。姚辉不一样，有学识有见地，经常能够给陈飞黄一些意见，他要是认定的事儿，那是九头牛都拉不回来，所以不跟他说，他还真的会一家一家地去找。

所以，陈飞黄只好妥协："九眼桥夜色，我直接去找朱鹏！"

"好，那我马上过去，咱们就在夜色门口会合。你打的是什么车？车牌号发给我。"

凌晨零点四十五分，陈飞黄到达九眼桥夜色酒吧，还没下车，他就看到了停在前面的棕色卡宴，就连车牌号都没有变，那不正是他之前的车吗？

他正纳闷儿，姚辉就从车上下来了，大步走过来打开后面的车门，激动地喊道："陈总！"

那专车司机一听就傻眼了，还以为陈飞黄是个农民，顶多做点农贸小生意，没想到居然还是个老总？小弟都开卡宴，来头肯定不小。

"怎么回事？"陈飞黄指着卡宴。

"您的车，暂时给您保管着，我知道您迟早有一天会回来的。"姚辉笑着说，"至于之前卖车的那笔钱，我暂时补上去的，就当您预支了我两年工资，以后连本带利还给我就是了。"

"你哪来那么多钱？"陈飞黄惊愕地问。

"我跟了你这么多年，多少也赚了点儿，我媳妇儿都攒起来了，嘿嘿……"提起媳妇儿，姚辉就笑得很温暖。

"傻子！"陈飞黄在姚辉胸口锤了一拳，又是气恼又是感动。尽管跌入人生低谷，但还有两个好兄弟不离不弃地跟随他，这让他觉得人生还有希望！

"好了，我们进去吧。"姚辉揽着陈飞黄的肩膀说，"朱鹏那家伙，当年拖欠我们的工程款不给，您看他可怜，私掏腰包给补上，他却不知道感恩，一直拖着不还钱，还整天花天酒地的……"

两人一边说一边往酒吧走去，那专车司机由衷地感叹了一句："真是人不可貌相啊！"

　　陈飞黄和姚辉顺利地找到了朱鹏的包厢，推开门，里面一群男男女女正玩得高兴，朱鹏搂着一个漂亮女孩唱歌，正唱到："正道的光，照在了大地上，把每个黑暗的地方全部都照亮，坦荡是光，像男儿的胸膛，有无穷的力量……"

　　最后"力量"那两个字在看到陈飞黄的时候突然就卡住了，朱鹏怔怔地看着他，好一会儿才反应过来："哎呀，飞黄哥啊，你怎么变成这个样子了？我差点认不出来了！"

　　他拿着话筒说话，声音特别洪亮，整个包厢里的人都愣住了，全都看着陈飞黄，朱鹏的手下包子急忙按了暂停，上前来招呼："陈总，姚总，好久不见！"

　　"是好久不见了。"姚辉拍拍手，风度翩翩地说，"各位帅哥美女，出去跳跳舞吧，我们陈总跟朱总有事要谈。"

　　"对对对，都出去玩儿，别耽误朱总谈正事儿。"包子连忙遣散朱鹏身边的那些美女，还有另外几个年轻男人。其中有一个人不悦地说："这谁呀？找到这里来谈生意？"

　　"一看就是那种做小生意的，追过来找鹏哥签合同，鹏哥根本就不用搭理他！"

　　"别说了，快走吧。"

　　包子把人推出去，关上门，然后小心殷勤地招呼道："陈总，姚总，你们喝什么酒？我给你们倒上。"

　　"酒吧的假酒喝了伤身体，给我两瓶矿泉水！"姚辉知道陈飞黄的习惯。

〽

|〇六一|

狗东西

　　"好嘞！"包子马上叫服务员拿矿泉水。

朱鹏抽着烟，一脸的高傲，好像陈飞黄真的是来求他合作的，语气高高在上："陈总来找我有什么事吗？"

"呵！"陈飞黄冷笑出声，"看来你是忘记了。"

他把工程欠款单拿出来拍在桌上："八十万工程欠款，请你现在、马上转给我！"

"啧啧啧！"朱鹏拿起那张单子，一副伤脑筋的样子，"你不说我还真的忘了……"

"朱总，这笔工程款你当初就拖了几个月，我们陈总看你公司周转不过来，私掏腰包给你垫付，你当时是千恩万谢，还说半年内保证还钱，可现在都过去两年了，你还没还。现在我看你这日子过得不错，生意也红火，就麻烦你把钱给转了吧！"

说着，姚辉就递过去一张纸条："这是我们陈总银行卡的账号信息！"

"别急啊。"朱鹏根本不接，吐出一口烟圈，慢悠悠地说："你们也说了，当初我欠的是工程款，你们拿的这也是工程欠款单，可你们飞黄集团现在已经倒闭了，没有理由向我追缴工程欠款啊！"

陈飞黄眉头一拧，眼中已经蹿起了怒火，他对人向来随和宽容，但他最讨厌的就是背信弃义的小人，这个朱鹏，今天已经挑战了他的极限……

姚辉一看陈飞黄脸色不对，先发制人："朱总，你这样说就没意思了，当初可是你求着陈总给你垫付欠款的，现在就不认账了？"

"我没有不认账啊！"朱鹏一副理直气壮的样子，"这欠款单我认，不过，按照法律程序，那得你公司在，才能以公司的名义来追债，现在你们公司都倒闭了，就没资格追缴了嘛！"

"现在你欠的是我们陈总私人的钱！！"姚辉有些愤怒，"当初你整天跟在陈总屁股后面献殷勤，陈总照顾你生意，给你介绍那么多合同，你可是赚了不少，事后欠着工程款不给，又在陈总面前哭穷，说你刚刚创业多么艰难，陈总看你可怜，才给你垫付，你现在居然抵赖？"

朱鹏仍然一副不紧不慢的样子，继续抽烟："既然欠的是私人的钱，那就拿欠条啊！"

"你……"

"没有欠条就免谈，我可没时间在这里跟你们瞎扯。"朱鹏起身就要走，突然，一只强劲有力的手抓住了他的胳膊，朱鹏低头看去，被陈飞黄的眼神给吓到了。

陈飞黄凌厉地盯着他，只问了一句："朱鹏，你到底还不还钱？"

"飞黄哥，不必这么激动。"朱鹏小心翼翼地掰开陈飞黄的手，"你要是缺钱，兄弟我先拿点钱给你用着……"

说着，朱鹏拿出钱包，拿出两千块现金递给陈飞黄："来，拿去买件像样的衣服，吃顿饱饭……"

"砰"的一声，朱鹏的话还没说完，陈飞黄一个拳头就挥了过去，朱鹏被打得栽倒在茶几上，嘴角鲜血直流……

姚辉和包子都傻眼了，两人急忙冲过来，姚辉护着陈飞黄，包子扶起朱鹏："鹏哥，你没事吧？"

朱鹏捂着脸，龇牙咧嘴地吸着气，嘴角下巴上到处都是血，他怒火中烧地指着陈飞黄吼道："陈飞黄，这一拳头下来，那八十万，你就别想要了！！！"

"如果是以前，这八十万我还真无所谓，就当喂狗了，但是现在，你少还一分都不行！"陈飞黄指着朱鹏，一字一句清清楚楚地说，"朱鹏，我给你一天时间筹钱，明天晚上这个时间，我再来找你，到时候，如果你再废话连篇不还钱，你看我怎么收拾你！"

说着，陈飞黄一脚踹开茶几，愤然离去……

"陈飞黄你有什么好嚣张的？都他妈破产了，还在我面前横，你现在就是丧家之犬……"

"够了！"姚辉打断朱鹏的话，冷冷地警告，"你也知道，陈总现在什么都没了，人被逼急了，还真是什么都做得出来！！！"

留下这句话，姚辉急忙去追陈飞黄了……

包厢里，朱鹏气得破口大骂："妈的，以前在老子面前装大爷，老子要赚他的钱，只能认了，现在都破产了，还对老子呼来喝去，凭什么？老子就不还钱，看他能把我怎么样！！！"

"鹏哥，你冷静点儿吧。"包子焦急地劝道，"其实我觉得姚辉说得对，一个人走投无路了，那真的是什么都做得出来，以前八十万对陈飞黄来说就是一个数字，你诉诉苦他就帮你填了，但现在，你看他穷成那个鸟样，跟个乞丐一样，这笔钱对他来说可能真的很重要，如果你不还钱，他恐怕真的会狗急跳墙的！！！"

"跳啊，我倒是真想看看他跳墙的样子。"朱鹏冷笑道，"就他妈一条丧家之犬，凭什么对我嚷嚷，他要是跪下来求求我，我兴许还能把钱还给他……对啦……他想要钱是吧，我可以给他，不过，他得好好求我，把我求高兴了，哈哈哈……"

姚辉追出来的时候，陈飞黄正在路边抽烟，使劲儿地吸了一口，然后仰头吐出眼圈，眯着眼思考着什么，似乎在看这个奇怪的世界，怎么人心就那么丑陋？

"飞黄哥，你没事吧？"姚辉只有在陈飞黄生气的时候才会这么叫他，每回这么叫他，他都能理性一些。

"你说，我以前怎么就瞎了眼？把钱丢给这种没心肝的狗东西？"陈飞黄对以前的自己百思不得其解，"我是脑子进水了吗？八十万，都够金河村的人吃几年了，怎么会给这狗畜生，真是不甘心！！！"

"呃……"姚辉愣了一下，弱弱地说，"飞黄哥，你以前从来不说脏话的，你变了……"

"变了？变好还是变坏了？"陈飞黄歪着头问。

"变清醒了！"姚辉笑道，"以前我跟你说朱鹏这人不可信，你听不进去，那时候赚钱容易，你从来不珍惜，几十万几百万随随便便就转给别人……现在知道了吧，那些钱啊，拿去贫困山区做善事也不能给那些狗东西！"

"哈哈哈，你学得真快！"陈飞黄大笑……

❯

| 〇六二 |

真朋友，假朋友

姚辉陪陈飞黄去吃夜宵，商量着明天要钱的事情，陈飞黄决定明天白天先去找丁娜和罗子霄，做好万全准备，他之前还想着把朱鹏的钱要回来了，就懒得去找那两个人了，但是现在看到朱鹏的态度，他突然觉得应该把所有欠债都收回来。

对他们这些人来说是一笔能赖就赖掉的账，但是对金河村来说，这都是改变人生的资本，有了这笔钱，不仅可以修路，还可以拓展生态鱼塘和龙虾池，现在就因为没有资金，这两个项目都用很小的池子尝试，小打小闹根本赚不了多少钱，也改变不了金河村的现状。

他得筹钱，筹到钱才能真正地改变金河村……

听着陈飞黄说这些话，姚辉一直沉默着，没有发表太多意见，只是分别的时候，姚辉忍不住问了一句："飞黄，你打算在金河村待多久？"

陈飞黄愣住了，两个多月之前，大头也问过他这个问题，并且提醒他，迟早有一天他会回来的，不要对金河村投入太多时间精力。陈飞黄当时也曾思考过这个问题，不过那个时候，他还很清楚分寸，打算把金河村的产业做起来就走，可是现在，不仅仅是各种项目，他还投入了感情……

所以，当姚辉第二次这么问他，他真的愣住了。

他差点忘了，自己迟早是要走的，是啊，他都要忘了……

"我先回去，明天早上来接你。"

姚辉是何等聪明，他看到陈飞黄的反应，心里已经有数了，不再多问，拍拍陈飞黄的肩膀，转身离开。

陈飞黄看着他远去的背影，心情有些复杂。离开成都才三个月，他似乎忘了自己是谁，他的公司也有那么多人在等着他回归，他们的饭碗都在他手上捧着，全都指望飞黄集团解封，这也是他的责任……

陈飞黄年少的时候外出打工，曾经也遇到过好人：工地里的老师傅教他干活儿，烧饭的大娘在他生病的时候照顾过他，还有一个小包工头见他虚心请教、认真学习，便带他在身边学了许多建筑知识……

所以，当他事业有成之后，也愿意帮助别人。正因为如此，他才借出去那么多钱。也曾有人还给他钱，对他感激涕零，也有借了他几万几千的直接断了联系。他觉得每个人都有自己的苦衷，从没追究过，若不是现在发生这样的事情，他恐怕也不会来问朱鹏讨债……

也恰恰是朱鹏让陈飞黄感受到了人性的险恶。他开始明白，做事得讲规矩讲原则，不能当一个盲目的好人。借给他们的那些钱，可以帮助更多人，做更多事情，所以，他下定决心要把钱要回来。

第二天一大早，陈飞黄给罗子霄打电话，电话已经停机，他马上和姚辉出发去找罗子霄。

罗子霄开了几家灯饰店，当初也是因为生意上的往来才跟陈飞黄认识，陈飞黄见他为人老实忠厚，做生意也实在，一直都很照顾他的生意，后来他资金出现问题，陈飞黄主动借钱给他，他当时十分感动，给陈飞黄写了借条，还把自己的身份证复印件给陈飞黄，并且承诺两年内连本带利还清，但是现在三年了，他一直没跟陈飞黄联系……

姚辉开车来到罗子霄的灯饰店，才发现店铺早就换了东家，原来的灯饰店现在变成了婴幼儿用品店，询问店主，店主也不知道灯饰店老板去哪儿了，还说他们是从一家蛋糕店盘过来的。

陈飞黄记得罗子霄开了三家灯饰店，两人马上接着去找另外两家店，这两家店也关门了，有一家店还没盘出去，店铺的卷帘门上写着罗子霄的新电话号码。

姚辉假装要盘店，给罗子霄打去电话，果然，罗子霄很快就接听了，随即约着他们在华西医院附近的一家餐馆见面谈，姚辉立即开车带陈飞黄赶过去，路上，陈飞黄一语不发，如果说朱鹏的背信弃义已经足以让他失望的话，那么罗子霄，他还是抱有一线希望的。

当初陈飞黄还曾对姚辉说，罗子霄是一个忠厚老实的人，他只是把朱鹏当成生意伙伴，那么罗子霄，他是真心当朋友的，如果连罗子霄都背信弃义，那他就真的寒心了……

两人来到约定地点，姚辉停好车，准备下去，陈飞黄说："你先去见见他，看他怎么说。"

"好。"姚辉点头，"你把借条给我，我去跟他说。"

"不用了，他要是想还，没看到借条一样会还钱；要是不想还，就算有借条一样会耍赖。"陈飞黄眉头紧皱，"电话连线，我听听他说什么。"

"好。"

姚辉向来机灵，在罗子霄走进餐厅的那一刻就拨通了陈飞黄的电话，说了一声"他来了"，然后就把手机放在口袋里，让车上的陈飞黄可以听见罗子霄的声音。

"你好。"

"你好！"

"你有些面熟啊，我们是不是在哪里见过？"

"大众脸，呵呵。"

"好吧，你贵姓？"

"姓姚，你的店铺为什么盘出去？"

"家里孩子生病，需要钱，没办法……"罗子霄避重就轻地说，"我有三间店铺，盘出去了两间，就只剩下这一间了，店铺在西二环，位置很好，虽然不大，但是做点小生意是足够了，你是想做什么生意的？"

"建筑生意。"姚辉说，"飞黄集团！"

罗子霄一下子就愣住了，好一会儿才回过神来："你是……飞黄哥公司的那位姚总吧？抱歉抱歉，我刚才就说见到你眼熟，一时之间没有认出来，对不起啊……我早就应该主动跟飞黄哥联系的，这一年发生了很多事，我没顾得上，真是对不起……当初借了他三十万，说好了两年之内还给他，到现在也没还上，真的很抱歉……"

与朱鹏的嚣张态度完全不一样，罗子霄主动说起借钱的事，并且连连道歉，态度诚恳，带着深深的愧疚……

电话那头的陈飞黄听到这些话，原本紧皱的眉头渐渐舒展开来，神情也缓和了许多……

〉

|〇六三|

瘟神

"没事没事，人都有难处，我能理解。"姚辉态度温和，客气礼貌地说，"我们公司出了问题，陈总现在的情况，你也知道的吧？"

"听说了……"罗子霄叹了一口气，歉疚地说，"听说他公司被查封的时候，我曾经给他发过微信，约他见一面，他没回复我，不知道他现在怎么样了？还好吗？"

"挺好的，就是……缺钱。"姚辉不想浪费时间，"兄弟，大家都是明白人，我就不拐弯抹角了，陈总现在的情况挺困难的，如果不是没办法，他也不会让我来找你，你知道他的，从来就不看重钱，现在实在是……"

"我明白，我明白。"罗子霄连连点头，"我欠他的，早就应该还了，拖到现在，他都没催我，已经很够意思了，这样，姚总，我现在手头没什么钱，你给我几天时间，我想办法凑一凑，砸锅卖铁也把钱凑到手，然后把钱还给他，行吗？"

"几天？"姚辉追问。

"这个……"罗子霄想了想，"十天吧，行吗？"

"这个……"姚辉在犹豫，而电话那头的陈飞黄已经不忍心催促罗子霄，他连忙挂了电话，又给姚辉打过去，姚辉跟罗子霄说了声，"抱歉，我接个电话。"

"好。"罗子霄点头。

姚辉当着罗子霄的面接听电话："喂！"

"别逼他了，他有心还就好，十天就十天吧。"陈飞黄说，"问问他家里人什么病？严重吗？"

"你可真是……"姚辉很想说他几句，但是当着罗子霄的面不方便多说，也就改口道，"好，我知道了。"

随即，他放下手机，喝了一口饮料，抬头对罗子霄说："行吧，那就十天，麻烦你了，一定记得，陈总等这笔钱救命呢！"

"啊？陈总出什么事了？"罗子霄十分紧张。

"他没什么事，就是急需用钱。"姚辉说，"行，我先走了，之前给你打过电话，100结尾那个号码是我的，你存一下，如果筹到钱也可以直接跟我联系。"

"好，不过姚总，有个问题我得说清楚，我是从陈总手上借的钱，所以我这个钱是要打到他银行卡上的。"罗子霄十分认真。

"当然打到他卡上……"姚辉笑了，"他卡号你有吗？"

"有，我一直存在电话里，钱包里也有。"罗子霄从钱包里小心翼翼地拿出一张票根，"这是当初他给我转账的票根，我都留着呢。"

姚辉看了一眼，这是三年前，陈飞黄给他转账的银行凭据，三年了，纸张都皱了，没想到罗子霄一直留着，他抬头看着罗子霄，目光柔和了许多，说了声："谢谢！"

"不不不，应该是我谢谢陈总，如果不是他当初帮我，我也没有今天……"罗子霄感叹地说，"是我自己没本事，生意还是没有做起来，家里也……唉……对了，你见到陈总，麻烦把我的新号码告诉他，让他随时跟我联系，我之前换号码的时候给他发过短信，他可能没看到。"

"好，我知道了。"

最后，姚辉都没问罗子霄家里发生了什么事，跟罗子霄道别之后，他直接出门上了车，陈飞黄质问："不是叫你问问他家里的情况吗？你怎么回事？"

"你看路上来来往往的人，哪个人没点困难？"姚辉指着路边过往的行人，"各有各的难处，你也有你的难处，想想你的兄弟二傻，想想生病的芳婶儿，想想把所有家当都压到龙虾池的金凤嫂子，想想老叔，再想想快四十了还单身的大头……"

"行了行了行了。"陈飞黄打断姚辉的话，不悦地瞪着他，"你这张嘴就是厉害，你看看大头，他敢这么跟我说话？"

"我是怕你再陷进去，你背负的已经够多了。"姚辉笑了，"今天还算顺利，总的来说，罗子霄是答应还钱了，走，我们去吃火锅。"

"随便吃点吧，省点钱。"陈飞黄叹了一口气，"一顿火锅好几百，金凤家可以买很多小鸡崽儿，荷花婶子可以买很多种子，芳婶儿得攒好几个月……"

"哎呀哎呀，怎么回一趟农村现在变得这么婆妈了。"姚辉一副受不了的样子，"我请客行了吧？我请！"

"你请也不行，你的钱不是钱？你都已经帮我垫进去七十万了，家里还俩孩子要养呢……"

"受不了你！！！"

两人去吃厕所串串，便宜好吃，姚辉问："你那修路的五十万得三天筹齐，罗子霄这笔钱来不及了，下午还去找丁娜吗？"

"找！"陈飞黄咬下一口肥肠节子，果断地说，"他们指缝里漏出来的那些钱，放在农村能办好大的事，凭什么不找？"

"那……要不要问问颜颜姐？"姚辉小心翼翼地问。

"不用！"陈飞黄语气淡漠，"我跟她早就离婚了，该分的都分给她了，这是我的钱，我该要就得要，跟她有什么关系？"

"也对。"姚辉点点头，"不过，我们俩大老爷们儿直接上门去找一个女人要钱，恐怕不合适，要不，你先打电话约她出来？"

"打了，她不接我电话。"陈飞黄有些无奈，"现在一个个把我当瘟神，当初借钱的时候态度可是好得很。"

"那这样吧，我让我媳妇约她出来。"

"还是你想得周到！"陈飞黄敬了他一杯。

姚辉的妻子叶冰在国税局上班，娘家家境不错，就她一个独生女，叶冰跟姚辉感情很好，又是个贤妻良母，小两口的日子过得安稳踏实。

叶冰为人开朗随和，之前跟沈颜颜偶尔也有来往，因此也认识沈颜颜的表妹丁娜，几个女人有时候约着逛街吃饭什么的，虽然很久没约了，但是现在也都保持联系。

陈飞黄和姚辉在商场咖啡厅见到如约而至的丁娜，丁娜先是愣了一下，随即便沉下了脸，扭头质问抱着孩子的叶冰："你是故意的吧？"

"抱歉啊，娜娜……"叶冰解释，"陈总联系不上你，只能让我帮忙约你出来，我想着，有什么事总归要见面说清楚的。"

"幸好我早有准备。"丁娜对着门口喊道，"姐，进来吧！"

〉

| 〇六四 |

前妻沈颜颜

沈颜颜从外面走进来，洁白的大长腿一下子吸引了所有男人的目光，宽大的紫色衬衣配上黑色超短裤，看上去简简单单，却时尚艳丽，一点都不输于抖音里的那些网红，不管走到哪里都能引人注目！

姚辉尴尬地看着陈飞黄，他没想到丁娜把沈颜颜也叫来了，他跟了陈飞黄这么多年，太清楚陈飞黄的弱点，这人在商场上睿智有远见，对兄弟仗义，对对手果断，唯独对女人，他是一点儿办法都没有……

果然，陈飞黄眉头紧皱，脸色僵硬，起身就走，姚辉连忙跟上，还对妻子叮嘱道："你先回家……"

"怎么刚来就要走？"沈颜颜拦住陈飞黄的去路，"怕我吃了你吗？"

陈飞黄不说话，往旁边绕过去，沈颜颜继续挡他的路，不让他走，他的眉头皱得更紧了："你想干吗？"

"来都来了，不如谈谈？"沈颜颜倒是大方得体，笑眯眯地看着他，然后问老板，"老板，有包厢吗？"

"噢，有有有！"老板连忙过来招呼。

一行人来到包厢，点好了东西，关上门，沈颜颜就拉着陈飞黄的衣服，一脸嫌弃地问："你穿的这是什么鬼东西呀？怎么搞成这样？"

"跟你有什么关系？"陈飞黄扯下衣服，走到离她远远的位置坐下。

"你这阵子到底在干什么？给你打电话不接，信息也不回。"沈颜颜追问，"有人说你回农村老家了，你该不会是回去种地了吧？"

陈飞黄看都不看她，端起水杯喝水。

"不理我算了。"沈颜颜气鼓鼓地坐在沙发上。

"还真是跟以前判若两人啊！"丁娜挑着眉，一脸高傲地说，"陈总，你拐着弯儿让叶冰把我叫出来，到底想干呀？不如直说吧。"

"是啊，人都来了，有事就说呗。"沈颜颜喝着冰咖啡，一双漂亮的桃花眼却一直看着陈飞黄。

陈飞黄对姚辉使了个眼色，姚辉干咳几声，开口说："是这样的，丁娜，陈总现在缺钱，你之前问他借的那二十万，麻烦还一下……"

"你看，我就说是为了还钱的事儿吧。"丁娜反应很大，拍着沈颜颜的大腿说，"跟你说了你还不信，非要跟我打赌，你输了，发红包！"

"陈飞黄，你不会吧？区区二十万都要亲自追债？"沈颜颜不可思议地看着陈飞黄，"以前你给我买个包都差不多要二十万，你真的缺钱缺到这个份儿上了？"

"颜姐，陈总的情况，你应该是最清楚的。"姚辉不想让陈飞黄在女人，特别是前妻面前丢面子，所以讲话已经极其婉转，"公司出事之后，他把大部分私人财产都给你了，自己手头就一套小房子和一辆车，后来为了给农民工发工资，这些资产也都套现了，现在确实是……"

"怎么可能？你在跟我们开玩笑吧？"丁娜笑道，"我之前可是公司的会计，陈总那么高的身价，怎么可能说没就没了？我看他在外面应该还有其他财产吧？分给我姐的那点固定资产只是一小部分而已，说不定瞒着我姐，在外面置办了房产啥的……"

"你既然是从公司出来的，就应该清楚，大部分资产都是属于公司的，公司被查封，一分钱都动不了，至于陈总的私人财产，你会比颜姐更清楚？你是他什么人？"

姚辉愤愤地瞪着丁娜，丁娜之前在陈飞黄面前只有低头弯腰的份儿，什么时候轮到她这样高高在上地嘲笑老板了？

丁娜被姚辉一句话怼得哑口无言，撇了撇嘴，不再说话，低头盘弄着新做的手指甲。

"没错。"沈颜颜深深地看着陈飞黄，"他对钱从来都没有什么概念，对身边的人很大方，几万几千给出去从来不记账……如果不是真的没办法了，绝对不会回来要这笔债……"

顿了顿，沈颜颜扭头对丁娜说："娜娜，那二十万，当初你和小姨跟我说的时候，我没同意，你们就去找陈飞黄，他二话没说，直接把钱转给你了，我事后才知道，也没让你们打借条，这么多年了，如果放在银行里，利息也不少呢……"

"姐，你什么意思？"丁娜傻眼了，本来叫沈颜颜来是为她出头的，怎么突然就反过来帮着陈飞黄追债了？

"那两年你刚买房，经济拮据，我们也没催你，现在你条件好了，二十万你还是拿得出来的，我做个主，不收你利息……"沈颜颜看着陈飞黄，"行吗？"

"啊？"陈飞黄愣了一下，马上点头，"行！"

"你看，很够意思了……"沈颜颜拍拍丁娜的肩膀，"你就把本钱还给他吧。"

"你……"丁娜气得一句话都说不出来，起身就要走，姚辉急忙去拦她，沈颜颜却不紧不慢地说了一句，"娜娜，你要是不肯还，我只能找你老公要了，那笔钱你可是瞒着他借的，到底用来干什么了，他不知道，我还不知道？！"

"沈颜颜，算你狠！"丁娜气得跺脚，没好气地对陈飞黄说："我现在就去银行把钱转给你，行了吧？"

"去银行干吗呀，网银挺快的，还不要手续费。"沈颜颜笑眯眯地看着她，"我知道，你老公的钱都交给你管着，二十万是有的。"

"你……你还是不是我姐？"丁娜快要气疯了，"这个男人可是你前夫，前夫，你们都已经离婚了，你还那么帮着他！！！"

"说不定还会复婚呢？"沈颜颜对陈飞黄抛了个媚眼儿，"对吧！"

陈飞黄干咳几声，没说话。

"你有种。"丁娜脸色铁青，拿出手机当场就把二十万转给了陈飞黄，随即放下狠话说，"沈颜颜，从现在开始我跟你绝交了，以后别再找我。"

"慢走不送！"沈颜颜笑眯眯地挥手。

丁娜愤然离去……

姚辉看傻眼了，他知道沈颜颜性格张扬高调，有些自我有些娇气，但还不知道她也会有这样一面，不得不说，她维护陈飞黄的时候还挺可爱的。

❧

| ○六五 |

我们复婚吧

如此顺利地就要到了二十万，陈飞黄都有些不敢相信。手机上的短信看了一次又一次，确定钱是真的到账了，这才安心——他账上已经很久没这么多钱了……

"姚辉，我想跟他单独谈谈。"沈颜颜突然对姚辉说了一句，"你出去逛逛？"

"啊？"姚辉看了陈飞黄一眼，点头，"好的。"

"我们有什么好聊的……"陈飞黄的话还没说完，姚辉已经起身离开，他想要拉住他，可姚辉拿着手机就走了，走到门口还回头对他说，"我去看看我媳妇儿，很快回来。"

然后他就出去了，顺便把门关上……

陈飞黄翻了个白眼，转目看着沈颜颜："你想说什么？"

"你到底在做什么？真的落魄成这样？"沈颜颜一改从前娇气，认真地问，"如果实在缺钱，我可以……"

"不用！"陈飞黄打断她的话，坚决地说，"我自己的事情自己可以解决！"

说着，他起身就要走……

"陈飞黄！"沈颜颜气恼地低喝，"你一定要用这种态度对我吗？搞得好像是我对不起你一样，当初是你夜不归宿，我才提离婚的。"

"现在说这些有意思吗？"陈飞黄根本不想跟她谈，"什么原因离婚的重要吗？不都已经离了？"

"是离了，但也要弄清楚，不是我不能跟你同甘共苦，是你太忙，忙到根本没时间理我，我就像你养的金丝雀一样，每天一个人待在别墅里等你，我受不了那种生活，只是跟你发发脾气，然后你就提离婚……"

"嗯，你说得没错。"陈飞黄点头，"所以呢？你想说什么？"

"我想说什么？"沈颜颜的情绪变得激动起来，"现在人人都说我嫌贫爱富，你有钱的时候就贴上去，没钱了我就离开你，还带走你所有的财产，过得逍遥快活，而你却在农村种田，说得我就像一个自私自利又恶毒的拜金女，可我明明不是这样！！！

"我也是人，我也有感受的，当初你认识我的时候，我还是川音的学生，我明明可以继续深造，你不让，你要我回家当你太太，将来相夫教子，我是听了你的话才放弃学业回归家庭的，七年的婚姻，我努力让自己做一个好太太，可是你越来越忙，越来越忙……"

"我几乎每天都回家，从来不在外面鬼混，还要怎么样？"陈飞黄忍不住反驳，"我又不是在外面乱玩，我是在工作。"

"是，你是在工作，可我呢？我是你老婆，我不是你养的宠物，你想起来的时候逗一下，忙起来就丢在一边不管，你是每天回家，可你回家就睡觉，我还没来得及跟你说句话，你就已经睡着了，我们之间还有什么交流？"

沈颜颜越说越委屈，"刚开始就算没有交流，你天天回家，我也就算了，可是后来你忙到家也不回了……"

听到这些话，陈飞黄深深地叹了一口气，沉默许久，解释道："我在外面很累，每天回到家，没有一口热饭热菜，我饿着肚子，累得倒头就睡，你不仅不照顾我，还跟我发脾气……我很累，干脆就在公司睡了几天，想喘口气。"

"你说你在公司，谁知道是不是，反正你在外面鬼混我也不知道……"

"我忙得喘气的时候都没有了，还去鬼混？你天天扯这些有意思吗？"

"好，就算你没出去鬼混，那你不回家也没错吗？"

"我不过是两天没回家，就两天……那个时候我生意出问题，你不是不知道，你不仅没有一句安慰，每天还冷嘲热讽，我怼你一句你就说过不下去了，还说离婚，那你说我该怎么办？"

“我只是一时生气，脱口而出，没想到你就同意了。”沈颜颜哭了，“我又不是真想离……”

“唉……”陈飞黄深深地叹息，“好吧，我也有责任，从小一个人生活，没有享受多少家庭温暖，所以不懂得经营家庭和婚姻。好在我们没有孩子，我也给你留了一些资产，只要不乱挥霍，你以后的日子还是好过的……”

“我以前也这么认为，可是这几个月，我过得一点都不好。”沈颜颜可怜巴巴地看着他，“现在想想，我觉得自己以前太任性了，我已经后悔了，我知道错了，我们和好吧？”

“啊？”陈飞黄怀疑自己听错了。

“我们之间本来就没有什么原则性的大问题，当初离婚只是一时冲动。”沈颜颜拉着他的手说，“老公，我们复婚吧！”

“等一下……”陈飞黄提醒道，“我现在已经破产了，我什么都没有，还负债累累，而且……”他指着自己身上，“你看看我现在这个样子，还配得上你吗？”

“这个样子是很丑啦，不过可以改造啊，你以前的衣服我都没扔，回去收拾收拾就好了，至于破产的事，没关系的，我们可以慢慢来，你留给我的那些房产和钱足够让你东山再起了……”

沈颜颜说得很有诚意，陈飞黄有些动容，不管怎样，她有这个心，他已经很欣慰了，不枉他曾经对她那么好，不过感情这种事不由人控制，当初心灰意冷的时候，他对她的感情已经慢慢淡了，现在不是说复合就能复合的。

“你怎么不说话？”沈颜颜皱眉问，“你难道不应该感到高兴吗？我都拿出这样的诚意了，你怎么一点儿反应都没有？”

“我不想拖累你。”陈飞黄认真地说，“东山再起没有那么容易，万一我把你的钱都赔进去了呢？你会跟我一样一无所有，要被人追债，还会变成我现在这个样子，然后跟我一起回农村种田……你想，那种日子你能过得下去吗？”

“我……”沈颜颜看着他脏兮兮的样子，跟以前那个气派潇洒的他完全判若两人，想想自己要穿成这样，再想想他农村老家的生活，她一下子就慌了，拉着陈飞黄的手也慢慢地松开了……

“你太单纯了，考虑事情比较简单。”陈飞黄苦涩一笑，“不过，你有这个心，我已经很高兴了……”

说着，陈飞黄拨开沈颜颜的手，转身离去……

羞辱

陈飞黄本来还想着打听一下朱鹏今天的行踪，没想到包子主动跟姚辉发来消息，说他们今天还在昨晚的包厢玩儿。

凌晨零点四十五分，陈飞黄和姚辉准时来到夜色酒吧，朱鹏今天没带女孩，却带了耀阳的邓世清！

现在城里的新楼盘很多都是精装修，所以建筑商会选择一家装修公司来配合项目的装修工程，耀阳当初为了能够拿下飞黄集团的装修项目，下了不少功夫。

邓世清这个年长陈飞黄几岁的中年人，天天大哥大哥地喊着，用尽心思讨好陈飞黄，陈飞黄见他公司实力还可以，也就合作了两个项目，本来还算是合作愉快的，没想到后来盛世项目停盘，飞黄集团被查封，耀阳怕受连累，赶紧跟飞黄划清界限，事后还跟启光的侯总一起催要材料款，两人联系不上陈飞黄，居然还找到沈颜颜那里去……

后来陈飞黄让大头和姚辉去处理了一下，让他们不要骚扰沈颜颜，事情也就暂时告一段落。

陈飞黄本来打算，等到合同里规定的付款期快到的时候，不管公司会不会解封，都回来处理这个材料款的事情，只是没想到会在这样的场合这样的情况下见到邓世清。

朱鹏坐在沙发上，跷着二郎腿，嘴里叼着雪茄，手上端着高脚酒杯，好整以暇地看着陈飞黄，似乎在等着看他要怎样下这个台！

邓世清则是上下打量着陈飞黄，一脸错愕，用雪茄指着陈飞黄，问道："朱总，这是……"

"这可不就是飞黄集团的陈总吗？我们的大客户呀！"朱鹏嬉皮笑脸地说，

"邓总，您这是怎么了？莫不是陈总变化太大，你认不出来了？"

"哎呀，这变化可不是一般的大呀。"邓世清夸张地摇头，"啧啧啧，要不是你介绍，我还真没认出来是陈总。"

姚辉看到这阵势，气得怒火中烧，这两个人真是无耻至极，从前都受过陈飞黄的恩惠，现在见他落难了，却联合起来羞辱他……

"陈总，站着干吗？坐啊！"朱鹏笑嘻嘻地招呼，"我记得你不喜欢喝酒，给你叫了一箱矿泉水。"

说话间，他手下抱着一箱矿泉水，打开包装，一瓶一瓶地拿出来摆在桌上。

"哎呀，陈总，这才三个月，你怎么变成这个样子了？跟以前简直是判若两人，要没有朱总介绍，我肯定认不出来。"邓世清还在感叹，"这几个月你去哪里了？我和侯总到处找你，你连电话号码都换了，我们只好去找你老婆，你老婆说你们已经离婚了……"

"不会吧？离婚了？"朱鹏一副惊讶的样子，"嫂子那可是人间极品呀，当初多少人羡慕陈总，娶了个比明星还漂亮的老婆，怎么说离就离了……"

"呵呵，女人嘛……"

"说够了没有？"陈飞黄打断他们的话，冷冷地质问，"朱鹏，你以为搞这么多花样有意思吗？还不是得还钱？"

"啧啧啧，着什么急呀。"朱鹏晃着酒杯，冷笑道，"我没说不还钱，不过……"

他瞟了邓世清一眼，邓世清发话了："陈总，你欠我那三百万材料费，不如今晚就一起结了吧，这好不容易撞见了，我怕过了今晚，又找不到你的人了。"

"就是嘛，你把三百万还给邓总，我还你八十万，我们今晚一次把账算清楚，以后生意场上还是有来有往……噢，不……我忘了陈总已经破产了，恐怕以后没有来往了，不过兄弟也希望你东山再起，以后还能照顾照顾我的生意，是吧，哈哈哈……"

朱鹏说着说着就笑了，邓世清也跟着笑，带着毫不掩饰的嘲讽。

"够了，你们不要太过分！！！"姚辉忍无可忍地怒喝，"当初你们巴结陈总的时候可不是这副嘴脸，陈总在生意上给了你们多少照顾和好处？现在公司出了点问题，你们就这样落井下石，他妈的，良心都被狗吃了吗？"

"可不就是被你这条狗给吃咯！"朱鹏指着姚辉，"主人都没说话呢，就你这条狗叫得厉害！"

"你……"

"朱鹏，你很好，很有种！"陈飞黄指着朱鹏，凌厉地说，"我当初真是瞎了眼才会信你这种卑劣小人，我没时间跟你废话，还钱！"

"哎，别这样……"朱鹏一副好说话的样子，"我说了，钱，我肯定还。不过你欠人家邓总的三百万材料费是不是也应该……"

"那是我跟他的事，关你什么事？！"陈飞黄指着朱鹏。

"OK！"朱鹏摊了摊手，对邓世清使眼色。

邓世清"嘿嘿"笑了两声，开口说："陈总，你不用对人家朱总这样大呼小叫，他不过欠了你八十万而已，你看，你欠我三百万，我都对你和颜悦色呢。唉，现在好人不好当啊，欠钱的是大爷……"

"那是你太善良了，你看看人家……"朱鹏指着陈飞黄，"追债追得多厉害，简直要吃人了！"

"没办法，人善被人欺，我就是太善良了。"

"邓总，不是我说你，欠债还钱，天经地义，你怕他干什么，三百万可不是小数目呢，他都换掉手机号码，躲着不见你，你何必跟他客气。"

"想着以前都是朋友嘛……"

"你把人家当朋友，人家把你当朋友了吗？"

"唉……"

"你们一唱一和，在我面前演戏呢？"陈飞黄打断他们的话，冷冷地质问，"邓世清，我欠你的材料款现在不过四个月吧，首款早就打给你了，合同上写得清清楚楚，尾款是项目结束或者签合同一年后付清，现在有一年吗？"

"虽然时间没到，但项目已经停了，公司也查封了，你人都不见了，我要是不追债，还能收回尾款吗？"邓世清冷冷地笑，"陈飞黄，我对你够客气的了，三百万，那不是小数目，今天你要是不给我，我真不能放你走……"

"三百万当然不是小数目，连你亏空公款的零头都不够！"陈飞黄冷冷回了一句，"你追着我要这笔钱，不就是为了填平那个数吗？"

"你……你胡说什么？"邓世清的脸都绿了。

反转

"你们跟我合作那么久，应该很了解我，没有证据的事，我从来不乱说。"陈飞黄冷笑道，"本来嘛，大家和和气气的，按照规矩办事，你好我也好，但你见我现在落魄了，就来羞辱我，那我就没必要跟你客气了。"

"你……陈总，有话好好说！"邓世清一下子就慌了，"借一步说话。"

他急忙起身，把陈飞黄拉到一边去低声交谈……

朱鹏见到这情形，眉头皱了起来，等了等，他俩还在说，朱鹏大喊道："邓总，你别听他瞎说，他就是故意吓唬你，他能有什么证据？"

"你闭嘴！"邓世清回头冲他吼了一句，朱鹏愣住了，端着酒杯的手顿在半空，一动不动……

过了一会儿，两人结束了谈话，邓世清的态度一百八十度大转弯，拉着陈飞黄的手低声下气地说："兄弟，是我不对，我被小人蛊惑了，忘了当初你是怎么照顾我的，你大人不计小人过，别跟我计较，我发誓，以后再也不会提那笔材料费了……"

"嗯。"陈飞黄冷冷地应了一声。

"以后咱们还是好兄弟，等你东山再起的那天，还一起做生意。"邓世清拍拍他的肩膀，回头冲朱鹏低喝，"朱鹏，欠债还钱，天经地义，你欠人家陈总的钱都拖两年了，好意思吗你？"

"邓总……"

"我告诉你……"邓总指着朱鹏，盛气凌人地说，"你今晚要是不把钱还给陈总，以后我们耀阳的项目你就别接了。"

"啊？？"朱鹏惊呆了，"邓总你……你这是……"

"行了，你又不是没钱，赶紧把钱转给人家。"邓总气恼地说，"我得先走了，本来就是你欠人家钱，还把我拉来凑热闹，你这个人真是的。"

说着，邓总又笑嘻嘻地拉着陈飞黄说，"陈总，我就先走了，你有事随时找我，只要兄弟我能办到的，一定义不容辞。"

"不需要了，你别给我添乱就行。"陈飞黄抽回自己的手，"再见！"

"好好好，再见。"邓总匆匆离开，还不忘了跟姚辉打个招呼，"姚总，你们好好玩儿，今晚的单算我的，我先去把账结了……"

看着邓世清狼狈离开的样子，朱鹏傻眼了。他想要追出去询问，却被陈飞黄拦住："你想知道为什么？我来告诉你。"

"邓世清那个孬种，胆子真小。"朱鹏愤愤地说，"就算你真的知道些什么，又能把他怎么样？你现在一无所有，根本影响不到他。"

"所以说，邓世清的生意比你做得大。"陈飞黄冷冷地笑了，"人家就比你识时务，有远见！"

"什么意思？"朱鹏不明白。

"我现在虽然一无所有，但曾经的人脉都还在，让他们帮我，他们不一定会帮，但是……如果我透露一些机密给耀阳的竞争对手们，他们不会用高价来买？"陈飞黄冷笑道。

"你……"朱鹏恍然大悟，的确，陈飞黄虽然破产了，但那些生意圈的人脉还在，雪中送炭的事情没几个人愿意做，落井下石的人却多得很。

"我要是真的想搞钱，不要说八十万，八百万都能搞到手。"陈飞黄冷冷地说，"不只是耀阳的邓总，还有启光的侯总，还有你朱鹏……只要我想动，你们一个都逃不掉！"

"你……"朱鹏一下子就慌了，但随即又故作镇定地说，"陈飞黄，我可不是吓大的，耀阳是合资公司，我的小灯饰公司是我一个人开的，又没有股东，不存在什么亏空公款的问题，你能威胁到我？"

"我看你脑子真的不好使了。"陈飞黄拍拍他的肩膀，"你那些大客户，有三分之一都是我介绍的，我现在是没本事给你带来生意了，不过要捣乱搞破坏，还是很容易的。"

"你……"朱鹏这下才明白，为什么刚才邓总会慌里慌张地跑了，生意上的事情牵一发而动全身，一旦出了一个问题，可能全盘皆输，陈飞黄不就是这么栽的吗？他们不敢赌。

"好你个陈飞黄，你有种！"朱鹏气得咬牙切齿，拿起手机开始转账，"不就是欠你一点儿钱吗？至于吗。"

"你自己说的，欠债还钱，天经地义。"陈飞黄坐在沙发上，打开一瓶矿泉水喝着，"你老老实实还钱，我拿了就走人，以后生意场上还好相见，可你偏偏要搞出这么多事来羞辱我……朱鹏，我对你可不薄啊！！！"

朱鹏有些理亏，低头不语，直到他把钱转了，才开口说："已经转过去了，单据给我！"

姚辉把当初那个欠款单据给了朱鹏，他接过来塞进口袋里，什么话都没说，起身就走……

姚辉看着他的背影，咬牙切齿地说："真是无耻小人，以后若是有机会东山再起，绝对不能再跟这种人打交道！"

"也是好事……"陈飞黄感慨万千，"跌一次谷底才能看清楚身边的人，把人际圈全部清理一遍，以后就干净了！"

"唉，也对。"姚辉坐在沙发上，感叹道，"刚才真是气死我了，差点动拳头。"

"哈哈哈……"陈飞黄大笑，"算了吧，你那两拳头不够人家打的，大头要是在的话兴许还能对付对付。"

"大头在的话，恐怕早就忍不住了。"姚辉想起那两个王八蛋羞辱陈飞黄就来气，"我说，你真是沉得住气，你有底牌早点拿出来啊，怎么还让他们说那么多难听的话……"

"底牌在关键时刻拿出来才有用，再说了，不痛一痛怎么能吸取教训？"陈飞黄叹了一口气，"现在想想真是不可思议，我以前眼睛怎么瞎得那么厉害？居然被这种卑鄙小人哄得团团转。"

"人总是喜欢听好话，被人哄着，这是本性。"姚辉拍拍他的肩膀，"再说了，当局者迷，你现在换了一个角度，就变成旁观者清了，一切都不晚！"

"啧啧啧，这都变成你来教育我了？"陈飞黄挑着眉。

"哈哈哈，不敢不敢……"

"钱到账了，走，吃夜宵去！"

"好嘞。"

"拿两瓶矿泉水，反正付了钱的，不要白不要！"

"哈哈哈……"

|〇六八|

看不起人

成功地要到了债，陈飞黄的心情总算放松下来，这天晚上跟姚辉好好地喝了一顿酒，回到酒店睡了个好觉。

第二天一大早，陈飞黄被电话铃声吵醒，大头打来电话说猴子那帮人昨晚都放出来了，他已经给大家买了今天下午一点半的火车票去成都，本来一切顺利，但是现在早上出了个意外，陈国标从镇上回来的时候，不小心踩到了一个木板，木板上有一颗生锈的钉子……

陈国标的脚受伤了，作为舞龙队的主心骨、龙头人，这对舞龙队来说无疑是一个打击，幸好陈飞黄早弄了个后备队，到时候可以替补上来，只是这样一来，原本因为打架拘留事件备受打击的舞龙队现在更是士气大减，一个个都忧心忡忡，早已没有了原来的气势。

不过陈国标坚持要跟大家一起上成都，就算不能参加，在台下看看演出，给大家打气也好，现在大家都做好了准备，马上就要出发去火车站了。为了照顾陈国标和二傻，赵荷花和芳婶儿也跟着一起上成都。

听完大头的汇报，陈飞黄说："好，就这么安排吧，我和姚辉去火车站接你们，见了面，我给他们打打气。"

"好。"

挂断电话，陈飞黄准备再睡会儿，又接到了顾千秋的电话。这几天他来成都忙着要债，都没空找她，本想着一切都安定下来之后给她打个电话，没想到她先联系他了："你还好吗？"

"挺好，晚上准备跟舞龙队会合！"

"老书记的脚受伤了。"

"我知道……"

"希望这次舞龙活动一切顺利，你们如果遇到什么困难，一定要跟我说，我会想办法帮忙解决的。"

"你就别操心了，我会处理好的。"

"那就好……"

"好了，那我不打扰你了，听你声音好像还在睡觉，你继续睡吧……"

"嗯。"

挂了电话，陈飞黄看着手机，又有些懊恼，有时候他很想跟顾千秋多聊聊，可是除了工作上的事情，他似乎都不知道该怎么说话，每次都一本正经，这好像不是跟女孩子相处的最佳方式。

下午姚辉过来，陈飞黄让他定一间餐厅，姚辉在网上找了半天，也没找到可以一下子容纳二十四个人的大包厢，还得离他们入住的酒店近，想来想去，只有陈飞黄之前经常去的那家天骄会所有包厢，只是价格会比外面的酒店贵一些。

陈飞黄当即就让姚辉定天骄会所，他刚刚要回了一百万的外债，能够请兄弟们好好吃顿饭也好，就当是给舞龙队打打气，姚辉虽然觉得有些破费，但好久没看到陈飞黄这么高兴，也就没有多说什么，当即就打电话定了包厢。

一切都安排好之后，两人就去火车站接人，舞龙队原定十六个人，加上几个候补人员，还有芳婶儿和赵荷花，一共二十多人，他们叫了三辆七座车，还开着卡宴，才把人顺顺利利地接到了酒店。

好在现在是夏天，队里又是些糙汉子，大家没那么讲究，没多少行礼，全部放在卡宴的后备箱就可以了，主要是舞龙队的旗帜和横幅占了很大位置，舞龙的服装和龙灯早就由县里统一运送到报到酒店了。

一行人先在酒店安顿下来，然后陈飞黄招呼大家到天骄会所，为他们接风洗尘，大家进了酒店，都有些傻眼了，这里高档奢华，一看就消费不低，包厢很大，足够坐下二十多人，陈飞黄安排了丰盛的晚餐，全都是他们吃都没吃过的，一看就很贵。

赵荷花把陈飞黄拉到一边，低声问："飞黄，你这么破费干什么？这一顿得吃多少钱啊。"

"是啊是啊，城里的消费本来就高，你随便找个小馆子就行了，你找这么高档的地方，这么多人，得怕要好几千吧？"芳婶儿也很心疼钱。

"没事，大伙儿好不容易来一趟城里，我请大家吃顿饭不是应该的嘛。"陈飞黄笑着说，"我认识这里的老板，他们给我打折，放心吧，花不了几个钱。"

"真的？"赵荷花听他这么一说，才放心下来，"打折就好，打折就好。"

"有熟人就好办事。"芳婶儿也松了一口气，又叮嘱道，"等会儿点菜的时候悠着点儿，别点太贵的，吃饱就行。"

"对对对……"赵荷花连连点头，"反正这城里的东西，我们都没吃过，贵的便宜的大家都不懂，别浪费钱。"

"哈哈哈，我知道了，放心吧。"

姚辉安排好了菜品，因为明天一大早还要准备演出的事情，于是没有点酒，而是给大家点了饮料。但就这样菜一上桌，还是让大伙儿都看呆了——全都是他们见都没有见过的东西，菜品精致，一看就很贵。

陈飞黄招呼着大家吃饱了再聊。一行人坐了一下午动车，也都饿了，顾不上说话，全部开始狼吞虎咽起来，弄得桌子上一片狼藉，陈国兵还叫嚷着要喝二锅头，被陈国标给瞪了回去。

那些穿着旗袍，打扮精致的服务员看着这些衣着邋遢、吃相难看的乡下人，一个个都满眼嫌弃，嘴巴都瘪起来了，饭还没吃完，就有一个服务员拿着菜单进来找姚辉："你好，这是菜单，麻烦您核对一下，如果没问题的话，请先买一下单。"

"我叫买单了吗？"姚辉觉得奇怪，大伙儿还正吃着，没有人叫买单，他们怎么就过来让他对菜单了？这家会所除了菜品贵，还要加收百分之十的服务费，以前他们经常来这里招待客户朋友，每次都是五星服务，怎么现在服务变成这样了？

"不是，我们就是担心菜单出错，所以请您……"

"拿过来吧！"陈飞黄早就看出这些服务员的脸色了，他不想让乡亲们心里不舒服，也就不跟服务员计较，于是招手叫来服务员，准备买单，服务员马上把菜单拿过去给他，他正准备接来，陈国标先伸手拿过了菜单，看了一眼，惊愕地大喊："我看看……妈呀，这是吃的龙肉吗？居然要六千多？？"

｜〇六九｜
世上自有真情在

听到这个价钱，所有人都傻眼了。赵荷花和芳婶儿连忙跑过来看账单，其他人也都凑过来，围着陈国标和陈飞黄激动地讨论着，还说这是黑店，他们被宰了，陈国兵更是拍着桌子让服务员叫老板来。服务员看到这个阵势，吓得面如土色，急忙去叫人，姚辉马上把服务员拦住，先把钱给付了。

陈飞黄连哄带骗地把一伙人给带走了。回酒店的路上，几个长辈一直责备他浪费钱，他耐心地解释，大家还是无法理解一顿饭要吃掉一年收成的消费观，最后还是赵荷花先转过弯来，说陈飞黄也是为了给大家打气，让大家开开心心地参加演出，所以才自掏腰包请大家吃饭，让大家不要再责怪他了。

听到这话，一群年轻人都深表感谢，说自己头一回在这么高档的餐厅吃饭，还说以后发了财，也要带家人来吃一次，几个长辈也表示了对陈飞黄的感谢，只是小声嘀咕着："早知道这么贵，不如把钱折下来给我，折算起来一个人吃了三百多块，三百多块，可以买好多种子呢……"

陈飞黄为了让大家心里好过一些，告诉大家，他已经筹到了修路的钱，请大家吃这顿饭，不仅是为了给大家接风洗尘，也是为了庆祝这件事，大家一听都非常高兴，修路可不是小事，只要把路修通了，将来金河村还可以开发很多项目，发财致富的大门也算是正式打开了。

六百多米的距离，一伙儿人边走边聊，兴奋而又激动，大家都为有陈飞黄这样好的村支书而感到庆幸，还说陈飞黄为金河村做了这么多事，他们一定不负所望，明天的表演必然竭尽全力！

这一晚总算是踏踏实实地安顿了下来，大伙儿士气大增，像打了鸡血一般，就等着明早起来参加演出了……

因为主办方的酒店房间有限，陈飞黄没有住进来，大头把自己的房间让给芳婶儿和赵荷花，自己则是跟着陈飞黄住到附近的旅馆，明天一大早再过来领队去参演。

三兄弟好久没见，本来是想聚一聚，但大头明天有正事要办，陈飞黄就叫外卖送了点烧烤和啤酒，三兄弟在旅馆房间吃东西聊天，大头讲了很多农村的趣事，

246

惹得姚辉哈哈大笑。

姚辉也说起这几个月城里的变化，因为飞黄集团和荣光集团出事，现在有另外两家公司冒起了头，启光和耀阳跟着发财，朱鹏也跟着沾了不少光，说来说去，这个世界很小，从前巴结着陈飞黄讨生活的人，现在又开始巴结别人……

大头愤怒地说："这世道真是不公平，我们正正经经做生意却被人连累，那些小人投机取巧却越爬越高！！"

"暂时而已。"陈飞黄淡淡一笑，"时间会证明一切，商场是现实的，也是残酷的，没有真材实料，光靠着投机取巧走捷径，始终是走不远的。"

"对，我也这么认为。"姚辉点头。

"姚辉，商业局那边现在查到什么了吗？还没找到魏荣光？"大头问。

"上次说有些线索，警方已经派人去找了，我前天还去问了一下，那边说暂时没有答复，不过我想，既然有头绪了，应该也快了，再说了，这事不可能一直拖着，年底之前，如果他们还没找到魏荣光，也要给我们一个交代的。"

姚辉说得婉转，其实是在照顾陈飞黄的感受。

"嗯。"陈飞黄点点头，"时间不早了，你赶紧回去休息吧，叶冰和孩子还在家等你呢。"

"好，那我明天一早再过来。"姚辉看了看手表，快十一点了，他拿着车钥匙，起身准备离开，又想起一件事，扭头对陈飞黄说，"对了，那个罗子霄今天给我打了个电话，说给你转了五万块，剩下的钱过几天再给你，我忙了一天，刚刚才想起来，你收到没？"

"好像收到了。"陈飞黄打开手机短信确认，"对，收到了，我还以为是谁的呢。"

"看来确实是个实在人。"姚辉感叹道，"你借了这么多钱出去，就这个罗子霄最厚道了，希望剩下那十五万，他也能准时还给你。"

"有这个心意就不错了。"陈飞黄叹了一口气，"你想想朱鹏和丁娜的嘴脸。"

"那是……"姚辉笑了，"好了，我先回去了。"

"开车慢点。"

大头大概是累着了，洗了澡倒头就睡，呼噜声惊天动地。

陈飞黄躺在另一张床上辗转难眠，想到那天听到罗子霄说的话，心里总有些不安的感觉，于是给罗子霄打了个电话，电话响了很久才接听，熟悉的声音传来：

"喂！"

"罗子霄，是我，我是……"

"陈总！"没等陈飞黄介绍，罗子霄就听出了他的声音，欣喜地说，"我一直在等你的电话，你终于跟我联系了，我今天给你转的钱你收到了吗？"

"收到了。"陈飞黄说，"你最近怎么样？还好吗？"

"好，好，我挺好的。"罗子霄有些激动，"你公司出事的时候，我很想为你做点什么，可惜一直没有机会，给你发了微信你没回，后来就断了联系，你现在怎么样了？"

"我也很好。"陈飞黄心里很感动。出事以后，除了姚辉和大头这两个好兄弟，就只有金河村的亲人们关心过他，昔日生意上的伙伴对他唯恐避之不及，他帮助过的人甚至反过来欺辱他，唯有罗子霄，还记得他的恩情。

"那就好，那就好……"罗子霄叹了一口气，"说来惭愧，当初我生意出现问题，你借钱给我，说看好我，还说我将来生意一定能做起来，可惜几年过去了，我不仅没有进展，还把店铺给盘出去了……唉……"

"你是不是遇到了什么事？"陈飞黄感觉不对劲，罗子霄虽然不算多聪明，但做生意勤快踏实，怎么也不至于弄成这样。

"没事……"

罗子霄说话的时候，电话那头传来护士的声音，"33号床的家属在吗？33号……"

"来了！"罗子霄本能地应了一声，慌忙说，"陈总，我有事先挂了，剩下的钱我会尽快转给你的。"

|〇七〇|
善良的人

话音刚落，罗子霄就把电话给挂了。陈飞黄拿着手机，心情有些沉重。上次姚辉冒充生意人去见罗子霄的时候，罗子霄曾经提到过家里有人生病，急需用钱，不得已才盘出店铺，刚才电话里又传来医院的声音，想必，罗子霄是真的遇到困难了……

陈飞黄放心不下，当即就起床穿上衣服，打了个车直接前往华西附二医院——上次罗子霄就是在这附近约的姚辉见面，他家人应该就是在这里住院。

深夜，街上车辆稀少，同在市区，打车十几分钟就到了。陈飞黄前往住院部，找到值班的护士查询罗子霄家人的情况，可护士那里只登记病人的名字，没有登记家属名字。陈飞黄想了想，说出罗子霄五岁女儿的名字："罗姗姗！"

果然，护士马上就查到了："在肿瘤科住院部33号床，你上16楼！"

陈飞黄心里一惊，追问道："肿瘤科？这么小的孩子还有肿瘤？孩子得的是什么病你知道吗？？"

"会在这里肿瘤科住院的，肯定不是小病，你自己问病人的直系家属吧。"

"好吧，谢谢……"

陈飞黄从电梯上去，在病房看到了罗子霄的女儿罗姗姗和妻子林琳。

孩子已经入睡，手上插着内置针头，头上缠着纱布，小小的身体瘦得不成样子。林琳坐在病床边，握着女儿的手默默流眼泪，罗子霄不在病房。

陈飞黄看着母女两人，心里很不是滋味，他想喊一声，又怕吵醒孩子。

林琳发现身后有人，回头看着他，半晌没认出来："你，你是？"

"我是陈飞黄。"陈飞黄笑道，"你不记得了吧？前两年，罗子霄带你来过我公司……"

"陈总……"林琳这才认出来，慌忙起身招呼，"对不起，我刚才一时没认出来，您怎么来了？快请坐。"

她把椅子让给陈飞黄，又去给他倒开水，陈飞黄低声说："弟妹，别忙了，别吵醒其他人，方便的话，我们出去聊几句？"

"好。"林琳给孩子盖好被子，跟着陈飞黄走出病房。关上门，林琳就慌忙道歉："对不起啊，陈总，欠你的钱拖了这么久，实在是孩子生病，没办法，今天罗子霄已经给你转了五万过去，剩下的钱我们一定早点想办法还给你……"

"不不不，我不是来催债的，我是来看看孩子。"陈飞黄急忙解释，"我之前不知道孩子生病的事，所以才让兄弟找罗子霄，我要是知道，肯定不会找他要债。"

听到这些话，林琳忍不住哭了，随即又慌忙捂着口鼻不敢哭出声音，生怕吵醒病房里的人，还哽咽着说："罗子霄说你是好人，他没说错……"

陈飞黄不知道该怎么安慰，只是追问："孩子到底是怎么了？"

"脑子里长了个肿瘤，恶性的，之前做过一次手术，现在又复发了……"林琳哭着说，"我们倾家荡产地给孩子治病，生意也没法做了，把店都盘了出去，所以才拖着你的钱没还……"

"还钱的事不用管了，先给孩子治病要紧。"陈飞黄说，"罗子霄呢？"

"刚才下楼去买——"林琳的话说到一半就顿住了，指着走廊一头说，"回来了。"

陈飞黄回头看去，罗子霄提着一箱牛奶站在走廊上，愣愣地看着他。

陈飞黄看到罗子霄，心里不免有些酸楚，罗子霄还不到三十岁，以前年轻帅气，可是现在，憔悴得不成样子，好像老了十几岁……

"老公，陈总来看我们。"林琳说，"这里连坐的地方都没有，你快带陈总出去坐坐吧。"

"嗯。"

罗子霄放下那箱牛奶，带着陈飞黄下楼，两人来到公园，坐在木椅上聊天。

"陈总……"罗子霄开口，声音竟然有些哽咽，"你，你怎么来了？"

陈飞黄本来没什么，但听到他这个声音，心里不免有些酸楚："来看看你。"

"你怎么知道我在这里？"罗子霄问。

"上次你跟姚辉约着在这附近见面，又无意中提起家里有人生病，我猜到应该是在这里了，华西附二医院大多是治疗儿童的，所以我想着，是不是孩子……"

陈飞黄话说到一半就说不下去了，责备道："家里出了这么大的事，怎么不告诉我？"

"我欠你的钱还没还，怎么好意思再麻烦你。"罗子霄有些惭愧，"其实去年七月份我就已经准备把钱还给你了，可是孩子突然出事，只能先治病……不过我会想办法尽快还给你的，你再给我几天时间……"

"钱的事不用管，先给孩子治病。"陈飞黄拍拍他的肩膀，"华西的医疗技术很强，听医生的配合治疗，应该很快就能有好消息的。"

"嗯嗯。"罗子霄点头，"我知道了……"

"你把银行账号发给我，我转点钱给你。"陈飞黄拿出手机，"现在发。"

"那怎么行？"罗子霄急忙说，"我欠你的钱还没还，怎么能再问你借，你现在也要用钱，我不能这样自私……"

"行了，别废话。"陈飞黄打断他的话，"你这是等钱救命，跟我的情况不一样。"

这时，大头打来电话问他去哪里了，他说出来办点事，马上回去，挂了电话，他对罗子霄说，"我先回酒店，你记得把账号发过来，其他的忙我也帮不上，只能在经济上给点支持了。"

"可是……"

"听我的。"陈飞黄拍拍他的肩膀，"我先走了，你回去陪老婆孩子吧。"

罗子霄送陈飞黄上车，心里满是感激，却不知道该如何表达，陈飞黄临走前又再次叮嘱他记得发银行账号，他没说话，只是让他路上注意安全。

陈飞黄回到酒店，跟大头聊了几句，躺在床上准备睡觉，还没收到罗子霄发来的短信。他给罗子霄打去电话，再次催罗子霄发账号，罗子霄却说："陈总，我知道你现在也缺钱，我不能连累你，你放心，再苦再难，我也不会放弃孩子的，我会自己想办法，真的很感谢你……"

挂了电话，陈飞黄的心情如同五味杂陈，百般不是滋味，他把罗子霄的情况跟大头说了，叮嘱大头明天一早去帮他办点事……

〇七一

二傻当龙头

早上，姚辉来接陈飞黄，问起大头，陈飞黄说大头去帮他办事了，随即给了姚辉一个地址和一个联系电话，让姚辉去帮他接一个人，他自己去酒店找舞龙队，随即，他们在附近的七中会合。

姚辉虽然不明白陈飞黄的用意，但也听话地照办。

陈飞黄来到酒店，舞龙队的人老早就起来了，在酒店吃了早餐，然后聚集在陈国标的房间里商量着演出的事情。陈飞黄走进房间，看到挤了一屋子的人，都傻眼了，小小的房间居然挤了二十多号人。

据行程安排，他们是下午两点半才去会场准备演出，这才早上八点半，一伙人连队服都换好了，跟打了鸡血一样商量着演出的细节。大概是因为他们第一次来省城参加这么重要的活动，所以才这么激动。

陈飞黄理解他们的心情，也不想浪费宝贵的时间，于是让大家做好准备，带他们去一个地方，大家都问去哪里，他先卖个关子，让大家跟他走就行了。

陈飞黄带着"飞龙队"来到酒店附近的七中，今天是周末，学校放假，偌大的操场空空如也，可以临时借用来排练。

陈国标原来就很担心自己的脚受伤之后，新的龙头顶上去能不能跟大家配合默契，毕竟出事之后他们就没有机会练习，早上他们还商量着找个地方排练一下，可是城里不比乡下，这里寸土寸金，想要找一个可以排练舞龙的地方还真不容易，没想到陈飞黄已经安排好了。

大家吆喝着练起来，这时陈国标才发现大头不见了，陈飞黄说大头帮他去办事了，晚点在酒店会合，大伙儿急忙追问，那是谁来顶替老书记的龙头位置，陈飞黄回答："晓峰！"

所有人都惊呆了，虽然大家都默认让二傻来当替补，但他们心里其实是认为二傻就是跟着来玩玩的，没有真打算让他上场演出，没想到陈飞黄会做出这样的决定。

年轻的队员自然是不敢多说什么，几个长辈马上就表示质疑，陈国兵站出来问："飞黄，我知道你跟二傻情同手足，想要照顾他，可这不是儿戏啊。大家经过了这么长时间的努力，都想赢得满堂彩，二傻一开始就没有参与过排练，后来虽然作为替补排练了几回，但远不能胜任龙头这个位置吧？"

"是啊，飞黄。"另外几个老辈队员也跟着说，"你要是让二傻当龙头，还不如让大头兄弟上呢，大头兄弟舞得就不错，或者让大树上也行……"

"就让晓峰上。"陈飞黄十分坚持，"我看过他排练，他练得很好。"

"这……"那几个人你看看我，我看看你，虽然不太好多说，但心里还是不服气，陈国兵刚要说话，陈国标就笑着打圆场，"说来说去还是我不好，临出门把脚给弄伤了，其实我脚伤也不严重，要不还是我来吧，我现在走路没什么问题的，不信你们看……"

"这怎么行呢，舞龙要耗费很大的体力，你的脚撑不了多久的。"赵荷花急忙劝阻。

"没错。"陈飞黄也说，"老叔你还是好好养伤吧。"

"飞黄……"芳婶儿把陈飞黄拉到一边，低声劝道，"我知道你是为了晓峰好，但也不要强行安排啊，不然大家都讨厌他，会排挤他的。"

"我有分寸。"陈飞黄拍拍芳婶儿的手背，回头对大家说，"这样吧，我也不想独断专行，我们先来排练一场，让几个替补都上来试试，然后请侯老师给出指导意见再决定让谁来顶替老叔的位置。"

"侯老师要来？"大家都很惊讶，"是之前给我们指导的那位吗？"

"对，我已经让大头去接他了，这个排练的位置也是他帮我们找的。"陈飞黄说，"他得知我们来城里，很是高兴呢。"

"太好了。"队友们都很开心，没想到这个时候还能请得到侯老师。大家看了这次的演出名单才知道侯老师是非遗节专家组副组长，地位相当高，还是国家舞龙研究的专家，可想而知，能够请他来指导是多么难得的事情。

虽然之前因为侯老师的建议，舞龙队内部产生了一点点分歧，但是后来也被陈飞黄完美解决了，而且大家在侯老师的指导下，舞龙的技艺有了突飞猛进的进步，所以才能赢过青山队，代表山河镇来省里参加演出。

大伙儿正在兴奋的时候，姚辉已经开车过来了。陈飞黄迎上去打开车门，侯老师从副驾下来，笑嘻嘻地跟大伙儿打招呼，大家也都热情地问候他。侯老师说起上次他们在镇上跟青山队比赛的视频，他看后感到非常欣慰——在那么短的时间里，大家有很大的进步，舞龙这个非物质文化遗产终于后继有人了！

大家听侯老师这么一说，感觉信心倍增。陈飞黄提醒道侯老师只有两个小时档期，让大家准备表演，好给出针对性意见，大伙儿马上各就各位，操练起来，陈飞黄先让候补队员大树顶替陈国标的位置表演了一遍，再让二傻上。

两轮演出下来，侯老师选择了二傻，并把队伍里另外两个位置调整了一下，再让大家进行一次表演，做出最后的指导……

十一点，终于结束了排练，侯老师对飞龙队寄予厚望，希望他们在演出时发挥良好，还说如果这次发挥得好的话，就有机会参加三个月后在广州举杯的全国舞龙大赛，他来给他们当推荐人！

大家一听更是来劲儿，纷纷表示会全力以赴，最后千恩万谢地把侯老师给送走了。

侯老师走之后，陈国标说了句公道话："说实话，之前飞黄说让二傻顶替我的位置，我也很担心，但是刚才看了表演之后，二傻真的让我另眼相看。可能是因为他单纯，心无杂念，所以演出非常投入非常卖力，把舞龙的精髓都体现出来了，也难怪飞黄会极力推举他来当龙头，我也支持他！"

〉

| 〇七二 |

正式演出

陈国标都这么说了，再加上二傻演出的时候跟大家配合得很好，大家也就不再有意见了，安安心心地准备演出。

中午，主办方准备的自助餐，大伙儿为了给陈飞黄省钱，死活都不肯出去吃，排练完之后就一起回酒店吃饭，然后休息一下，准备参加下午的演出。

陈飞黄和姚辉就在酒店附近的餐厅等大头过来一起吃饭，十二点，大头准时回来，见面就交代："钱已经给他了。"

"什么钱？给谁了？"姚辉好奇地问。

大头看了陈飞黄一眼，回答："飞黄让我拿十五万块给罗子霄。"

"啊？"姚辉差点一口茶喷出来，"罗子霄欠你二十万，钱都没还清，你又拿十五万给他？你……你没事吧？"

"他女儿得了癌症，五岁的孩子，脑子里长了个恶性肿瘤，为了给孩子治病，他已经是倾家荡产，可就这样的情况，他还想办法还钱给我，你说，我能见死不救吗？"陈飞黄反问。

"这……"姚辉一下子哽住了，好一会儿才回过神来，"难怪那天他说家人生病，所以才要把店铺盘出去……不过，你是怎么知道的？"

"我昨晚去了一趟医院……孩子骨瘦如柴，身上插满管子……"陈飞黄叹了一口气，"如果不是我多心去看一下，他到现在还瞒着我。"

"好吧。"姚辉无言以对，"难怪那天看到他的时候，感觉他憔悴了很多。"

"我今天去医院也查证了一下，都是真的。"大头说，"我按照飞黄的意思，取了现金送过去，罗子霄死活不肯收，我硬塞给他老婆，夫妻俩差点当场给我跪下……唉，罗子霄确实是个老实人。虽然现在咱们也缺钱，但这次，我觉得飞黄做得对。"

"抱歉，我不知道情况。"姚辉想起那天自己逼着罗子霄要钱，心里不免有些愧疚，"明天忙完了，我去医院看看。"

"不用了。"陈飞黄叮嘱，"罗子霄一直隐瞒孩子生病的事情，就是不想麻烦别人，大头送去的那些钱，应该够他们应付一阵子了，若是再去打扰，反而给他增加心理负担，就让他安安心心地照顾孩子吧。"

"好吧，听你的。"姚辉点头。

"点菜吃饭，吃完了去酒店跟他们会合。"

"嗯。"

会场，飞龙队的人第一次见到如此隆重的场面，一个个紧张得不行。

全省各地非物质文化遗产代表队都到场了，有些文化领域已经摆好展台展示文化物品，而像舞龙这些表演类型的则是在专门的会场准备表演，手册上介绍，这次参加演出的舞龙队有三十八个代表队，飞龙队只是其中一个！

从早上九点开始，舞龙队就陆续开始表演，飞龙队排在了下午两点半入场，进去之后大家才知道，下午跟他们一起表演的有十二个舞龙队，每个队伍有自己的队旗和队服，就好像奥运会的赛场，先是陆续出场，随即开始表演。

其他市区县级单位的舞龙队先上场表演，镇级排在最后，大伙儿坐在自己的位置上看着其他代表队演出，一轮又一轮，其他队伍的激情热情慢慢被消磨掉，大家越来越疲惫，唯有飞龙队依然意气风发。他们有了之前跟青山队比赛的经历，现在非常有耐心，坐在位置上喝水看演出，保持体力，用最好的状态上场！

不过，媒体席的记者们已经有些疲累，开始纷纷离去，姚辉担忧地说："这些记者都走了，待会儿轮到我们演出的时候，估计都没人采访报道了。"

"无所谓了。"陈飞黄倒是很想得开，"参加这次演出对飞龙队的人来说就是一场历练，让他们从以前的懒散消极变得积极向上，对生活充满激情，同时也能够宣传非物质文化遗产，这已经是一件大好事，能不能被报道被宣传只是其次！"

"也对。"姚辉点点头，突然指着舞台中央喊道，"上了上了，是飞龙队！"

"看到了。"陈飞黄有些感慨，"现在说来，还真是要感谢马强和他的青山队。上次比赛的时候我们就没抽到好签，排在后面演出，大伙儿在太阳底下晒了一个多小时，热得汗流浃背，到了演出的时候已经累得不行了，不过还是凭着一腔热血坚持到底，最后取得了好成绩，因为有了那次的经验，现场才能有这样的耐心。"

"所以说，飞龙队是好样的！"

一个熟悉的声音从身后传来，陈飞黄扭头一看，不由得睁大眼睛，"你……你怎么来了？"

"我怎么不能来？"顾千秋笑嘻嘻地看着陈飞黄，她今天穿了一身碎花连衣裙，披着黑色的长直发，还化了个淡妆，清纯美丽，跟平时工作时那个干练朴素的样子简直是判若两人。

"这是……"

"这是顾镇长。"陈飞黄给姚辉介绍，"顾镇长，这是姚辉！"

顾千秋和姚辉握手，竟然异口同声地说了一句："常听飞黄提起你！"

随即两人都看着陈飞黄，哈哈大笑起来……

"有什么好笑的。"陈飞黄有些不好意思，拉着顾千秋坐在自己身边，"快坐下，演出马上就要开始了。"

他打开一瓶矿泉水递给顾千秋，顾千秋冲他笑笑，两人肩并肩坐着，一起看演出。姚辉在旁边看着他们俩，为陈飞黄感到高兴……

演出开始了，飞龙队发挥超乎寻常的好，将舞龙的精髓都体现了出来，虽然观众和媒体记者已经走得差不多了，但在场的人都被他们吸引了目光，全都热烈地鼓掌欢呼，还有人用手机拍摄下来，传到网上去……

姚辉也在用手机拍摄："等他们下场了，给他们看看自己的演出。"

"真好！"顾千秋由衷地感叹道，"在这么短的时间里，组织起了舞龙队，还让他们练就这样精湛的技艺，也只有你陈飞黄能办到了！"

"不，这是他们自己的努力。"陈飞黄看着那条龙在广场中央栩栩如生地舞动着，仿佛代表了山河镇人民那不屈不挠的精神……

|〇七三|
龙的精神

　　飞龙队的演出赢得了满堂彩，演出结束之后，马上就有一家媒体上前采访。他们找到龙头位置的二傻采访，二傻只知道对着镜头傻笑，回答不上问题，记者刚开始还以为他是因为太紧张了，耐心地安慰他，后来才发现他跟正常人有些不一样，顿时更为感动，将镜头对准二傻，改成简单的提问——

　　"你叫什么名字？"

　　"我叫陈晓峰，大家都叫我二傻，嘿嘿……"

　　"是谁教会你舞龙的？"

　　"老叔，兵叔，猴子，双喜……还有我们村支书陈飞黄！"二傻笑着回答。

　　"你来自哪里？"

　　"山河镇金河村一组！"

　　"你喜欢舞龙吗？"

　　"喜欢。"

　　"为什么？"

　　"因为，因为参加舞龙之后，我们就变成一条龙了……"

　　就是这个镜头，一下子上了四川电视台以及多个地方电视台，还上了新浪热搜、头条新闻，抖音有上百万点赞量。很快，飞龙队火了，龙头二傻也火了！

　　许多网友开始在网上搜索这个舞龙队，搜索二傻，后来才知道二傻跟正常人不一样，他的智力相当于六七岁的孩子，讲话特别朴实真诚，网友们都很喜欢他。

　　二傻接受采访时说的那句话"因为参加舞龙之后，我们就变成一条龙了"被记者解析出来：舞龙之前，村里的老少爷们儿颓废消极，除了种田填饱肚子就是打牌混日子，可是自从舞龙之后，他们就有了龙的精神，变得勤劳勇敢、不屈不挠、团结向上……

所以，二傻才说舞龙之后，大家就变成了龙！

这句话很快在全国蔓延开来，二傻那句简单朴实的话给人们带来感动，让那些在生活中遇到挫折、迷茫失措的人们重新燃起了斗志，他们也要像二傻一样，拥有龙的精神！

网上开始流行一句话："我要变成龙"，还有人将二傻画成漫画，制作成表情包，给他取名"龙少年"！

飞龙队离开成都的时候，侯老师和非物质文化遗产的工作人员一起来送行。他们已经正式决定推荐飞龙队参加三个月后在广州举办的全国舞龙大赛，让大家回去好好练习，一个月之后侯老师再去山河镇检阅，并且再次进行指导！

飞龙队带着好消息回到山河镇，冯镇长亲自来迎接，山河村的妇女们敲锣打鼓放鞭炮，气氛热闹喜庆，邱文成受市电视台所托回来采访报道，陈百合也带着小宝回来为大伙儿祝贺！

昔日人人看不起的二傻，如今成了红人，冯镇长还主动要求跟他合影，当众给予表扬！

猴子将这一幕拍下来发到陈飞黄微信上，陈飞黄给芳婶儿看，芳婶儿在病床上感动得热泪盈眶……

飞龙队回乡的头一天晚上，陈飞黄把芳婶儿、赵荷花、陈国标叫到一个房间，坦诚地跟芳婶儿交谈。其实他早就知道她的病情，因为之前一切都不稳定，他也知道她不放心丢下晓峰一个人在城里接受治疗，而且那个时候他的经济条件也不允许，于是没有声张。可是现在不一样了，金河村的项目非常稳定，晓峰有出息，开始独立，他也有钱了，所以，她必须治病。

听到这些话，赵荷花又气又急，抹着眼泪责备芳婶儿瞒着她，明明得了那么严重的病，居然不接受治疗，还拖到现在，陈国标也是红着眼睛，让芳婶儿安安心心地接受治疗，二傻有他们照顾，让她放一百二十个心。

芳婶儿感动不已，却说自己的病自己知道，日子没多久了，只想在家里陪着晓峰，不想浪费钱。

陈飞黄说他费了好大功夫，找了最好的专家医生为她重新检查治疗，医生会给出客观建议。如果医生也建议保守治疗那就开药回家吃，但如果还有希望，那他花多少钱也要给她治，无论如何也不能就这么放弃了，不然以后想起来都会抱憾终生……

赵荷花和陈国标都跟着劝，芳婶儿哭着点头，想说句感谢的话，却一个字都说不出来，只是紧紧握着陈飞黄的手不肯松开，她为自己从前的执拗而愧疚……

陈飞黄让大头带队回山河镇，他没有对外声张，找了个借口把芳婶儿留在城里，陪着她去检查治疗，为了方便，赵荷花也留了下来，村里的家务活儿都委托其他婶婶嫂子们去打点。

当冯镇长追问陈飞黄怎么没回去的时候，陈国标避重就轻地说他带芳婶儿在城里看病，过几天回来。冯镇长追问修路的事，陈国标按照陈飞黄的吩咐说不太清楚，冯镇长又去问顾千秋，顾千秋笑笑说，你不如直接打电话问陈书记吧。

今天刚好是陈飞黄跟冯镇长约定的四天之约，冯镇长着急想要答案，于是亲自给陈飞黄打去电话。电话接通后，冯镇长先是赞赏陈飞黄带领的舞龙队取得满堂彩还引起了广大关注，接着才回到主题询问修路资金的事，并告诉他若是因为舞龙的事情耽误了，还可以再延期几天。

陈飞黄一听就来了兴趣，好奇地问："冯镇长，您不是说四天之期一天都不能拖吗？怎么现在又主动答应延期了？"

"陈书记，你是聪明人，跟聪明人说话没必要卖关子，我就跟你直说了吧。作为人民公仆，我们的使命就是让百姓过上好日子。你我都知道，修路是势在必行，因为修路是脱贫致富的基本条件。我来山河镇这么久，一直在为这件事奔波，好不容易包总那边松了口，我当然是想早点行动的，所以之前才催着你做出决定。

"其实我很清楚，如果你开发的那些项目能够留在自己手上，不用分给资本，那必然是有助于山河镇的长远发展，我肯定是一百个赞成的。可是资金是大问题啊，修路只是一个开始，后面要扩展项目还需要很多钱，所以我才答应包总的提议。

"但是现在看到你把金河村发展得这么好，我又觉得应该相信你。也许，你有能力在不需要借助外力的情况下做成这件事……唉，说实话，我其实很矛盾，但我依然想试试看，也许，你真的能够创造奇迹！"

创造奇迹

听到这些话，陈飞黄不免有些动容。他之前总觉得冯镇长有些官僚主义，现在想来，一个人身在那个位置上，也有自己的不得已。

冯镇长跟他一样，也不一样。

不一样的是，他们一个考虑眼前的大局，一个考虑更多的是金河村的未来；一个在其位谋其职，做事保守，一个想要创造奇迹。但一样的是，他们都想早点修路，希望山河镇的百姓能过上好日子！

"修路资金已经筹到了。"陈飞黄终于正面回应，"五十万，一分不少！"

"啊？这么快就筹到了……"冯镇长喜出望外，"我还以为……"

"我还在医院办事，等我回去再详谈。另外，冯镇长，这几天可以开始准备修路的事情了。"

"好，我让顾镇长盯着这件事，务必把它办好。"

挂了电话，冯镇长马上给包总打电话，将这个消息告诉包总，并婉转地说："包总，不是我不想让你入驻金河村的项目，实在是金河村的陈书记太有本事，在这么短的时间里，自己筹到了五十万修路资金。而且，那些项目都是他开发出来的，我实在没有理由干涉。如果你想合作的话，不如找其他村，青山村就一直想要跟你一起开发花草基地……"

"谢谢冯镇长，等陈书记回来，我找他聊聊。"

"也行，也行。"

包总早就盯着陈飞黄的动静，飞龙队在非遗节上获得满堂彩并上了新闻的事情他很早就知道了，让老邓全程跟二狗他们联系，询问他们的行程，盼着陈飞黄回来，落实修路资金的事情，今天飞龙队回村，老邓都亲自跑去了，得到消息说陈飞黄没回来，连忙汇报给包总，包总还以为陈飞黄带芳婶儿治病是借口，为修路资金的事情奔波才是真相……

现在接到冯镇长的电话，他真是五味杂陈，紧握着手机，气得咬牙切齿："我倒要看看，这个陈飞黄到底有多大能耐！！！"

经过三天的检查和等待，华西医院的专家医生给出最后结果。芳婶儿的癌症已经到了晚期，不能手术，不能化疗，只能用药物保守治疗，然后回家静养……

听到这个消息，赵荷花忍不住泪如雨下，陈飞黄心里也很难过。医生安慰道，现在有一种进口药效果特别好，长期服用下去，也许能够延长时间，就是贵了些。

陈飞黄毫不犹豫地让医生开药，赵荷花追问多少钱，医生说一个月大概两万八。赵荷花惊呆了，每个月都要用两万八，那谁负担得起呀。陈飞黄叮嘱这件事千万不要告诉芳婶儿，赵荷花本想劝陈飞黄考虑一下经济问题，但是看到陈飞黄态度坚决，也就不好开口了。

开了药，三人就办理住院手续，陈飞黄笑着说："芳婶儿，您看，我就说要来检查一下吧，华医生说这个药效果特别好，现在很难买到的，只要坚持吃下去，您的病就能治好了。"

"这药我看着不便宜啊，多少钱呀？"芳婶儿有些不安。

"两百八。"陈飞黄脱口而出，"一个月就买一盒，不贵！"

"啊？每个月都要用吗？"芳婶儿眉头紧皱，"这可是一笔不小的开支，两百八我要卖多少包子馒头啊……"

赵荷花低着头没敢说话，心想，两百八你就嫌贵，如果知道是两万八，那你还不得吓死。

"哈哈哈……"陈飞黄大笑，"你做的包子馒头都被我吃了，所以啊，我来付这个钱就好了。"

"那怎么行。"芳婶儿急忙推辞，"我回去就把钱给你，我可不能让你贴钱。"

"我在你家白吃白住，一分钱没给，就当是我给你的伙食费吧。您要是再推辞，可就把我当外人了。"

"可是……"

"好了好了，文芳，孩子一片孝心，你就不要太计较吧。"赵荷花劝道，"走吧，车要来了。"

"好吧。"

听说陈飞黄要回来，冯镇长特地让顾千秋开车来接。这次顾千秋去城里，开了一辆车回来，以后方便接送人，不然每次有点急事都得麻烦双喜的亲戚，毕竟在镇上有车的人不多。

顾千秋带着二傻来接人，三人从车站出来。芳婶儿远远看到二傻，激动不已。二傻跑过去接过母亲的背包，高兴地汇报："妈，我得奖状了，还有五百块奖金，冯镇长给的，还有，好多人给我送吃的，他们都说我有出息了！"

"好好好，有出息了，有出息了。"

芳婶儿一开口又红了眼，她怎么不知道儿子有出息了，都上电视了，还上了好几个台，镇上给他什么奖励，村里谁夸了他，猴子都一一向陈飞黄汇报，陈飞黄再向芳婶儿汇报，所以芳婶儿每天盼着回家见儿子。

"全都是因为飞黄，你才会有出息，你要好好感谢他，知道吗？"芳婶儿语重心长地叮嘱。

"嗯嗯，知道。"二傻点点头，认认真真地对陈飞黄说，"飞黄，谢谢你，等回家了，我给你烤红薯吃……"

"一个烤红薯就给打发了，哈哈哈……"赵荷花和芳婶儿大笑。

"烤红薯好，我就喜欢吃晓峰给我烤的红薯。"

陈飞黄揽着二傻的肩膀，心里非常高兴，这么多年了，二傻终于有出息了，芳婶儿终于笑了，他心里的结总算是解开了……

陈国标请金凤和李莉莉她们一群女人准备了一桌子丰盛的晚饭，飞龙队全体队员给陈飞黄接风，加上候补一共二十个人，整整齐齐地站成两排，每个人都举着一碗梅子酒，一起敬陈飞黄，感谢他做的一切。

这阵势把陈飞黄给吓到了，他笑道："你们这是想灌醉我啊。"

"今天就喝一碗，这梅子酒新酿的，酒精度不高，醉不了人。"陈国标笑道。

"好吧。"陈飞黄接过金凤递来的碗，正准备说话，二十个兄弟抬手就把碗里的酒一口气给干了，随即，举着碗异口同声地说，"感谢飞黄书记！"

一群爷们儿的声音带着强劲的力道，回荡在院子里，陈飞黄看着他们真诚的目光，心里一阵感动，举起碗，一饮而尽："痛快！"

"哈哈哈，再来……"

修路

回村之后，首先要做的就是展开修路的事。冯镇长对这件事特别热心，第二天一大早又打电话询问陈飞黄。陈飞黄请冯镇长和顾千秋一起到村委会，然后召开了全村代表大会。

现在陈飞黄在金河村是一呼百应，即便是临时召集的会议，村里人也几乎全部到齐——除了牛家的人。

会议上，陈飞黄当着大家的面，直接把五十万现金摆在桌上。所有村民都惊呆了，毕竟他们从来没有见过这么多钱。冯镇长也愣住了，连他都没见过这样的阵势。

顾千秋推了推眼镜，咬着下唇忍住笑，她知道，这是陈飞黄的策略！

陈飞黄简短地说："等会儿我要去蔬菜基地，还要去巡视生态鱼塘和龙虾池，时间有限，就简单地说几句吧。修路的路线我早就部署好了，请工人和买材料等细节也都早有打算，现在把大家叫过来，只有一个事。修路需要找个监工，我打算让国兵叔负责！"

"啊？我？"陈国兵先是愣了一下，随即站起来，拍着胸脯说，"飞黄书记交给我的事，我一定义不容辞！"

"嗯，监工的事交给国兵叔，那么算账和资金支出就由老叔负责吧。"陈飞黄看着陈国标，"您可以吗？"

"可以，没问题。"陈国标马上站起来表态，"我本来就是做会计出身的。"

"那么，还有一个重要问题。"陈飞黄拿出一张地图，指着地图上面的线路说，"这条路需要经过几户人家，分别是二狗家，双喜家，大发爷爷家……还有，牛田家。需要拆掉这几家的院墙才能把路修好，要不然就得多绕三千米，不仅修路资金要大幅增长，还会绕到金沙河去……"

这一下，所有人都知道问题的重点来了。要拆院子，事情就难办了。二狗和双喜都是飞龙队的队员，他们自然是誓死忠于陈飞黄。这俩大哥就算回家耍赖，拿刀抵着脖子威胁，也会逼着家人同意。大发是个老光棍，低保户，只要给点补偿金，也很容易说通，但是牛壮家就……

"我说一句。"双喜举手站起来表态，"这件事我早知道了，我已经跟我爹商量好，全力支持飞黄书记修路，别说是拆院子，就算是拆房子，我们也配合。"

"你……"双江愤愤指着儿子，气得脸色铁青，"拆院子行，拆房子就……"

"爹！"双喜打断双江的话，边使眼色边低声说，"之前在家咋说的？你怎么……"

"没说要拆家啊，我们那房子可是刚修好的。"双江低声说。

"放心，只拆院子不拆家。"陈飞黄笑道，"双江叔，那条路是窄了点儿，必须往里推两米，所以才要拆您家的院子。事实上，您家的院子不止两米深，拆了还可以再修一个小点儿的院子。不过，既然占用了您家的道儿，我们自然会补偿您的。"

"那就好，那就好。"双江连连点头，"我们一家都支持飞黄书记，我儿子跟着你长进不少，我们一家人都很感激你呢。"

"别客气。"陈飞黄看看双喜，双喜连忙拉着父亲坐下来。

随即，二狗父子也表态，他们跟双喜家一样，全力支持陈飞黄修路，最后，大发爷吸着旱烟站起来，慢悠悠地说："修路，我支持。但我一把年纪了，干不了活儿，赚不到钱，靠着政府的低保讨口饭吃，而且我家没有院子，想是要拆房子的，要是拆了房子，我住哪儿？"

"这我都想好了，给您重新建一套平房，然后该补贴的都补贴给您。"陈飞黄说。

"啊？除了补贴，还给建新房子？"双喜爹的眼睛睁得跟铜铃一样大，"那把我家的也拆了吧，我愿意拆。"

"我也愿意！"二饼叔也马上站起来发言。

"哈哈哈……"陈飞黄笑了笑，解释道，"两位叔叔，您二位家的路线只需要拆院子，不需要拆房子，还有啊，大发爷爷家的房子本来就只有一间平房，我们重新给他建房子，也是建平房，不过考虑到让大发爷住得舒服些，会给他建两间，用来当厨房和客厅，这个成本不到一万块。"

"行，飞黄书记发了话，我同意了！"大发生怕陈飞黄反悔，急忙当着大伙儿的面拍板下来，"不过修房子这段时间我没地儿住，你得给我安排。"

"给您安排在政府食堂吃饭。至于住，跟看门的大旺一起挤一挤，放心，平房很快就修好了，顶多一个月。"

"好，那补贴的事……"

"按照平房来算，你家的补贴估计一万一千多，二饼叔家的七八千左右吧，双江叔家的六千多……"

"好好好，我们都同意了！"

这一下三家都没问题，只剩下最后一家难啃的硬骨头牛田家。这家人自从上次打架之后就一直很安分，不出来惹事，但也依然高傲。牛氏家族直接把猪肉牛肉每斤涨价两块，大伙儿敢怒不敢言，有些穷人干脆不吃肉了。

这次村里召开村民大会，牛家的人一个都没来，很显然是不想配合的。

陈飞黄也不想在这上面浪费时间，既然其他都处理好了，那就先开干。他说完话了，就请冯镇长上台说几句。冯镇长清了清嗓子，先是说了一些充满正能量的官话，随即极力表扬陈飞黄以及配合修路的三户人家，最后又表达了修路的重要性，称其对村民来说就意味着打开了致富之路的大门……

说完一些激励的话之后，冯镇长又补了一句："最后还有一户人家没有落实修路拆迁的问题，好像今天没来参会是吧？没关系，我相信，他们一定会配合的，咱们山河镇都是好百姓，对吧，飞黄书记？"

"啊？"陈飞黄眉头一皱，"您的意思是……"

"我相信，飞黄书记一定能够办好这件事，给大家一个和和美美的开始。"冯镇长来了个先发制人。

陈飞黄无语了，顾千秋也翻了个白眼儿。她本想着，这个难题应该冯镇长亲自去处理，毕竟陈飞黄已经做完所有事了，就剩下调解牛家。作为镇长，怎么也该做出点表率了，没想到他又打太极，把难题推到了陈飞黄身上。

|〇七六|
你的资产

"当然。"陈飞黄笑着点头，"修路资金、图纸、所有细节规划，我全都完成了，也不差这一点……"

听到这句话，冯镇长不免有些尴尬，陈飞黄显然是在将他的军啊。

"不过我也相信，冯镇长这样好的领导，肯定不会袖手旁观的。关于牛家拆迁的问题，他也会帮我一起解决的！"陈飞黄笑眯眯地看着冯镇长，"对吧？冯镇长。"

"呃……"冯镇长愣了一下，连忙点头，"对对对，一起解决，一起解决。"

顾千秋掩唇偷笑，冯镇长厉害，陈飞黄比他还厉害！

散会后，村民们陆续离去，陈飞黄指着桌上的钱说："冯镇长，这笔钱就交给你们了，老叔负责记村里的账，需要用钱的时候会来调度。"

"这个就交给顾镇长来处理吧。"冯镇长对顾千秋说，"小顾，你跟镇上的财会清点一下，每笔大小开支都要详细记录，不仅金河村那边有笔账，我们也得记得清清楚楚。"

"好的。"顾千秋马上跟财会小张还有陈国标一起处理那笔钱。

"陈书记啊……"

"冯镇长……"没等冯镇长说完，陈飞黄就先发制人地说，"我现在得赶着去蔬菜基地，几天没回来了，有些事情需要去处理一下，顺便见见包总。牛家的事……"

"唉，现在大家都忙，我也得马上赶到县里去开个会……"冯镇长才不想接这个烫手山芋，急忙推诿，"那你忙完了蔬菜基地的事就赶紧去一趟牛家吧，这个事可不能拖。"

"行！"陈飞黄爽快地答应了，"我肯定要去的……"

"那就好，那就好。"冯镇长眉开眼笑，转身正准备走，陈飞黄突然又补了一句，"大不了再打一架呗。"

"啊？？"冯镇长一下子愣住了，"打架……"

"大头，咱们不去蔬菜基地了，先去牛家。"陈飞黄冲着门口等他的大头喊道，"带上家伙，免得等会儿打起来没东西防身。"

"好嘞。"大头应了一声，拿起身边的长镰刀问，"这个行不行？"

"行！"

"等等等等，等一下。"冯镇长吓得舌头都打结了，慌忙拉住陈飞黄，"你们别去了，别惹事儿，我去，我去！"

"冯镇长您不是要去县里开会吗？"陈飞黄故意问。

"开会晚点没关系，修路要紧。"冯镇长擦擦额头上的汗，郑重其事地提醒，"陈书记，你可千万别冲动啊。上次打架，我费了好大功夫才把事情给平息下来。现在金河村是我们全镇的榜样，不管是致富项目还是舞龙都走在前头，可不能再打架闹事了，这要是传了出去，你们好不容易树立起来的好形象都要被毁掉的。"

"我也不想啊……"陈飞黄一副惆怅的样子，"如果能和平解决，谁想打架闹事？可牛家人恨我入骨，就算是从他家门口经过，他们都要朝我吐口水，现在让我去跟他们谈拆院子的事，他们不一锄头挖死我才怪呢。"

"行行行……"冯镇长越听越后怕，"我去我去，你别去了，这事儿交给我。"

"您去也行，他们跟您无冤无仇的，肯定不会对您怎么样，再说了，您是镇长，您亲自去找他们，那是给足了他们牛家面子，他们怎么也不会不买您的账……"陈飞黄笑道，"所以啊，这事儿还得辛苦您，我先走了啊。"

"去吧去吧！"冯镇长擦着汗，摇头感叹，"这么点小事还得我亲自去办，唉……"

过了一会儿，冯镇长才后知后觉地反应过来："不对呀，陈飞黄向来以德服人，从不打架，今天怎么……"他猛一拍大腿，"我上当了！"

顾千秋"扑哧"一声笑出来，冯镇长气恼地责问："小顾，你明知道他是故意诱导我，你还不提醒我？"

"冯镇长，我也是刚刚才反应过来。"顾千秋笑道，"再说了，他说得也不无道理，上次打架事件才过多久？您现在让陈书记去说服他们拆院子，局面肯定会闹僵的，到那时候，事情就更不好办了，还不如一开始就您亲自去劝说，镇长都去了，他们怎么也得给点面子的。"

"好吧，你说得也对。"冯镇长摸摸光秃秃的脑袋，感叹道，"你们俩一唱一和的，我不去都不行了。"

陈飞黄来到蔬菜基地巡视了一遍，金河村的人还在原岗位，一个都没换，所有工作流程也都按照原来的计划稳步进行，没有任何变化，他放下心来，如约去办公室见包总。

包总还像以前一样，泡好茶等他，见他来了，热情地招呼："来了，快坐，尝尝我的普洱茶。"

"好嘞。"陈飞黄也不客气，接过包总递来的茶抿了一口，感叹道，"嗯，好茶！"

"不错吧？"包总喜笑颜开，"我就说嘛，你是识货的！"

"我不识货，我就是感觉口感还行，礼貌性地夸奖一句。"陈飞黄笑道。

"哈哈哈……"包总大笑，指着他道，"你呀，总是这么耿直，你以前也是大老板，身家可比我大多了，怎么会不懂茶？"

"我确实不懂，以前只顾着做生意，没时间享受生活。"陈飞黄直言不讳，"因为应酬，那时候喝得最多的是酒，可惜一直没把酒量练出来。现在都这样了，就更不需要附庸风雅了。"

"啧啧啧，你比我小十几岁，怎么说话比我还老成？"包总笑道，"我看你，就是扮猪吃老虎，表面装得憨厚老实，其实深谋远虑……"

"包总想说什么？"陈飞黄笑容可掬地看着他，"不如直接点儿？"

"五十万捐给金河村修路，这对你有什么好处？"包总幽幽地看着他，"我想了很久都想不通，后来细想，终于明白了。"

"明白什么？"陈飞黄递给大头一杯茶。

"你公司虽然破产，但烂船也有三斤铁，肯定留了点积蓄，但这笔积蓄不够你在城里东山再起，所以你把钱投在金河村，将来生态鱼塘、龙虾养殖全部做起来了，这可都是你的资产……"

一起发财

"哈哈哈……"陈飞黄忍不住大笑起来，"包总，你盯这两个项目盯了那么久，连情况都没搞清楚？生态鱼塘是村委会的，龙虾养殖是金凤姐个人的，收益跟我一点关系都没有……"

"这个我知道。"包总冷笑道，"你不过是先用村委会的名义试行，你不用担风险、花成本，等到这两个项目试行成功，你再低价承包大片池塘自己做，还可以低价聘请农民当工人。那个时候，你威望有了，人脉也有了，项目有了，渠道也有了，谁还敢反对你？"

"不要把飞黄想得这么龌龊。"大头有些生气。

"包总真是商人思维。"陈飞黄倒是不生气，笑着点头，"你别说，你这个套路还真不错……"

"难道我猜得不对？"包总总是在试图看清陈飞黄，却又看不懂。

"包总，你是生意人，权衡利弊你最拿手了，我问问你，如果按照你说的逻辑推行下去，我得投资多少钱，要多长时间、产生多少收益？"陈飞黄反问。

"那得看你有多少本钱了。"包总猜测道，"我看你拿出五十万都犹豫了很久，估计现在的积蓄不多，大概不超过一百万。全部投资进去的话，如果一切顺利，翻个十倍是没问题的，不过至少也得三年才能有收益……"

"嗯，就算按照你说的翻十倍，那就是一千万，一年也就赚三百多万，还得是一切顺利的情况下……"陈飞黄笑道，"我耗费三年在这里，就为了赌这三百万？你是不是太小瞧我了？"

"这……"听到这些话，包总更是看不懂了，想了想，又道，"你这么说也对，凭你的聪明才智，随便去干点儿别的也不止赚这些钱。更何况，农村的水产业风险很大，随时都有可能血本无归。那你到底是图什么呢？"

"我什么都不图。"陈飞黄给自己续了一杯茶，"人嘛，赚钱容易，心安理得难，我就图个心安理得。我在金河村吃百家饭长大，我欠他们一碗饭，现在还给每家一个赚钱的饭碗，理所应当啊。"

"你就是为了报恩？"包总依然无法理解，"那你自己呢？下半辈子就这么耗在这里了？"

　　"这段时间我的事业遇到瓶颈，无事可做，闲着也是闲着，所以才回来为村民办点事。"陈飞黄坦诚地说，"我在这里待不了多久的，最多一年，等那两个项目成熟了，我就得回城里打拼我自己的事业！"

　　"好吧，你这么说，我就明白了。"包总点点头，"虽然我做不到，但我相信，这个世界上确实有你这种有信念的人！"

　　"包总是个地地道道的商人，商人利益为重，这无可厚非，但脱离了商人，咱们也是一个正常人，我始终认为，经商的长远之道是诚信和真诚，前者你做到了，后者如果你也能做到，那必然会有福报的！"

　　陈飞黄微笑地看着包总。

　　"你想说什么？"包总反问。

　　"我来的时候巡视了一遍蔬菜基地，担心你因为修路的事恼羞成怒，对村民的岗位下手，不过最后发现是我以小人之心度君子之腹。说实话，我很高兴，正如你之前所说，我们是君子之争，你真的做到了！"

　　"商人谈话都是先礼后兵，一般情况下，恭维之后就要将军了。"包总冷冷一笑。

　　"我只是要跟你坦诚相待，并非要将你的军。"陈飞黄继续说，"你只是想赚钱，不一定要参与我这两个项目，其实你的花草基地位置是选得不错的，只是项目选错了，咱们把花草基地换成牧场，一样可以赚钱，做好了，比蔬菜基地的收益还好……"

　　"有意思，你具体说说。"包总一下子来了兴致。

　　"肚子饿了，没饭吃吗？"陈飞黄摆起架子，"水煮鱼，芋儿鸡，酱牛肉，再来几瓶冰镇啤酒……好酒好菜上着才能想出好点子！！"

　　"哈哈哈，有有有，你想吃什么有什么。"包总大笑，"走，我马上让人准备！！"

　　"以后可别跟我闹腾了，规规矩矩的，少不了有你赚的。"

　　"哈哈哈，好，以后啊，我就安安心心地跟着陈书记赚钱，别的都不想了。"

　　"这就对了……"

"只要你给我策划出的项目能赚到钱，我都给你分红，绝不会亏待了你。"

"分红给村委会，你就请我吃点好的就行。"

"真是没出息，这么大的项目，一顿饭就打发了，哈哈哈……"

第二天，包总就来找冯镇长谈租赁地皮的事情，原来花草基地那十亩地还不够，想往外再扩展十亩地，一共二十亩，不过这一扩展其中有六亩地就是青山村的了，那就得先跟镇上谈，再让镇上出面找两边的村委书记商议租金和具体合同。

冯镇长好奇地问："包总，你不是想参与金河村的生态鱼塘和龙虾养殖吗？现在放弃了？"

"放弃了，金河村的陈书记太厉害，斗不过他。"包总挥挥手，感叹道，"他给我支了个着，让我搞牧场，我觉得这个事儿可行，正让他给我出计划书呢。"

"啊，你跟他和解了？"冯镇长有些震惊，"你们没有……闹翻吗？"

"财神爷啊，谁敢跟他闹翻？"包总笑道，"我管他是什么项目，有他在，还愁赚不到钱吗？"

"好吧……陈书记真是……太厉害了。"

生态牧场的事情就这样开始计划起来，这次把青山村也带上了。马强一听到消息，激动地差点从椅子上跳起来，对冯镇长和包总千恩万谢，冯镇长和包总都把功劳推给陈飞黄，说这都是陈飞黄的意思，要谢就谢他。

当天晚上，马强就提着大包小包的礼物来到二傻家答谢陈飞黄，陈飞黄收了一袋子苹果，其他的都退了回去，拍拍他的肩膀说："都是乡里乡亲的，哪有隔夜仇，以后一起发财！"

"一起发财，一起发财。"马强激动地点头。

"不留你吃饭了，赶紧回去准备吧。"

"好好好，陈书记，有啥事您随时招呼我！"

"没问题……"

陈飞黄看着马强的背影，对身后的猴子双喜平安他们说："看到没？你们以前老是不明白马强为什么能赚钱，现在明白了吗？人能屈能伸，能放得下面子，永远都积极热情，这也是一种本事！一个人能够做成事儿，肯定有他的优势！"

"明白！"

|〇七八|
小挫折

生态牧场正在筹划中，金河村光是土地流转的资金又赚了一笔，并且按照合同，将来生态牧场的收益百分之五会分到村委会，村委会再按照各家征用的土地面积来分配给金河村的村民。

青山村这次也跟着沾光，之前总是针对金河村，把金河村看成竞争对手、死对头，现在都一改常态，对金河村的人客气友好。

陈飞黄跟马强接触之后，发现这人除了贪财世故，也没啥大毛病。因为爱钱，他做什么事都很积极。只要能让他赚钱，他什么都不计较，也不记仇。以前跟他吵过架，或者骂过他的，他完全不放在心上，有时候赵荷花讽刺他几句，他也笑嘻嘻的不生气。

金凤的龙虾池每天准时投喂，她做事卖力又细心，现在龙虾苗越长越好，等着收成就好了。

倒是生态鱼塘那边，都几个月了，虹鳟鱼不见长，还陆陆续续死了一批鱼苗。猴子找到陈飞黄焦急地说，他们每天都是按照规则小心翼翼地喂食，从来没有怠慢过，不知怎么就死了这么多鱼苗。

陈飞黄也没遇到过这样的情况。虽说他之前出去考察了一圈，但毕竟是理论多于实践，眼前他只能联系之前那个江教授询问情况。江教授给了一堆意见，让他一样一样地排除，陈飞黄一听不太实际，又去联系几位养殖专业户。这才知道，他之前去采访的几个养殖专业户中其中一个养的虹鳟鱼也大面积死亡，另外一个早就改养其他鱼了，只剩下一家还在喂养……

这个消息犹如当头棒喝，把陈飞黄给打蒙了，他做生意以来，都是有了充分的准备才开始行动，所以除了这次飞黄集团的大事件，从前一直都挺顺利的，没想到回农村，投个几万块养鱼居然都遇到挫折。

如果是他自己的生意，亏了也就亏了，可这是村里的生意，一旦出了问题，不仅是亏钱，还让本来斗志昂扬的村民们失去了信心。就连金凤都惶恐不安，生怕自己的龙虾池也遇到这样的情况，那她所有的积蓄可都打水漂了。

　　事情总要解决的，陈飞黄当即决定去找那个还在喂养殖虹鳟鱼的专业户请教经验，临别前，他安抚好金凤，叮嘱猴子他们按照原来的方式继续喂养，等他回来再出新的对策。

　　顾千秋开车送他去火车站，告诉他冯镇长亲自去找牛田一家协调拆院子的事情，牛田死活不肯。说他儿子牛壮现在还在看守所没放出来，这全都是咱们害的，现在又想拆他们家的院子，那绝不可能，如果政府要拆迁，就从他们一家人的身上碾过去。

　　冯镇长好话说尽，牛田也不肯退让，一家人已经打定主意要当钉子户了。

　　陈飞黄早就料到了，之前那一架打得那么厉害，牛家人不仅吃了亏，还颜面丢尽了，成为全村人耻笑的对象，怎么肯这么轻易配合修路？陈飞黄之所以让冯镇长先去打头阵，不过是想先礼后兵，给牛家人一个台阶下，那他后面再去协调也好办一些。

　　顾千秋安慰他不用太担心，先好好处理生态鱼塘的事情，其他的回来再说，陈飞黄没接她的话，反而提醒她，不要自作主张去找牛家人协调，他们不会买她的人情，不要自找麻烦。

　　顾千秋说了声知道了，但眼神却有些心虚。事实上，她已经找过牛家父子两次了，都被冷言冷语抵了回来，她怕陈飞黄知道不高兴，所以就一直瞒着，没想到他还是猜到了……

　　"全村的人都是我的眼线，你做什么还瞒得住我？"陈飞黄白了她一眼，郑重其事地警告，"上次缝了七针你忘了？这么快就好了伤疤忘了疼？现在不是抗战时期，不需要你去牺牲，有男人在，自然会解决问题，你那么积极冲锋陷阵干什么？"

　　"我……"

　　"好了，到了。"陈飞黄打断顾千秋的话，"我自己下去就行了，你开车慢点，注意安全！"

　　说着，他拿着背包下了车，快步离去……

　　顾千秋冲他挥手，他都没看到，她有些失落，掉头回去，手机突然收到一条微信，是陈飞黄发来的："有我在，你不需要这么辛苦！"

这一句简简单单的话，却让顾千秋心头一颤，她抬头看向他，他正回头冲她笑，她的心，顿时就绽开了一朵花……

陈飞黄找到仅剩的那家成功养殖虹鳟鱼的养殖户，了解到情况，才知道自己来晚了，鱼苗一旦出现这样的问题，很快就会大面积死亡，现在已经没有办法补救。

养殖户老谢告诉陈飞黄，自己当初之所以养虹鳟鱼，也是看中虹鳟鱼可以代替三文鱼，成本低，卖价高，市场好，可是养殖之后才知道，国内淡水喂养的虹鳟鱼有很多寄生虫，根本不能生吃。以前食客和餐饮商家们都不知道，市场销量还不错，可是上个月经过媒体宣传之后，这些都已经成为常识了，所以也就没有多少人敢买国内的虹鳟鱼。

陈飞黄一听就蒙了，刚开始他来考察的时候可不是这么说的。当然，那个时候他啥也不懂，没有任何农业喂养经验，人家怎么说他就怎么听，而且据他所知，虹鳟鱼的销售市场还是不错的，没想到这才三个月就变天了……

"我这批虹鳟鱼卖掉之后就不养了，我打算养锦鲤，又能吃又能观赏，市场还是不错的，而且还好养……"

后面的话，陈飞黄已经听不进去了，反正生态鱼塘的这批虹鳟鱼是没救了，现在再去投喂其他鱼苗，又要等两年才能见到收成，他是无所谓，可村民们能等得下去吗？

现在金河村还没脱贫，大家急于见到效益，没有人能够漫长地等待下去。

想来想去，陈飞黄做出了一个决定，他要把生态鱼塘改成龙虾池，把一件事做好做大，总比分散投资要好，而且，小龙虾三个月就能见到收益，也就不存在时间风险了……

❯

|〇七九|

寒了心

陈飞黄出去了两天，回来的路上就接到了猴子的电话。今天早上，虹鳟鱼出现了大面积死亡，他们都慌了，猴子带着哭腔问他该怎么办，陈飞黄平静地告诉他清理死掉的鱼苗，其他的事情等他回来处理。

大头骑着摩托车来大好站接陈飞黄，跟他说了这两天发生的事情。除了生态鱼塘的事，牛田还在小金河桥闹事，挑了一担大粪守在那里，见到蔬菜基地的皮卡车路过就泼粪，毁了好几车菜，搞得老邓和司机苦不堪言，之前那个司机怕了他，已经辞职不干了。

为了这件事，老叔去找牛田调解，被牛田给骂了出来，老叔差点气得吐血。陈国兵得知此事，扛着锄头就冲到牛田家门口去了，差点打起来，幸亏赵荷花和金凤及时给拽住，这才免了一场闹剧。

但包总已经被惹怒了，放话警告牛田，如果牛田再敢这么闹下去，他绝不放过他。牛田也是犟脾气，让包总放马过去，他倒要看看包总能把他怎么样。

现在双方僵持不下，都等着陈飞黄回去。

陈飞黄听到这些消息就头疼，忍不住发牢骚："以前做那么大的生意都没这么多事，现在管个村儿，这也是事儿，那也是事儿，烦死了！"

"那怎么办？撂挑子不干？"大头打趣地问。

"放屁！"陈飞黄瞪了他一眼，跨上摩托车，"走！"

回到村里，陈飞黄先去处理生态鱼塘的事情。猴子、双喜和平安他们带着家人清理死掉的鱼苗，二傻和陈国标以及一些村民也来帮忙，但更多的村民是在指责他们没有看好生态鱼塘，导致这么多鱼苗死亡，毕竟生态鱼塘用的是蔬菜基地的土地流转金。也就是说，投资生态鱼塘全村的人都有份，现在鱼苗死了，大家的利益都受到损害，自然有了怨言。

平安和双喜面对村民的指责感到十分委屈，刚开始耐心地解释，后来见大家不听，还不问缘由地指责他们，他们便气愤地跟大家争吵。还好猴子跟着陈飞黄有所长进，一直管着他们俩不准闹事，现在不管大家怎么骂他们都得忍着，一切等陈飞黄回来再做决定。

当村民们看到陈飞黄，全都围了过去，一群奶奶婶婶爷爷大伯开始数落猴子他们不尽职，说他们天天偷懒，晚上在木屋里打牌喝酒，不好好看守鱼塘，又说他们饲料没喂好，导致鱼苗死亡……

说得有鼻子有眼儿的，跟真的似的，双喜平安气得冲过来理论，被陈飞黄一个眼神给瞪回去了，陈飞黄挥手安抚好大家的情绪，说了一句："大家不用担心，生态鱼塘是我主张投资的，所有的亏损算在我个人身上，我会请镇里的会计来计算清楚，鱼苗一共亏损了多少钱，我会如数补进去，不会动用流转资金的钱。"

这句话一出，村民们都安静了下来，二狗他爹二饼好心地说了一句："这怎么好意思？赚了就分钱给大家，赔了就算你的，那你不是亏大了？"

"是啊，你一个月的工资才多少？全都赔进去也不够啊。"陈国标不忍心，"我看这鱼苗也没多少钱，就从流转金里扣吧……"

"要扣扣你家的，我们才不扣。"马上有人大声反对，"你们家有钱，闺女嫁得好，儿子当兵有补贴，我们贫困户可没钱赔！！！"

"没错没错，我们家孤儿寡母的也没钱赔，土地流转总共就那么点钱，全赔了我们吃什么？"

"就是就是……"

"你们……"陈国标气得说不出话来，赵荷花扯着嗓子大骂，"你们这群人有没有良心？飞黄为我们做了多少事？以前的小金河桥，援助学校就不说了，现在又是蔬菜基地，又是牧场，又给大家修路，这么多功劳你们都忘了吗？你们哪家哪户没沾光没赚到钱？赚到钱就来分，亏损了又要他个人赔，这是哪门子道理？"

"就是……"猴子也看不下去。

"那也没办法，我们都是穷人，靠着这点土地生活，他是亿万富翁，他不接济我们谁来接济我们？"一个婆婆说得理直气壮。

"没错，他投资进来的这点钱不够他吃顿饭的，我听说，你们上次去城里，他请你们吃顿饭都花了六万多呢。"

"他有的是钱，不在乎这点儿，我们不一样，我们靠这点钱活命的。"

"……"

村民们你一言我一语，很多话都让人感到寒心。陈国标、赵荷花、猴子、双喜、平安他们都全力维护着陈飞黄，就连二傻也在一旁急得直跺脚，激动地说："你们不要欺负飞黄，你们不要欺负飞黄……"

"好了，够了——"

陈飞黄一声怒吼，打断了争吵的声音，所有人安静下来，他大声宣布，"说两件事，第一，这次生态鱼塘的亏损我个人来填补，不会让你们亏一分钱；第二，明天我会让会计算清楚蔬菜基地当初土地流转的租金，每家每户该分得多少钱，然后把钱落实分到你们户主手上，以后，生态鱼塘就跟你们没关系了！你们听见的没听见的互相转告一声，有意见的到村委会提。"

"没意见，我赞成！"

"我也赞成，这样最好了，钱进了自己兜里才是自己的。以后鱼塘要是投资赚了，我们也不沾光；要是亏了，也是你的事，跟我们没关系。"

"对对对，我也赞成……"

"老叔，麻烦您帮我写个通告，挨家挨户找户主确认签字按手印，如果大部分户主都同意，那就开始执行。"

"好。"

晚上吃饭的时候，老叔已经拿着签好字的通告回来了，看着通告上满满的红手印赵荷花激动地大骂："都是一群忘恩负义的东西，没有良心的东西！"

"唉……"陈国标长叹一口气，伤感地说，"飞黄，叔当初就不该把你留下，你吃了这么多苦，受了这么多累，为大家做这么多事，他们还不理解你，叔对不起你。"

⌄

|〇八〇|

回城吗？

"你们就不要胡思乱想了。"陈飞黄安慰道，"其实他们的行为我是可以理解的。土地流转出去了，他们没田可种，一家几口人就指着这点儿租金吃饭，现在鱼苗都死光了，他们能不着急吗？"

"可这也不能怪你啊，你都已经尽心尽力地帮大家赚钱了，赚钱的时候没分给你，亏了就全部算在你头上，这是哪门子的道理？"赵荷花为陈飞黄抱不平，"再说了，他们还有蔬菜基地呢，那也是你为他们谋取的福利，哪家哪户没沾到光？"

"当初是我执意要做这个项目，我就要承担后果，亏了就亏了，不过几万块钱的事，下次吸取教训就好了。"陈飞黄笑着说，"现在把流转金分配到各家各户，让他们自己选择是否跟着干，这样以后亏了就不会怪我了。"

"唉……"赵荷花叹了一口气，"以前你老叔当村支书的时候，我总骂他没本事，现在想来，当一个小小的芝麻官儿，还真是难啊。"

"真是不该把你拖下水。"陈国标还在自责，"你的公司都关了，现在还给村里贴钱，修路已经贴了五十万，这鱼塘又是几万，关键是那帮狗日的忘恩负义……"

"行了行了，别为我担心。"

陈飞黄安抚好陈国标，带着大头回二傻家，芳婶儿已经做好了丰盛的晚餐，二傻在旁边帮忙端菜，见陈飞黄回来，连忙迎过来："飞黄，你回来了!"

"嗯。"陈飞黄揉揉他的头发，叮嘱道，"以后别去凑热闹，万一有人打架，不小心伤到你怎么办?"

"我怕他们欺负你。"二傻愤愤不平地说，"他们不应该怪你，鱼苗死了也不是你的责任，而且猴子他们每天都很尽职，没有偷懒的……"

"我知道。"陈飞黄坐下来喝了一口水，转移话题，"今天的晚饭好丰盛啊，有凉拌土鸡，还有竹笋炒肉，都是我喜欢吃的。"

"我去帮芳婶儿端菜。"大头去厨房帮忙。

二傻蹲在旁边点蚊香，陈飞黄看着他，突然问："晓峰，如果以后我回城里了，你愿意跟我一起去吗?"

"可以啊，我陪你回去。"二傻回答，"一个人坐动车很无聊的，我陪着你，可以解解闷儿。"

"我是说，你跟我一起去城里生活。"陈飞黄问得具体些。

"啊?什么意思?"二傻懵懂地看着他，"去城里?不回来了吗?"

"逢年过节也可以回来一趟的。"陈飞黄婉转地说，"只是平时都在城里……"

"那不行，我要留下来照顾我妈。"二傻摇头，"她身体不好，我不能把她一个人留在这里。"

"芳婶儿也一起去。"陈飞黄补充。

"那好吧。"二傻单纯地点头，"我妈去哪里，我就去哪里。"

听到这句话，陈飞黄心里很是不安，芳婶儿是二傻在这个世界上唯一的亲人，也是他唯一的精神支柱，如果她走了，二傻恐怕会难以承受……

"吃饭了。"芳婶儿的声音打断了陈飞黄的思绪，他回过神来，起身去接过芳婶儿手中的碗筷。

"飞黄，今天的事情，你别往心里去。"芳婶儿安慰道，"这些人是这样的，把钱看得比命还重要。你打他一拳，他也许不会跟你计较，你让他亏钱，他会跟你拼命的。"

"嗯嗯，我没事，吃饭，吃饭。"

饭后，大头和二傻收拾厨房，芳婶儿趁其他人不在，语重心长地劝道："飞黄，我知道，当初你决定留下来当村支书，有一部分原因是为了我和晓峰，以前是我太自私了，总担心我走了，晓峰就没人管了，可是现在看到你对晓峰这么好，对我这么好，我真的很感动。

"现在我已经想通了，我们不能强行把你留在这里，耽误了你的前程。你本来就应该在城里生活的，就算生意上出了点问题，也应该在城里打拼，从头再来，你这么能干，一定还可以闯出一片天地的。

"留在这个地方，你是不会有什么大出息的。你看看，你为大伙儿做了这么多事，给村里贴了那么多钱，到头来还没落到好。得到好处，他们就夸夸你，拍拍马屁，可是一有事，他们就忘了你往日的恩情，全都指责你，要你承担责任。

"现在才三个月，你已经贴进去五六十万，那后面呢？你还有多少钱往里贴？你公司破产了，这点钱恐怕是你最后的家当了吧？你要是全贴给村里，以后可怎么生活呀？

"我虽然没什么文化，但我也知道，脱贫致富，修路只是第一步，以后要用钱的地方还多着呢。到时候，这些人还是会指望你的，他们现在都是我穷我有理，你富你就得帮我……"

"嗯，的确是这样。"陈飞黄苦笑着点头，"所以说，要想脱贫致富，不仅是从经济上改善，还得从思想上改变他们。"

"很多观念都已经根深蒂固了，要怎么改？"芳婶儿并不看好，"刚才你问晓峰的话，我都听见了，你有这样的心思，我很欣慰，说实话，以前我真的很担心，我怕我走了，晓峰一个人就要受罪。可是现在，我相信你一定会照顾好他的，你要是回城里，我们就跟你一起回去，我给你做做饭，洗洗衣裳，给他找个劳力活儿，能养活自己就成……只要你不嫌我们拖累你，我们一家三口就在一起过日子。"

"不嫌弃，不嫌弃……"陈飞黄的眼睛红了，自从十一岁那年爷爷去世，他就没有家人了，现在，他突然觉得，自己从来就不孤单，他有家人，有亲人，还有朋友……

　　"不管你做出什么样的决定，我们都支持你。"芳婶儿拍拍他的手背。

　　"对，我们都支持你。"这时，大头的声音传来，二傻不明所以，但也跟着说了一句，"我也支持你！"

　　"呵呵……"陈飞黄欣慰地笑了。

　　"我好像……来得不是时候。"顾千秋的声音突然传来，大家吓了一跳。陈飞黄最先反应过来，起身迎过去："天都黑了，你怎么来了？"

　　"我从家里带来的樱桃，给芳婶儿和晓峰送点儿。"顾千秋扬起手中的袋子，笑着说，"顺便来看看你！"

第六部

真心换真心

"幸亏这夜晚的灯光昏暗，谁也看不清他眼眶里的泪水。"

■ 特别的归乡者

|〇八一|
没那么容易

"谢谢顾镇长。"芳婶儿连忙上前接过樱桃，"正好，我磨了点儿黑芝麻糊，你带点儿回去吧，有时候早上起晚了可以冲一包来吃，营养健康还方便。"

"那我就不客气了，谢谢芳婶儿。"

"别客气，你先坐，我进去给你拿。"

拿了东西，陈飞黄送顾千秋回去。走在乡间小路上，看着渐渐落幕的夜色，顾千秋不禁有些感慨："要是早点来就可以看到晚霞了。"

"对呀，怎么不早点儿来？可以一起吃晚饭，芳婶儿的厨艺最近进步很多。"陈飞黄说。

"哈哈哈……"顾千秋笑道，"你这意思，芳婶儿以前的厨艺就不好了？"

"以前是能吃饱就行。"陈飞黄挠挠头，"你没见我之前老喜欢在老叔家吃饭吗？"

"哈哈哈，我要去告诉芳婶儿。"顾千秋故意打趣他，"你请我吃烧烤，我就放过你。"

"行，现在就去。"

两人改了方向，往镇上走去，边走边聊……

"其实我觉得芳婶儿的厨艺挺好的呀，你看她磨的黑芝麻糊，包的包子，简直不要太好吃哦。"

"那是现在，以前她一个人撑起一个家，生活不容易，做饭哪里顾得上味道，作料都舍不得放多了，费钱，能吃饱就行了！"

"现在有你在，她们生活压力小多了，也就开始注重生活质量了。"

"倒不是这个原因，芳婶儿是个自尊心很强的人，从来不肯花我的钱，我都是让大头把生活用品之类的东西买回来，给她减少开支，她之所以现在花心思改善厨艺，也是因为知道我挑食，加上大头在这里，她想着要好好招待客人，所以天天想尽办法给我们弄好吃的。"

"芳婶儿是个好人……"

"其实都是好人，只是每个人立场不一样罢了。"

"今天那些村民那么指责你，你不怪他们？"

"有什么可怪的？我要是穷得连饭都吃不起，我也会没那么有风度，我也会去争。一家老小就指着那点儿土地流转金吃饭，哪还有什么道理可讲？道理和素质文明都是建立在小康生活的基础之上，连饭都吃不起，还讲什么道理？"

"说得对！所以你的想法是……"

"还是得让他们挣钱，挣到钱了，就不会斤斤计较……物质生活有了保障，才能建设精神文明。"

"那，你的意思是……你不走了？"

"走哪儿去？"

"你不会感到心寒，不会想要放弃吗？"

"我陈飞黄还没那么容易打退堂鼓。"陈飞黄笑道，"这么点小挫折，不至于。"

"那就好。"顾千秋松了一口气，喜出望外，"我还以为……"

"我迟早都是要走的。"陈飞黄突然又来了个转折，"不过不是现在，金河村的项目还没做起来，脱贫致富还早着呢，我不喜欢半途而废，再过一阵子吧，等我把一切都规划好了再说。"

听到这句话，顾千秋刚刚扬起的笑容又渐渐淡去，低着头，沉默不语……

陈飞黄召开村民大会，在会议上让陈国标和金会计当场统计之前蔬菜基地占用的是哪些农户家的土地，按照比例一家一家地计算赔偿金额，然后再让这些人当场领钱签协议。

因为之前租赁土地的时候就已经有记录了，所以现在重新清算一遍，重新核对，一个小时就把事情给办完了。

办完这些之后，陈飞黄在会议上再次确认，是不是都要退出生态鱼塘的项目，那些农户纷纷表示要退出，之前也都按了手印签了字的，不会反悔。

陈飞黄点头："那好，既然大家都这么决定了，我也不勉强，但程序还是要走一下。生态牧场马上就要开始动工了，村里的土地差不多都租出去了，现在只剩下鱼塘没有投入项目。以前我想的是集中投资，集中收益，但大家既然不肯，那我就采取另一种方法，个人投资，个人收益。就像金凤一样，她家有一个小鱼塘，她自己拿钱出来投资养殖小龙虾，我免费提供技术指导，将来也会协助销售渠道，现在各家各户如果有池塘的就可以养殖小龙虾，没有的也可以跟村里承包池塘养……"

陈飞黄说完，全场鸦雀无声，大多数村民都是一声不吭，不敢拿土地租金去冒险，妇联主任金嫂笑着说："谢谢飞黄书记，我家连新媳妇儿一共四口人，都在蔬菜基地上班，将来牧场开工了，我们又去牧场上班，日子已经很好过了，这都是您的功劳，我们家老金一直都说要好好谢谢您。至于养殖小龙虾，我看还是算了吧，我们家的人都没读过什么书，不懂那些高科技喂养知识，怕养不好，而且新媳妇怀上了，我还得照顾她，实在是没精力折腾了。"

"我家也不弄了，弄不懂。"

"我也不弄，我看金凤的小龙虾到现在还一丁点儿大，也不知道能不能养大卖钱，我们家本来就没钱，要是再投资进去打水漂，一家老小连饭都吃不起……"

"对对对，我们是不敢冒险的。"

一群人你一言我一语的，全都在推辞，陈飞黄很是灰心，几乎都要放弃了，这个时候，有一个人举手站了起来："我，我家没有池塘，不过我可以承包池塘来养！"

所有人都看着他，陈飞黄愣了一下，下意识地说："晓峰，坐下！"

"我真的想养小龙虾，我天天帮金凤姐喂饲料，我已经知道怎么养了。"二傻一本正经地说，"我存了七千块钱，够买虾苗吗？"

说着，二傻小心翼翼地从衣兜里掏出一个布包，一层一层地打开布包，捧着钱递给陈飞黄。

陈飞黄愣愣地看着他，还没反应过来，芳婶儿就站了起来，大声说："不够的话我这儿还有五千块，全都可以投资进去。"

"芳婶儿……"陈飞黄正要说话，猴子、双喜、平安、二狗、陈国标、陈国兵等飞龙队的人全都站起来了，"陈书记，我们都跟您学养小龙虾！"

∨

|〇八二|

大量养殖小龙虾

"好！"陈飞黄看着这些共同进退的兄弟们，心里十分感动，"我一定不会让你们失望的……"

"我们相信你！"

陈飞黄统计了一下，金河村一共十个组，全部加起来共三十四个池塘，其中有十二个池塘已经被私人承包，而且都在养鱼，不过又只有五六个鱼塘是真的用心在喂养，虽然收成不高，但也没有亏本；另外一半的鱼塘等于半荒废状态，虽然投放了鱼苗，却是佛系喂养，想起来就去喂点饲料，平时对鱼塘几乎不管不问。但即使是这样，他们也不想冒风险养殖小龙虾。所有需要承担风险的新鲜事物，他们都不愿意尝试。

陈飞黄也不勉强，舞龙队一共十六个人，有几个是父子一起上阵，算起来其实是十家人，这十家人全都来承包鱼塘养殖小龙虾，产业一下子就能做起来了。但是，除了金凤家的鱼塘比较小，剩下的那些鱼塘面积都不小，投入六千块肯定是不够的，二傻和芳婶儿加起来有一万二，勉强够买虾苗，但是鱼塘要全部重新清理，筑造新的生态环境也需要财力人力。

现在飞龙队每天都要排练，而且全部在蔬菜基地有工作，如果每家都承包一个鱼塘，精力也跟不上。思来想去，陈飞黄提出一个保险的建议，飞龙队十个家庭，两家共同投资一个鱼塘，这样资金成本就不再是问题，人力也就能跟得上了。

大家都非常支持。本来他们还在担心本钱的问题，毕竟农村这样的家庭，把家从里到外掏空也没多少钱，如果全部投进去，万一遇到个意外情况，一分钱都拿不出来，现在两家合伙投资一个鱼塘，也就分摊了风险和成本，他们自然赞成。

方向都定好了，大伙儿说干就干。陈飞黄向来做事也都很讲效率，当即开始带领大家清理池塘，三天就把五个鱼塘给清理出来了，然后重新布置新的生态环境，接着又带领猴子等人去进虾苗和需要用的饲料，按照之前金凤家的步骤一步一步来。

村里其他人用看热闹的心态冷眼瞧着这一切。他们都不看好龙虾养殖，私下里经常议论嘲笑，还有人说，乡下人都不吃小龙虾也就不会买，再说了，龙虾的市场就是夏天，夏天城里人才吃小龙虾，其他季节根本卖不出去，投入这么大成本，累死累活地养大了卖给谁呀？

　　赵荷花偶然听到这些议论，也是忧心忡忡，想了又想，婉转地把这些话告诉陈飞黄，小心翼翼地问："飞黄啊，婶子不是要质疑你，婶子是肯定相信你的，只是，他们说的这些好像也有点儿道理，你说，就算我们养殖成功了，这么多小龙虾卖给谁呀？"

　　"放心吧，销路包在我身上。"陈飞黄拍拍胸脯，"大家只管好好养殖，其他的事不用担心。"

　　销路这个问题，陈飞黄早就交给姚辉了，姚辉跑业务这块儿是能手，以前飞黄集团招待客户、应酬这方面大多数都是姚辉在安排，他的交际圈比陈飞黄还广，想要联系上一些酒店饭馆儿还有生鲜市场根本不是什么难事。

　　当初金凤弄小龙虾池的时候，因为产量有限，陈飞黄直接让姚辉联系广元市里的市场，姚辉三天就给打通了，现在想着要为以后的市场做打算，所以广元周边几个城市的市场也联系上了，再不成还有成都，那可是销量最大的地方……

　　不过这些具体细节，陈飞黄没有跟他们说太多，只是信誓旦旦地跟大家保证销路，让大伙儿不用担心。另外，陈飞黄略施小计就找到了散播言论的始作俑者——马强！

　　那些在私底下议论纷纷的都是村里的大爷大妈还有料理家务的家庭妇女，他们哪里懂什么季节和市场？这些话肯定是从别人口中流传出去的，果不其然，随便打听打听就知道那人是马强。

　　马强是个钻进钱眼儿里的人，他早就盯着金凤家的龙虾池了。除了金凤本人，他比谁都要关心龙虾池的养殖情况，如果真的有产值，他怎么会放过这么好的机会？可是他等了两个月，也没见龙虾长大多少，本来是应该放弃的，但是看着陈飞黄又在组织舞龙队的人养殖龙虾，想到陈飞黄之前成功的投资，又不舍得放弃，所以就左右不定地观察着，同时又忍不住嘴碎的毛病，见人就讨论打听，自然也就把消息传出去了。

　　陈飞黄现在忙得很，懒得费时间，就在蔬菜基地碰到马强的时候说了一句："马书记，我要是没记错的话，你们村儿的鱼塘可不少呀，你自己家有三个大鱼塘，你要是有兴趣的话也可以参与投入龙虾养殖……不过，我只给我们金河村的提供免费技术指导，你们村想学的话，那得交钱。"

"什么？还要交钱？"马强对钱这个字特别敏感，连连摆手，"那算了算了，你们自个儿还没弄明白呢，现在一只小龙虾都没养大，就想收学费，我才不傻呢。"

"那你别眼馋呀。"陈飞黄笑道，"好好准备你那块儿牧场，做点儿成就出来给你们青山村的村民们看看。"

"你……"马强这才知道陈飞黄是故意在将他的军，他撇了撇嘴，改口道，"放心，我一定把牧场弄好。"

"这就对了！"陈飞黄拍拍他的肩膀，"别有事没事往金凤姐家的龙虾池跑，跑来跑去也看不出什么问题来，等到我们龙虾养殖成功了，你再光明正大地来学技术吧！"

"看你说的，我也就是好奇而已，嘿嘿……"马强有些不好意思，"我的舞龙队已经解散了，现在没什么副业，就想学习学习。"

"现在没养出来，你怎么知道自己学的方法对不对？？"陈飞黄反问。

"是哦！"马强点头。

"陈书记！"这时，一个声音传来，陈飞黄回头一看，是冯镇长……

❯

| 〇八三 |

猪瘟

冯镇长来蔬菜基地和牧场视察，从车上下来，远远看到陈飞黄和马强，于是跟他们打招呼。马强急忙上前去递烟问好，态度殷切热情，陈飞黄则是笑道："冯镇长，这几天忙着清理龙虾池，都没空找你，你还好吧？"

"好，好。"冯镇长摆摆手拒绝了马强的高级香烟，走过来拍拍陈飞黄的肩膀说，"金河村的事儿我都知道，真是难为你了，又出力又出钱，真是人民的好干部啊。"

"这些就不必说了。"陈飞黄小声嘀咕了一句，反问道，"牛家拆院子的事怎么样了？"

"顾镇长应该跟你说了吧？"冯镇长一提起牛家的事就皱起了眉，"那次开完会我就去他家了，唉，不管我怎么苦口婆心地劝解都没用，牛家人死活不肯拆院子，我真是拿他们没办法。"

"听说牛田天天去小金河桥泼粪啊，这事儿您知道吗？"陈飞黄笑眯眯地问。

"知道，可我也没办法啊。"冯镇长一脸伤脑筋的样子，"都说秀才遇上兵，有理说不清，这事儿啊，唉，我是没辙了，只能指望你！"

冯镇长拍拍陈飞黄的肩膀，笑嘻嘻地给他戴高帽子："我听说你以前是开建筑公司的，经常要跟民工打交道，想必是处理了很多难缠的角色，一个牛家肯定不在话下。"

"您可能对民工有什么误会。"陈飞黄微微一笑，"大多数民工都特别讲道理，甚至有些卑微，吃亏了都不吭声！"

"呃，那是那是，我的意思是——"

"好了，冯镇长……"陈飞黄打断冯镇长的话，"这件事就交给我吧！"

"好好好，辛苦了！"

陈飞黄本想先去一趟金凤家的池塘看看，下午再去找牛田调解修路的事，可他才走到半路就接到姚辉的电话："飞黄，你看新闻了吗？广元那边有猪瘟了。"

"猪瘟？"陈飞黄愣了一下，回过神来，"应该跟我们村没什么关系，没收到消息。"

"总之你小心点儿，最近别吃猪肉了……"

"陈书记，陈书记！"

电话那头的姚辉还没说完，马主任就老远地跑过来，一边挥手一边喊道，"等一下等一下。"

陈飞黄回头看过去，发现原本准备上车离开的冯镇长站在车边接电话，神色十分凝重，旁边的人也都一副大难临头的样子。

"还有什么事吗？"陈飞黄问姚辉。

"没事了，那边好像有人找你？你先去忙吧，有事联系我。"

"嗯。"

挂了电话，马主任已经跑到了面前，才几十米的距离，他就跑得上气不接下气："陈书记，冯镇长让我告诉你，刚收到上面的消息，广元发现猪瘟，现在市场上要严肃处理所有猪肉还有正在饲养的猪……马上要发通知，让所有村支书到镇上开会，下午三点，四楼会议室！"

"好，我知道了。"

收到这个消息，陈飞黄的神色十分凝重。现在医学发达，防疫措施健全，遇到瘟疫国家也能及时有效地处理，他倒是不担心会有什么大的安全隐患，但是老百姓有很多家庭都养猪，要是所有饲养猪都出问题了，那这些农户岂不是损失惨重，特别是……牛家！

牛家一直以经营猪肉生意为生，除此之外还会卖牛肉，但猪肉是他们的主业，据说现在院子里还养着十几头猪，要是饲养猪都得处理掉，那他们可真是倒大霉了。

陈飞黄顾不上吃午饭，直接前往金凤家。她之前给他打电话，让他来看看小龙虾，说是今天有了很大的变化。陈飞黄来到龙虾池一看，不由得大喜。之前还说呢，小龙虾的养殖周期是三个月，三个月基本都成熟了，可以销售，可是现在都两个半月了，金凤家的小龙虾还不怎么长个儿。之前大家都在担心，可是今天一看，居然长大了很多。

金凤激动地说："我之前问过顾镇长，顾镇长说她上网查过，小龙虾有一个生长周期，只要突破那个周期就长得很快，果然没错呀，照现在这个情况，估计再过几天就能收成了。"

"对，收获近在眼前了！"陈飞黄非常高兴，"总算没有白忙活，只要你这里有收成，就证明小龙虾养殖这条路是对的。"

"一定有的，我养了两个多月，就没死几个虾苗。"金凤十分看好自己的龙虾池，想到小龙虾马上就能长大了，她有些兴奋，但随即又有些担忧，"飞黄书记，那收成之后要卖到哪里呢？我是一个餐馆老板都不认识，也不认识那些市场的老板，我要是挑着担子去城里卖，好像也卖不了几个钱……"

"怎么可能让你挑着担子去城里卖？"陈飞黄笑了，"你放心吧，广元市的生鲜市场，各大餐馆，我都联系好了，你好好盯着龙虾池，我今天晚上就跟他们联系上，如果顺利的话，再过一个星期就可以发货了。"

"哎！"金凤激动地点头，"我一定好好看着，我就指望这些小龙虾发家致富呢，我两个娃能不能去城里上学就靠这些小东西了。"

"放心吧，一定可以的！"陈飞黄拍拍她的肩膀，"好了，金凤姐，我得去镇上开会了，有事给我发消息。"

"嗯。"

陈飞黄正准备骑车，大头骑着猴子的摩托车送来一袋肉包子和一个保温壶："芳婶儿给你准备的，她自己磨的豆浆，还是热的，她叮嘱我，看着你吃完了再去开会！"

"嘿，芳婶儿现在变厉害了哈，还让你当监督员！"陈飞黄大口咬着肉包子，"嗯，好吃！"

"这阵子都忙，我盯着那几个新的池子，都没空陪着你，你出行万事小心。"大头叮嘱，"听说今天牛壮放出来了，他家里人对你恨之入骨，你去镇上要路过他家，你可小心点儿。"

"放心吧，没事……"陈飞黄回了一句话，差点儿噎着，连忙喝了一口热豆浆才缓住。

"不行，还是我送你去吧。"大头放心不下。

"哎呀，又不是小孩子，送什么送。"陈飞黄皱眉道，"你去忙你的，我得去开会了。"

| 〇八四 |

报复

陈飞黄并没有把大头的话放在心上，吃完了包子，直接骑着摩托车去镇上开会，路过牛家的时候也没有发生什么事。只是，摩托车再往前骑了两百多米到了一条狭窄小路上轮胎突然就被扎了，然后失去方向，冲下了旁边的池塘。

好在陈飞黄反应敏捷，从车上跳下来，栽倒在旁边的菜园里，这才躲过一劫，待他回过神来，摩托车已经栽进池塘中央，车里的油缓慢地倒出来，污染了整个鱼塘。

还好，这是一个废弃的小鱼塘，而且是牛家的，没有养殖什么东西，也就不至于造成更大的损失，但那辆摩托车是肯定要出问题了……

陈飞黄抬头看过去，果然，有个脑袋扒在院墙往这边看过来，那可不就是牛壮！

"飞黄，飞黄……"

"飞黄哥——"

大头和猴子远远冲过来，激动地大喊着，还以为陈飞黄掉进池塘里了，两人不顾一切地往池塘里冲，陈飞黄急忙大喊："我在这儿，这儿！"

两人回头看到陈飞黄，这才松了一口气，急忙冲到菜地里问："你没事吧？"

"没事。"陈飞黄站起来，只有手掌擦破了一点皮。

"这他妈哪个狗日的干的？"猴子愤怒地大骂，"简直是想要人命啊！"

"不至于……"陈飞黄话还没说完，大头就怒气冲冲地往牛家走去，"狗东西，我弄死你！！"

"大头回来！"陈飞黄急忙上前去拽住他，"不要闹事！！"

"那姓牛的一家想害死你——"大头激动地怒吼，"我不能就这么算了！"

"你先冷静点儿，别激动。"陈飞黄安抚他，"先找人帮忙把摩托车捞出来，泡久了就坏掉了，千万不要打架，等我回来，我自有办法解决。"

"可是……"

"你当我是兄弟的话就听我的！"陈飞黄强势地命令道。

大头咬着牙僵持了几秒，终于还是妥协了。

"我先去开会。"陈飞黄拍拍他的肩膀，"放心，我不会纵容他们的，要是让他们养成这样的恶性，以后还不得杀人了？"

"你说的，可别当圣母啊。"大头怒气冲冲地说，"有些人是养不熟的白眼狼，就算你再怎么以德报怨也不会让他们感激的，搞不好还会害死你自己。"

"行了，我知道。"

陈飞黄步行去开会，迟到了几分钟，正准备就座，冯镇长问："陈书记，你这是怎么了？怎么弄成这个样子？"

"噢，没什么，摔了一跤，衣服弄脏了。"陈飞黄拍拍身上的衣服。

"怎么摔得这么严重？"顾千秋皱眉盯着他的额头。

陈飞黄感觉不对劲，伸手一抹，才发现额头也擦破了一块皮，虽然伤得不重，但也有血溢出来，只是不多，已经干了，掺着头发黏在额头上。

"下次小心点儿。"冯镇长叮嘱了一句，继续开会，"猪瘟这个事这次有些严重，上头下达命令，要清理所有市面上的猪肉，活猪要拉去做检查……所以，各村的村支书要回去通知村民，积极配合防疫工作……"

冯镇长还在讲话，陈飞黄看了看手中的文件。这个任务，恐怕不好办，对面顾千秋已经深深地看着他，他抬头冲她笑笑，又继续看文件。

"最后，我再次强调，这件事不是闹着玩儿的，一旦疫情扩散，问题会非常严重，我们乡镇要把好每一关，绝不能怠慢……各位回去就马上下达通知，然后开始清理各家各户的猪肉，镇上也会派人去给养殖的活猪做检疫工作，一旦检查出来有问题马上处理，务必要让各村民配合，如果不配合，那就要强制执行，到时候造成的损失那就是个人自己承担。"

"好的，知道了。"

会议结束，冯镇长关切地问了一句："陈书记，你没事吧？"

"没事没事，就骑摩托车摔到了，皮外伤，不是什么大问题。"陈飞黄笑着说，"您赶紧去忙吧。"

"那行，我先去忙了，防疫工作不能怠慢，你注意安全。"

冯镇长说完就匆匆离开了，顾千秋走过来，凝重地质问："到底怎么回事？"

"真的是摔——"

"你骗得了别人骗不了我。"顾千秋打断他的话，愤愤地质问，"从金河村到镇政府大楼一共才一点几千米，这条路你闭着眼睛都能骑过来，怎么可能摔倒？"

陈飞黄摸摸鼻子，没有说话。

"你跟人打架了？"顾千秋追问，"今天牛壮放回家，你该不会是跟他……"

"我没打架。"陈飞黄觉得实在瞒不住了，也就说了实话，"好吧，情况是这样的……"

听到整件事的过程，顾千秋震惊不已："天哪，他们居然做出这样的事情，太过分了，这是犯法的，这是谋杀……"

"别说得这么夸张。"陈飞黄急忙阻止，"那个池塘不深，就算我当时没反应过来，栽了进去，顶多也就是呛几口水，不至于要命。"

"要是被摩托车压住呢？你不会淹死在池塘里吗？"顾千秋十分愤怒，"这牛家父子简直是浑蛋，这件事绝不能姑息，否则以后更是无法无天了。"

"嗯，我会处理的。"陈飞黄十分平静，"我看他们就是想报复一下，让我受点伤，谋杀不至于……"

"就算没有那个心，但也是非常恶劣。"顾千秋怒气冲冲，"我现在就去找他们。"

"哎！"陈飞黄急忙拉住她，"你就别去凑热闹了，省得再节外生枝，我自己去处理吧，你好好工作。"

"可是……"

"听话！"陈飞黄突然说了一句。顾千秋愣了一下，脸一下子就红了，低下头，轻轻应了一声："嗯。"

"呵呵……"陈飞黄看着顾千秋害羞的样子，顿时所有的疲惫和不悦都烟消云散了……

〽

| 〇八五 |
正规的管制方法

陈飞黄回到村里，大头和猴子还在那条小路等他，为了避免传出去把事情闹大，他们没有通知其他人，只是等着陈飞黄开会回来，一起去找牛家人要个说法，陈飞黄也不回避，招手道："走吧！"

牛家大门紧闭，猴子上前敲了敲门，里面没反应，他试着推了一下，门就开了，两只大狼狗从里面嚎叫着冲出来，差点咬到猴子，大头呵斥几声，才把那两只大狼狗给镇住。

两只大狼狗凶神恶煞地瞪着大头，大头步步逼近，狼狗缓缓后退，猴子紧张地跟在陈飞黄旁边，小心翼翼地一起走进了院子。

"你们要干什么？别过来。"

牛田和牛壮拿着锄头，满是防备地挡在前面，后面，牛家老婆子也拿着菜刀站在门口，战战兢兢地说："你们，你们别乱来，我们一家人可不是好欺负的。"

"我还以为要进来理论一番，都还没开口说话，你们就已经承认了。"陈飞黄冷笑道，"连抵赖都不懂吗？打死都不认账的那种。"

牛家人都愣住了，以为陈飞黄上来就要打架的，没想到居然会说这样的话……

陈飞黄也不浪费时间，坐在木凳上，指着大头说："这家伙是特种兵出身，不要说你们父子俩，就是把你们牛氏家谱上的人全都召集过来也不是他的对手。"

牛壮一听就尿了，抓着锄头的手在发抖。

牛田倒是硬气，怒喝道："别吓唬老子，老子不是吓大的。"

"嗯，今天不打架，坐下来，我们聊聊。"陈飞黄拍拍桌子。

"什么？"牛田愣住了，牛壮和他家娘，还有屋子里的媳妇和牛小胖全都愣住了，大头和猴子傻眼了，什么情况？刚才差点被人害死，现在不是来兴师问罪的吗？居然还要聊聊？有什么好聊的？

"你想干什么？"牛田戒备地盯着陈飞黄。

"你可能还不知道……"陈飞黄指着院子外面那条小路，"几天前，金凤家的龙虾池半夜老有人跑过去捞虾苗，所以我让人在村子里安装了监控，那条路上也装了，镜头正好对着你家院门口。也就是说，从你家院门口到那条路那个池塘再到池塘边的菜地，那片区域里发生的一切都会被拍下来……"

听到这些话，牛家父子的脸都绿了，两人对视一眼，神情变得更加惊慌，但姜还是老的辣，牛田很快强压下心中的紧张，故作镇定地说："你唬我呢，老子出去混的时候，你还穿开裆裤呢，你说有监控就有监控啊？"

"这么说，你们承认那条路上的玻璃碴子和钉子是你们弄的了？"大头质问，"你们就是故意谋害飞黄，想害他跌到池塘里去，你们是想害死他，这是谋杀！"

"喂，你，你你，你别乱说啊。"牛壮急得舌头都打结了，"我们只是，只是想让他摔一跤而已，根本就没有……"

"闭嘴！"牛田打断儿子的话，怒气冲冲地骂道，"我们什么都没做过，怕什么。"

"没做过？"陈飞黄冷冷地笑了，"我都看到监控录像了，你说没做过？你以为我刚才是去干什么？开会？我都要被人害死了，还有心情开会吗？我就是去调监控录像的。"

"不可能，哪有什么监控录像？你胡说八道。"牛田还在嘴硬。

"你们父子俩提着一个装化肥的蓝白相间的袋子从家里出去，老的站在村口放哨，儿子就把袋子里早就准备好的玻璃碎片丢在那条小路上，还将几块钉了钉子的小木板摆放在路中间，然后赶紧溜回来，躲在院墙里面偷看……"

陈飞黄指着他们父子，将整个过程的经过说了出来："怎么样？我说得没错吧？"

"你，你……"牛壮这下子更慌了，急忙将父亲拉到一边，低声说，"爹啊，真的有监控录像，他连我们谁放哨谁放东西都知道，还知道我提的是什么袋子，肯定不会有错的，爹，我要被你害死了，我说了不干不干，你非要干……"

"什么时候装的监控录像，我怎么不知道。"牛田也慌了。

"我差点忘了……"陈飞黄挠挠脑袋，"帮凶怎么也得判个三五年吧，没事儿，父子俩一起，监狱里也有个伴儿！"

"苍天有眼！"猴子感到十分痛快，"你们父子俩干的那点儿缺德事全都被拍下来了，甭想抵赖。"

"就是！"大头看了陈飞黄一眼。

"我不信，不信，肯定是你瞎编的。"牛田依然嘴硬。

"行啊，那我让人把视频调出来，直接送到警察局去。"陈飞黄说着站了起来，"像我这种秉公守法的人，做事从来都是依照法律程序，牛壮大哥刚从局子里放出来，看来是太怀念那里的生活了，按照这个视频里的内容，应该是活脱脱的谋杀啊，罪名一旦成立，至少要再抓进去关个几年，不过没关系，出来还是一条好汉！"

"你……"牛田吓得面无人色。

"爹……"牛壮更是乱了阵脚，拉着牛田哭诉道，"我不想再坐牢了，我不想坐牢……"

"闭嘴，你听他忽悠，坐什么牢？我们什么都没做过。"牛田还想抵赖。

陈飞黄那边手机刚好响了，是顾千秋打来的，他接听电话："喂，对对对，就是牛家门口那条小路，5号摄像头，噢，监控录像拷出来了？行，好的，好的，不用发给我，直接交给警察！"

　　电话那头的顾千秋刚开始完全是蒙的，还问了一句，"你说什么呢？什么监控录像？什么摄像头？"

　　她话还没说完，这边牛壮已经哭号起来："不要啊，陈书记……"

　　"你先等一下。"陈飞黄对着电话说了一句，随即捂着话筒，扭头问牛壮，"什么？？"

　　"我知道错了，我真的只是想报复一下你，就让你栽个跟头而已，根本没想过要害死你，杀人偿命的道理我还是懂的，我上有老下有小，怎么敢那么做啊，求求你不要把监控录像交给警察，求你了……"

　　牛壮说着说着就哭起来，想起这段时间在看守所的生活，他就一阵后怕，再也不想回到那个鬼地方了……

　　"唉……"牛田抱着头蹲在地上，这回他是真的厌了……

|〇八六|

牛家认错

　　"陈书记，你就放过我儿子吧，我儿子他不能坐牢啊。"牛家婆子丢掉手中的菜刀，哭着祈求，"他也是一时冲动才会犯糊涂，以后不会了……"

　　"你先等一下。"陈飞黄对牛壮说了一句，随即对着电话里的顾千秋说，"暂时不送警局了，先这样吧，等会儿说。"

　　挂断电话，陈飞黄回头看着牛家父子："这次我可以不把监控录像交给警方，不过，我会保留追究的权利！"

　　听到这句话，一家人终于松了一口气，但又有些忐忑，毕竟他们一家人的把柄已经握在陈飞黄手里了。

"你想要什么赔偿，你尽管开口，只要不让我儿子坐牢，我们……"牛老婆子咬咬牙说，"我们什么都答应。"

"赔偿就不必了。"陈飞黄重新坐在凳子上，"我今天来，原本就是想跟你们好好谈谈，是你们剑拔弩张的，把我当仇人！"

"难道不是仇人吗？"牛田不甘心地嘀咕道，"若不是你跟交警局的人揭露我们没有驾照的事，我儿子就不会关十五天，我们家也不必赔偿，现在我的驾照吊销了，他也不能开车，我们进货送货都不方便……"

"死老头子，别说了。"牛老婆子气恼地低喝，"还嫌你惹的麻烦不够多吗？"

牛田梗着脖子，满脸的不服气。

"呵呵……"陈飞黄冷笑道，"小时候，田叔就是村里数一数二的霸王，全村上下没有一个不怕你的，就连老叔都要让你几分。你这辈子是霸道惯了，所以养成了蛮横无理的毛病，觉得所有人都得让着你，可你大概忘了，这个世界是有王法的，在没有触犯法律的情况下，大家拿你没辙，忍忍也就算了，可是你一旦触犯法律，就没人跟你讲情面。你自己想想，无照驾驶你还那么横，把人打了，还反过来不依不饶地要人给你赔偿？你真以为你是天王老子呢？"

"如果不是你，他们也不会知道我儿子是无照驾驶……"牛田愤愤地瞪着陈飞黄，"我们毕竟是一个村儿的，那蔬菜基地的司机是外人，你不护着我们，居然护着外人？"

"你还好意思说？"提到这个，大头就怒火中烧，"飞黄为了救你家胖孙子差点没命，你还倒打一耙，怪他修了小金河桥才导致你们撞车？你们还讲不讲道理？"

牛田看了大头一眼，没说话，大头那块头那肌肉那拳头，若是动起手来，他们父子俩恐怕招架不住。

"救孩子这事儿我就不提了……"陈飞黄摆摆手，"我就问问你，你家买了那辆车，是打算一辈子就只在这镇上开开，不开到城里去吗？"

"怎么可能？我也花好几十万买的，当然要开到城里去。"牛田马上说，"我们这种车，开到城里也算是有档次的……"

"无证驾驶开到城里去？"陈飞黄冷冷一笑，"那要是出点交通意外，可就不是罚款两千，吊销驾照那么简单了！你们一家人在村里敢这么蛮横，去了城里，谁会让着你？"

"呃……"牛田听到这句话就愣住了，但随即又反驳，"我儿子正在考驾照，说不定等两个月就拿到驾照了。"

"我可是听说牛壮大哥考了五次都没考过，已经失去考驾照的资格了，现在要去驾校重新报名学习才能考，对吧？"陈飞黄扭头看着牛壮。

牛壮此时已经很怕他了，低低地垂着头，大气都不敢出。

"就算是这样，那，那也不一定会出意外啊。"牛田还在狡辩，"虽然他没有驾照，但平时帮我开车拿货送货的时候也好好的，没出过事，要不是你的小金河桥修得那么窄，再加上那个蔬菜基地的司机水平不行，那次也不会出事……"

"你当全国的路都是你家的？"陈飞黄觉得可笑，"你们父子以后出门是不是还得专人给你们开路？还得把路上的司机都清理掉，免得水平不行的人给你们造成障碍？"

牛田撇了撇嘴，没有说话……

"这次只是车撞了，人没啥事，要是下次开上高速，出点大事故，恐怕你肠子都要悔青了！"陈飞黄没好气地说，"你在金河村横行霸道，大家都拿你没办法，你这辈子大概也就这么过了，可你儿子你孙子呢？他们难道一辈子就守着金河村不出去？就你们家人这样的德行，如果不改改这毛病，出了金河村就会被人收拾，到时候，你就真是叫天天不应，叫地地不灵！！！"

"金河村挺好的，要啥有啥，干吗要出去？"牛田还在嘴犟。

"爷爷……"这时，牛小胖从屋子里冲出来，激动地说，"陈书记说得对，你不要这样了，我现在在学校就没人跟我玩儿，同学们都说我是土霸王的孙子，说我们一家人都蛮横不讲道理，村里的人也不理我，二柱和婷婷他们见到我都躲得远远的，我每天放学回家只能跟狗玩……"

说着说着，牛小胖就哭了："我早就说了，你们不要这样对待我的救命恩人，你们就是不听，还要害他，我恨你们，你们是坏人，你们都是坏人……"

他一边哭一边捶打着爷爷的后背，平时那个气焰嚣张不讲道理的牛田见到大孙子哭成这样，竟然一下子就慌了，连忙哄着孙子："好了，好了，胖娃儿，别生气，是谁不跟你玩，你跟爷爷说，爷爷找他去。"

"你还找他们，那他们更加恨死我了。"牛小胖哭得更伤心，"我一个朋友都没有，学校里没有，村里也没有，这全都怪你们，都是你们……"

"儿子别哭了，爹知道错了。"牛壮拉过儿子，给他擦眼泪。

"错什么错？哪有爹给儿子认错的道理？"牛田怒喝道，"再说了，那些小屁孩不跟我家胖娃儿玩，那是他们的错，怎么会是我们的错……"

"死老头子你够了。"牛老婆子也忍无可忍了，"不要说胖娃儿，就连我都没人搭理，全村的人见了我就绕道走，这还不都是因为你？"

"我也是……"牛壮媳妇哭着说，"爹，咱就认个错吧，以后别这样了……"

"爷爷，你要再这样，我就不当你孙子了。"牛小胖哭着说，"我想要朋友，我不想只跟狗玩。还有，书上说人要知恩图报，陈书记是我的救命恩人，我不许你们伤害他！"

"你看看，小孩子都懂的道理，你们却不懂。"猴子忍不住说，"你们凭良心说说，陈书记为我们修了小金河桥，给我们带来多少便利？以前没有桥的时候，我们得从青山村那个田埂路绕到镇上去，摩托车骑不过去，只能走路。你们卖猪肉，还得起早贪黑，用鸡公车把猪肉推到街上去，遇到下雨天就摔一身泥。那个时候，镇上猪肉生意最好的是石头村的屠二爷，后来我们村儿修了小金河桥，你们买了三轮车运猪肉，摊子做大了，还开起了铺子，生意才好起来的……"

"是这么回事。"牛壮点点头。

"你们出车祸，又怪陈书记，又怪蔬菜基地，可你们有没有检讨过自己？是不是自己开车的技术不行？就牛壮大哥这开车技术，以后上了路，还是会出事的，那个时候出事后悔都来不及了……"

"行了，别说了。"牛田长叹一口气，终于低下了头。

｜〇八七｜

神人

陈飞黄从牛家院子里出来，感觉神清气爽，心情大好，猴子问他："飞黄哥，你咋不顺势提出拆院子的事？"

"不急，等他们自己来找我。"陈飞黄笑道，"好了，你们回去干活儿吧，我得去一趟村委会，有急事要办。"

"我跟你一起去。"大头不放心，"你身上都受伤了，再摔一跤可不得了。"

"对对对，我正好也要去村委会找我爹。"猴子说，"修路的材料下午要运过来了，他让我和双喜陪着他一起去点数。"

"那一起走吧。"

三人一起往村委会走去，猴子好奇地问："飞黄哥，咱们村儿真的装了监控录像吗？我咋不知道啊？"

"连你都唬住了，看来我的演技还可以嘛。"陈飞黄大笑，"哈哈哈……"

"啊？"猴子惊呆了，"你是说，你刚才是故意吓唬牛家人的？"

"不然呢？"大头白了他一眼，"村里若是装监控录像，我们自然是第一个干活儿的，怎么可能不知道？我刚才还真怕你说漏嘴。"

"我是真的信了，因为飞黄哥说得有鼻子有眼的，真的不像假的。"猴子激动地追问，"飞黄哥，那你怎么知道他们父子俩谁放风谁丢玻璃碎片和钉子？"

"很简单，牛田是出主意的人，一般不会自己行动，而是选择掌控全局，大概率会去放风。再说了，牛壮的手被划破了，应该就是倒碴子的时候不小心弄到的，还有啊，你没看我一说监控录像，牛壮更紧张害怕吗？如果真有监控的话，也只能拍到他这个行动者，拍不到放风的人。"

"好吧，你真是太厉害了，我想破脑子都想不到这些……"猴子由衷地惊叹，"那，那你怎么连他们提的是什么袋子都知道？"

"院子里樱桃树下有个鸡公车，鸡公车里一堆杂物，其中就有一个蓝白相间的化肥袋子，袋口挂着几块玻璃碴子和一块破掉的木板……"

"啊，原来是这样啊……飞黄哥，你真是太神了，我对你佩服得五体投地！"猴子就差给陈飞黄跪下了，"飞黄哥，我以为这么厉害的人只在电视里存在，没想到现实中居然真的有，还在我身边，你就是我的偶像……"

"好了好了，别拍马屁了，我鸡皮疙瘩都起来了，哈哈哈……"

陈飞黄正笑着，顾千秋打来电话询问刚才的事情，陈飞黄把事情的前因后果都跟她说了一下，只是说得轻描淡写，没有过多渲染细节，但即使是这样，顾千秋还是佩服得五体投地，不过随后又提醒他，这次猪瘟事件，牛家恐怕是最大受害者，不知道他们能不能接受现实，会不会知道真相后再次情绪失控，闹出事来。

陈飞黄让她安心，说自己心里有数。

下午，陈飞黄跟村委会的几个人一起向村民们传达猪瘟的事情，同时通知大家明天早上八点在村委会召开村民大会，请各家各户准时参加。

一转眼忙完就快天黑了，陈飞黄和大头准备回家吃饭，却在村口被村民们围住，一个个忧心忡忡地询问猪瘟的事。会不会传染给人，是不是猪肉不能吃了，是不是不能养猪了？那现在已经养了一半的猪崽咋办？

陈飞黄简单地做出解答，并且通知明天早上在村民大会上再次通知，无论如何，政府一定会尽量减少村民的损失，让大家安心。

安抚好村民，正准备离开，又看到牛家父子远远站在桂花树下，神色凝重地看着他，陈飞黄正准备上前招呼，芳婶儿在村子那头扯着嗓子大喊："飞黄，大头，回家吃饭了！"

"哎，来啦！"陈飞黄应了一声，走上前去对牛田说："田叔，这次猪瘟的事……"

"十几年前也发过一次猪瘟，当时把我家养的三头猪都给活埋了，案板上地上百斤猪肉都给收走处理掉了，我几乎被搞得倾家荡产。"牛田激动地说，"这一次，我绝不会交出猪崽，这是我们家所有的财产了……"

"对对对，陈书记，拆院子修路的事情我们可以配合，求你们不要动我家的猪仔。"牛壮现在已经没有了昔日的嚣张气焰，说话变得谦逊起来，甚至有些低声下气。

"你们别着急，听我说……"陈飞黄耐心地解释，"首先，猪瘟这个事是全省蔓延，文件是省里下发的，不是我故意针对你们……"

"可是……"

"听我说完。"陈飞黄打断牛田的话，继续说，"其次，这次的文件暂时没有说要收走你们的猪崽，只是说所有的活猪都要做检查。如果检查出来没有问题，你继续养，只是做好防疫措施就好。如果检查出来有问题，那就要按照防疫规则去办。"

｜〇八八｜

你好，我也好！

"这还能检查？"牛田眉头紧皱，"要怎么检查？谁出钱？我家现在成猪加上猪崽一共三十多只，要是检查收费很贵的话，那我可出不起。"

"对啊，城里做个身体检查都是几百上千，这猪要去哪里检查？怎么收费？"牛壮问。

"放心吧。"陈飞黄说，"文件上说，检查费是公家出，不需要你们出钱。"

"那还好。"父子俩松了一口气，随即牛田又问："那检查准吗？会不会我家的猪崽没问题，也说有问题？"

"有问题的政府得出人力物力财力去处理，没事谁想给自己找事儿？"

"也对。"

"不过，目前已经宰杀的猪肉是不能吃了，因为没法检测有没有问题，你们还是赶紧处理了吧。"陈飞黄提醒，"万一真有问题，感染到人，那可就麻烦大了。"

"还好还好，这几天我儿子被拘留，我又生病了，没卖猪肉，所以家里没有多少猪肉……"牛田窃喜，"壮壮，你赶紧回去跟你妈说，把冰箱里的那些猪肉给处理了，别给胖娃儿吃。"

"好好好。"牛壮急忙往家里跑去。

陈飞黄见他们父子俩还算配合，心里也松了一口气，对牛田说："那先这样吧，有什么事，明天早上村民大会上商量。"

"陈飞黄……"牛田突然沉下脸，严肃地质问，"其实，根本就没有什么摄像头吧？你是故意吓唬我的。"

"要不怎么说田叔聪明呢。"陈飞黄毫不避讳地笑道。

"果然……"牛田气得咬牙切齿，"你可真狡猾！！！"

"对什么人用什么方法，田叔这么睿智，我不动点脑子不行啊。"陈飞黄无奈地摊了摊手。

[303

"你这么直白地说出来，不怕我反悔？"牛田质问，"我现在若是不答应拆院子，不配合猪瘟检查，你这村支书的工作可不好做啊。"

"那条路上没有监控录像有什么关系？手机上有摄像头啊。"陈飞黄指了指大头的手机，"我们在院子里说的话，发生的一切，他都拍下来了。"

"嘿嘿！"大头默契地晃了晃手机。

"要不然，我干吗跟你说半天？"陈飞黄笑嘻嘻地看着他，"不就是为了让你们父子承认，然后拍下来当证据吗？"

"你……"牛田气得发抖，感觉自己被陈飞黄耍了一次又一次。

"放心吧，田叔。"陈飞黄拍拍牛田的肩膀，"我不会威胁你也不会勒索你，正如你家大胖孙子所说的，大家交个朋友，和平相处，你好，我也好！"

说着，陈飞黄就带着大头扬长而去……

牛田看着他的背影，咬牙切齿地说："小时候要是知道你长大了这么狡猾，我就应该饿死你，亏我还给过你牛肉饼吃，没良心的狗东西！！！"

"爷爷，你在说谁呀？"牛小胖啃着鸡脚走过来。

"没，没说谁。"牛田一见到大胖孙子，脸上的怒气顿时烟消云散，牵着他胖乎乎的小手说，"走，回家去！"

"爷爷，陈书记是我的救命恩人，你要对他客气点儿，别欺负他。"

"知道了……"

"爷爷乖！"

陈飞黄回到家，又被一群婶婶嫂子围住，一个个都在询问猪瘟的事情，他嘴巴都说干了，于是大头跟大家解释。村里的这些女人得知家里买的猪肉要处理掉，有的庆幸最近没买猪肉，有的哭丧着脸感叹刚买了一大块排骨啥的回来，花了好几十……

直到晚上八点多，这帮人才陆续散去，院子里可算是清静了下来，陈飞黄喝了一大缸子茶水，长叹一口气，感叹道："这一天天的真是忙得晕头转向！"

"早点歇着吧。"芳婶儿叮嘱，"明天一早还要开会呢，几个鱼塘也得你亲自盯着，早饭午饭都没好好吃，长期这样可不好，胃都要饿坏了。"

"嗯，知道了。"陈飞黄笑着点头，"芳婶儿，您也早点休息，我再歇会儿就去洗澡。"

"好，我先进去了，你记得把院子门儿关好。"芳婶儿正准备进屋，外面传来摩托车的声音，双喜和平安急急忙忙跑进来，激动地说："飞黄哥，出事了！"

"什么事？"陈飞黄马上问。

"金沙河的采砂船翻了，河里被柴油污染，还起了火……"双喜说，"猴子他们正赶过去看热闹呢，我过来通知你。"

"走，去看看。"陈飞黄冲楼上喊道，"大头，快下来。"

"等一下，我穿衣服。"大头刚才在洗澡，听到摩托车声音就知道有事儿，连忙换衣服……

金沙河的岸边远远围着一群年轻人，猴子二狗他们站在桥上惊叹："这狗日的金会计一家人违法挖砂赚得钵盆满满，把金沙河的水源都给糟蹋了，现在还搞这么一出。"

"这采砂船翻了，恐怕损失不少吧？"旁边一个年轻小伙子问。

"那就不晓得了，反正他们都是夜里偷偷来采砂，肯定是不合法的，现在采砂船翻了也是遭了报应。"猴子愤愤不平地说，"不过这样一来，金沙河的水源污染就更严重了。"

"陈书记来了！"

"飞黄哥来了！"

几个人看到了陈飞黄，连忙迎过来打招呼，陈飞黄点头示意，走过去看着金沙河，那一片火海映红了岸上的树林，从前清澈见底的金沙河，现在变得一片狼藉，真是让人心寒。

从陈飞黄第一天回山河镇的时候，他就发现了这个问题，只是，想要规划采砂的事必须启用大量资金，他现在没有本钱，心有余而力不足，只能先放一放，先解决金河村的脱贫问题再说。

这一拖就拖了三个月，金河村的项目都渐渐成熟，陈飞黄还来不及处理金沙河，这边就出事了，这样一来，官方一定会出面解决掉这些不正规的采砂船，只是水源严重污染，给老百姓的生活也造成了困扰。

"你说，猪瘟的事，会不会跟水源有关？"大头低声问了一句。

"说不清楚……"陈飞黄摇摇头，"不过水源污染是严重的生态问题，必须解决……"

他话还没说完，手机就响了，是冯镇长打来的电话……

|○八九|
一起努力

"冯镇长！"

"飞黄，你现在方便吗？我想找你聊聊。"

"方便，我在金沙河。"

"我也在这里，咋没看到你？"

"我在金河大桥的桥头，跟猴子他们一起……"

"我来找你。"

冯镇长找到陈飞黄，深深地叹息："这情况你也看到了，你说，该怎么办？"

"冯镇长，这事你问我？"陈飞黄笑了，"我只是一个村支书。"

"你不是一个普通的村支书。"冯镇长说，"你有见识有头脑，目光长远，你给我点意见吧。"

"这里人多，要不边走边说吧？"

"好。"

两人往镇政府方向走去，一边走一边闲聊。说起金沙河的生态环境，冯镇长也很伤脑筋。其实他早就注意到这个问题，可那些采砂船都是半夜出来偷偷采砂，有时候被抓了，罚几个钱，或者拘留几天，放出来又继续这样，我行我素。

他也很想彻底解决问题，但一直没找到好的方法，没想到这会儿他们的采砂船翻了，这是好事也是坏事，好事是他们短时间内不能再来偷偷采砂了，坏事是让金沙河污染更加严重。

冯镇长问陈飞黄接下来该怎么办，陈飞黄反问："冯镇长，这个问题你问我？水源污染这么严重，肯定是不能用的，当务之急要马上停掉自来水供应，清理河流，然后揪出采砂队的幕后老板，报上去，让他们接受法律的制裁，以后规范采砂事宜……"

说完整件事的处理方案，陈飞黄补充了一句，"冯镇长，这些事你心里应该有数啊，你这么为难，是不是采砂队的人背后……"

　　"大家都知道是金会计的儿子在偷沙子。"冯镇长打断陈飞黄的话，凝重地说，"但金会计一家也不过是个普通农民，他们哪里来的钱买采砂船？还不是有人给他们撑腰……总之这件事难办。"

　　"难办也要办。"陈飞黄义愤填膺地说，"山河镇的老百姓都在喝金沙河的水，河里严重污染，不仅会断了百姓的水源，还会影响健康。我听说这两年镇上很多人得癌症，这事儿一旦追根究底地查下去，你这个镇长可是主要责任人啊。"

　　"唉……"冯镇长一声长叹，"这些我又何曾不知道啊，只是……"

　　他欲言又止，一脸为难……

　　"你自己衡量吧，我相信邪不能胜正。"陈飞黄婉转地说，"就好像牛家的人，我这不是摆平了吗？"

　　"啊？你已经搞定牛家父子了？"冯镇长惊讶地问，"他们同意拆院子了？还有猪瘟的事，他们会配合？"

　　"当然了，都解决了。"陈飞黄笑道，"明天处理完猪瘟的事，就找牛田叔签订修路协议，接下来就等着小龙虾的收成了！"

　　"太好了。"冯镇长欣慰地点头，"要是每个村支书都能像你一样，我就省心了。"

　　"我们一起加油吧！"陈飞黄拍拍他的肩膀，"你解决金沙河的水源问题，我解决村里的项目问题，等到小龙虾产业做成熟了，我可以推广到其他村，让山河镇一起富起来！"

　　"好，好。"冯镇长连连点头，"看你这么有干劲儿，我也有动力了，我们一起努力。"

　　有时候遇到困难就好像一根绳子打了几个结，只要把结一个一个解开，就能一路通畅了。

　　把牛家父子摆平之后，金河村的一切都变得顺利起来。

　　村民大会上，有些农户不肯交出猪肉，还有些农户不想让自家养的猪参与检验，怕检验出有问题就得处理掉，一头猪就白养了，这对他们来说损失惨重。不管陈国标怎么讲道理，他们都听不进去。这时，牛田第一个站出来支持陈飞黄，不仅上交家里的十五斤猪肉，还全力配合猪的检验，其他村民都傻眼了。随即，大家都默默配合，再也没人闹事了。

陈国标激动地询问陈飞黄是怎么说服牛家父子的，陈飞黄只是笑笑，继续忙去了。他又去问大头，大头也只是神秘一笑，帮忙带检验的医护人员去养猪的农户家。陈国标百思不得其解，牛家父子犟了一辈子，他们较劲儿是几十年都没妥协，怎么这才一天工夫就被陈飞黄给摆平了？

他怎么也想不通……

顾千秋带领检疫人员来村里，看到牛家父子这样配合，也感到意外，把陈飞黄拉到一边低声询问："怎么回事？"

"你不是知道吗？"陈飞黄用蒲扇给自己扇着风，豆大的汗珠一直往下掉。

"我是知道那些事，不过还是不明白，他们就不怕猪被检查出来有问题，损失严重？"顾千秋疑惑地问，"我看了金会计的报表，牛家的猪崽有十八头，大猪有十五头，加起来三十多头呢。"

陈飞黄喝了一口茶，说："今天早上的确是不肯的。父子俩天还没亮就来找我，说这批猪是他家最后的资产，要是没了，他们一家人可就活不下去了。我告诉他们，他家的猪绝对没问题，让他们好好配合检查，如果有问题，我赔给他们。"

"……"顾千秋无语了，"这就是你的方法？"

"不然呢？"陈飞黄笑道，"总不能真的用那事来威胁吧？还是要以德服人的。"

"如果真的检查有问题呢？你有多少钱赔？"顾千秋气不打一处来，"修路你出五十万，生态鱼塘的鱼苗死了你亏损七万多，现在猪瘟，你又要往里砸钱，陈飞黄，你是不是忘了自己已经破产了？你把这仅有的一点儿家当都填进去了，以后靠什么生活啊？"

"啧啧啧。"陈飞黄坏笑着说，"你这样子像极了对老公恨铁不成钢的小媳妇儿！！！"

"你……"顾千秋气得在他后背上捶了一拳，"气死我了！"

"哈哈哈……"陈飞黄不躲不避，任由她粉嫩的拳头打在自己身上，不仅不生气，反而感到高兴。他很清楚，她这是在关心他。

"你还笑！"顾千秋气急了。

陈飞黄捉住她的手，解释道："放心吧，我昨晚就去看过他家的猪了，活蹦乱跳，健康得很，不会有问题的，我之所以那么跟他们说，也是让他们心里有个安慰。"

"好吧……"顾千秋拿他没辙，他做事总是这样不按常理出牌，其他人还真猜不准他的心思。

"去忙吧，等这事儿忙完了，我们去小辣椒喝酒去。"

"好，我都好久没去了，我想吃小辣椒的烤猪蹄儿。"

"没问题……"

|〇九〇|

大收成

猪瘟的事情很快就初步处理好了，村里检验的活猪全都没有问题。为了安全起见，现有的猪肉还是做了处理。损失不大，村民们也就没有多大怨言了。

不过，猪瘟的事情还是让屠户们受到了影响，现在大家都很有安全意识，知道发了猪瘟，也就不敢再买猪肉了，即便是经过检验的，他们还是不放心，不如忍几个月，等事情过去再说。

这样一来，牛家父子以及他们家族的人就闲下来了。这天早晨，牛家婆子提着两只鸡来院子里找陈飞黄，提出想要去蔬菜基地上班，还说全村的人都去了，就他们牛家的人没有去，如今屠户的生意做不成，她和媳妇儿想去蔬菜基地种蘑菇贴补家用。

陈飞黄还没发话，赵荷花就犀利地嘲讽："蔬菜基地刚成立那会儿，飞黄说了是金河村家家户户都有份儿，人人都有工作，你们牛家不屑一顾，还冷言冷语地嘲讽飞黄，现在居然想要来上班了，还真是新鲜。"

"荷花嫂子，看你说的……"牛老婆子尴尬地笑笑，"那是我家爷们儿脾气犟，不懂事，这不是受到教训了吗？还好飞黄书记不计较，我们都已经达成和解了，所以才全力支持他做猪瘟检验的呀。"

"那你们把人家蔬菜基地的人欺负惨了，现在还怎么好意思过去上班？"赵荷花冷冷地说，"之前那个运货的司机都怕了你家牛老头儿，吓得辞职了，就连包总都对你们一家人恨得咬牙切齿的。你说，你现在去蔬菜基地上班，让飞黄怎么安排啊。"

"是啊，还真不好安排。"芳婶儿这些年向来在村里都谨言慎行，现在怕陈飞黄为难，也忍不住开口，"蔬菜基地的岗位都满了，之前人手不够，还从外村请了人过来，现在你们说要去上班就去上班，飞黄很为难的。"

"芳嫂——"

"行了，牛婶儿。"陈飞黄打断牛婶儿的话，安抚道，"这件事您就别操心了，我早有安排。这样，您回去跟田叔和牛壮大哥说一声，明天我去找他们谈工作的事情。"

"好好好，飞黄书记，我就知道你大人有大量，不会跟我们计较的，谢谢你，谢谢。"牛老婆子激动不已，连忙把手上的鸡塞给芳婶儿，"芳嫂子，这两只鸡是我自己养的，全都喂的粮食，健康着呢，你拿去给飞黄书记补补身子吧。"

"不用了不用了……"芳婶儿拉扯了半天，还是没有收，"我家养了很多鸡，这都吃不完，你拿回去吧，谢谢了。"

"拿回去吧，我不收礼的。"陈飞黄笑道，"不能坏了规矩。"

"那，那好吧。"

等牛老婆子走了，赵荷花不解地问："飞黄，我知道猪瘟的事他们家是配合了，可你芳婶儿说得对，现在蔬菜基地哪还有岗位给他们家啊。再说了，蔬菜基地的人全都被他们得罪光了，你安排他们去上班，还不得闹矛盾啊？"

"我没打算把他们安排在蔬菜基地。"陈飞黄神秘一笑，"有其他更适合他们的岗位！"

"那是……"

"吃西瓜，吃西瓜。"陈飞黄转移话题，招呼大家吃西瓜。

第二天，牛家父子来找陈飞黄，陈飞黄骑摩托车带着他们来到了正在建设的牧场。包总正在这里监工，看到陈飞黄，远远过来招呼："你咋又黑了？"

"没办法，山河镇的太阳对着我照。"陈飞黄摸摸自己越来越粗糙的脸。

"哈哈哈，怕不是嫌你不够爷们儿，给你加点儿颜色吧。"包总拍着他的肩膀，"现在的你跟刚来时的样子，可真是判若两人啊！"

"不是挺好吗？很多明星还要特地去弄黑呢。"陈飞黄白了他一眼。

"哈哈哈，对对对，就像古校长！"包总笑道。

"说正事吧。"陈飞黄指着身后的牛家父子说，"牛田叔，牛壮大哥，你都认识的。"

父子俩僵硬地笑笑，局促地站在那里，十分尴尬。

包总冷眼看了看牛家父子俩，揽着陈飞黄的肩膀，把他拉到一边低声问："你想好了吗？真的要让他们来牧场养跑山黑猪？这父子的为人可不咋样啊，会不会闹出事来？"

"我问你，除了他们父子，你还有更适合的养猪能手吗？"陈飞黄反问。

"这个……还真没有。"包总摇头，"马强把镇上会养猪的人都找来了，我看了看，技术一般般，做工人可以，但是不能当工头。"

"山河镇除了八十岁的老屠夫屠二爷之外，就只有牛家父子最会养猪了。虽然我们要养的品种不一样，但都大同小异，请他们来当养猪工头是再合适不过的。至于人品嘛，以前他们自己赚钱，不受管制，所以才蛮横，以后他们拿的是你发的工资，自然要受你的管，按照规矩办事，不存在什么大问题。"

"你说得有道理，不过我还是不太放心。"包总想了想，说，"这样，我们先试用两个月，要是合适的话再转正。"

"这些我没意见，你跟他们商量就好了。"陈飞黄拍拍他的肩膀，"不过包总，我提醒你一句，以前的事情过去了就过去了，他们也受到了相应的惩罚，谁都别往心里去，大家都向前看！"

"放心吧。"包总点头，随即对牛家父子说，"牛叔，牛壮兄弟，陈书记昨晚给我打电话说了半天，我刚开始是不同意的，不过他说得对，整个山河镇最会养猪的就是你们父子了，你们这样的人才若是不用，就太可惜了。"

"这倒是真的……"牛田一听这些就有些激动，拍着胸脯说，"不要说山河镇，就是广元市也找不出几个比我们会养猪的人。"

≫

| ○九一 |

你真是个人才

"包总，我们一定好好干活儿。"

牛壮经过这一系列的事情，现在变得沉稳多了。临出门时，家里的老母亲、媳妇还有儿子都再三叮嘱，态度一定要好点儿，不管怎样都要拿下这份工作。

包总本来看到牛田这样吹嘘自己就不太高兴，但是见到牛壮还算谦逊，也就没有计较："既然是陈书记介绍的人，我就收下了。两位都是养猪能手，据我所知，你们家从几十年前就开始做生意，没给人打过工，现在在我这里干活儿，也不知道能不能习惯。"

"我们既然来了这里，心里就做好准备了。"牛田主动表态，"拿人钱财替人消灾，给人打工就要有个打工的样子，我们懂的，你放心。"

"那好。"包总点点头，"既然这样，那就先试用两个月，只要试用期过了，你们就可以签订正式工作合同。"

"试用？"牛田的脸色一下子垮了下来，"我们养猪都养了几十年，你还信不过我？居然还要试用？"

"你这是什么态度？"包总不悦地低喝，"凡是重要岗位都要试用，谁都一样。"

"不就是养猪吗？什么重要岗位？"牛田一脸不屑。

"你……"

"那行，不用试用期，就当普通的养猪工。"陈飞黄不气也不急，笑嘻嘻地说，"包总，那你就重新再找个工头吧……"

"等一下。"牛田一听这话，态度马上一百八十度大转弯，"工头？你们是说，让我和我儿子当工头？"

"工头只有一个。"陈飞黄强调，"我看，牛壮大哥更合适。"

包总一愣，陈飞黄这葫芦里卖的什么药？

"我？"牛壮一听这话，激动不已，"我当工头？"

"怎么？你也不乐意？"陈飞黄问。

"不不不，我乐意，我乐意。"牛壮连连鞠躬点头，"包总，陈书记，我一定好好干！"

"试用期还是要的……"陈飞黄补充了一句，"不管怎么说，包总是第一次跟你们打交道，他得保障整个牧场的利益，对其他人负责，也对你们负责。"

"没问题，都听你的。"

牛壮现在对陈飞黄感激不尽，从小到大，他就活在父亲的影子下，什么事情都是父亲说了算，从来没有自己做过一回主，哪怕当了父亲，也没有挺直过腰板儿，现在，他终于可以做自己了。

"你这尿货……"

"那就这么定了。"陈飞黄没给牛田反对的机会，拍拍牛壮的肩膀说："牛壮大哥，好好干，在牧场做好了，不比你自己养猪差。"

"对，以后我们这边不仅要工头，还要经理，场长，我们还要安排出国学习，发展机会多着呢，你还年轻，应该多去外面见识见识……"

包总已经知道陈飞黄的用意，默契地配合着。

"真的？还能出国学习？"牛壮的眼睛都亮了，"可是，我，我不会英文呢。"

"随时都会安排翻译跟着你们的，这些你就不用操心了。"包总笑道，"总之，只要你们在我这里好好干，有的是发展前途。"

"嗯嗯，我一定好好干！"

"那就好，回去吧，星期一早上八点半来报到，这个周末好好休息一下。"

"好嘞，谢谢包总，谢谢陈书记……"

父子俩走了，牛壮兴高采烈，笑容满面，牛田则板着脸，双手背在身后，冷言冷语地嘲讽道："看你那没出息的样儿，给你一个工头，连工资多少都没谈，你就高兴成这个样子！"

"我当然高兴，从小到大，除了咱家自己的猪棚牛棚还有肉铺，我哪儿都没去过，啥也没见识过，我也想出去看看外面的世界……"

"外面的世界，那是包总给你画的饼，你也信？当老板的都是这样，许下各种承诺来让工人为他卖命，其实一样都没有实现过，以前我们家请工人不就是这样吗？"

"那是你们那个年代，现在时代不一样了……"

"你还敢跟我顶嘴，你还是不是我儿了？"

"你要是我爹，你就会为我高兴，而不是打击我。"

"你……"

"你一辈子都要把我踩在脚下，到老了也不放过，我也是当爹的人了，我也有自尊心的，你就不能给我点面子吗？"

"你这狗崽子，你居然敢教训你爹……"

牛田脱了布鞋，追着牛壮打，牛壮往回家的方向跑，牛田跟在后面追，父子俩一个骂骂咧咧一个叫嚣着要回去找老娘告状，引得周围的村民都在看笑话。

"这父子俩还真是活宝。"包总看着他们的背影，笑道，"陈飞黄，我现在越来越佩服你了，你不仅是做生意的好手，还是管理的人才啊，你这一招实在是妙。"

"嘿嘿……"陈飞黄笑道，"我知道你的顾虑，他们父子俩性子顽劣，放在牧场里，怕是管不住。再说了，一个大的环境里，一旦有人不听使唤，就很容易影响其他工人，所以我就做了这个安排，让他们互相牵制，这样一来，他们父子俩想要在这里站稳脚，都会争着表现。"

"没错。"包总连连点头，"牛壮一辈子被他爹压制，现在好不容易当了个工头，可以管着他爹，他一定会努力工作。至于牛田，为了不丢面子，不被儿子比下去，也会好好表现的。"

"就是这个道理。"陈飞黄拍拍包总的肩膀，"我把人安排在你这里，自然要为你考虑周全的，绝不会让你为难。我安排牛壮当工头还有一个原因，将来猪瘟过去了，他们家想要继续自己养猪卖猪肉，牛田就可以回去。牛壮还年轻，想要长见识，自然会继续留在牧场。当爹的，就算再怎么不高兴，也不会阻拦儿子的前程。牛田虽然霸道蛮横，但他是个非常聪明的人，他知道，祖传的技术虽然让他们家这几十年来在镇上过上了好日子，但其他人都在进步，科技在发展，他们也需要学习新的东西，子孙后代才能继续过上好日子……"

"希望他明白。"包总感叹道，"陈飞黄，你真是个人才啊！"

｜〇九二｜
金凤赚钱了

牛家父子的事情安顿好了，猪瘟防疫工作做得很顺利，修路的事正在进行中，五个新的龙虾池都下放了虾苗，还按照之前的方法投放了一些鱼苗，然后每天准时投放饲料……

一切都很顺利，现在就坐等收成了，陈飞黄想着把牧场的事情搞定，龙虾池再见到收成了，他就可以部署下一个项目了……

毕竟龙虾池每年只有半年的时间养殖，秋冬季节还是应该养点儿别的。如果把鱼塘空起来，显然是有些浪费，得充分利用起来才行。正因如此，陈飞黄最近都在研究其他的项目，看看有没有合适的能够跟小龙虾养殖衔接上。

这天早上，陈飞黄本来想去看看二狗家拆院子的事情，突然接到了金凤的电话。金凤激动地叫他去小龙虾池，他连忙带上大头赶过去。金凤捞了一桶小龙虾上来，李莉莉和潘银莲等几个妇女围在旁边叽叽喳喳地说个不停，大家都很兴奋，讨论着要怎么做麻辣小龙虾……

陈飞黄凑近一看，这次几天没过来，金凤家的小龙虾已经长大了，完全可以销售。他很高兴，当即就联系广元市的几个餐馆可以送货了。那些餐馆之前都在外地买小龙虾，进货价贵，卖得也贵，吃的客人不多。现在附近就有自家养殖的小龙虾，进价低，拿货方便，自然是非常高兴，当即就答应要买两百斤先试试，其他几家餐馆也纷纷表示要进货。这算起来就是一千多斤了，也是金凤家的第一笔生意。

陈飞黄算了一笔账，进货的时候，小龙虾虾苗是九毛钱一斤，现在卖八块钱一斤，除掉饲料等成本，每斤也能赚个五块钱，第一单就卖出去一千二百斤，也就是说，金凤的成本就收回来了。

金凤激动得差点哭出来，大伙儿都为她感到高兴。李莉莉潘银莲她们都把自家的老爷们儿招呼过来帮金凤捞小龙虾，大头和猴子也联系好了送货的人，一切准备就绪。第二天，陈飞黄让大头和猴子、双喜、平安他们几个陪着金凤去城里送货。

晚上八点多，几个人才回来，直奔陈国标家的院子。一群乡亲正围在院子里聊天，非常热闹。

金凤一进院子就捧着钱和一叠单子交给陈飞黄，激动得语无伦次："飞黄书记，我回本了，今天收到了九千八百五十三块钱，除掉货车司机的运输费，我还有九千五百多，我赚钱了，赚钱了……"

说着说着，她竟然哭出来了："真没想到，居然这么顺利就成功了，我家娃可以去城里读书了。"

"瓜婆娘，天大的喜事儿，你哭啥子嘛！"赵荷花连忙上前安慰。

"是啊是啊，这是好事，别哭。"芳婶儿给她擦着眼泪，"这才是第一单生意，接下来还能赚很多钱呢，你家池塘里的小龙虾应该还没捞完吧？"

"没有没有，还多着呢。"金凤擦掉眼泪，破涕为笑，"今天我们在城里又接了几单，加起来有八百多斤。你看，这是收据，在大头兄弟的提醒下，我还收了定金呢。定金我单独装起来了，有一千八百多……"

"这些单子你要收好。"陈飞黄叮嘱，"明天一大早就捞龙虾，早点给人送过去。"

"嗯嗯。"金凤连连点头，"谢谢你，飞黄书记，真的谢谢你……"

"这都是你应得的。"陈飞黄感叹地说，"你说没想到这么顺利就赚到钱了，其实我们都知道你付出了多少心血。这三个月，你耗尽精力喂养小龙虾，几乎没睡过一个好觉，每天晚上都守着龙虾池，后期甚至直接在旁边搭个帐篷睡觉，这换成一个爷们儿也不一定能做到。

"更何况，当初我第一次提出龙虾养殖的时候，没有一个人信我，只有你把全部身家压在我身上。你有勇气有胆识，又勤奋，全村那么多老少爷们儿没有一个比得上你，所以说啊，有因就有果，你现在所得到的一切，都是你应得的！"

"对！"赵荷花激动地附和，"金凤，活该你赚钱，你的好日子还在后头呢！"

"哈哈哈……"满院子的人都笑了，金凤也笑了，却又在抹眼泪，大家分不清她是哭还是笑，但是都为她感到高兴。

三个多月了，陈飞黄也算是松了一口气，感叹道："金凤姐，你这一池子小龙虾算是给大伙儿打了头阵，让金河村的人都看到了希望。你养殖成功了，赚到钱了，其他人就对我有信心了，以后呀，咱们金河村的人都能在家把钱赚到……"

"哎呀，想到再过三个月，我们家的小龙虾也要有收成了，我就高兴得合不上嘴。"猴子激动地说，"还好我们飞龙队的当初都选择支持飞黄哥，我感觉这都是天意，但凡是相信飞黄哥，支持飞黄哥的，都能过上好日子！"

"没错没错，以后我就跟定飞黄哥了，他指东，我绝不往西！"双喜也跟着拍马屁。

"行了行了，以后关于养殖小龙虾的经验你们多请教请教金凤。"陈国标摆起长辈的架子，叮嘱道，"好好跟人学习，一个大老爷们儿可别比不上娘儿们！"

"你别说，咱们村儿还真没几个老爷们儿能比得上金凤！"赵荷花说。

"婶子，您就别笑话我了。"金凤有些不好意思，"你们先吃饭，我得回家看看，我俩孩子也不知道吃饭没有。"

"吃了吃了，这个你就不用操心了。你芳婶儿五点多就去村口守着，把俩孩子叫到家里吃饭，做作业，这会儿俩孩子还在她家呢。"

"我出来的时候，他们已经做完作业了，现在应该陪着晓峰在看电视。"芳婶儿笑着说，"金凤，你就安心创业，孩子有我跟你荷花婶子帮忙看着呢。"

"谢谢你们……"金凤感动得热泪盈眶，都说远亲不如近邻，这乡里乡亲的，在一个村儿共同生活了一辈子，他们比亲人还要亲，很多事她想得到想不到的，他们都为她想到了……

金凤家的小龙虾收成很好，接连一个星期，她每天都打捞小龙虾，往城里送货。小龙虾捕捞方法简单，还能长时间离水，运输又方便，省工、省时，费用低，回报高。前前后后才三个月，算下来，除掉成本金凤已经赚了三万多块。这是她第一次学着做生意，竟然成功了。

金凤每天晚上回家数着钱，就激动得不行，抱着两个孩子说："妈妈有钱了，妈妈可以供你们去城里读书了。"

金凤虽然没有读过什么书，但她始终坚定地认为要让孩子进好的学校，给他们好的学习环境，长大之后才能有出息。

以两个孩子的学习成绩，想要读城里的学校根本不是问题，只是之前她的经济条件不允许，现在她有钱了，就能给孩子报名，让孩子住校，每个周末去接他们就好。她要留在金河村继续养殖小龙虾，等她再多攒点钱，就能在城里买房子了……

金凤对未来充满了期待，两个孩子也很懂事，每天自己上学放学，自己做饭吃，自己做作业，从不让母亲操心，金凤也可以安安心心地赚钱。

很快，这个好消息就传开了。几乎全镇的人都知道金河村一组的寡妇金凤养小龙虾成功了，现在在城里卖得火热，这才三个多月的工夫，人家已经成了小老板，换了新手机，每天都能接到很多餐馆老板的电话，跟她订小龙虾。

现在，二傻猴子双喜平安二狗他们五家人的池塘也正在养殖小龙虾，金河村的产业做得如火如荼。有了金凤这个成功的先例，大家都信心倍增，按照金凤的经验做好每一个细节，只等着三个月之后的收成。

金凤的小龙虾池当初投入少，产量也就不多，才八天的工夫就把小龙虾都卖完了。她清理了一下池塘，马上投入第二批虾苗，接着又去辞掉蔬菜基地的工作，找到村委会把自家池塘旁边一个废弃的池子给承包了下来，准备两个池塘一起养殖小龙虾……

陈飞黄算过了，现在才六月份，就算第二批小龙虾九月份产出，那个时候依然是吃小龙虾的季节，所以这一波时间赶得刚刚好，他全力支持金凤继续养殖……

金河村的村民们眼看着金凤的小龙虾生意做得热火朝天，一个个羡慕不已，也是懊悔不已。当初陈飞黄召集村民大会，提出养殖小龙虾的时候，没有一个人支持他，大家都想要看到眼前的利益，恨不得陈飞黄直接把钱给他们才好。那个时候，就只有金凤这个寡妇豁出去了，拿出所有的积蓄来支持陈飞黄，毅然决然地选择当第一个吃螃蟹的人。

也正因如此，她现在才能收获成功！

金河村的那些村民现在回头想想都觉得臊得慌。生态鱼塘出问题的时候，他们一个个全都来指责陈飞黄，生怕吃一点点亏，后来把所有的亏损都算在陈飞黄头上，他们拿回来土地流转金。那个时候，陈飞黄再次召开村民大会，提议养殖小龙虾的事情，这是给他们第二次机会，但他们依然不肯把握，还是不想冒险，不想付出，只想坐享其成。

陈飞黄感到灰心绝望之际，只有飞龙队的人支持他，旁人还笑话他们是托儿。这些风言风语，陈飞黄怎么会不知道？但他没有理会，继续用心经营金河村的产业，手把手地教会飞龙队的人养殖小龙虾……

现在，那五个鱼塘也都步入正轨了。

金河村的村民们看到金凤赚到钱了，一个个眼红得像兔子一样，蠢蠢欲动，都想去承包鱼塘养殖小龙虾，又没脸去提。就在这个时候，马强找到了陈飞黄，主动提出给学费，只要陈飞黄教他养殖小龙虾，多少学费他都肯给。

陈飞黄从前很不喜欢马强，觉得这个人太功利，可是现在跟其他村民一对比，他突然又觉得马强这种人挺好的。至少他有冲劲儿有动力，也不计较脸皮，就算被拒绝被嘲笑，他还是一如既往的想着赚钱，这种劲儿就是当今农民们所缺乏的东西！

陈飞黄见马强真心想学，就答应了他，而且不收学费。只是他告诉马强，自己讲述的养殖方法和经验没有用，那都是些理论知识，想要学到真本领就应该实地去考察，于是让马强每天去帮金凤干活儿，只有自己实际操作了，才能学到真东西。

马强觉得很有道理，于是每天带着老婆老爹一家人，起早贪黑地来帮金凤干活儿，从清理鱼塘到放虾苗再到下放鱼苗，再到配制饲料和投喂饲料，金凤做什么，他们一家人就做什么。

金凤是个知恩图报的人，见他们一家人来帮自己干活儿，每天还管他们三餐饭。这你来我往的，两家人关系倒是熟络起来了，马强的媳妇还把孩子带过来跟金凤家女儿一起做作业，说是学学人家学霸是怎么做作业温习功课的。

顾千秋把这一切都看在眼里，忍不住感叹道："陈书记，你可真是个人才呀，既让马强学到了东西，又给金凤找到了免费的帮手，一举两得！"

"哈哈哈，金凤一个女人不容易，就算她再勤奋再能干也是精力有限。以前舞龙队的人会去帮她，现在大伙儿自己家也有龙虾池，一边忙着蔬菜基地和牧场的工作，一边养殖小龙虾，自己都顾不上来了，哪还有空帮金凤姐？我本来想让她从外村找几个人来帮忙，现在看来是不必了……"

"我要向你学习，既有创业头脑，又有管理能力，实在厉害。"顾千秋感叹道，"这阵子我忙着处理猪瘟和修路的事情，每天也是累够呛，等忙完了，我也要去看看龙虾池，如果可行的话，你看看能不能推行到其他村儿？脱贫致富不光是一个村儿的事，如果能够把整个镇都带动起来就好了。"

"这一点我也想到过，可是小龙虾市场毕竟有限，金河村的池塘若是都养殖起来，市场已经饱和了，现在青山村的马强也跟着学了，如果能够顺利把邻近几个市的资源都拿下，也就刚好供应于求，如果有更多的村子参与进来，这张饼就不好分了。"

❧

| 〇九三 |

该回去了

"你这么说也有道理……"顾千秋陷入深思，"看来还是要开展其他产业才行。"

"你知道我当初为什么要守住生态鱼塘和小龙虾养殖不肯让给包总，反而支持他建牧场吗？"陈飞黄反问。

"为什么？"顾千秋忙问。

"因为小龙虾养殖是小产业，村民们自己就能做起来，而蔬菜基地和牧场需要大量资金投入，村民自己是做不了的，即使有政府的补贴也不行。但是，如果蔬菜基地和牧场能够发展起来，不仅能够解决大量的就业问题，还能扩展到其他村，毕竟蔬菜和畜牧没有季节限制，对运输时间也没有太多要求，不仅是城里、省里，哪怕运送到全国，全球也是可以的，这个市场才是最大的……"

"你说得对，这次牧场的筹备就已经扩展到青山村了，不仅让青山村的村民跟着赚钱，还化解了两个村之间的矛盾……"

"就算包总的资产有限，现在建一个蔬菜基地一个牧场差不多了，但是只要这两个项目做起来，做好，以后会吸引到更多的投资方来到山河镇投资做更多的蔬菜基地和牧场，要知道，有机食品是未来发展的大趋势，市场不可限量。"

"明白了……"顾千秋恍然大悟，"原来你早就埋好了伏笔……"

"是的，我也没想到，这才三个多月，不到四个月，就已经把产业都铺盖好了，现在唯一让我放心不下的就是金沙河……这件事你知道吗？冯镇长那边处理得怎么样了？"

"还在处理……"顾千秋说起这个就语气凝重，"幸好山河镇几乎家家户户都有水井，就算自来水断了，短时间内也不影响大伙儿的生活。可是马上旱季就要来了，如果金沙河的水源问题再不解决的话，恐怕问题会比较严重。"

"是的，况且，现在小龙虾养殖也需要大量的水源，昨天金凤还跟我说，她家的水井都快干了，盼着能下场雨……"

"水利局一直在处理水源问题，可能还需要点时间。采砂船已经打捞起来了，暂时应该不会有人去采砂。我已经好几天没见着冯镇长了，你别看他平时有点儿怂，但是在大是大非上面，他还是有原则的，这件事，已经触碰到他的底线了，他现在是拼了老命在处理。"

"希望他不要让我们失望……"

"希望能够尽快把这些不正规的采砂队给处理掉，以后由正规的采砂公司来采砂，维护好生态环境的同时，也能给山河镇带来利润，不过那得需要去县里投拍竞选，就看哪家公司能竞选上了！"

"你提醒我了，我突然想到一个问题……"陈飞黄灵机一动，"如果这个时候有一家实力很强的公司参与投拍金沙河的河沙，那么上面应该会尽快处理掉这些非法采砂队。"

"应该是。不过，能够拿到采砂证的正规公司，资历可不一般，县里还要验资的，据说至少也得上千万才行。"

"我想想办法……"

"啊？你……"

"你忘了，我以前是开建筑公司的，认识很多做这行的朋友。"

"行吧，你试试看，别太为难。"

送走了顾千秋，陈飞黄准备给姚辉打个电话，姚辉倒是先打过来了："飞黄，好消息，魏光荣抓到了！"

"啊？抓到了？"陈飞黄有些惊讶，"什么时候的事？"

"昨天晚上拿到的人，现在在审讯。"姚辉非常激动，"我隔三岔五就追问商业局的人，他们一有消息马上就告诉我了。这不，让我通知你做好准备，可能随时会传讯你来配合调查。"

"好，你告诉他们，需要的时候，我马上回去。"陈飞黄很高兴。

"只要人抓到了，你很快就能洗清冤屈，恢复清白之身，公司也能解封了，项目……项目估计是要泡汤了，毕竟一期出了那么大的事儿。不过没关系，就算公司亏损一些，但只要解封，我们就能东山再起！"

"还有开发商法人没找到，恐怕不会那么快落定，不过既然魏光荣找到了，事情也就解决了一半，这是天大的好消息……"

"是啊是啊，我刚才收到消息，激动得不行，想想你就快要回来了，公司就要解封了，我们又能叱咤商场，我就高兴，嘿嘿……"

"确实值得高兴。"陈飞黄虽然这么说着，但语气却并没有多少喜悦。他回头看着不远处的金沙河，想着山河镇还有那么多事情没有处理完，竟然有些依依不舍，也有些放心不下……

"你怎么了？你不会是舍不得吧？"姚辉太了解陈飞黄，一听他的语气就猜到他的心思。

"有点儿！"陈飞黄并不掩饰自己的想法，"虽然金河村的村民生活已经得到一些改善，但我想象中的蓝图还没完全展开，山河镇是个好地方，只要好好开发，必然大有所为！"

"中国好地方多了去了，你能全部开发起来？"姚辉有些生气，"你想想以前，我们搞公司的时候，三个月能赚多少钱？随随便便一个项目都是上亿，三个月就算收首款也几千万了，而你在金河村呢？三个月赔进去六十多万，村民们赚到的钱都没有六十万吧？"

"有五十万是修路的，怎么算是赔？"

"好，就算是修路的，是做善事，你回来城里好好发展，咱们一起赚大钱，到时候拿几百万回去把金河村里里外外的路全部修一遍都够了，何必要把人赔在那里耗着？陈总，别忘了，你是陈总，飞黄集团也有几百人指着您吃饭呢……不光你金河村的乡亲是人，飞黄集团的工人员工也是人啊，他们也有老老小小要养的……你把他们给忘了吗？"

"行了，我又没说不回去，你激动啥？"陈飞黄急忙解释，"我不过是有点儿舍不得罢了，回去是一定要回去的，放心。"

"这就对了！"姚辉真的急了，"反正我跟你说，你要是不回来，我开车去金河村把你绑回来！"

这天晚上，陈飞黄辗转难眠，想到很快就能回城里，他心里其实也很期待，那毕竟是他打拼了十年的基业，平端遭遇变故，整个人生一下子跌入谷底，他还来不及反应就失去了一切……

在他人生最迷茫的时候，他阴错阳差地回到山河镇，在这里过着另外一种生活，就好像人生从头来过一次。如果当初他没有外出打拼，如果他一直留在金河村生活，那么，就会连接上现在的人生轨迹！

都说人生如戏，陈飞黄现在想来，自己的人生真是比戏剧还要精彩。之前他的生意突遭变故的时候，他曾经灰心、沮丧、彷徨，甚至绝望，但是现在想想，其实那是另一种体验，是把他从前没有过上的另一种生活重新过一遍。

这段时间的经历，让陈飞黄整个人都沉淀下来，让他更加沉稳更加成熟，不管遇到什么样的事情，他都能够平静对待了……

早上天刚亮，大头就来敲门，吵醒了陈飞黄，激动地讨论姚辉说的事情，陈飞黄翻了个身继续睡，大头扳着他的肩膀问他们什么时候回去，陈飞黄睁开眼睛，回头看着他："你想回去吗？"

"当然……"大头的话没说完就愣住了。是啊，他想回去吗？刚开始他跟姚辉一样，是不支持陈飞黄留在这里的，可是在这里生活了几个月，他已经慢慢习惯这种简简单单的生活，充满了人情味儿，真的很好……

可是大头也知道，陈飞黄是做大事的人，他需要一片更广阔的天空，这个地方始终是留不住他的。

"迟早要回去的，等着商业局的召唤吧。"陈飞黄打了个哈欠，起床换衣服，"今天要去牧场，然后去看看修路的事弄得怎么样了，下午再去巡视那几个龙虾池……"

"行了，知道你忙，我都给你理出来了，我先下楼等你。"

"嗯。"

"飞黄，飞黄！"芳婶儿在院子里喊他，"有人找你！"

"来了！"

陈飞黄洗了个脸，头发都没擦干就急匆匆走出来。看到眼前的一幕，他愣住了——妇联主任金嫂和一群村民带着各种各样的礼物站在院子里，笑嘻嘻地看着他！

"这是……"陈飞黄暗自数了数，有十几家人。

"飞黄书记，我们是来道歉的。"金嫂提着几斤牛腱子肉走过来，诚恳地说，"之前生态鱼塘出问题，我们这些没见识的不懂事，居然让你赔钱。你提出养殖小龙虾，我们也没有全力支持，真是惭愧。唉，说来说去，还是因为我们没有远见，再加上家里的日子实在是难，拿不出钱来投资，所以只能选择放弃。但是现在看到金凤家的小龙虾生意做得这么好，又看着舞龙队的兄弟们都在养殖小龙虾，我们……"

金嫂尴尬地笑笑，硬着头皮说："我们也想试试……"

"飞黄书记，我们可以把当初您亏损的钱拿出来给您，只要您教我们养小龙虾……"

"飞黄书记，我们家有现成的鱼塘，只要您教我养小龙虾，我们什么都听您的。"

"飞黄书记，教教我们吧。"

"是啊，教教我们吧，我们一定好好学……"

这一幕，陈飞黄早就料到了，只是没想到来得这么快。早上他刷牙的时候扯掉了挂在镜子前的日历，才发现，不知不觉中，他回到金河村已经一百一十七天了，马上就要四个月了，也还真算是顺利的，蔬菜基地有了收成，小龙虾也卖得很好，牧场正在建立，修路的事情也正在进行……

村民们的意识也慢慢开始转变，现在，一切都向着好的方向发展，他好像还真的能功成身退了……

"飞黄书记，飞黄书记……"大伙儿的呼唤声打断了陈飞黄的思绪，他回过神来，笑着回应，"你们真的想养小龙虾？"

"真的真的，这次我们是下定了决心，要跟着您学习养小龙虾。"金嫂激动地说，"这一次啊，我们就算是亏了，也绝对不怨您，要是赚了，我们，我们就分钱给您……"

"分钱就不必了。"陈飞黄坐下来，接过大头递过来的瓷缸子喝了一口水，喘了一口气儿，才慢悠悠地说，"马强你们知道吧？"

"知道知道……"那群人连连点头，"青山村的村支书，最近天天带着一家人来帮金凤喂养小龙虾呢，也不知道怎么就转性了……"

"他想跟我学养小龙虾，我告诉他，我光说话来教没有用，必须亲身体验，要自己去跟着干活儿，从头到尾地跟着做，这才能学到方法，所以他就带着一家人起早贪黑地去帮金凤干活儿。"

陈飞黄这番话说出来，一行人都愣住了，金嫂很快反应过来，急忙问："我知道了，飞黄书记的意思是，让我们也去帮金凤干活儿？"

"金凤姐那边人手够了，其他的鱼塘人手不够，你们自己看着办吧。"陈飞黄也懒得多说，"脚踏实地地学习，学会了自己去买虾苗，自己养殖，我不干预，赚了钱我替你们高兴，如果赔了钱，那肯定是你们不够勤快不够用心，后果也是自己受着。"

"明白明白，我们懂了……"大家连连点头，"飞黄书记，谢谢您，您真是我们的活菩萨啊。"

"话别说得太早，赚到钱再说吧。"陈飞黄笑道，"养殖小龙虾虽然不难，但也不简单，那是细致活儿，一个环节出错就有可能全盘皆输，如果没有足够的决心和把握就不要干了，老老实实种菜去吧。"

"我们有，我们有……我们这些人都是考虑了很久才厚着脸皮来找您的。"

"那就好，如果你们能够帮到一个月，技术也差不多学会了，还能赶得及养殖季节，拖久了季节就过了。另外，只要你们的小龙虾养得好，销售问题我来包了！"

"好嘞，谢谢飞黄书记……"

|〇九四|
美好的未来

舞龙队的人最近这阵子忙得焦头烂额，本来还商量着找亲戚来帮忙，这下，陈飞黄帮他们把人手的问题都给解决了。因为是一个村，来回也方便，如果是请了亲戚来，反而还得照顾起居饮食，现在提供两餐饭就有了免费的帮手，而帮忙的村民因为可以学到养殖技术，自然是非常乐意，态度也是谦逊殷切……

修路的事情也进展得很顺利，二狗家的院子已经拆了，等路修好了村里会为他们免费盖一个院子，往旁边扩展，虽然方向不一样，但还是跟以前一样宽敞。又修了新的院子，又拿到了补偿金，几个拆迁户都非常高兴，见人就去炫耀，夸赞陈飞黄的好。

马强忍不住酸了一句："那是飞黄书记有钱，自己贴钱给你们补贴，换了别的村儿，怎么可能有这样的好事？"

"所以说呀，人比人气死人，有些人也是村支书，干啥啥不行，就会给自己家捞钱……怎么能比得上我们飞黄书记呢。"

"那是，全镇，不对，全县都找不出一个这样的好书记。"

"你真没见识，要我说呀，全国都找不到这样的好书记！"

"对对对……"

听了这些话，马强气得脸都绿了，他其实心里还是服陈飞黄的，只是每次听到有人拿他跟陈飞黄比，那种一脸鄙视的样子，还是让他很受伤，他在心里默默下定决心，一定要努力，做出成绩来证明自己……

陈飞黄记得余总的公司一直都有挖砂项目，之前想要跟余总合作，最后还是被婉拒，他其实是不太想找余总的，但是想来想去，为了山河镇，还是硬着头皮试试看吧。

晚上十点左右，陈飞黄给余总发了个微信，说了自己的想法，一个小时过去了，没有任何回应，陈飞黄无奈地苦笑，看来又是自作多情了……

陈飞黄已经准备放弃了，正打算休息，这个时候，余总突然打来电话，关切地询问陈飞黄的近况。陈飞黄简单地说了一下，余总感到非常震惊，没想到他居然会回到老家当起了村支书。

余总还安慰道："飞黄，我知道这次的事情对你打击很大，不过我一直相信法律是公正的，只要你没有做过违法乱纪的事情，法律一定会还你一个公道。"

"我知道。"陈飞黄笑道，"我并不是逃避现实，只是想趁着这个空档为家乡做点事。"

"这样挺好，你是一个有情怀的人，我很欣赏这样的人……"余总说，"你刚才说的那个事情没有问题，我安排一下。"

"啊？您不用实地来考察吗？"陈飞黄有些惊讶。

"其实我一直都有勘察各地的河砂，金沙河的情况我是了解的，只是之前有更好的选择，就没有在那里投资。正好我最近要扩展采砂队，本来打算下去选一选，既然你提出来了，我就做个顺水人情，何乐而不为呢？等你东山再起的时候，还我这个人情，我就赚大了！"

"哈哈哈，余总，您可真够直接的！"

"哈哈哈，我是生意人，从来不做赔本的买卖。之前你要跟我合作的时候，我是觉得风险太大，利润太低，所以婉拒了，但是这一次，我基本没有什么风险，也不影响我公司的正常运作。其实说起来，也算不上什么人情，我只是很看好你，我始终觉得，你将来一定大有所为，也许还能反过来帮到我呢？"

"余总，您知道我为什么敬重您？就是您这个人够直爽够坦诚。"

"跟直爽的人直爽，跟坦诚的人才坦诚！"

"谢谢，这个人情，我记住了！！！"

"那我赚到了，哈哈哈……"

一周后，顾千秋告诉陈飞黄，金沙河的事情解决了，有一家持证大公司竞标投到了金沙河的采砂项目，之前偷偷采砂的团队已经被处理掉，等到金沙河的水源问题彻底解决后，这家大公司会按照正规程序来进行采砂。

冯镇长特别高兴，特地把陈飞黄请到小辣椒喝了一顿酒，说起山河镇的发展，对未来充满了期待，喝到最后，他激动地说："飞黄啊，这家大公司的老总跟我说了，他是买你的面子才来参与金沙河的竞标……我以前一直以为你就是些小聪明小本事，现在才知道，你真是干大事儿的人啊，这么大的项目，你一句话就安排好了，我代表山河镇的百姓们谢谢你了！"

"您客气了，山河镇是我的家乡，我只是想让家乡变好，让我们一起期待更好的明天吧……"陈飞黄敬了他一杯酒。

接下来的日子过得平静安详，陈飞黄每天按部就班地去各处巡查，一切都步入正轨，几乎没有什么可操心的。包总把牧场的开幕仪式定在下个月八号，跟陈飞黄商量着细节，陈飞黄提了些意见，剩下的就让他自己去操办了。

牧场需要的人手不少，金河村的村民早就在蔬菜基地任职，又开始养殖小龙虾，几乎家家户户都有双重工作。之前在外面务工没来得及参与蔬菜基地工作的人也陆陆续续回来了，在牧场找到了工作，但工人还是不够用，于是陈飞黄建议择优录取其他村的村民，全镇的人都能来应聘。当然，青山村那些被征地的村民都给予了优先安排，都纷纷在牧场任职。

现在，山河镇解决了大量的就业问题，只要按照这样发展下去，用不了多长时间，经济问题也会得到解决。大势良好，所有人都盼着后面的好日子来临……

但就在这个时候，一个阳光明媚的早晨，几辆豪车突然开进了山河镇政府大楼，指名道姓地要找陈飞黄。冯镇长正在开会，让顾千秋去处理，顾千秋了解了情况，眉头紧皱："这是你们私人的事情，不应该找到政府来，你们还是私下解决吧。"

"这位领导，我们并不想打扰你们，只是实在找不到人，听说他在你们山河镇某个村当上了村支书，所以才找到这里来，你把人叫出来，我们自然出去解决。"

| 〇九五 |

讨债的来了

这人说话客气有礼，笑容可掬，顾千秋还真不好发作，她正在为难之际，一个熟悉的声音传来："我在这里！"

陈飞黄从门外走进来，炽烈的阳光从门口射进来照在他身上，很是耀眼。他刚从修路的地方过来，一身的灰尘，裤脚挽起来，解放布鞋满是泥土，头上还戴着草帽，豆大的汗珠从鼻尖和下巴一直往下滴……

　　一行人回头看着陈飞黄，愣了好几分钟才回过神来："你……你真是陈飞黄？"

　　"怎么变成这个样子？"这个时候，一直坐在车里的幕后老板下了车，好整以暇地看着陈飞黄，眼中尽是嘲弄，"这才几个月，完全改头换面了，你不说，我还真认不出来，好强大的易容术啊！"

　　"废话少说。"陈飞黄语气冷漠，"有什么事，出来谈吧，侯总！"

　　来人正是启光的侯总。这人当初与耀阳的邓世清一起跟陈飞黄合作了工程项目，如果说邓世清是靠着巴结陈飞黄上位，那么启光纯粹就是耍无赖。侯总跟邓世清不一样的是，他做事更加不择手段，陈飞黄当初跟他合作，根本就是迫于形势。

　　飞黄集团出事之后，启光和耀阳第一个撇清关系，并且开始催债，还找到了沈颜颜那里。上次非遗节的时候，陈飞黄解决了耀阳的邓世清，邓世清也就没再纠缠了，可他万万没有想到，侯总居然会找到这里来。

　　"行！"侯总也不多说，转身就跟着陈飞黄出去了，还冷傲地说，"上我车上谈吧，外面太阳热。"

　　"有什么好谈的，欠债还钱，天经地义。"

　　身后那个叫叫嚷嚷的瘦高个子是侯总的小舅子，之前笑眯眯跟顾千秋说话的是侯总最得力的助手徐先生。

　　顾千秋眉头紧皱，看着这情况，很是担心，陈飞黄今天一个人来，大头和猴子都没跟着，也不知道会不会吃亏。

　　外面，主人车已经启动，往街上开去，那徐先生出去之前还弯腰向顾千秋鞠了一躬，客气地说："抱歉，打扰了！"

　　随即，剩下的两部车也跟在后面开走了，顾千秋放心不下，连忙给大头打电话说了这件事："你快带人去看看吧，我怕他们为难陈书记。"

　　"我知道了，我马上过去。"

　　大头挂断电话，旁边的猴子和双喜急忙凑过来问："是谁啊？"

　　"根据顾镇长描述的，应该是启光的侯总，那个人以前是道上出来的，比邓世清难对付多了……"

大头见识过侯总的心机，吃人不吐骨头，比邓世清那个花架子难搞多了。

事不宜迟，大头急忙跨上摩托车准备去找陈飞黄，猴子马上跳上车："我跟你一起去。"

"我也去，我也去……"双喜和平安也骑了一辆车跟在后面，陈国标上前拉住他们叮嘱道："你们注意观察形势，不行的话马上给我打电话，我带人过去，可不能让那帮狗东西欺负陈书记。"

"好好好，我们知道了。"

侯总从前是混出来的，性情阴狠，做事不择手段。刚开始陈飞黄并不想跟他合作，但是迫于形势，还是带着他一起做了两个项目。当时陈飞黄让大头每天亲自盯着，生怕他们在材料上偷工减料，搞成豆腐渣工程，过程虽然折腾了些，但最后项目还算是圆满成功，主要是陈飞黄让利出去，保证了项目的质量。

这次盛世的项目，陈飞黄并没有让他们参与，但是之前欠了两家公司的材料费，一家三百万，按照合同约定，是项目结束或者年底合同到期的时候一起付尾款，但是他们见到陈飞黄的公司出了问题，全部都来盯着要钱。

邓世清是因为有把柄在陈飞黄手上，早就解决掉了，而侯总，不声不吭，居然找到了山河镇来，可想而知，这笔钱他是非要不可了。

"陈飞黄，我不想多说废话，你欠我三百万材料费尾款，三天之内还给我，大家好说好散，以后井水不犯河水，要不然……"侯总吐出一口烟圈，冷眼盯着陈飞黄，"我的个性，你是知道的。"

"按照合同，这笔钱最迟年底给你……"

"别他妈给我提什么合同。"侯总怒喝着打断陈飞黄的话，"你公司都没了，项目都停了，你他妈还跟我谈合同？我忍到现在才来找你，已经很客气了，我听说你给那个什么村子修路都花了几十万，你明明有钱，居然不还给我？"

陈飞黄知道跟侯总讲道理讲不通，只能换个方式："这样吧，我手上还有五十万，我先还给你，剩下的，过几个月……"

"不要说过几个月，我等不了。"侯总再次打断他的话，气势汹汹地说，"三天，我们不走了，就在镇上酒店住下，你去偷也好，抢也好，借也好，我不管，反正三天后三百万一分都不能少！"

"你住在这里也没用，我现在没钱。"陈飞黄不想跟他周旋，直截了当地说，"这个鬼地方，你也看到了，一穷二白，我上哪儿去偷去抢去借？？"

"你还横起来了是吧？"侯总气得咬牙切齿，"他妈的都说欠钱的是大爷，我还真不信有人敢在我面前逞大爷的，你知道我以前是干什么的，你不还钱，我他妈现在就宰了你。"

"动手吧，动了手，不仅钱收不到，还要坐牢。"陈飞黄索性豁出去了，"我说了，过几个月还给你就一定会还给你，你非要逼着我三天之内给钱，我怎么给？再说了，这三百万是怎么来的，你心里不清楚吗？他妈的在我的工程上动手脚，搞一些烂材料充数，我怕工程受到影响，自己掏钱买新材料补进去，你那些材料让你拖回去，我一个没用，就这样你还要收我三百万……"

"少他妈给我废话。"侯总怒喝道，"白纸黑字，签了合同，我三百多万的材料给你拉过去了，你自己不用，怪我了？反正材料给你了，你就得付钱。"

"要钱没有，要命一条。"陈飞黄懒得跟他说。

"你……"侯总气疯了，"很好，你敢跟我耍赖！！"他对着车外喊了一声："蛤蟆，给我拖下去，打！"

⌄

| 〇九六 |

被人围攻

两个打手把陈飞黄连拖带拽地弄下车，挥着拳头就要打他。陈飞黄也不是吃素的，一脚就踢飞一个。另一个人惊呆了，他们以前遇到的商人一个个都是手无缚鸡之力，几个拳头就把人给吓傻了，没想到陈飞黄这么能打。

"你们还愣着干什么？动手啊。"侯总怒吼道。

"是！"又有三个人一起向陈飞黄围过去。陈飞黄平时打一两个还行，但是打这么多真不行，眼看他就要吃亏，这时，摩托车声音呼啸而来，大头带着猴子冲过来，下来就掀翻几个。猴子吓得在一旁哆嗦，挥舞着双手根本不会打架，一下子就被人给撂倒了。

侯总见大头来了，急忙招呼全部人一起上，这一下，十二个人都冲了上去一起打大头和陈飞黄……

猴子从地上爬起来，还没站稳，又被人给踢飞了，捂着肚子一阵哀号。

不远处，骑着摩托车赶来的双喜和平安急忙刹车，双喜想都没想就捡起一根棍子冲了过去，平安则是给陈国兵打电话，带着哭腔的声音颤抖着大喊："国兵叔，快来救命啊，快来啊，一群人打我们，猴子都被踢飞了——"

"什么？"陈国兵是当兵出来的人，向来都是个暴脾气，听到这句话，马上激动起来，"谁他妈敢打我儿子？？"

接着，他挥着手，扯着嗓子大喊："乡亲们，一帮城里来的狗东西跑来欺负我们飞黄书记，把飞黄书记和我儿子他们给打了，咱们快过去帮忙啊——"

"狗日的，居然敢欺负飞黄书记，老兵，他们在哪儿？"

"金河大桥南边儿桥底下，快啊，再晚就要出人命了，我先骑摩托车过去，你们赶紧跟上。"

"啊？要出人命了？天哪，飞黄书记该不会是……"

"快快快，乡亲们，保护飞黄书记……"

陈国兵带着大部队，浩浩荡荡地赶往金河大桥。另一边，几个妇女激动地奔走相告，还添油加醋的改编了好几个版本——

"不好了，不好了，有一群城里来的人把飞黄书记给绑架了……"

"糟了，飞黄书记被人给打了，现在性命攸关，生死未卜啊……"

"听说已经出人命了，好像是猴子被打死了，国兵叔已经赶过去了……"

"不只是猴子，双喜和平安也被打了，不知道死了几个，老天爷啊，太可怕了——"

陈国标刚从蔬菜基地回来，听到这些消息，吓得双腿发软，拉住一个妇女追问："到底发生什么事了？"

"我不知道，我只知道出人命了……"那妇女吓得直发抖，"好像先是飞黄书记被人给抓走了，随后大头和猴子他们去救人，然后就闹出人命来了。"

"我听国兵叔喊，好像是飞黄书记死了……"一个小媳妇哭着说，"糟了，飞黄书记死了，我们家的小龙虾养殖怎么办？"

"没了飞黄书记这个财神爷，我们金河村就要完了……"旁边几个小媳妇小孩儿都被吓哭了。

陈国标吓得瘫软在地，赵荷花急忙扶着他，安抚道："没事的，没事的，有大头在，不会吃太大亏的，再说了，飞黄向来冷静……他，他……"

"回家，回家骑摩托车，我要去看看。"陈国标捂着心口站起来，哭得老泪纵横，"我对不起陈三爷，我对不起他啊，我就不该把飞黄留下来，他为我们劳心劳力，贴了那么多钱，要是现在真出什么事儿，我有什么颜面下去见陈三爷啊……"

"别自己吓自己，不会有事的。"赵荷花还算冷静，拉着旁边的几个婆子说，"这事儿千万不要告诉芳嫂，她身体不好，折腾不起，还有，别让二傻知道啊！"

"行行行，我们晓得了。"

赵荷花扶着陈国标回家骑摩托车，两人刚准备赶过去，邓总也带着几个工人来了："老书记，听说飞黄书记被欺负了？他们在哪儿？包总叫我带人过去帮忙。"

"在金河大桥，走。"

"坐我的车，上车，快。"

大头的身手算是很厉害的，可侯天涯带来的人也是打架打惯了的，身手不会差，十几个人围着他和陈飞黄打，刚开始大头还能撑住，慢慢的两人就落入下风，大头和陈飞黄都挨了好几下。

猴子、平安、双喜那三个本来就瘦得跟竹竿儿似的，又没打过架，一冲过来就被人撂倒了，根本起不到作用，可他们仨还是很够义气，被打倒爬起来又往这里冲，三番五次，已经被人打得头破血流，鼻青脸肿。

侯天涯的人已经占了上风，他慢悠悠地从车上下来，嘴里叼着雪茄，正要让手下住手，拿住大头和陈飞黄威胁他们还钱，可这时，一阵轰隆隆的声音传来，他回头一看，不禁惊呆了。

几十辆摩托车疾驰而来，一群庄稼汉扛着锄头、扁担等农具叫嚷着冲了过来。这架势，把侯天涯都给镇住了，他那些手下全都吓傻了，慌忙停下动作，退到一边去。

"怎么回事？"侯天涯的小舅子惊愕地问。

"应该是附近的村民。"徐先生也有些紧张，"侯总，咱们还是先走吧？"

"走什么走？债都没要到，走去哪里？"侯天涯怒喝道。

"飞黄书记，飞黄书记——"

四十多个人村民从摩托车上下来，扛着农具冲过来，将侯天涯和他的手下团团围住，高喊道："你们好大的胆子，敢欺负我们飞黄书记，我们跟你们拼了——"

"拼了拼了——"一群人扛着农具就要开打，侯天涯和他的手下都吓蒙了。

这个时候，陈飞黄急忙站起来阻止大家："别乱来，大家冷静！"

"飞黄书记，你没事吧？"众人焦急地询问。

"没事……"陈飞黄擦了一把鼻血，扶起受伤的大头。

与此同时，陈国兵、二饼、双江还有健康几位叔伯也都扶起了自己的儿子，看到自己的儿子被打得鼻青脸肿，头破血流，这几个老爷子气得咬牙切齿，扛着扁担冲过去，对着那帮狗腿子一阵乱打。

⌄

| ○九七 |

死缠滥打

陈飞黄想要劝架，可是拉都拉不住。几个老爷子虽然年纪大了，但是天天干农活儿，力气不小，再加上儿子被打了，他们满身的怒气，必须发泄出来……

侯天涯的手下刚准备还手，其他的村民就挥着农具围了过去，光是把锄头亮出来，那些人就吓傻了，再也不敢还手，只能抱头鼠窜。

侯天涯和徐先生吓得贴在车上，大气都不敢出……

"行了行了，别打了。"陈飞黄见他们出了气，又上前阻止，"教训一下就行了，别把事情闹大！"

"飞黄书记，你别担心，打了架要关要罚我们认了。"陈国兵激动地怒喝道，"但我们绝不能饶过这群欺负你的狗东西！"

"没错，没错……"众人大喊。

"大家冷静点……"陈飞黄正要说话，附近传来了警笛声。原来是有人报了警，冯镇长和顾千秋也带着人赶来了，蔬菜基地的老邓也带着陈国标等人陆续赶来。一时间，金河大桥下面围满了人。

　　冯镇长出面主持大局，询问具体情况。侯天涯这会儿换了个嘴脸，装成一副受害者的样子说陈飞黄欠他三百万材料费不给，又断了联系，他的公司财务出现问题，现在急需那笔钱，所以他才来这里追债，可陈飞黄不仅不还，还态度恶劣，他一时气急了，这才动了手。

　　徐先生急忙拿出名片，原来他有律师证，再拿出公司的欠款单据，证明陈飞黄的确是欠了侯天涯的钱，大头怒吼着说当初他们的材料全都是豆腐渣，没办法用，陈飞黄为了保证工程质量，自己掏了钱重新买材料……

　　可这些话无凭无据，根本不起作用，即便是真的，那也只能认了，谁让材料欠款单上陈飞黄签了字。

　　归根结底，欠债的事，陈飞黄是认了，但根据合同应该是项目完成或者合同到期的时候付尾款，而陈飞黄的公司现在被查封，这个事就不太好说，陈飞黄现在还不起钱大家能理解，但侯天涯要债也是正常的……

　　最后，侯天涯承认他的手下打了人，要拘留要罚款他都认，不过陈国兵他们也动手打了人，要拘留就一起拘留，法律是公正的，不能偏袒自己人。

　　陈国兵气得上前理论，可警方和冯镇长客观地说是这个道理。这会儿，他们才知道陈飞黄刚才为什么拦着他们不让打人……

　　事情到了这个地步，陈飞黄只好说拘留就算了，大家都伤得不重，还是私了吧，两边的人都受了伤，互相抵消，连医药费都不用赔了。

　　猴子他们几个气得咬牙切齿，可也没有办法。侯天涯的手下被拘留几天无所谓，但陈飞黄不想让陈国兵他们几个叔伯再被拘留了，所以只能忍下这口气。

　　警方的人命令侯天涯的人马上离开山河镇，但侯天涯一脸委屈地哭诉着自己的难处，说这次来是一定要追回债务才能回去的，要不然他回去也没法活，不过他保证不会再打架。

　　冯镇长让警方的人盯着他们，不准再闹事，侯天涯也再三保证，一定秉公守法，当个良好市民，而且还一脸慷慨的样子，给陈飞黄三天时间去筹钱，三天后再来要债。

　　说着，一行人就开车去了县里住酒店，三天后再来……

在警察的监督下，大家陆陆续续地散了。

顾千秋确定陈飞黄没有什么大碍，跟着冯镇长去跟警方的人交涉事情去了。

邓总开车带着陈飞黄和大头、猴子、双喜去镇上的医院处理伤口。还好，几个人都是皮外伤，不是很严重。他们中受伤最严重的就是猴子，额头被石头磕破，缝了三针。陈国兵在旁边看着很心疼，但又说不出一句好话，咬着牙骂道："你个狗日的东西怎么这么没用？他们打你你不会还手吗？你的手长着是干啥的？"

"好了，爹，你已经骂了我一个小时了，我耳朵都快要被你震聋了！"猴子一脸的疲惫加无奈，"大头哥，有空的时候我要跟你学学打架，我也觉得我挺没用的。"

"行，我教你练拳。"大头拍拍他的肩膀，"猴子，你是个好兄弟，有种！"

"我呢我呢？"双喜急忙寻求夸奖。

"还有我……"平安举起手。

"你们都是好样的！"大头笑着说。

"好样个屁！"陈飞黄没好气地怒骂，"我教了你们多少次？做事要动脑子，靠拳头有个屁用，就你们能，就你们厉害，明明不会打架还往上冲，你们是想送死吗？"

几个人都愣住了，没想到陈飞黄会骂人。

"飞黄，你怎么还骂人呢？大家可都是为了你才……"

"爹——"

陈国兵的话说到一半就被猴子给打断了，大家都看着陈飞黄，不敢说话。

"唉……"陈飞黄深深地叹了一口气，拍拍猴子的肩膀，低沉地说，"以后别犯傻，别往上冲，幸亏今天没什么事，要是有什么事，我会内疚一辈子的……"

"没事没事，我们都好着呢。"猴子急忙说，"飞黄哥，我们就是一点儿皮外伤，你别担心。"

"是啊是啊，都是小伤，过两天就好了，嘿嘿。"双喜也附和着。

"飞黄哥，你是想起了二傻吗？"平安看出了陈飞黄的心思，轻声说，"你别胡思乱想，我们真的没事，而且这事儿也不能怨你，大头哥都说了，是那帮人坏心眼，仗着自己家有势力，死皮赖脸地缠着你合作，还想用劣质材料蒙混过关，你是对项目负责，对业主负责，自己掏钱买了材料贴进去，所以才造成了欠款的……"

"他们这么黑心眼，迟早会遭报应的。"猴子咬牙切齿地说，"飞黄哥，我们支持你！"

"不管怎样，这笔钱还是要还的。"陈飞黄神色凝重，"侯天涯这个人，我太清楚了。如果不还钱，他有一千一万个方法纠缠我。他随身带着徐先生，就是帮他规避法律问题，今天他是狗急跳墙一时冲动了，下一次，他不会动手打人，但也能给我们制造混乱。"

"这帮狗日的东西，就没人能惩治他们吗？"双江叔气恼地问。

〉

｜〇九八｜

万众拥护

"欠债还钱，天经地义。"陈飞黄眯着眼睛，"先还钱，还了钱我才能占理，占了理，才能惩治他们。"

"惩治？怎么惩治？"陈国兵好奇地问。

"他们打我就算了，打我兄弟，这口气我怎么会忍？"陈飞黄咬牙切齿地说，"只是有时候，不是打回去就行了，要用法律的手段来对付！"

"飞黄哥，我知道你护着我们，但你也要注意安全，别冲动。"猴子急忙说。

"放心吧。"陈飞黄拍拍他的肩膀，"其实我之所以故意刺激侯天涯，就是想让他出手打我一顿，只要打得再严重一点，警方出手处理，他们短时间之内就不能纠缠我了，我就有时间筹钱……"

"啊？你是故意的？"大头傻眼了，"原来你打的是这个算盘。"

"你向来跟我有默契，怎么这次也这么冲动？"陈飞黄瞪着大头，"如果真要打架，我会不知道提前通知你？"

"我……"大头摸摸自己的光头，"顾镇长给我打电话的时候，声音都在发抖，我一听就急了，没时间想那么多。"

"我也没想到那么多……"陈国兵感叹道，"真是见识了，你们生意人就是心思多，我是想破脑袋都想不到这上面去的。"

"我走的时候叮嘱牛田过半个小时报警，估计他看你们都过去了，事情闹大了，所以才延迟报警时间。"陈飞黄摇头，"没想到啊，整个村子里，最有头脑的居然是他！"

"对对对，当时国兵叔吼了几嗓子，全村的人都知道了，老老少少全都回家抄家伙，还有几个婆娘也扛着锄头跟着来了。"双喜笑道。

"我听我妈说，金凤姐跑回家去拿菜刀，被荷花婶子给拦住了。"平安说，"村里人听说你被打了，全都要去跟那些恶人拼了！"

"唉，别说那些婆娘了，尽添乱！"健康叔无语地说，"国兵只是说陈书记被打了，叫我们去帮忙救人，要是去晚了恐怕会闹出人命，结果那群婆娘到处乱传，传了几个版本，一会儿说陈书记被打死了，一会儿说猴子被打死了，搞得村里人都吓傻了，村头的六婆吓得差点中风！"

"啊？没事吧？"陈飞黄吓坏了。

"没事没事，喝了一碗糖水缓过来了。婆娘当中荷花嫂子比较有见识，把大伙儿都稳住了。"健康叔笑道。

"你老叔已经回去安抚村里人了，现在大伙儿都平息下来，没事的。"陈国兵说，"荷花还是有见识，第一件事就让大家瞒着你芳婶儿和二傻，怕他们出事，这会儿两人才知道出了事，急得不行，不过人都在你老叔家，都等着咱们回去呢。"

"没事就好，我们赶紧回家。"

陈飞黄不想让芳婶儿和二傻担心，催着大家回村，他让邓总开车带几位叔伯先回去，他和大头猴子他们慢慢步行回家。

路上，几个人还在讨论怎么对付侯天涯他们，陈飞黄郑重其事地命令道："你们想都不要想，好好干活儿，这件事跟你们无关，你们不要乱来，我自己会处理。"

"那你要怎么处理？他们都守在县里不走了，三天后就要来收债。"猴子问。

"现在只能先还钱……"陈飞黄眉头紧皱。

"三百万，可不是小数目啊。"双喜试探性地问，"飞黄哥，你应该没钱吧？要是有钱，也不会闹成这样。"

"确实没有。"陈飞黄叹了一口气。这时，一辆商务车迎面开了过来，车灯差点闪瞎了大伙儿的眼睛，陈国兵正要开口骂人，车灯又关了，包总从车上下来："飞黄！"

"包总，你怎么来了？"陈飞黄很意外。

"上车再说。"包总打开车门招呼道，"知道你们人多，特地来了一辆七座车，有位置，来来来，快上去。"

"谢谢包总！"

几个人上了车，包总关切地寒暄了几句，随即对陈飞黄说："飞黄，以前你遇到事儿我都没帮上忙，但是这一次，我想为你做点儿什么，你说，你打算怎么弄？我都支持你。"

"先还钱。"陈飞黄很果断，"包总，我这里只有五十万，你能借我多少？"

包总皱着眉想了想，直截了当地说："飞黄，你也是做生意的人，你知道的，生意人流动资金不多，我的钱全都投进蔬菜基地和牧场了，现在手头还真没多少现金，全部掏空了也就八十万，还得留一些给农民们发工资，我只能给你五十万！"

"你能不能先借给我？"陈飞黄诚恳地说，"我给你打借条，我保证三个月之内还给你。"

"没问题，我现在就转给你。"包总马上用手机网银转账。

"这下有一百万，还差两百万……"大头给陈飞黄算了一笔账，"我这里有十几万，我全都给你。"

"我……我有两万！"猴子急忙说，"不过别让我爹知道，这是我偷偷瞒着他存的，想留着将来娶媳妇儿，不过先给你吧，媳妇不重要，飞黄哥最重要。"

"我有一万二，我也全都给你。"平安有些不好意思，"我的钱都交给我妈管着，这点钱也是偷偷存的私房钱。"

双喜沉默了片刻，鼓起勇气说："飞黄哥，我有五万，我也一起给你。"

"啊？双喜，你怎么会有这么多钱？"平安和猴子都非常震惊。

"我和我媳妇儿都在蔬菜基地上班，我们俩的工资都交给她攒起来，她很节省，一直把钱攒着，慢慢就攒了这么多了……"双喜笑道，"我想着将来有孩子了买奶粉，不过现在还早，先拿出来给飞黄哥救急要紧。"

"都是好兄弟啊！"包总感叹，"飞黄，我真羡慕你！"

"是，我也羡慕我自己……"

陈飞黄抬头的时候，看到村口亮着一片手电筒的光，村民们守在村口等他，见到包总的车开过来，大伙儿高兴地喊着："飞黄书记回来了，回来了！"

听到这些声音，看着这些朴实的村民，想着兄弟们拿出所有身家来帮他，大伙儿在关键时刻拼了命地保护他，陈飞黄觉得自己所做的一切都值了……

| 〇九九 |

平凡的人们给他最多感动

村民们不放心陈飞黄，所以都在村口等着他，见他平安归来，这才安心下来，一个个上前来安抚他，说不管遇到什么事儿，金河村全村的人都与他一起面对！

陈飞黄感动得热泪盈眶，幸亏这夜晚的灯光昏暗，谁也看不清他眼眶里的泪水，他抱拳答谢每一个人，脸上带着感动的笑容。

大头跟在陈飞黄身后，看着这些朴实的村民，心里十分感动。这些情义，是他们在城里从来都不曾遇到过的，怪不得陈飞黄愿意为他们做这么多事……

包总站在车边抽烟，他吐出一口烟圈，自嘲地笑笑："以前陈飞黄说他吃百家饭长大，现在要回报家乡，我在心里呸了他一脸，心想这个人可真虚伪，我总觉得他是在山河镇发现了什么能赚大钱的项目，所以才潜伏在这里……呵呵，现在想想，我真是小人之心啊！"

"我早前也对他有戒心，但是相处久了，我觉得陈书记真的是一个纯粹的人。"老邓感叹道，"他怎么就那么有凝聚力，那么有感染力，那么有能力呢？真是一个传奇人物。"

"走吧，回去再想想办法，看能不能给陈飞黄再凑点儿钱！"

陈飞黄回到家，陈国标一家人正在院子里陪着芳婶儿和二傻等他，见他回来，二傻急忙迎过去："飞黄，你终于回来了，你没事吧？他们打你哪儿了？有没有受伤？"

"没事……"陈飞黄安抚他，"就是点儿皮外伤，过几天就好了。"

"那帮杀千刀的，怎么可以打人呢？"芳婶儿一开口就落泪，看着陈飞黄和大头这个样子，忍不住心疼，"居然把你们打成这样，就应该把他们抓去关起来。"

"没事没事，芳婶儿您别担心。"陈飞黄笑着说，"我和大头都饿了，有吃的吗？"

"有有有，我马上去给你们端出来。"芳婶儿抹掉眼泪，跑进厨房去端菜，大头跟着去帮忙，"芳婶儿，我来帮你。"

"你也受伤了吧？严不严重？看医生了没？"

"没事，擦破一点儿皮而已，已经看医生了……"

陈飞黄哄着二傻进去帮他倒茶，这才回头来安抚眼泪汪汪的陈国标："老叔，你怎么也……"

"我后悔啊，不该哄你留下来。"陈国标哽咽着说，"这阵子你受了太多罪，简直没有一天安生过，这都怪我……"

"老叔您别这样。"陈飞黄有些着急，"您知道，平时我一见到娘儿们哭就慌了神，您这样，我都不知道该怎么办了。"

"好了好了，老头子，你看看飞黄那手足无措的样子，就别为难他了。"赵荷花笑着打圆场，"我早就说了，飞黄吉人自有天相，不会有事的！"

说着，赵荷花从兜里拿出一个用枣红色棉布包着的东西递给他："飞黄，这是我和你老叔给你的。"

"什么？"陈飞黄接过来打开一看，居然是一张邮政的银行卡，他一下子愣住了，"大婶儿，您这是……"

"你老叔一直关心着你的安危，所以我早就给猴子打了电话，了解到情况，也知道你现在唯一的后路就是先还钱。三百万，对我们这些乡下人来说是天文数字，但是众人拾柴火焰高，只要我们齐心协力，一定能解决问题的。"

赵荷花语重心长地说："我和你老叔这一辈子没赚到什么大钱，省吃俭用的就攒了这六万块，你先拿去还债……"

"大婶儿，我不能，不能要你们的钱。"陈飞黄急忙推辞，"这是你们养老的钱，我怎么能动？你放心，我自己有办法……"

"你要是这样，就不把我当亲人。"陈国标打断陈飞黄的话，激动地说，"飞黄，以前村里有事，我去问你要钱的时候，我可没跟你客气，现在你有事，你就不能让我帮帮你？你是想让我带着愧疚入土吗？"

"老叔您……"陈飞黄一时之间竟然不知道怎么接话了。

"那次小金河桥垮了，我去城里找你，我就应该觉察到问题，居然还厚着脸皮问你要钱，后来你让大头送来五万块，我当时第一个念头是……这钱太少了，不够修桥！现在回头想想，当时你自己已经是山穷水尽，这五万块可是从你嘴里抢食儿抢来的呀，我现在想想，我这老脸就臊得慌……"

陈国标一边说着一边拍打自己的脸，激动得哭出声来，陈飞黄急忙拉住他的手，慌乱地说："老叔您别这样……"

"你收下，你要是不收下，就是不认我这个叔！"陈国标非常激动，"你让我心里好受些行不？"

"好，我收下，我收！"陈飞黄含泪点头。

"密码是你老叔的生日，你还记得吧？"赵荷花说，"我们不会用什么网银，你明天直接去镇上把钱给取出来，知道不？"

"记得，知道。"陈飞黄不停地点头。

"吃饭了！"大头喊了一声。陈飞黄回头看去，这才发现芳婶儿正端着饭菜站在后面，刚才的话她都听见了。赵荷花和陈国标都瞒着她凑钱的事，但其实她自己早就想到了……

"妈，拿下来了，是这个吧？"二傻一手端着瓷缸子，一手拿着一个布包。

"对。"芳婶儿接过布包，走过来递给陈飞黄，"这存折上有三万块……"

"芳婶儿……"

"陈飞黄……"芳婶儿打断陈飞黄的话，强势地命令道，"你要当我是一家人，当晓峰是亲兄弟，你就给我收下，要不然，你明天……不对，今晚就搬出去，别住我家！"

"别啊……"陈飞黄急忙接过来，"好，我收下！"

"这就对了，吃饭。"芳婶儿眉开眼笑。

"对对对，都是一家人，不分彼此。"陈国标也很高兴，"以后啊，遇到什么困难，咱们就一起面对，可不能再一个人扛着了！"

"知道了……"陈飞黄很想说几句感激的话，可这个时候，他显得特别嘴笨，一句话都说不清楚。还是大头诚恳地说："看到你们对他这么好，我真的感动，我以前不明白他为啥非要回来，现在明白了……你们放心，他不会让你们失望的……"

|一〇〇|
陈飞黄，你好了不起

"他从来没有让我们失望过！"赵荷花笑着说，"从小到大，他都是最优秀的孩子！"

"我也很优秀。"二傻突然冒了一句。

"对对对，你也优秀。"陈飞黄揉揉二傻的头发，"你第一优秀，我第二优秀！"

"嘿嘿……"

"看二傻乐的，来，吃饭吃饭。"

在乡下，很多老人都不用手机，有些四五十岁的大叔大婶儿即使有手机，也不过是打打电话，方便跟家人联系，根本就没有安装微信之类的软件，更不要说拉什么微信群了。但很奇怪的是，这个地方传播消息的速度一点儿都不比城里差。

陈飞黄的饭还没吃完，金凤、二狗等人就陆陆续续找来了，带着家里的存折、银行卡，还有现金，全都来帮陈飞黄还债。陈飞黄傻眼了，急忙推辞，但大家非常坚决。

金凤激动地说："飞黄书记，没有你，就没有我的今天，我种了一辈子地，是你教会我养殖小龙虾，给我联系客户，我没给你一分钱好处，你无怨无悔地帮助我。现在你有难，我怎么能坐视不理？那样我两个孩子都瞧不起我。"

"金凤姐，我知道你的心思，可我真的不能收你的钱，你好不容易攒点钱给孩子读书，我怎么能……"

"是孩子叫我来的。"金凤十分坚定，"他们说了，要想成才得先成人，恩人有难，我们不能袖手旁观！这些钱也是这阵子卖小龙虾赚的，你无论如何都要收下……"

"可是……"

"还有我家。"李莉莉拉着老公站出来说，"我家男人以前是没啥出息的，说得不好听点就是雷打不出一个屁来，一年到头除了种地啥也不会，日子一眼望到头。是飞黄书记你带着他参加舞龙队，又给我们安排蔬菜基地的工作，还教他种小龙虾，现在我们家不仅生活改善了，他也更有男人样了。这都是你的功劳，我们一直铭记于心，不知道怎么报答，现在你遇到事儿了，必须给我们一个报答的机会……"

"对对对，我想说的话，跟李莉莉一样。"

"还有我，还有我……"

一屋子人都拿着钱要来帮陈飞黄，看到这一幕，大头这个硬汉都忍不住红了眼，怕被人发现，他连忙转过身去背对着大家整理情绪。

"这样，大家的好意我替飞黄收下了……"陈国标站起来说，"我来记个账，谁家多少钱，都得记得清清楚楚，以后飞黄还得如数还给大家！"

"对对对，我去找个本子登记下来，以后飞黄一家一家慢慢还。"赵荷花去找纸笔，二傻连忙帮她找到……

陈国标收下各家各户的东西，清清楚楚地记好账："金凤，三万八；李莉莉一万六；潘银莲两万一，大树七千二……"

陈飞黄微笑着看着这一幕，心里如五味杂陈，复杂难言。他突然就觉得，自己回来这一趟，仿佛就是上天给他的机会，让他回报乡亲们的同时，也体会到了人间百态，对未来更有信心！

夜深了，乡亲们渐渐散去，陈国标惊叹道："你别说啊，我一直以为咱们村很穷，居然一晚上还凑到了三十四万呢。"

"以前是穷，这不飞黄来了，大伙儿都有工作了，才开始赚到钱嘛。"赵荷花说，"不过说实话，我也挺意外的。我们和芳嫂子就不说了，这是自家人。金凤呢也是受了恩惠，赚到了钱，她主动来帮飞黄，我也不意外。可是其他那些人，我还真挺惊讶的，他们平时真的是省到天黑了舍不得点灯，吃白米饭不舍得吃菜，就这样省下来的一点儿钱，居然全部拿出来帮飞黄，真的太不容易了……"

"所以说，好人有好报。飞黄为大家做了这么多事，大家都看在眼里，记在心里，大家怕他受欺负，怕他走了，想要把他留下来，所以即使是掏空家底也要帮他……"

"是这个理。"

陈国标把东西交给陈飞黄，后来又想想，说干脆明天叫上几个人一起去街上把钱都取出来再一起给他，陈飞黄自然是乐意，把所有存折和银行卡都交给了他。

算了一下，村里这些钱包括陈国标和芳婶儿的一共三十四万，猴子双喜平安大头二十一万，这就是五十五万，再加上陈飞黄自己有的五十万和包总转账过来的五十万，一共一百五十五万，离三百万还差了将近一半……

陈飞黄犹豫着要不要找找余总……

陈国标跟陈飞黄打了招呼，正要和赵荷花一起回家，打开门就看到打着手电筒走来的顾千秋。她笑着跟他们打了招呼，进屋去找陈飞黄。这时，大头接到姚辉的电话，正在叫陈飞黄去听，陈飞黄看到顾千秋，连忙说："你跟他说，我晚点儿回电话给他。"

"噢。"大头对姚辉说，"顾镇长来了，你有事先跟我说，他晚点回电话给你。"

"好消息……"

陈飞黄每天的日子过得是争分夺秒，每次为了节省时间，顾千秋来找他，他就陪着她慢悠悠地散步往回走，既能送她回去，又可以交流聊天，今天也不例外。

"应该不会碰到乡亲吧？都快九点半了。"

陈飞黄很怕再碰到一个人捧着银行卡或者存折给他，他面对这样的事情总是手足无措……

"很晚了，大伙儿都睡了。"顾千秋微笑地看着他，"其实我早就来了，村民们在村口等你的时候，我站在二狗家的院子边看着一切，感动得稀里哗啦的，后来又被拉去了金凤姐家，帮她看着孩子，她儿子今天生病发烧了，但她还是找出全部家当来送给你……"

陈飞黄，你知道吗？我真的好羡慕你，好崇拜你，我家里世世代代都是人民公仆，我爷爷我爸爸都是当干部的，但我从来没有见过一个干部能够这样受人民爱戴，陈飞黄，你真的好了不起！"

"我也很意外……"陈飞黄由衷地感叹，"我真的没有想到……"

"这是冯镇长让我交给你的，这是我的。"顾千秋拿出两张银行卡，"密码都贴在上面了，他卡上有六万，我这里有十二万，你拿去还债吧！"

"……"陈飞黄感到震惊，"你们这是干什么？我……"

"村里人的钱你都收了，你要是不收我的，我会翻脸的。"顾千秋板着脸，有些生气的样子，"你要是把我当好朋友就收下！"

陈飞黄看着那两张卡，犹豫了一下，还是收下了："谢谢你，也帮我谢谢冯镇长。"

"他说了，让你按照银行利息还。"顾千秋偏着脑袋，笑着说，"而且两年内要还给他！"

"哈哈哈，没问题……"陈飞黄笑了。

"陈飞黄，你笑起来还挺好看的……"顾千秋笑眯眯地看着他，"以后要多笑，知道吗？"

陈飞黄不说话，只是这么静静地看着她，突然伸手，将她拥入怀中……

第七部

善始善终

"飞黄书记，欢迎你回来！"

■ 特别的归乡者

| 一〇一 |

前妻来了

回到家，芳婶儿和二傻已经睡了，大头在院子里一边吃面一边等陈飞黄，陈飞黄笑容满面地走进来："晚饭没吃饱吗？怎么还吃面？"

"那么多人，场面搞得那么感动，哪里有心思吃饭。"大头抱着碗喝掉最后一点儿汤汁，终于满足地打了个饱嗝儿，"终于饱了！"

"明早把这个给老叔。"陈飞黄把那两张银行卡递给大头，"你陪他一起去取钱，路上有个保障。"

"这是谁的卡？"大头接过银行卡，"顾镇长给的？"

"顾镇长和冯镇长的。"陈飞黄感叹道，"这次真是欠了好多人情……"

"顾镇长我知道她一定会帮你，不过冯镇长，倒让我挺意外的。"大头看着银行卡，"卡里有多少钱？"

"冯镇长卡上有六万，顾镇长十二万！"陈飞黄在算账，"加上之前的一百五十五万，一共是一百七十三万，还差一百多万……"

他翻着手机通信录，犹豫着要不要给余总打个电话，大头突然说："姚辉在过来的路上，一起的还有嫂……前嫂子！"

"什么？"陈飞黄惊愕地睁大眼睛，"什么情况？"

"晚上吃完饭我才发现，姚辉打了十几个电话我都没接，后来他给我打电话，质问侯天涯是不是跑到山河镇来了。我本来想瞒着他，可你知道他有多聪明，一看我语气不对就猜出了，原来他早就猜到侯天涯可能会来找你，今天给我打电话就是想提醒我们，没想到当时已经出事了……"

"你拣重点的说……"陈飞黄急了，"你没告诉他事情已经解决了吗？他跑来干吗？还有，为什么把沈颜颜带过来？"

"他说，启光集团出了事，侯天涯现在到处搞钱，你这笔债是他最后的希望了，如果三天之后没钱还给他，他真的可能会狗急跳墙，做出什么极端的事情来……所以，他带着全部身家来帮你。至于前嫂子，侯天涯就是从她那里逼出来你的下落，她当时也是吓坏了，不得已才说出来，不过现在转念一想，感到十分后悔，又怕你出事，所以也带着钱赶过来帮忙……"

说完这些，大头小心翼翼地劝道："你看，这么多人关心你，你应该感到高兴才对，别生气。"

"关键是……不应该把沈颜颜扯进来。"陈飞黄眉头紧皱，"她一个女人，就算被侯天涯逼着说出了我的下落，我也不会怪她，既然都知道侯天涯现在像一只疯狗一样，他们过来岂不是更危险？"

"也不是这么说，把钱还了就没事吧。"大头扳着指头算数，"姚辉把车卖了，加上家里的存款，带着八十万过来，前嫂子不知道有多少钱，不过应该不少了，你这里不是还差一百三十多万吗？应该够了……"

"我怎么能要她的钱？"陈飞黄拿出手机给姚辉打电话。

"你别打了，他手机断电关机了。"大头提醒，"他走得匆忙，忘了带充电器。前嫂子的手机应该打得通，不过你打给她也没用，人都已经在高速上了，估计凌晨三点就能到。"

"服了！！！"陈飞黄无语了……

"你早点休息，晚点我叫你，咱们一起去接姚辉吧。"大头耐着性子提醒，"导航上只找得到山河镇政府大楼，找不到村里，咱们晚点儿过去政府大楼等姚辉。另外，前嫂子来了，住哪里？你也得准备一下……"

"还能睡哪里？我把我房间收拾出来，晚上跟你睡。"

"呃……那我不睡了，我看电视，你睡吧。"

陈飞黄本来想睡一会儿，可是翻来覆去睡不着。等到凌晨三点，他跟大头一起步行到镇政府大楼去接姚辉，可是根本就没有车。两人又等了半小时，还是没有人来。陈飞黄担心出事，马上拨打沈颜颜的电话，电话关机。他马上拨打姚辉的电话，也提示关机。他心急如焚，急忙叫大头回去骑摩托车，两人骑着车沿路去找……

凌晨五点，终于在高速路口找到了姚辉的车。姚辉把车停在路边，刚刚停稳，沈颜颜就从车上冲下去，激动地扑进了陈飞黄的怀里，哭得稀里哗啦的："呜呜呜，吓死我了，我以为你被侯天涯打死了……"

"我没事，没事。"陈飞黄拍拍她的后背，"他没把你怎么样吧？"

"他的手下用刀子抵在我脸上，说如果不说出你的下落，就刮花我的脸，我害怕极了才说出来的。飞黄，对不起，我知道错了……我冷静下来之后马上给姚辉打电话，然后就带着钱赶来了。"

说着，沈颜颜从车上提下来一个箱子，打开一看，里面装得整整齐齐的全都是钱："这是你留给我的一百万，我全都带来了！"

"呃……"陈飞黄看傻了。他以前一直以为沈颜颜只爱钱不爱他，现在才知道，其实她只是刁蛮任性了些，在大是大非面前，她还是护着他的。

"我也带了八十万，不够的话，我再想想办法。"姚辉把银行卡递给陈飞黄，"拿着！"

陈飞黄没有接过卡，看着姚辉身后的别克昂科拉，笑道："这是你老丈人的车吧？"

"嘿嘿，我借来用几天，没事。"姚辉不好意思地挠挠头，"放心，我出来之前跟叶冰商量过了，她支持我这么做！"

❧

| 一〇二 |

两个女人

"好兄弟！"陈飞黄拍拍姚辉的肩膀，两人拥抱了一下，彼此之间没有说太多的客套话，但兄弟情义都在心中……

姚辉的手机没电，在高速上几次走错路口，兜兜转转弄到凌晨五点才到，下了车人都是昏的。大头开车带他们回村，路上跟他们大概讲了一下昨天发生的事情。姚辉感慨万千，真没想到，这些村民会这样维护陈飞黄……

沈颜颜则是不为所动，认为村民们这么做无非是怕陈飞黄这个财神爷出了事，他们的财路就断了。路上还一直抱怨村庄的道路难走，这么多年也没有什么改善，难怪这么穷。

陈飞黄并没有回应她的话，只是扭头看着政府大楼的方向。

姚辉和大头对视一眼，两人沉默不语，但彼此心中都明白，陈飞黄和这位前嫂子是回不去了……

经过了岁月的沉淀，陈飞黄现在更明白自己需要的是一个志同道合的伴侣，那个人不是沈颜颜，而是顾千秋！

农村人起得早，天还未亮，芳婶儿就已经起床在院子里喂鸡喂猪了，见有客人来，连忙上前来招呼。

姚辉在城里见过芳婶儿，自是十分亲切，但沈颜颜只是多年前跟着陈飞黄一起回来过一趟，时间久了，芳婶儿跟她都有些生疏，陈飞黄介绍了一下，芳婶儿连忙客气地招呼着，给他们做早餐。

沈颜颜脱掉高跟鞋，跟陈飞黄撒着娇说脚疼，陈飞黄把自己的拖鞋拿给她换上，大头给她倒了一瓷缸子开水，她嫌弃地问："没有新的杯子吗？这是谁用的？"

"我们都是公用的瓷缸子喝水。"大头说，"我刚才洗过了，还用开水烫过……"

"算了算了，幸好我早有准备。"沈颜颜指着车子的后备箱，"大头，帮我把行李箱拿下来。"

"好。"大头打开后备箱，从里面拿出一个超大的行李箱，提到沈颜颜面前。沈颜颜拿出一个水杯，又拿出一双毛绒绒的拖鞋，嘀咕道："飞黄，你这拖鞋也太脏了，全都是泥土，怎么穿呀。"

一边说一边把水杯递给大头，示意大头重新去倒水，大头正准备接过来，陈飞黄拿过水杯，说："你带姚辉上楼去洗个澡吧，等会儿芳婶儿早餐做好了，我再叫你们。"

"好！"大头看了沈颜颜一眼，带着姚辉上楼："你带换洗衣服了吗？"

"也就待一两天，带衣服干啥？穿你的不就行了？以前我们俩内裤都一起穿。"

"哈哈哈，那行，我还怕你嫌弃我，我那儿有芳婶儿买的十块钱五条的新内裤，给你两条！"

"十块钱五条？这么便宜？给我买一包，我带回去穿。"

"哈哈哈，没问题。"

陈飞黄给沈颜颜倒了一杯开水，沈颜颜接过来还没喝就嚷嚷："这么烫，怎么喝呀。"

陈飞黄又给她倒了半杯出来，从车上拿下一瓶矿泉水兑进去，她这才喝了水："渴死我了，大姨妈来了，又不敢喝矿泉水，难受死了。"

"上去洗个澡，换身衣服，好好休息，等下早餐做好了，我给你端上去。"

说着，陈飞黄就提着行李箱上楼，沈颜颜连忙跟上去，挽着他的胳膊，习惯性地撒娇："我就知道你对我最好了。"

"芳婶儿，早！"一个熟悉的声音突然从身后传来，"来客人了吗？"

陈飞黄心里一惊，下意识地回头，便看到站在院子门口，愣愣的顾千秋。她两手提着打包袋，里面装着一大早从街上买回来的灌汤包。那是陈飞黄喜欢吃的，街上只有一家在卖，她起了个大早去买，没想到……

芳婶儿端着两碗抄手，站在院子里，看看顾千秋又看看陈飞黄，一脸尴尬。

"老公，这是谁呀？"沈颜颜半个身子都倚在陈飞黄身上，十分亲密。

陈飞黄连忙抽出被沈颜颜挽住的手，想要上前去解释，可沈颜颜马上拉住他。陈飞黄皱着眉，低声叫她放开，她嘟着嘴说不放，两人拉拉扯扯，窃窃低语，倒是更加尴尬难看……

而这时，顾千秋把灌汤包放在石桌上，落落大方地说："芳婶儿，这是我给您和晓峰买的早餐，你们趁热吃。"

"哎，谢谢顾镇长……"芳婶儿连忙招呼，"你请坐，我去给你倒茶。"

"不用了。"顾千秋微笑地看着陈飞黄，"我本来要找陈书记谈点事，不过陈书记看来不太方便，那就晚点再说吧。"

说着，顾千秋转身离开……

"顾镇长……"陈飞黄喊了一声，顾千秋并没有停下脚步，沈颜颜愤怒地低喝，"好啊，陈飞黄，我说你最近怎么不联系我，原来是在这里找了女人，你是破产了，但你眼睛没瞎，你这是饥不择食了吗？一个农村妇女都看得上。"

"闭嘴！"陈飞黄怒喝。

"你……你居然吼我！"沈颜颜惊愕地睁大眼睛，"陈飞黄，我千里迢迢提着一箱子钱来帮你，你居然为了别的女人吼我！！！"

说着，沈颜颜就哭闹着要走，陈飞黄马上将她拽住，直接甩在肩膀上，扛进了他的房间……

　　"飞黄，没事吧？"大头和姚辉在上面问。

　　"把她箱子拿进来。"陈飞黄应了一声。

　　"噢。"大头去拿沈颜颜的行李箱。

　　房间里，沈颜颜还在闹腾着要走，陈飞黄将她按在沙发上低喝："你给我消停点儿，姚辉刚开了一晚上的车，现在走不了，等他休息一下，明天我让他把你带回去。"

　　"陈飞黄你个王八蛋，王八蛋——"沈颜颜激动地怒骂，"多少男人在追我，我都没答应，你居然这么快就变心了！"

　　"我们都离婚了，我想找人就找人，还需要经过你的允许？"陈飞黄冷冷地反驳，"你给我消停点儿，别闹了！"

　　"我就要闹，就要闹……"沈颜颜毛绒绒的拖鞋差点甩到大头脸上，还好他闪得快，把行李箱推进去就跑了，"嫂子，你的行李箱！"

|一〇三|
针尖对麦芒

　　折腾半小时，沈颜颜也累了，洗了澡躺在床上玩手机。

　　陈飞黄给她拿了早餐，叮嘱她记得吃，然后收拾着自己的衣服，沈颜颜一下子从床上翻起来质问："你干吗？"

　　"我拿衣服到晓峰房间睡。"陈飞黄说。

　　"你不在这里睡？"沈颜颜一下子就哭了，"你现在是嫌弃我了是吧？你是真的对那个女人动心了？"

　　"我们都离婚了，我怎么能碰你？"陈飞黄眉头紧皱，"过了这么久，你怎么还像个长不大的小孩一样？"

"是谁说喜欢我单纯无邪的？是谁说就喜欢我像孩子一样的性格？是你！！！"沈颜颜哭着质问，"你怎么可以这么快就变心了？我们离婚才……才一年而已……"

"一年零三个月。"陈飞黄纠正她的话，"离婚了，我们对彼此就没有责任了，我有权利重新开始新的生活。"

"你这样对我，我不帮你了。"沈颜颜激动地怒喝，"那一百万是我的，我不给你了，我看你怎么还债！"

"我本来也没打算要你的钱。"陈飞黄淡淡地说，"你能赶过来帮我，我已经很感激了。让姚辉休息一天，疲劳驾驶很危险，明天一早我就让他送你回去！"

"你……"沈颜颜气得抓狂，还在威胁他，"没有我那一百万，你有钱还给侯天涯吗？你还不了钱，侯天涯会打死你的！"

"我们都离婚了，我死了也不关你的事，你过好自己的日子吧！"

陈飞黄留下这句话，径直离开。

"陈飞黄，你有种就别来求我——"

沈颜颜把枕头砸过去，刚好被陈飞黄关上的门给挡了回来，她气得趴在床上大哭……

沈颜颜向来娇生惯养，刁蛮任性，当初陈飞黄就喜欢她这种真性情，可是后来两人结婚后他忙于工作，没有时间精力陪着她，她也不懂得体谅，始终没有学会成熟，于是两人分歧越来越大，最终走向了离婚……

刚开始离婚的时候，陈飞黄以为沈颜颜是因为他破产了，瞧不起他，但是现在他才发现，沈颜颜跟他离婚主要还是因为他不能像以前那样陪着她，哄着她。

婚姻和恋爱是有区别的，陈飞黄也是个凡人，他不可能永远像热恋期那样围着沈颜颜转，而沈颜颜显然没有进入一个妻子的角色，依然停留在恋爱时的心态，即使到现在也一样。

他们俩走到这一步，并不是谁对谁错，只是不合适而已。陈飞黄忙于事业，需要一个女人体谅他、理解他，跟他共同进退，而沈颜颜要享受爱情，她需要男人哄着她，陪着她，给她制造浪漫……

所以，他们终究是不合适的。

只是经过这么多事，陈飞黄开始反省自己。从前他对沈颜颜了解得太少了，以为她只知道花钱，所以判断她只是爱他的钱。现在想想，其实她不过是空虚寂窦，才用花钱来发泄罢了。在关键时刻，她能够把所有积蓄拿来帮他，这已经很难得……

陈飞黄的肚子饿得咕咕叫，来到院子里吃早餐。打开顾千秋送来的灌汤包和豆浆，他心里还有些愧疚。昨晚才刚刚拥抱了她，想着等事情处理好之后就跟她确定关系，没想到今天就闹这一出，她现在一定在生他的气吧？

陈飞黄犹豫着要不要给她打个电话解释一下，后来想想，还是等沈颜颜走了再说吧，要不然，现在解释了，回头沈颜颜又闹出什么事来，他就是浑身是嘴也说不清……

"飞黄啊！"芳婶儿坐过来，低声问，"她没事吧？"

"她没事，闹一会儿就好了。"陈飞黄歉疚地说，"不好意思，芳婶儿，吵到您了！"

"别这样说，都是一家人，怎么老跟我这么客气？"芳婶儿责备了一句，随即语重心长地劝道，"城里的女孩子娇贵一些，你好好哄哄她，可别让人家受委屈。在你落魄的时候还能来这里找你，给你送钱，说明她是个好姑娘，你要珍惜啊！"

"我们已经离婚了。"陈飞黄认真地说，"她对我好，我很感激，我会记在心里的，不过……离了就离了，我是不会走回头路的。"

"那……你是想着顾镇长了？"芳婶儿轻声问。

陈飞黄沉默了片刻，点头道："我跟她志同道合，性情相投，显然更适合。"

"你心里有数就好。"芳婶儿感到欣慰，"你向来是个有分寸的人，做什么事都很周全，感情这事儿也不能含糊啊……"

"我知道。"陈飞黄点点头。

"你等会儿再给她送点吃的吧，我刚才听到碗砸了，恐怕那碗抄手她都没吃，人家姑娘大老远从城里赶来，可别让她饿着……"芳婶儿叮嘱。

"把碗砸了？"陈飞黄眉头一皱，正要起身去查看，突然听到二傻的惨叫声，"啊——"

陈飞黄马上像箭般冲了进去，芳婶儿也跟着跑过去："怎么了？怎么了？"

"妈，疼——"二傻捂着额头走出来，委屈巴巴地说，"我刚才想去叫飞黄起床，刚推开门，一个东西就砸过来了。""飞黄，你怎么在这里？那房间里的是谁？"

"没事吧？"陈飞黄检查了一下二傻，发现他额头受伤，脸色一沉，怒气冲冲地往房间走去……

"飞黄，你可别乱发脾气，有话好好说。"芳婶儿叮嘱了一句，替二傻检查伤口，"我看看，哎呀，都起包了。"

芳婶儿看到二傻的额头被砸了一个包，心疼不已，连忙拉着他去自己房里上药。

"沈颜颜，你发什么神经？"陈飞黄愤怒地质问。

"我刚准备换衣服，一个男人闯进来，我随手抓起东西就丢过去了……"沈颜颜解释了一句，又怒喝道，"你干吗吼我？我被人看了，你还吼我？"

"晓峰根本不知道你来了，他是来叫我的。"陈飞黄气恼地说，"你换衣服不知道关门吗？再说了，有事你不知道喊我，老是拿东西砸人，万一出事怎么办？"

> ∨

| 一〇四 |

处处是人情

"你变心了，你根本就不关心我，你只关心你的朋友……"沈颜颜本来就窝着一肚子火，现在更是怒不可遏，"陈飞黄，算我瞎了眼，居然跑这么远来帮你，我现在就走，省得碍你的眼！！！"

说着，沈颜颜拖着行李箱就走，陈飞黄拦都拦不住……

姚辉和大头下来劝她，她也不听，陈飞黄冷冷地说了一句："这镇子上交通不发达，打车是不可能打到车的，你只能步行二十千米去火车站坐火车回成都，走之前记得换上平底鞋，不然你的脚就没了……"

"你……"沈颜颜气得发抖。

"还有啊……"陈飞黄继续说，"村子里家家户户都养狗，还有很多没人养

357

的野猫野狗，几天没吃过肉，见到生人就会扑过来咬，你自己注意点儿。"

"陈飞黄你浑蛋！"沈颜颜气得要用手机砸陈飞黄，陈飞黄指着她冷喝，"你再用东西砸人试试？我马上把你丢出去，让野狗咬花你的脸！！"

果然，沈颜颜马上就戾了。她最在意的就是自己这张美丽的脸，纯天然的美貌，走到哪里都是焦点……

几年前她跟着陈飞黄来过这个地方，她知道陈飞黄并不是吓唬她，这些都是真的。那个时候，她的白裙子就被一只野狗给扯破了，吓得她花容失色……

"嫂子，你消消气，就在这里休息一晚上，明天一早，我带你回城。"姚辉好言好语地劝道，"你现在走，真的不安全，而且外面也下雨了。"

沈颜颜扭头一看，外面的确在下雨，她心里很不情愿，但也只能灰溜溜地拖着行李箱回房间。

这时，芳婶儿和二傻从房间出来，二傻看到沈颜颜，马上尖叫起来："就是她，她拿杯子砸我。"

"晓峰，这是你飞黄哥的媳妇儿。"芳婶儿连忙说，"以后那房间就是嫂子住了，你别乱闯了知道吗？"

沈颜颜听芳婶儿这么说，心里不免有些愧疚，于是轻声道歉："芳婶儿对不起，我刚才在换衣服，见到有人闯进来，吓了一跳，没看清楚是谁就下意识地拿东西丢了过去，把晓峰兄弟给砸伤了，我陪他去医院看看吧。"

"不用不用，已经上了药，没多大事。"芳婶儿笑着说，"都是误会，说清楚就行了，我家里条件简陋，委屈你了。"

"别这么说，我挺喜欢这里的。"沈颜颜急忙说，"这房子搁在城里，那就是别墅呢。"

"哈哈哈，你可别说笑了……"

"真的……"

沈颜颜的性格就是这样，脾气说来就来，说走就走。别人对她好，她也知道回报，别人跟她讲道理，她也会讲道理，别人若是不讲道理，她会更泼辣。

陈飞黄了解她的性格，所以她发脾气的时候，他总是包容她。但他最烦她的一点就是不分场合地闹脾气，从来不顾及他的面子，而且发起脾气来，天皇老子也不给面子，谁都劝不住……

以前陈飞黄从不跟她硬碰硬，现在换一种方法，反而轻易把她给降住了。

所以说，跟女人相处，有时候还真得花心思……

这个时候，陈飞黄又想起了顾千秋，好像跟她相处就从来没有费心思，从来都是简单自然，却很愉快。

陈飞黄实在是疲惫，在二傻的房间里躺下来刚想休息一下，姚辉来找他："飞黄哥，我听说乡亲们都拿钱来帮你，真是很感动。不过，这样一来，你就欠下很多人情，到时候想走都走不了了，所以，我建议你还是把这些钱还回去。你身上的钱，加上我的，还有前嫂子的，也差不多够了！"

"沈颜颜就是个疯子，她一会儿一个变，刚才还说不借给我了，我能指望她？"陈飞黄疲惫不堪地说，"再说了，我也真是不想动她的钱。乡亲们借给我的钱，我能用更多的钱去还，但沈颜颜的钱要是动了，那我可就……"

说到这里，陈飞黄哽住了，没有继续说下去，而是深深地叹了一口气："妈的，以前我真是没有金钱概念，给别人钱是真容易，自己从来不知道攒钱，现在被三百万难成这个狗样！"

"终于明白了吧？"姚辉白了他一眼，"以前我老对你唠叨，你还不爱听，你自己想想，这些年你赚了多少钱？到头来自己一分钱没落着，全给别人了。"

"现在说这些有什么用？先解决问题吧。"陈飞黄叹了一口气："其实我也很纠结。如果不动沈颜颜的钱，那数目就不够，动了，那我以后还怎么撇开她？"

"这不是两码事吗？"姚辉有些无语，"你留给她五套房子，一辆车，一百万现金，够可以了！！现在她就是拿一百万现金来帮你，将来你还会还给她的。你跟她说清楚，给她打借条，多长时间内还，给利息都行，就当是借了，分得清清楚楚，这就不会牵扯到感情了嘛！"

"我自然知道这些道理，可女人跟你讲道理吗？"陈飞黄瞪了他一眼，"尤其是沈颜颜这样的女人，她永远都是用情绪来判断问题，没有理性的。"

"那你说，怎么办？"姚辉有些着急，"就算你要动村民的钱，那也不够啊，沈颜颜那一百万才是最重要的，其他的小钱可要可不要，你何必为了跟她撇清关系，亏欠一群人的人情？刚刚大头初步估计了一下，借钱给你的村民起码三十家，他们可都是倾家荡产地来帮你，说不定把钱借给你了，自己看病都没钱……最重要的是，你收了他们的钱，还怎么走得了？到时候这三十多户人家哭哭啼啼地求你留下，你能狠得下心吗？"

"唉……"陈飞黄无言以对，这些道理，他何尝不知道。

"飞黄！"这时，大头从外面走进来，"老叔来了，准备去银行。"

"你去给老叔倒杯茶，让他坐一会儿，过十分钟再进来。"姚辉对大头使了个眼色。

大头看着陈飞黄，见他没有反对，也就去照做了……

|一〇五|
全部还回去

大头走后，姚辉凑过来说："我算了一下，你手里还有五十万，包总转给你五十万，大头十二万，加上我手头的八十万，前嫂子手上的一百万，这就只差八万块钱，你就收下冯镇长的八万。他帮你是因为公对公，以后这人情好还，其他人的都还回去，包括顾镇长……"

"什么意思？"陈飞黄皱眉看着姚辉，"你是想让我……"

"不不不，你的私事做兄弟的不会插手，也不敢干预。"姚辉连忙解释，"我只是觉得，前嫂子那笔钱你是迫于无奈，不得不动。况且你给了她那么多财产，现在她帮你也是应该的，但你不能同时接受两个女人的帮助，这就有点儿……反正钱也够了，就不要多欠一个人的人情了。"

顿了顿，姚辉又说："好吧，我承认，我是怕你被牵绊得太深，回不去了……但不管怎么样，我还是尊重你自己的选择，刚才那番话，也是我个人的想法，你自己判断吧。"

"唉……"陈飞黄伤脑筋地捂着额头，想了许久，起身往外走去……

姚辉喜笑颜开，他知道，陈飞黄想通了。

"飞黄，老叔说差不多该走了。"大头迎面走过来。陈飞黄没有回应他的话，而是走到院子里，对陈国标说："老叔，昨晚计数的本子带着了吧？"

"带着了。"陈国标拍拍心口，"贴身放在衣服里面，保证不会丢。"

"那就好……"陈飞黄想了想，说，"麻烦您帮我把那些借钱给我的乡亲们都叫过来，我当着他们的面儿，亲自把钱还给他们。"

"啊？还给他们？"陈国标愣住了，旁边坐着择菜的赵荷花和芳婶儿连忙围了过来，"怎么回事？昨晚不是都说好了吗？大伙儿帮你一起渡过难关，为什么现在突然又要还回去？"

"是这样的……"陈飞黄连忙解释，"姚辉和颜颜不是来了吗？他们带了钱，刚好够了，所以就没必要动用乡亲们的钱。这都是他们攒了大半辈子的家底儿，我要动了，一时半会儿又还不起，万一他们有个病痛急事要用钱，那不是把人给耽误了吗？"

"这你倒是不用操心，关键是你的钱真的够了吗？"陈国标严肃地问，"你可别逞能啊。"

"老叔，真的够了！"姚辉从里屋走出来，笑着说，"我把车卖了，把家里的积蓄凑上，一共八十万，全都带了过来，嫂子那儿……"

"我这儿一百万现金。"沈颜颜闻声而来，把一个银色箱子打开放在石桌上，"我全部家当，都给他还债！"

"哎呀哎呀，你快收起来。"赵荷花急忙把箱子盖上，戒备地看看外面，"可别让外人看见。"

"是呀，财不外露，你注意安全。"芳婶儿也小心地提醒。

"没事儿，有大头在呢，谁也偷不走。"沈颜颜骄傲地挑着下巴。

"进屋去休息吧。"陈飞黄低声提醒，"别在这儿显摆了。"

"哼！"沈颜颜瞪了他一眼，提着箱子进屋。

"这样看来，钱是真的够了？"陈国标又再次确认，"要真够了，我可就叫人了。"

"去叫吧，我把钱一个一个还回去，心里就安稳了。"陈飞黄叮嘱，"还有你们的，也先拿回去。"

"好吧。"

陈飞黄把各种银行卡、存折，现金，全部还了回去，当面答谢每一位愿意帮助他的人。大家知道他的兄弟和前妻从城里赶过来给他送钱，都为他高兴，并且对姚辉和沈颜颜连连称赞，感叹着患难见真情！

金凤过来的时候反复确认是不是真的够数，陈飞黄向她保证了好几遍她才信。接过自己的银行卡和现金，她对陈飞黄说："这些钱我最近都不动，给你放着，你要是有需要，随时来找我。"

"谢谢你，金凤姐！"陈飞黄十分感动。

"我也是，把钱留在家里，反正我们也不用，你要是不够了就说。"陈国标也叮嘱，"可千万不要自己逞能，知道吗？"

"知道了……"

一个早上，陈飞黄把昨晚送来的钱全都还了回去，只剩下冯镇长和顾千秋的两张银行卡，他需要去一趟镇里，可是，他现在不知道该如何面对顾千秋……

"要不要我替你去一趟？"姚辉看出他的心思。

"也好。"陈飞黄把顾千秋的银行卡递给他，"把这个给她，然后好好解释一下，冯镇长那边，你也去说一声。"

"放心，我一定给你办妥当。"

姚辉走了，陈飞黄还在院子里坐立不安。他又想着，就这么让姚辉把银行卡还给顾千秋，她会不会对他产生误解？想来想去，陈飞黄还是决定亲自去一趟，就在这个时候，包总来找陈飞黄，又送来了十万："我想了想，五十万可能还不够，就再凑了十万块，你拿着吧！"

"太谢谢你了……"陈飞黄感激不尽，"客套话我就不多说了，总之这次你这么帮我，兄弟我记住了。"

"行了，能够认识你这个好兄弟，我也很高兴。"包总拍拍他的肩膀，"钱我就只有这么多了，如果还有什么需要我帮忙的，随时给我打电话。"

"现在就有……"

"什么？"

"开车送我去一趟镇政府，有急事。"

"哈哈哈，没问题。"

陈飞黄准备出门，沈颜颜冲出来问："陈飞黄，你去哪儿？"

"办事……"陈飞黄应了一声。

"我跟你一起去，等我一下。"沈颜颜准备去换鞋，包总的车已经开走了，沈颜颜气得直跺脚，"王八蛋！"

车里，包总打趣道："早就听说你娶了个漂亮老婆，果然名不虚传啊，这跟明星没啥区别。"

"别取笑我了。"陈飞黄叹了一口气。

沈颜颜无聊透顶，坐在院子里玩手机，见二傻在旁边切猪草，就上前去问："晓峰，你知道飞黄去哪儿了吗？"

"不知道。"二傻头也没抬。

"那个顾镇长是谁？你总该知道吧？"沈颜颜又问。

"顾镇长就是顾镇长啊，你问的问题好傻啊。"二傻看了她一眼。

"你……"沈颜颜气得语塞。

> ✦
> |一〇六|

功成身退

姚辉来到镇政府大楼，得知冯镇长去县里开会了。他来到顾千秋的办公室，她正在跟几位村支书交待猪瘟的事情，见他来了，先微笑着招呼了一声："等我五分钟！"

"好。"姚辉在外面等她。

很快，顾千秋就办好了事，几个村支书离开，姚辉敲门走了进去："顾镇长！"

"你好。"顾千秋微笑地看着他，"什么时候到的？"

"早晨五点多。"姚辉客气地寒暄，"不好意思，没打扰你吧？"

"没有，正好这会儿没事，请坐。"顾千秋起身给姚辉倒了一杯茶，"陈书记让你来的吧？"

"是……"姚辉想着应该怎么开口，顾千秋已经主动说，"陈书记有你这么好的兄弟，又有一个患难与共的前妻，是他的福气！"

"呵呵……"姚辉尴尬地笑笑，拿出银行卡递给她，"顾镇长，谢谢你在关键时刻倾囊相助，现在飞黄的钱已经够了，就不麻烦你了！"

"我想也是。"顾千秋微笑地接过了银行卡，"事情解决了就好！"

"顾镇长……"姚辉本想说些什么表达自己的歉意，可是看到顾千秋淡定从容的样子，又觉得什么话都显得矫情，索性说了一句，"谢谢你！"

"不客气，也没帮上什么忙。"顾千秋笑容可掬，"还有什么事吗？"

"没有，不打扰你了，我先走了！"

"我还有文件要处理，就不送了，再见！"

"再见！"

看着顾千秋淡定从容，落落大方的样子，姚辉感到惭愧。他发现自己真是多虑了，之前一直担心这个小地方的人会纠缠陈飞黄，不让他走，可是现在他才明白，为什么陈飞黄会喜欢顾千秋。她身上的那种从容不迫的气质，真的是很多人不能比的……

姚辉刚下楼就看到了陈飞黄，不由得一愣："你怎么来了？"

"你已经见过她了？"陈飞黄焦急地问。

"见过了，卡还给她了。"姚辉说，"冯镇长去县里开会了，人不在，所以……"

姚辉的话没有说完，陈飞黄的目光越过他，看向他身后。姚辉回头一看，顾千秋从楼下走下来，看到陈飞黄，脚步顿了一下，随即稳重地下楼，微笑着招呼："陈书记，还有什么事吗？"

"我……"陈飞黄张了张嘴，想解释些什么，可最终，还是选择了沉默，"没有了！"

"嗯，钱都凑到了吧？"顾千秋关切地询问，就像问候一个普通朋友。

"凑到了。"陈飞黄不敢看她的眼睛。

"那就好，如果有什么需要帮助的，随时联系。"顾千秋笑着说，"你是我们山河镇的优秀村支书，为金河村做了不少贡献，我和冯镇长都希望能够帮到你！"

"谢谢……"陈飞黄低着头。

"我去开会了，再见！"

顾千秋的高跟鞋踩在地板上，发出清脆的声音，慢慢地越来越远，陈飞黄扭头看着她的背影，心里有一种说不出的复杂感觉……

"走吧。"姚辉轻声招呼。

陈飞黄这才回过神来，跟着姚辉一起往回村的方向走去。

一路上，陈飞黄都很沉默，姚辉憋了很久，轻声说了一句："顾镇长平静得让我意外……"

"我宁愿她生气，骂骂我。"陈飞黄猜不透顾千秋的心思……

"也许她只是……"姚辉正要说话，手机突然响了。他接听电话，不由得大喜："真的？太好了，我马上告诉陈总。好的好的，我会通知他尽快回去配合调查，行行行，我明白！"

挂断电话，姚辉激动地对陈飞黄说："警方已经找到开发商法人代表赵君了！"

"还真是时候！"陈飞黄笑了，抬头看着眼前的村落，心情复杂难言，"该回去了！"

"是啊，他们让你尽快回去配合调查，说是下周必须到。今天周日，明天侯天涯过来收了钱，我们就走吧！"姚辉兴奋地说，"真是天意，刚好我就在这里，正好我们四个人一起回去！"

"他们说的是下周必须到是吧？"陈飞黄算了算日子，"那就周五凌晨出发吧，留几天，我办点事儿！"

"这，会不会拖得太久了？这可是大事啊，公司解封，项目重启，都等着你，回去还得办手续也需要时间。如果周一回去的话，说不定周五公司就能解封了……"

"行了！"陈飞黄打断姚辉的话，"周一你带沈颜颜先走，我和大头周五凌晨回去，就这么安排，我已经决定了！"

"好吧。"姚辉知道，陈飞黄一旦拿定了主意，谁也改变不了……

回到村里，陈飞黄直接去了蔬菜基地，巡视每一个岗位，发现问题及时处理，有些不能当即处理的就记录下来，交代老邓完成；接着，他又去了牧场，虽然现在还没揭牌，但很多工人已经开始上岗试用。牛家父子在这里带着十八个工人养殖生态黑猪，父子俩都非常专业，用心带领着自己的团队。那些工人每天工头工头地叫着，牛壮非常自豪。牛田刚开始不屑一顾，现在看着儿子越来越有自信，他也感到十分欣慰……

紧接着，陈飞黄又去了各家的小龙虾池巡视。金凤家自然不必说了，第一批龙虾已经为她打开了广元市的市场，现在很多客户等着她的第二批小龙虾长大，到时候再掀起一波龙虾潮。她的两个池塘都养殖得很好，考虑到精力有限，她请了两个小工帮忙干活儿。这样一来，等马强一家人走了，她也有个帮手，将来收获的时候也不至于全指望乡亲们帮忙。

其他五个小龙虾池也都步入正轨，猴子、双喜、平安、二狗他们每天都很细致地喂养饲料，有不懂的就去问金凤，金凤也很乐意教他们……

那些想学习养殖技术的村民也热情地帮忙，跟着学习，想等到学有所成时自己去养殖小龙虾……

修路的事有陈国兵主要负责，现在已经修了一半，过不了多久，蔬菜基地到金河大桥就会有一条宽敞平坦的大道，再大再重的货车都能从这里通行了……

一切都很好，陈飞黄想着，自己是时候功成身退了！

|一〇七|
后会有期

侯天涯准时来收钱，陈飞黄已经准备好了三百万，在村民的见证下转账，双方在之前的工程欠款单上签了字，了结了这件事。

侯天涯的手机很快就收到汇款短信，核对了数目之后，他冷笑道："可以嘛，陈飞黄，三天就筹到了三百万，你果然没让我失望！"

"山水有相逢，后会有期！"陈飞黄懒得跟他废话，拿着单据离开。

"走！"

侯天涯终于走了，三辆车开出山河镇，村民们如同送走瘟神，鼓掌欢呼……

车里，侯天涯的小舅子说："妈的，这帮山野村夫，迟早收拾他们，不如我们去他们的鱼塘里放点儿东西，或者是去农场搞点事……"

"你可千万别……"徐先生提醒，"拿了钱就算了，别惹事了。自从上次打架之后，我们就被警方盯着，一旦惹事，马上就要被一锅端！"

"不会吧……"

"不会个屁。"侯天涯一脚踹在小舅子的座椅靠背上，"你他妈能不能长点儿脑子？钱拿到就行了，还他妈要去跟农民闹事，你吃饱了撑的？"

小舅子撇了撇嘴，大气都不敢出。

"都说陈飞黄山穷水尽，但看他三天筹到三百万，看来还是有点底子。"

徐先生劝道，"侯总，我建议您以后还是对他客气点儿，商场上说不定还会打交道……"

"客气个屁！"侯天涯打断他的话，烦躁地低喝，"他都已经破产了，还能打什么交道？这三百万，指不定是从什么地方搞来的呢。"

徐先生眉头紧皱，不再说话。他本来还想说，不管陈飞黄是从哪里搞来的三百万，至少有那么多人拼了命地维护他，这就是一种本事，而你呢？身边这些走狗也得用钱来雇用，就算要到三百万也用不了多久……

知道侯天涯听不进去，徐先生也懒得多说了，他现在真是羡慕姚辉，跟了个好老板……

侯天涯走了，村民们也都松了一口气，开始安安心心地干活儿。陈飞黄让姚辉带着沈颜颜先回去，两人都不肯。姚辉说要这几天反正也没事，还不如等到周五的时候跟陈飞黄一起走，沈颜颜也是一样的意思。

说来说去，两人都怕陈飞黄不回去，所以留下来盯着他……

陈飞黄感到无奈，但也拿他们没办法，多留几天就多几天吧，反正他也没空理他们。

还了债之后，陈飞黄特地约冯镇长去小辣椒喝酒。酒桌上，陈飞黄把银行卡还给冯镇长，并表示了感谢，随即叮嘱一些事情，关于蔬菜基地、牧场、修路、龙虾养殖，还有金沙河……一件一件地跟冯镇长交代清楚。虽然这些事都有主要负责人，但冯镇长这个镇长也必须知道内情，将来若是遇到问题也好公正对待。

冯镇长认真地听着，等他说完，反问了一句："飞黄啊，你这怎么像是在交代后事？你……该不会是要走了吧？"

这一句话，让席间的猴子、双喜还有平安都愣住了，他们看看陈飞黄，又看看大头和姚辉，这两人低头喝酒，一声不吭，看来是早就知道内情了……

"飞黄哥，你真要走？"猴子急忙追问，"这不是真的吧？"

"飞黄哥，你……你是不是怕那个什么侯总又回来骚扰大家，怕连累大家，所以才要走？"双喜激动地说，"你不用担心，就算那个人再来，就算有其他的追债者找到这里，我们也不怕！！！"

"是啊，不管发生什么事，我们都会跟你站在一起……"

"不是这个原因。"陈飞黄打断平安的话，微笑地解释，"是公司那边有消息了，我要回去处理。"

"呃……"三个人不懂，公司有消息意味着什么。

"这是好事啊。"冯镇长最快反应过来，"我听说，你公司之前是因为受到其他公司的牵连才被查封的吧，是不是现在那个案件有进展了？"

"对。"陈飞黄点头，"当事人找到了，我需要回去配合调查，如果顺利的话，公司应该会解封，所以……这个村支书，我不能再当了！"

"理解理解。"冯镇长连连点头，"你在外面闯荡二十年才打下那份基业，无辜受到牵连已经很倒霉了，总算是老天有眼，找到了当事人，还你清白，这种情况肯定要回去的。"

"原来是这样……"猴子他们终于明白了，连忙道贺，"恭喜你，飞黄哥，那你以后是不是还要当老板了？"

"你飞黄哥一直都是大老板，之前只是停了一段时间而已。"姚辉笑道，"很多人见他公司出事，都以为他破产，对他落井下石，现在他终于可以扬眉吐气了！"

"没错！"大头拍了一下桌子，"我们这次回去，就是要让那些在我们低谷时瞧不起我们的人好好看看，什么叫王者归来！"

"如果是这样的话，那我们也支持飞黄哥回去。"猴子喜笑颜开，"恭喜飞黄哥，贺喜飞黄哥，不管你去哪里，你永远都是我猴子的偶像！"

"对对对，也是我偶像！"双喜一开口声音有些哽咽，眼睛也红了，"我只是有点儿舍不得你……"

"我也舍不得……"平安耸着鼻子说，"这几个月我跟着你学到了很多东西，我觉得我的人生都发生了好大的转变，我一辈子都不会忘记你的！"

"这话是很感人，不过我怎么听着瘆得慌？"陈飞黄故意打趣道，"你们三个毛小子，是武侠剧看多了吧？"

"嘿嘿……"三个人有些不好意思，猴子端起酒杯敬陈飞黄，"飞黄哥，以后你有空了一定记得回来看我们，我请你吃小龙虾！"

"好！"陈飞黄端起酒杯站起来，"大家一起喝一杯吧，明天我就要走了，这里的一切就交给你们了，遇到什么解决不了的难题，随时给我打电话。多帮帮金凤，多照顾照顾老叔，然后，不管多忙，晚上一到要记得排练舞龙，还有啊，你们家的小龙虾长大了，记得告诉我！"

"知道，我们记得的……"

龙潭虎穴

散场时，陈飞黄叮嘱，他要走的事情先不要说出去，他不想弄得奶奶婶婶嫂嫂们都到院子里哭哭啼啼地挽留，搞得走都走得不安心，所以打算天不亮就直接去火车站了。

猴子他们三个自然是听话的，连连点头说知道了，只是真的不舍得。陈飞黄承诺，等舞龙队去广州演出的时候，他一定过去看他们，三人这才喜笑颜开。

走出饭店，陈飞黄送冯镇长上车，冯镇长想了想，低声问："飞黄，这件事，你不打算让小顾知道？我看她这几天好像很平静，不过，没事的时候总是一个人发呆……"

"等我处理好公司的事再跟她联系吧。"陈飞黄回答。

"小顾是个好女孩……"冯镇长留着这句话就上了车。

回去的路上，姚辉问："你打算怎么安排？芳婶儿和晓峰这次要一起带回去吗？"

"不了，等公司解封之后，我再来接他们。"陈飞黄看了看时间，叮嘱道，"凌晨四点出发，你们准备一下。"

"好。"姚辉点点头。

回到家，陈国标和赵荷花也在院子里。芳婶儿在揉糯米粉，赵荷花在调馅儿，两人一边干活儿一边说笑。芳婶儿说，陈飞黄和晓峰小时候就喜欢吃叶儿粑，每次都要吃七八个，撑得肚子都鼓起来了！赵荷花哈哈大笑，说他们俩总是比谁吃得多，把她家百合都看傻了……

陈飞黄走进院子，又看到陈国标在旁边抽旱烟，二傻在草丛里捉萤火虫，沈颜颜拿个玻璃瓶跟在后面，兴奋地尖叫着。这个女人，第一天来的时候嫌东嫌西，现在才两天就适应了这里的生活，天天跟二傻一起玩得不亦乐乎。

"飞黄，回来了！"赵荷花看到陈飞黄他们，热情地招呼，"姚辉，大头，快去洗洗手，等会儿就有叶儿粑吃了。"

"好嘞！"大头答应着，姚辉找了个借口带二傻和沈颜颜去后院玩儿，把院子留给陈飞黄。

陈飞黄搬了个板凳坐在陈国标身边，想了想，开口道："老叔，大婶儿，芳婶儿，有一件事，我想跟你们商量。"

赵荷花和芳婶儿正在说笑，听到这句话，两人都停下了手中的动作，赵荷花和陈国标对视一眼，又看着芳婶儿，芳婶儿叹了一口气："来了这么久，该回去了！"

这一下，三个人都愣住了，其实陈国标和赵荷花每天关注着各处的动向，陈飞黄的心思，他们是知道的，只是担心芳婶儿接受不了，所以才找借口来陪她，没想到，她居然也猜到了，而且如此坦然。

"是……"陈飞黄本来还不知道该如何跟芳婶儿开口，现在听她这么说，心里反而平静了许多，"公司那边有些事情，需要我回去处理。刚才跟冯镇长吃饭，已经把工作上的事情交代了一下，接着他会让人召开村委会重新竞选新的村支书，蔬菜基地和牧场我也都交代好了，修路的事情顾镇长会负责监管，小龙虾基本步入正轨，应该都没问题的，有事就请教金凤姐，她有经验……"

"你做事向来是有分寸的，这些我们都知道，我们不担心村里的事没人管，我们担心的是你。"赵荷花说着声音就哽咽了，"我们虽然没有在城里生活过，但也知道做生意有多难，看那个什么浑蛋侯总的嘴脸就知道了，想必这次回去也是困难重重。"

"唉……"芳婶儿叹了一口气，红着眼睛说，"可怜的孩子，好不容易过了一段安稳日子，现在又要回到龙潭虎穴去跟那帮歹人斗争，我们又帮不了你。"

"呃……"陈飞黄傻眼了。他本来难以开口是怕他们舍不得他，又怕芳婶儿担心二傻的前程，万万没有想到，他们担心的居然是他。他们不懂商业上的事情，不知道陈飞黄这次回去只是配合调查，调查结束公司就能解封了，他又会变成以前那个身价上亿的富豪，还以为他回去是要闯什么龙潭虎穴……

"龙潭虎穴也好，刀山火海也罢，当爷们儿的遇到事情就得扛下来。"陈国标按着陈飞黄的肩膀，语重心长地说，"这次回去，不管面对什么，你都不要灰心，就算你啥也没有了，你还有我们呢，金河村永远都是你的家。等你处理完了，你就回来，有我们一口饭吃，就饿不着你。"

"对，把大头兄弟也带回来，我们供你们吃喝。"赵荷花慷慨激昂地说。

"我和晓峰在这里等着你……"芳婶儿一开口就忍不住抹眼泪，再也说不下去了。

"不是，你们可能弄错了……"陈飞黄想要解释一句，又被赵荷花打断，"飞黄啊，大忙我们是帮不上，但我和你老叔早就准备好了……"

赵荷花拿出银行卡塞到陈飞黄手中："你回去打点公司，到处都要用钱，这张卡你先拿着，也许在关键时刻能够帮到你，至少让你在外面不至于受罪。"

"对，如果到时候还需要钱你就给我打电话，我再想办法。"陈国标说。

"还有我这个存折……"芳婶儿拿出存折塞到陈飞黄手中，"你明儿个去把钱取出来，带在身上备用，遇到事不要太节省，该花就花。"

陈飞黄看着手中的银行卡和存折，心里五味杂陈，百般不是滋味。他甚至有一种冲动，就留在这里当一辈子村支书，不要走了，这里多好啊，有这么多关心他的亲人……

"飞黄！"大头从里屋走出来，轻声说，"我把车开去加油。"

"嗯。"陈飞黄应了一声，思绪回到现实中，整理了一下情绪，对他们说，"叔，婶儿，我决定凌晨四点就走了。"

"啊？这么快？"三人都很惊讶，但随即又连连赞成，"也好也好，趁着没人，早点走也好，免得大伙儿都依依不舍的，妨碍你，再说了，你早点回去也能早点处理事情。"

"等我回去把公司的事情解决了，就来接您和晓峰。"陈飞黄对芳婶儿说，"最多不会超过一个月，你们要好好照顾自己，等我回来！"

|一〇九|

儿子陈飞黄

"你好好处理自己的事情，别担心我们，我们在这里很好，倒是你，一个人回去面对一切，也不知道会遇到什么事……"

芳婶儿满脸担忧，就好像陈飞黄这趟是要去打仗，生死未卜一样。

"别为我担心，我没事的。"

陈飞黄心里百感交集，不知道说些什么才好，他很想告诉他们真相，但是想想，现在事情还没办妥，还是等一切尘埃落定再说吧。

晚上睡觉的时候，二傻一脸担忧地问陈飞黄："飞黄，邓总让我去牧场那边教库管的人点货，你说我可以做好吗？我从来没有教过别人。"

"你可以的……"陈飞黄鼓励着他，"你很棒，你知道吗？"

"真的吗？"二傻一下子喜笑颜开，"他们也这么说。"

"以后跟着邓总，他安排你去教新员工你就去，要对自己有信心，知道吗？"陈飞黄细心地提醒。

"知道了……"二傻点点头，"包总还说，要送我去市里学习，可我一个人不敢去，包总说，邓总也要去，邓总会照顾我……"

"去啊，有机会就多学点儿东西，不要怕，你已经是成年人了。"

"对哦，我已经是大人了……还有啊，隔壁村的小花老给我带吃的，还约我去逛街，他们都说小花喜欢我，这是什么意思啊？"

"呃……就是那个胖嘟嘟的小姑娘？"

"小花是有点儿胖，不过还挺可爱的，她有吃的都会分我一半。"

"你喜欢跟她玩吗？"

"喜欢，她很关心我，从不嫌我傻……"

"喜欢就跟她交朋友，逛街就去逛，记得带钱，主动买单，别让人家姑娘出钱。"

"可是，万一她吃很多怎么办？我妈每天只给我十块钱零花钱，我怕不够她吃……"

"噗，哈哈哈哈哈……"

房间里传来笑声，兄弟俩一直聊到十二点多，最后二傻打着哈欠说："不行了，我好困，我要睡了。"

"睡吧，晚安。"陈飞黄拍拍他的肩膀，随即又说，"对了，晓峰……"

"嗯？"二傻应了一声。

"我明天要回城里办点事，过一阵子再回来，我不在的时候，你要乖乖的，知道吗？"

"噢，知道了……刚才我妈已经跟我说了，让我听话，别为难你……反正你去了城里要注意安全，遇到坏人就找警察叔叔，他们会保护你的，如果没钱，你就告诉我，我存钱罐里还有三百块私房钱……"

说着说着，二傻就睡着了，抱着枕头打呼噜。

陈飞黄看着他熟睡的样子，安静得像个孩子。这么多年过去了，他还是一点都没有变，永远都是那个单纯可爱的晓峰……

陈飞黄睡不着，起来把家里里里外外收拾了一遍，给厨房的水缸里装满水，把猪草给切了，又给鸡棚和猪棚的食槽里装满食物，再把院子里种的西红柿、黄瓜、辣椒浇了水，最后把院子里打扫了一遍，身后就传来了脚步声："你这是一晚上都没睡？"

姚辉一边系着衬衣扣子一边走出来，身后，大头也提着两个行李包轻手轻脚地走出来，"都收拾好了。"

"上车吧，我去叫沈颜颜。"

陈飞黄洗了个手，走进里屋去叫人。沈颜颜晚上一直都睡不着，凌晨一点半还给他发微信，他没回复，她骂了两句，又去朋友圈发自拍，凌晨三点才没了动静。估计那会儿是累得扛不住，又睡着了……

陈飞黄走进房间，跟预料中的一样，到处乱糟糟的，行李也没有收拾，沈颜颜穿着粉红色的漂亮睡衣，抱着白色羊驼布偶睡得正香……

陈飞黄将她的东西一股脑儿全部塞进行李箱里，推出去给大头："拿上车。"

"都装齐了吗？"大头问，"那些瓶瓶罐罐的可不少……"

"不管她，没装齐以后再让芳婶儿给她寄回去。"陈飞黄催促，"先出去，别挡道！"

"好吧。"大头提着行李箱走出去。

陈飞黄抱起沈颜颜往外走，沈颜颜顺势就搂着他的脖子，依偎在他怀里，陈飞黄翻了个白眼，快步走出去，将她甩在了车上。

"啊，疼……"沈颜颜惊呼道，陈飞黄才懒得理她，直接关上车门，催促道，"开车！"

"哎！"

车子启动开了出去，院子里依然很安静，里屋的灯却打开了。听着外面的车声渐渐远去，芳婶儿才起床披着衣服走出来。看着整整齐齐的院子，干干净净的地面，她忍不住红了眼。转身回屋，又发现桌子上有个白色印着大公鸡花样的瓷缸子压着什么东西，她走过去一看，下面压着的正是她的存折和陈国标家的银行卡，而这个陈飞黄天天用来喝水的瓷缸子里面塞满了钱，还有一张纸条。

芳婶儿连忙打开灯，戴上老花镜，拿起纸条凑近去看："芳婶儿，照顾好自己，照顾好晓峰，等我回来！"落款是：儿子，陈飞黄！

看到这个落款，芳婶儿再也忍不住哭出声来，怕吵醒二傻，她死死捂着嘴，哭得发抖……

她想想过去那些年，她总是针对陈飞黄，每次碰面都在宣泄自己的恨意。后来她知道自己命不久矣，怕晓峰一个人在世上没人照顾，受人欺负，就逼着陈飞黄在他爷爷坟前发誓要照顾晓峰一辈子，陈飞黄都一一照做，并且为了他们母子留下来，为金河村做了那么多事，她渐渐被感化，对他也有了亲情。可是说句掏心窝子的话，即便如此，她也从未把他当亲儿子，所以，他不敢叫她母亲，却落款儿子陈飞黄。这是因为，他把她当成了母亲……

芳婶儿的惭愧和内疚顺着眼泪留下来，哭得停不下来，但是许久之后，她哭着哭着，却又笑了，笑得欣慰而骄傲。有子如此，她这一生就值了，就算马上要闭上眼睛，她也无怨无悔……

房间里，二傻迷迷糊糊地醒过来，眯着眼睛说了一句："飞黄，我那三百块，你还是带上吧，给我留十块钱就好，我请小花吃面……"

——〇

恋爱和婚姻

沈颜颜在路上醒过来，气恼地责骂陈飞黄粗鲁。陈飞黄懒得理她，她翻过来，躺在他腿上继续睡觉，陈飞黄抖了抖腿，低喝一声："下来！"

沈颜颜不理会，抱着她的羊驼娃娃继续睡，陈飞黄无语了，但车里这点儿空间，他也没办法避开，只得由着她去。

"这个车坐得太不舒服了，还是卡宴舒服。"沈颜颜嘟囔了一句，"等我回去弄点钱，再买一辆卡宴。"

"我给你买的奔驰S不好用吗？"陈飞黄眉头紧皱。

"那是我的车呀，我是说再给你买一辆。"沈颜颜白了他一眼，随即又得意地坏笑，"你要记住，你现在不是大老板了，你是穷光蛋，不仅在外面欠了那么多外债，还欠我一百万呢，以后你要对我好一点儿，没事就陪我逛逛街吃吃饭睡睡觉，我养着你！"

"哈哈哈……"大头忍不住笑起来，姚辉也抿着嘴偷笑。他们都没告诉沈颜颜，陈飞黄的公司就快要解封了，这个傻女人还以为陈飞黄回去是因为在这里待不下去了……

陈飞黄翻了个白眼，懒得跟沈颜颜瞎扯。

"你别担心，咱们还有五套房子，我卖掉最贵的那套，不仅可以帮你把债还了，还能再给你买一辆卡宴，我把另外三套房子租出去，我们靠租金也能过日子，你要实在闲不住的话，就找个公司上个班，朝九晚五的，就有很多时间陪我了，这样我们就不会吵架了……"

沈颜颜还在憧憬她的美好生活，陈飞黄虽然不认同，但也有些动容。他以前不懂女人，现在才知道，其实沈颜颜也可以跟他同甘共苦，她想要的，不过是更多的陪伴和宠爱……

只是，她的想法不现实。即使他的公司没有解封，也不可能过上她想象中的生活。他是个男人，他有责任有野心，他还有很多事情要做，不可能沉迷于花前月下的爱情中。

"你怎么不说话？"沈颜颜拍拍陈飞黄的腿，笑嘻嘻地问，"是不是很感动呢？"

"嗯。"陈飞黄点头，"确实很感动，没想到你会为我做这些……"

"哼，那是因为你以前心高气傲，不懂珍惜。"沈颜颜一想到就生气，"除了给我钱，你还会做什么？我在你那里都找不到存在感了，跟你说话，你都心不在焉的。我生气了，你回过神来就问我要多少，我还能说什么？只能问你要钱，想着可以让你心疼，可是你这个浑蛋对金钱根本没有概念……"

"好好好，是我错了。"陈飞黄想想过去，自己确实也有问题。

"知道错了就好，以后要改，知道吗？"沈颜颜喜笑颜开，"以后你要听我的，我们还是可以像刚开始一样开开心心的……"

"那我问你，当初你跟我在一起的时候，喜欢我什么？"陈飞黄反问。

"当然是喜欢你霸道总裁的样子，酷爆了……"沈颜颜脱口而出。

"是，霸道总裁难道不是需要用钱来筑造？"陈飞黄理性地分析，"第一次见面，你请你同学吃饭，却忘记带钱包，在餐厅买不了单，处境尴尬。我给你买了单，十年前那就是一千多，当时你还是个学生……后来你开始约我，每次都让我去学校门口接你。当时我开大奔，你每次都故意让同学看见，让他们羡慕，这难道不需要经济基础？你父母的房子车子是我买的，你表弟表妹大学毕业，找工作，订婚结婚，我们哪次不是包最大的红包给你长面子？？"

"那也有错吗？"沈颜颜不服气，"你喜欢我，难道不是看我脸蛋漂亮身材好还是川音的学生？我要是个没读过书的丑八怪，你还会喜欢我吗？"

"我没说有错，我就是客观地分析……"陈飞黄继续说，"你虽然快三十了，但还是个没长大的小女孩，考虑事情永远只从感觉出发，不考虑长远。我知道你对我好，可是你想想，我们再回头去过着你憧憬的那种生活，真的能够长久吗？就算五套房子你卖掉一套帮我还债，买车，剩下四套要住一套吧？另外三套都是小户型，租金一个月加起来不过一万多，根本不够你用。你一套护肤品一万多，买衣服少于四位数的看都不看一眼，还得吃饭养车呢……"

"那，那可以再卖一套房子，留一套出租就好了。"

"再卖一套又能维持多久？坐吃山空？我们没离婚的时候，你每年的零花钱是五十万，一套房子够你花几年，几年之后呢？"

听到这么说，沈颜颜开始思考，好像的确不够花。离婚后这一年多，她已经花了一百多万了，那些是之前陈飞黄给她的钱，她没用完，就留起来了。离婚的时候，陈飞黄又给了她一百万现金，如果不是这次拿来给他还债，她估计也用不了多久……

"那，你可以出去工作。"沈颜颜的声音变小了。

"我出去工作，打工的话一个月几千上万块，差不多够我自己花，也养不起你，而且出去工作就得受人家的管制，不是你想什么时候让我陪你逛街，我就可以陪你的……"

"这样也不行，那样也不行，你说怎么办吗？"沈颜颜生气了。

"如果我还像以前那样回去创业，没日没夜地拼命工作，没时间陪你，你受得了吗？”陈飞黄反问。

"我……"沈颜颜瘪着嘴想了想，委屈地摇头，"受不了，我不要那样……"

"那就对了。"陈飞黄叹了一口气，"你不小了，该长大了……"

"什么意思？"沈颜颜眼泪汪汪地看着他，"你是不要我了吗？"

"你现在就是在兴头上，等你冷静下来，你会知道怎么做的。"陈飞黄拍拍她的脸，"好了，睡觉吧，不然眼睛肿肿的不好看。"

"哼！"沈颜颜生气地转过身去不理他。

陈飞黄看着她生气的样子，无奈地叹了一口气，扭头看着窗外，突然明白书上说的恋爱和婚姻是两码事，好像的确如此……

从广元回到城里，已经是早上十点。陈飞黄把沈颜颜送到家，喝了一杯茶的工夫，沈颜颜就洗完澡从浴室出来了，裹着浴巾抱着他的腰撒娇不让他走。他身体一僵，有些愣住了，随即接了个电话，直接掰开她的手，头也不回地走了，留下一句："我得去处理公司的事，最近会特别忙，除非遇到生命危险，否则不要打扰我，如果遇到解决不了的问题就找大头……"

"陈飞黄，你敢走出去我就……"沈颜颜的话还没说完，外面就传来了关门声，陈飞黄走了，毫不犹豫，没有一秒的停顿。

"啊——"沈颜颜气得抓狂……

这个情景跟以前的很多个时刻一模一样，剧情在重演，即使离了个婚也没发生什么变化。虽然他们也曾反省自己的问题，重新思考婚姻失败的原因，可是再次遭遇同样的情况，他们还是跟以前一样无法改变……

这大概就是生活吧。

⌄

| 一一一 |

同样的情景同样的心情

回到城里，陈飞黄就开始忙碌起来。用沈颜颜的话来说，他只要一开始工作就会变成疯子，跟他说话他听不见，给他发微信他不回，给他打电话他就一句"有事找大头，让他帮你处理"。以前沈颜颜会激动地怒吼："到底你是我老公还是大头是我老公？"

现在，沈颜颜已经不会闹了。前三天，她还是会找理由找借口缠着他，可是换来的是这样的回应，她沮丧极了，便不再找他。她从抖音上看到，女人想要征服一个男人就要学会高冷，越高冷，男人越离不开她，所以，她决定忍住不联系他，等他来找她。

可是这一等就等了十天，他都没有跟她联系。她气哭了，这天一大早醒来，给他发了一条决绝的微信："今晚十二点之前如果你不出现在我面前，就永远都见不到我了。"

发完之后她就把他微信拉黑，然后在家等着他的电话。可是，一个小时，两个小时，五个小时，八个小时过去了，他还是没有给她打电话，莫非他是忙糊涂了根本没看见微信？

她马上给他发短信，心想你微信通知可以关闭，短信总不能关吧？就算再忙，也不至于看一眼的时间都没有。

同样的内容，沈颜颜又给陈飞黄发了一条短信，而这一次，还是毫无回应……

晚上十二点，人影都没有一个。

沈颜颜快要气疯了，她把陈飞黄从黑名单里放出来，直接弹了个视频过去。这一次，陈飞黄很快就接了，他在餐厅的洗手间里，外面有喧闹声，手机放在洗手台的花瓶边，照着他半边身子，脸都看不清，他一边洗手一边问："怎么了？"

"你没收到我的微信吗？"沈颜颜冷冷地问。

"我跟你说了最近特别忙，微信提示是关掉的……"

"那短信呢？"

"没看。有事说事！"

"我要死了！！！"

"啥？"

"你马上来见我，不然我就死给你看！！！"

"我都不在，你怎么死给我看？"

"你……"

"好了，我在应酬，早点睡。"

说完这句话，陈飞黄就把视频给挂了……

"陈飞黄，你他妈王八蛋！！！"

沈颜颜快要气疯了，摔掉电话，对着空荡荡的屋子抓狂地大哭……

哭着哭着，她又觉得自己好可怜。这个情景是多么熟悉，结婚的那些年，她经历了无数次同样的场景，就连对话都一模一样……

沈颜颜快要绝望了。

半个小时之后，沈颜颜还在沙发上躺尸，外面突然传来敲门声，沈颜颜像个弹簧一样从床上跳起来，激动地冲过去开门："飞黄——"

她的声音在看到门外的男人时戛然而止，大头尴尬一笑，提醒道："嫂子，下次开门之前还是看看猫眼，万一是坏人可就糟了！"

"你怎么来了？他让你来的？他人呢？"沈颜颜愤怒地瞪着大头，好像这个秃头男人是她的情敌。

"还在应酬，他让我把这个交给你。"大头递给她一个银色箱子，还有一个打包袋，"这是你最喜欢吃的海鲜粥和虾饺，他说你肯定又是一天没吃饭，所以让我送过来……"

"算他有点良心！"沈颜颜愤愤地接过东西，把打包袋放在一边，先打开箱子查看，居然是一箱子钱。她惊愕地质问："这是什么意思？他哪里来的钱？"

"这您就别管了，这里是两百万，飞黄让我给你的，说你上次帮了他，他现在加倍还你，让你……"

"他是想跟我一刀两断？"沈颜颜更加抓狂，"他是不是有别的女人了？是乡下那个什么镇长吗？还是……"

"不是，嫂子你冷静点儿。"大头站在门口不敢进来，"他让您好好过日子，别老想着他，他得工作，等忙完了就来看你……"

"滚，滚——"沈颜颜用钱砸着大头。

大头慌忙关上门，仓促逃离。

"王八蛋，浑蛋——"

沈颜颜把钱全部丢出去，满屋子都是钱。她坐在白色羊绒地毯上，看着周围的钱，哭得像个孩子。她还是忍受不了他的忙碌，忍受不了被无视，忍受不了这样的生活……

沈颜颜抱着膝盖哭了好久，哭到声音沙哑。直到外面再次传来敲门声，她才回过神来，呆呆地看着房门，迟迟没有去开门。她怕看到的又是大头，或者是其他陌生人。

这时，有人用钥匙打开了门，沈颜颜还没反应过来，她的父母就推门走了进来。母亲急忙上前抱着女儿，心疼地安抚："天哪，颜颜，你这是干什么呀！！！"

"飞黄让我们来看看你，就知道你又在闹脾气，你怎么总是改不了这毛病？"父亲恨铁不成钢，"跟你说了，不要天天缠着男人吵，这样只会把男人越推越远……唉……"

"女儿已经很难过了，你不要骂她了，去收拾屋子。"

"噢！"

"颜颜，别哭了，听妈妈的话。咱们找份工作，有点自己的空间，不要天天只想着恋爱，想着男人，这样真的不行！"

"我再也不会想他了，我不要他了。"沈颜颜拿起手机，给陈飞黄发了一条微信，"你自由了，以后我再也不会缠着你了，再见！"

∨

|一一二|

公司解封

陈飞黄看到了微信，没有回复，手机微信界面里还有顾千秋的页面。这个微信知道的人不多，没有别的记录，而顾千秋的对话框还停留在十八天之前。

自从顾千秋在院子里看到沈颜颜挽着陈飞黄的手之后，就再也没有给陈飞黄发过微信了，他们最后一次见面也都是公式化的几句话，他还记得她落落大方的微笑和转身离开的背影，从容不迫，毫不纠缠……

这两个女人，真是天壤之别！

不过这阵子，猴子倒是每天都给陈飞黄发微信，汇报金河村的情况——

"飞黄哥，你怎么走了？我和双喜、平安凌晨五点就来芳婶儿家找你，不见了姚辉哥的车，就知道不妙，芳婶儿说你们四点就走了，我们三个失落极了……"

"飞黄哥，村里人知道你走了，全都来找芳婶儿询问情况。老叔跟他们解释了理由，大家都很担心你，让我代表他们联系你，说之前给你凑的钱都还留着，如果你需要的话，给个账号，让我代表大家一起转给你应急。"

"飞黄哥，二傻很自责。那天晚上他跟你聊天的时候，还犹豫着要不要把那三百块私房钱给你，当时有点儿舍不得，后来他想通了决定给你的时候，你已经走了，他现在每天都很自责，觉得自己对你不够好……"

"飞黄哥，金凤姐托我告诉你，她两个孩子读书的事情已经搞定了，上私立中学，住校，每周五回来，她还可以继续养小龙虾，她说这都是你的功劳，两个孩子都很感激你，让我跟你说一声！"

"飞黄哥，牧场揭牌了，包总说你不在，他心里空落落的，剪彩的人应该是你才对，现在三个剪彩的人变成了他和冯镇长，还有一个你猜猜是谁？牛田。他和牛壮在牧场带队养黑山猪，养得很好，包总为了鼓励他们父子，让牛田上台剪彩，牛田老激动了，在台上保证会跟儿子一起带好团队，把牧场经营好！对了，他还提到你了，说感谢你，有你才有他们父子的今天，全村的人都说他转性了！"

"飞黄哥，双喜要当爸爸了，他媳妇儿怀孕了，他很高兴，请我们去小辣椒喝酒。我们带着二傻一起去，你猜怎么找？二傻带了一个女孩，叫小花，一个胖嘟嘟白嫩嫩的姑娘，才二十三岁，我的天哪，二傻居然有女朋友了……"

"飞黄哥，平安也找了个对象，是大好镇的。以前我们金河村的男人出了名的又穷又懒，没有姑娘肯跟我们处对象，现在好多人都争着抢着跟我们处对象呢，就我……之前那个泡汤了，到现在还单着，他们都说是因为我长得丑，我真的丑吗？"

看到前面那些，陈飞黄脸上露出"姨母笑"。看到最后这条，他忍不住"哈哈"大笑，真想回一句："你以为大伙儿为啥给你取外号叫猴子？难道是因为你动作敏捷？不，是因为丑！！！"

但陈飞黄还是忍住没回复，他想等一切都安顿好了，再带着姚辉和大头衣锦还乡。

"飞黄哥，路修好了，冯镇长在这条路上立了一个牌子叫飞黄路，以你的名字寓意走上这条路的人将来都会飞黄腾达，他让我告诉你一声，说等你回来再剪彩！"

"飞黄哥，李莉莉嫂子怀二胎了，她说这个娃不管是男是女都取名叫腾达，让我问问你行不行？"

"噗……"陈飞黄笑得嘴里的酒都喷了出来，腾达？男娃还好点儿，女娃叫腾达，你让她将来怎么见人啊？？

"飞黄哥，蔬菜基地大收成，我们发季度奖金了，大伙儿都好高兴，家家户户都在加餐。我们几个又约着去小辣椒喝酒了，还遇到了顾镇长和齐成，你还记得这个人吗？原来他是顾镇长父亲的学生，是一名消防官兵，刚刚在大凉山灭火归来，还荣获了二等功，真是一个优秀的小伙子！"

看到这个，陈飞黄的眼神变得黯然，如果顾千秋有好的归宿，他会祝福她……

"飞黄哥，冯镇长高升了，顾镇长从副镇长变成了镇长，还是镇委书记呢，大家都很喜欢她。听说她找了采砂队的余总，余总准备在其他村投资牧场和农场，包总也参股了，具体我也不清楚……"

"飞黄哥，大伙儿都很想你，你什么时候回来啊？"

陈飞黄刷完了这些消息，退出微信，扭头看着外面的街景，问道："约了余总明天几点？"

"晚上九点。"姚辉说，"明天公司正式解封，白天会忙一整天，晚饭也赶不上了，所以只能约九点钟喝茶。"

"嗯。"陈飞黄揉揉眉心，这阵子他实在是疲惫，天天忙着办各种手续，还有一些"老朋友"需要应酬——得知公司要解封，那帮生意上的"朋友"又围过来了，即便知道没有什么真情意，但是为了以后项目上的合作，该应付的还是得应付。

"回到酒店好好休息，明天早上九点才去商业局，你可以多睡会儿。"

"好。"陈飞黄点点头，随即说，"帮我找一套大平层，四室两厅两卫，方便以后芳婶儿和二傻过来住。"

"知道。"姚辉笑道，"忙完明天的事我就给你找，这阵子天天住酒店还习惯吧？"

"方便清静，除了隔音不好，一切都OK。"

"哈哈哈……"

飞黄集团正式解封，盛世豪庭楼盘因为一期存在严重质量问题，已经拆毁，二期继续延期，暂不开工。之前因为开发商法人代表赵君和一期建筑商魏光荣逃离，飞黄集团贴补了上亿资金到二期，现在按照法律规定，由两家公司归还。

飞黄集团正式开始营业，之前冻结的资产也全部解封。只是因为停业长达八个多月，陈飞黄还是亏损不少，现在几乎没有什么周转资金。不过因为这件事，他反而落下一个有责任有担当、公司项目质量过硬的好名声，所以接下来找他合作的公司接踵而至。生意爆棚，他也就更忙了……

|一一三|

没有后顾之忧

不知不觉回城就快满一个月了，陈飞黄在公司附近买了一套两百八十平米的跃层，特地选择了中式装修，给芳婶儿的房间放了一个按摩椅，还给二傻弄了个书房，打算让他重新读书。二傻对数学有着极强的天赋，应该好好培养！

陈飞黄一直惦记着芳婶儿和二傻他们，很想抽空回金河村去接他们过来，可是每天忙到不可开交，实在是抽不开身。

这天早上，他对姚辉说："这周末，无论如何都要给我空出两天时间，我必须回金河村，再重要的事情都给我往后排。"

"行，我知道了。"姚辉也知道陈飞黄的牵挂，再不回去，他心里也过意不去。

"今天什么安排？"

"十一点要去青白江，余总那边的项目，需要你去签合同，接着要赶去龙泉，有个项目需要你去启动，然后要去工地上视察，晚上有个应酬，接着是……"

姚辉正说着，陈飞黄正在充电的手机就响了，这次是陈国标打来的电话。这一个月，他们都没给陈飞黄打过电话，猴子每天发的微信，他虽然看了，却从未回复。如果没有什么大事，他们肯定不会打电话打扰他。

"把我手机拿过来。"陈飞黄连忙催促，大头立即把手机拿给他，他接听电话，"喂，老叔……"

"飞黄，你在城里怎么样了？"

"我挺好的，老叔，我正准备这周五回山河镇呢……"

"快回来吧，你芳婶儿……快不行了……"

"什么？"陈飞黄惊呆了，"怎么会这样？我走的时候还好好的，我还特地让人给她寄了药回去……"

"昨天中午突然就倒下了，顾镇长开车把她送到市里的医院，你荷花婶子一直在那里照顾着，今天医生下了病危通知书……"

"我马上回来！"陈飞黄激动得手都在抖，抬头对姚辉说："去准备车，快去。"

"可是工程那边……"

"所有事都给我推掉，我现在要回去，现在！"陈飞黄第一次冲姚辉吼，姚辉不敢回绝，连连点头："好好好，我马上安排！"

姚辉和大头开车陪陈飞黄回去，直接前往广元市医院。下午三点，他们在医院见到了陈国标、赵荷花、百合、二傻、猴子等人，芳婶儿在重症监护室里，一次只允许一个人进去探望。

见到陈飞黄，二傻马上哭着扑到他怀里，陈飞黄揽着他的肩膀安抚道："没事，我回来了，芳婶儿一定会好起来的，一定会！"

"飞黄，你还好吗？公司的事情还顺利吗？"陈国标担忧地问。

"很好……"陈飞黄点头。

"现在可以探视了，只能有一个人进去。"护士出来说。

"飞黄，你进去看看吧，芳婶儿一直惦记着你呢。"赵荷花说。

"好，我进去，你们在这里等我。"

陈飞黄换了病毒隔离服，走进重症监护室，跟着护士来到芳婶儿的床前，芳婶儿身上插满了管子，眯着眼睛看着门口，见到了陈飞黄，她的眼中明显就有了光芒，手动了动。

"芳婶儿！"陈飞黄走到病床边，握着芳婶儿的手，哽咽着说，"对不起，我回来晚了，我应该早点回来接你们的……"

芳婶儿已经说不出话来，只是含泪轻轻摇头。

"我本来安排好了这周五回来接你和晓峰的，我在城里新买了一套房子，就在我公司旁边，我这里有图片，给你看看……"

陈飞黄慌忙打开手机，找出新家的图片："你看，这是你的房间。我知道你腰椎不好，特地给你装了按摩椅，还给你买了棕垫床。我给晓峰单独弄了个书房，我想着，把他接到城里之后，送他去上学，他对数学很有天赋，应该继续学习……对了，我知道你喜欢种菜，房子还有一个九十平米的大花园，可以给你种菜养鸡，虽然比不上金河村的地方大，但是也够我们一家人吃的了……"

陈飞黄本来是笑着说的，但说着说着就哭了："我应该早点让你去华西住院，刚知道你生病的时候就应该安排你去的。是我不好，拖了那么久，拖到你的病情越来越严重……"

芳婶儿低声"呜呜"着想要说些什么，却又说不清楚，护士过来提醒陈飞黄："家属，你不要这么激动，会影响病人的。"

陈飞黄连忙擦掉眼泪，深吸一口气，对芳婶儿说："你一定要好起来，新家你还没看过呢，我去给你转院，把你转到华西去，有那里的专家来帮你看病，你就没事了。"

芳婶儿紧紧抓着陈飞黄的手，眼泪顺着眼角滑下来。

"已经有一位家属找来了省里的专家，刚刚到我们医院，正在跟主治医生了解情况呢。"护士安慰道，"这位病人真有福气，有这么多优秀的子女为她操持，她一定会好起来的！"

"已经安排了？是谁安排的？"陈飞黄感到意外。

"是我！"一个熟悉的声音传来，陈飞黄回头看去，顾千秋穿着病菌隔离服，带着两位医生走进来。其中一位女医生虽然穿着白大褂，戴着口罩，但是一双眼睛却透露着不一样的神采，她深深地看着陈飞黄问："秋儿，这就是你说的陈飞黄？"

"嗯，是他。"顾千秋点点头，"妈妈，麻烦你了！"

"行了，都出去吧。"

走出重症监护室，陈飞黄才反应过来，问顾千秋："刚才那位省里来的专家是你母亲？"

"对。"顾千秋自嘲一笑，"第一次动用私人关系，被我爸批评了一顿，不过是救人，他也就默许了。"

"谢谢你。"陈飞黄不知道说些什么才好。

"我也不是为了你，我是为了晓峰。"顾千秋白了他一眼，随即又体贴地说，"这里有我们就好，你忙的话就先回去吧。这几天芳婶儿也不便探访，医院的人会照顾好她的。"

"谢谢……"除了这两个字，陈飞黄好像都不知道该说些什么了。每次面对顾千秋，他心里都会踏实而安宁，好像有她在，他就有一个坚强的后盾，完全没有后顾之忧……

⌄

| 一一四 |

都在变好

"除了这两个字，你没别的可说吗？"顾千秋冷冷看着他，"不辞而别，毫无交代，这可不是一个有责任感的男人应该做的事情！"

"我——"陈飞黄开口想要解释，顾千秋又打断他，"算了，现在不是说这个的时候，等芳婶儿身体好了再说吧。"

"谢谢……"陈飞黄脱口而出，说完又往自己脸上拍了一巴掌，"对不起，我好像嘴特别笨。"

"算了，早习惯了。"顾千秋白了他一眼，转身走向陈国标他们，"老叔，大婶儿，猴子，晓峰，我从省里请来的专家已经在给芳婶儿治疗了，你们别担心。这位专家非常有经验，她说芳婶儿的情况还没到无法挽回的地步，那就代表有希望！"

"太好了太好了。"大家都激动不已，"谢谢你，顾镇长，真的太感谢你了……"

"都是自己人，别客气。"顾千秋说，"这几天芳婶儿会接受全方位的治疗，不能探访，你们在这里也没用，不如先回家去吧，等有消息了我再通知你们。"

"那也好，我们就先回去吧……"

陈飞黄本来想再待一会儿，也被陈国标劝回去了，他不放心二傻，于是带着二傻一起回城，等到这边有消息再一起过来。

临走前，陈飞黄找到顾千秋，想解释一下上次的事情，顾千秋却平静地说："其实你不说我也明白，有情有义的前妻，在你最危难时刻带着所有家当千里迢迢赶来帮你，任谁都会感动，也会为难，不管你怎么决定怎么选择，我都能理解！"

"我是感激她，可我和她——"

"我觉得现在不适合谈其他的事。"顾千秋打断他的话，笑着拍拍他的肩膀，"你看，你回去一个月，发型变了，衣服换了，整个人气质都不一样了，很明显，现在的生活更适合你。你属于大都市，不属于这个地方！"

"你想说什么？"陈飞黄眉头紧皱。

"没什么……"顾千秋微微一笑，"好了，他们都在等你，上车吧。"

陈飞黄没有说话，转身上车，透过车窗看着顾千秋，他的心情十分复杂，她刚才那句话的意思是说他们不合适吗？

回城之后，陈飞黄身边就多了一个助手，所有人都知道他叫晓峰，于是叫他峰哥，二傻第一次听秘书这么叫他，吓得差点从椅子上跌下去："你们叫我二傻就好，别这么叫我，我害怕！"

"啊？"秘书愣住了。

"他跟你开玩笑，出去吧。"陈飞黄吩咐了一句，扶起二傻，"晓峰，记住了，以后你就叫晓峰，任何人都不许叫你二傻，知道吗？"

"叫我晓峰也可以，可是，刚才那个姑娘叫我峰哥，我好紧张。"二傻双手绞着西装边角，眼睛都不知道该看向哪里。

"那姑娘才二十一岁，比你小那么多，不叫你峰哥叫什么？"陈飞黄打趣地说，"难道叫叔叔？"

"啊……那那那，那还是叫哥吧！"二傻紧张得都快结巴了，"我还没老，不能当叔叔……"

"哈哈哈……"大头忍不住笑了，"峰哥，是刚才那个姑娘好看，还是你的小花好看？"

"当然是小花好看。"二傻白了他一眼，"小花最好看！"

"噗——"大头又想笑，陈飞黄瞪着他："行了，别逗他了！"

"姚辉，这几天的行程拣重要的先办了，医院那边有消息，咱还得随时赶回去。"

"知道了。"

顾千秋的母亲是华西的专家，有着三十多年的临床经验，医术高明，她一出手，芳婶儿很快就有所好转了。

陈飞黄回城的第七天，陈国标就给他打电话，说芳婶儿已经转到普通病房了，再休息几天就可以出院，让他有空带二傻回去看看芳婶儿。

陈飞黄马上让姚辉准备车，一行人开车回广元。

车子路过城里的时候，差点撞到一个骑共享单车的女孩。大头及时刹车，正准备下去查看，那女孩已经慌忙推着自行车离开了。姚辉定睛一看，急忙大喊："飞黄，那不是前嫂子吗？"

"什么？"陈飞黄打开车窗看过去。前面那个穿着休闲服，推着共享单车的人的确是沈颜颜，她换下了那些高贵的服装，穿着简单的牛仔裤和T恤，扎起微卷的长发，背着一个背包往对面的少年宫走去……

一如他们初见时的模样，陈飞黄愣愣地看着她，一刹那就失了神。

"听叶冰说前嫂子性情大变，不仅卖了奔驰，还改掉了买奢侈品的习惯，现在去少年宫教钢琴了。我还以为她开玩笑呢，原来是真的。"姚辉惊叹不已，"她跟以前简直判若两人，要不是见过她十年前的样子，我还真认不出来。"

"这样好看，比之前那样自然多了。"大头说了一句。

"好好开车，注意路人。"姚辉叮嘱。

"噢。"

车子继续往前开，陈飞黄的目光依然盯着沈颜颜离开的方向，脑海里思绪万千。每个人经历一些事情都会发生改变，他是，沈颜颜也是，他们都会变得更好……

想到这里，他的唇边扬起了欣慰的笑容！

当车停在医院停车场的时候，陈飞黄看到了一辆大众帕萨特。他眼见着车牌号有点熟悉，下了车，看到车里下来的牛小胖，这才惊呼："牛小胖，真是你们啊！"

"飞黄书记！"牛小胖飞奔过来扑进陈飞黄怀里，那敦厚的身形差点把陈飞黄给撞倒。

"哎呀，你小心点儿，你一百多斤，飞黄书记那小身板儿可经不住你这样撞击。"牛田大笑着提醒。

"田叔，你也来了？你不是吊销驾照了吗？可不能再无证驾驶。"陈飞黄提醒。

"哪儿敢啊。"牛田连忙解释，"你看看是谁开车。"

陈飞黄扭头一看，开车的居然是牛老婆子，拿着车钥匙，不好意思地笑笑，"家里两个爷们儿都不能开车，我和媳妇儿去考驾照，没想到一个月就考上了，比他们还能干。嘿嘿，现在家里都是我们女人开车。"

"哈哈哈，好，很好！"陈飞黄笑着点头。

"飞黄书记，我拿了奖状！"牛小胖忍不住跟陈飞黄炫耀，"你猜猜是什么奖？"

"是……"

"乐于助人好少年！"猴子的声音传来。陈飞黄抬头看去，这小子带着双喜、平安来接他，几个人跟陈飞黄打了招呼，急着向陈飞黄汇报："牛小胖在学校救了一个同学，被学校公开表扬，现在可多小粉丝了。"

"你们别说，我来说我来说……"牛小胖急得跺脚，"是这样的，我们班成绩最好的小明同学在操场上晕倒了，当时老师们都不在，同学们急坏了，我把他背到了医院……"

"真棒。"陈飞黄弯腰捏捏他的小胖脸，"现在你有很多朋友了吧？"

"对，现在大家都喜欢跟我玩。"牛小胖骄傲地仰着脑袋，"我已经是我们班的体育委员了。"

"你这么胖，跳得动吗？"双喜忍不住问了一句。

"哎，你别看我大孙子胖，他可是个柔软灵活的胖子。"牛田不服气了。

"哈哈哈……"大伙儿都笑了起来，陈飞黄牵着牛小胖的手走进医院，"总之啊，现在的牛小胖人见人爱！"

"这都是飞黄书记的功劳！"

"可不是嘛，因为有了飞黄书记，我们都变得更好了……"

很多乡亲都来医院探望芳婶儿，但她现在身体还很虚弱，陈飞黄婉拒了大家，请他们给她一点空间，让她好好休息，大伙儿这才又提着东西回去了，不过让赵荷花帮忙转达请陈飞黄忙完了一定要回村里看看。大家都很想他！

陈飞黄本来想直接把芳婶儿接到城里去的，但芳婶儿不想去。她想在乡下养病，这里空气好，又有乡里乡亲的照顾着，她更舒坦。再说了，他城里的房子也没装修好，等装修好了再回来接她也不迟。

二傻也表示想留在村里，不想回城里，不然老是要穿西装打领带，还有很多漂亮的小姑娘喊他峰哥，搞得他好紧张……

听到这里，所有人都哈哈大笑，就连芳婶儿都笑了。

陈飞黄只得由着他们去，但是约定了等他房子装修好，一定要接芳婶儿和二傻还有老叔和荷花婶子去城里小住，不然他就不走。几个人连连点头答应，这才把他给哄走了。

陈飞黄准备回城，又在医院门口被包总给拦住。包总老早就收到了他转来的钱，当初借了他六十万，陈飞黄还了七十万。他拿着十万块现金丢在陈飞黄的车里，怒气冲冲地说："陈飞黄，你这是拿钱砸我吗？我告诉你，我虽然没你有钱，但我也是有血性的。我把你当兄弟，你居然，居然拿钱砸我！"

说着说着，他居然瘪起嘴来，搞得陈飞黄手忙脚乱，急忙道歉："老包，我不是这个意思。你应该知道的，我是感激你……"

"感激要用这个方法吗？你就不能请我吃一顿小龙虾，给我带包好茶？你根本就没拿我当兄弟。"包总气得面红耳赤。

"走走走，现在就去吃，我给你剥虾壳！"陈飞黄连拉带拽将他哄上车，"我以前最怕娘儿们在我面前哭，现在最怕爷们儿哭。你说你，怎么……"

"你真是个渣男，太他妈没良心了，回城里去，微信不回，电话不接，妈的跟消失了一样，我巴巴地盼着你回来，你都到家门口了都不去看我一眼……"

包总越说越伤心，越说越委屈。

"我的错，我的错，我自罚三杯！"

"六杯，不，九杯！"

"没问题，只要你高兴，多少杯都成！！"

这段时间，陈飞黄总是在成都和广元两边跑，不过每次回广元都是当天返回。芳婶儿虽然不知道他的工作情况，但也知道他忙，不忍心耽误他的时间，每次都想方设法地赶他走。

陈飞黄也的确是忙，忙得连喘口气的时间都没有。芳婶儿出院那天，都不让他回来，说是他什么时候有空回去住几天再回，不然就别跑了。

陈飞黄知道他们的心思，也就没有坚持了。

一个周一的早上，秘书通报说有人找。大头前去查看，居然是罗子霄，连忙把他请进了办公室。

正在忙碌的陈飞黄热情地接待了他，询问孩子的情况，是不是有什么困难。罗子霄说孩子这次手术很成功，现在身体已经好转了许多。他这次来，是还钱的！

罗子霄把陈飞黄借给他的钱如数还给他，并感激地说："谢谢你，陈总，真的谢谢你！"

陈飞黄拥抱了他，拍拍他的后背鼓励道："我早就说过，好人会有好报的！"

后来陈飞黄得知罗子霄的灯饰店早已盘出去，现在在一个公司打工，于是把他叫来自己公司上班。他觉得，一个人品贵重的人，也会是一个好帮手。

没过多久，陈飞黄收到消息，朱鹏的装修公司因为材料劣质导致项目出错被人告上法庭，耀阳的邓世清和启光的侯天涯一个因为行贿受贿被抓，一个因为刑事问题被抓，而之前那个开发商法人代表赵君和魏荣光也都纷纷被判刑。

这也都应了陈飞黄那句话，善恶终有报！

又过了两个月，猴子打电话来说，侯老师去山河镇了，总是问到他，还说三天后舞龙队就要去广州参加比赛了，这次他不在，大家都有些失落……

陈飞黄之前承诺过要陪他们参赛的，但是现在项目的问题迫在眉睫，他实在走不开，只能爽约。他通过视频鼓励舞龙队，吩咐他们必须好好参赛，拿个名次回来！

大伙儿隔着屏幕看到他，依然非常激动，兴奋地表示一定会加油，为山河镇争光！

半个月后，陈飞黄收到消息，飞龙队获得全国舞龙大赛铜奖。这一次，飞龙队连同金河村、山河镇都上了电视，二傻依然是主角。现在的他在镜头前说话更加流畅自然了，他说了舞龙的精神，说了他们金河村的变化，说了山河镇的发展。还说，这些全都是因为他们有一个好村支书……陈飞黄！

电视屏幕前，陈飞黄看到这一幕，含泪微笑，对着电视里的二傻和飞龙队的兄弟们竖起了大拇指！

国庆节假期，陈飞黄终于回到了金河村。为了不惊动乡亲，他带着大头半夜开车回去，到村里时天都没亮。他怕吵醒芳婶儿，让大头停好车，两人准备去鱼塘边转转。这时，院门突然就开了，芳婶儿走出来，像严厉的母亲在低喝："到家了也不知道进门！"

"嘿嘿！"陈飞黄挠挠头，转身进了院子。看着熟悉的院子，一切还是他离开时的模样，一点儿都没变，他感到非常亲切，就连猪棚里的粪便味道都变得清新起来……

"晓峰呢？"陈飞黄还是习惯这么称呼。

"在龙虾池呢，今天要捞龙虾送到乐山去卖。"芳婶儿笑着说，"你离开这么久，是不是都忘了这个月是第二批小龙虾收获的季节？"

"是差点忘了。"陈飞黄想着自己提倡养殖的小龙虾已经顺利收获第二批了就感到高兴。

"现在金凤一家就包了广元市的市场，另外五个池子里产的小龙虾分别送达州，南充和乐山。马强家的比较远，送到汉中去，不过这几个市都临近我们广元，也才一百多千米，不耽误销售……"

芳婶儿一边倒茶一边说："现在村里的日子都好起来了，我每天都要被人问无数遍，说飞黄书记什么时候回来呀，回来了一定要跟我们说一声啊。我天天都回答，快了快了……所以呀，你这次回来可别想轻易跑了！"

"哈哈哈，国庆七天假，我就是回来度假的。"陈飞黄笑得很开心，"今天是咱家的池子在收小龙虾？我过去帮忙。"

"别别别，你这西装革履的，你去田里不是把衣服弄脏了吗？"芳婶儿拉着他，"你和大头兄弟喝口茶，我去给你们煮面吃，不知道你们回来，啥也没准备……"

"我看到有包子，我已经先吃了！"大头拿了个冷包子从厨房走出来，笑嘻嘻地啃着。

"哎呀，那是前天剩下的，还没加热呢……"芳婶儿连忙去夺，"要吃包子，我去街上给你们买新鲜的。"

大头三两下把包子塞进嘴里，噎着说："我就爱吃芳婶儿包的包子！"

"那我今天就给你们做。你这二愣子，可别吃冷包子，对胃不好。"芳婶儿心疼地说，"你们快进屋休息会儿，我去给你们煮面。你们俩的房间我天天收拾，干净着呢。"

"好！"陈飞黄应了一声，便对大头做了个手势。两人当即脱下外套和衬衣，随手在晾衣架上拿了件二傻的花衬衣就跑了……

"哎，你们怎么跑了，别去池子里，那里人手够了，快回来！"

芳婶儿跟着后面喊了几嗓子，两人摆摆手，风一般的跑远了。

"这两个小子！"芳婶儿笑着摇头。

这时，隔壁家的灯打开了，赵荷花趴在篱笆墙边大声问："芳嫂子，什么声音？你家来客人了？"

"那个，是……"

"哎呀，这不是飞黄的车吗？那个屎黄色的蛤蟆车！"

芳婶儿还来不及回答，赵荷花就看到了陈飞黄的棕色卡宴，扯着嗓子激动地大喊："老头子，老头子，飞黄回来了！"

"啊？飞黄回来了？"陈国标急忙穿衣服出来，"人呢？在哪儿？在哪儿？"

楼下房间的窗户推开了，百合透过窗户问："飞黄哥回来了？"

"快快快，换衣服。"邱文成提醒。

"哎！"

这一下，其他邻居也都听到了，家家户户的灯亮成了一片，一群大爷叔伯奶奶婶婶嫂嫂跑出来问："飞黄书记回来了？他在哪儿？"

"去田里了，帮我家晓峰抓小龙虾去了。"芳婶儿挥着双手，骄傲地笑道，"哎呀，我家大儿子回来了，我今天要做肉包子。不对，还有大头，是三个儿子！"

"我们提供肉，能来参一伙儿吗？"赵荷花笑着问。

"我家提供面粉……"

"我来烧火，我不吃，我就看看飞黄书记。"

"我来帮忙，让我看一眼就好……"

"行行行，都来，都来……哈哈哈……"

许多年了，村里人都没听见芳婶儿这样爽朗的笑声，笑得骄傲又自豪……

猴子、双喜、平安、二狗、牛壮等年轻人都在田里帮二傻捞小龙虾，金凤在旁边总指挥："小心点儿，别把石头弄进去了，会砸死小龙虾的，那里那里还有，装点儿水进去，路上运输远，太干了小龙虾容易死……哎呀，二傻家的小龙虾长得可真好，这么多。我看人手不够啊，李莉莉，再去叫几个人来！"

"好……哎，那不是来了两个小伙子嘛？"

"还不够，再去叫人。"

"行。"

"那人怎么看着像飞黄书记？"潘银莲盯着刚刚下池子帮忙的两个年轻人，眼睛瞪得老大，"不对，这个人比飞黄书记要年轻帅气一些……"

"就是飞黄书记，他旁边那个光头就是大头。我认不出飞黄书记，还认不出大头吗？"李莉莉激动地大喊，"飞黄书记回来了，飞黄书记回来了！"

这一嗓子，把所有干活的男人都给吓坏了，大伙儿到处张望："哪儿呢？哪儿呢？"

"飞黄哥——"猴子第一个发现陈飞黄，在泥浆里飞奔着冲过去，"你回来了，你真的回来了！"

"小心小心小心！"陈飞黄指着他连连提醒。这小子太激动没听见，一不小心扑倒一筐小龙虾，小龙虾全都夹住他的肉，他痛得哇哇大叫。

"哎呀，叫你小心嘛！"陈飞黄和大头急忙上前帮忙。

"飞黄哥……"所有人都围了过来。大家都激动地向陈飞黄嘘寒问暖，陈飞黄连忙吩咐："这次我回来要住好几天的，有的是时间跟大伙儿聚，先干活儿，先干活儿！"

"好嘞！"

"飞黄，你回来了！"二傻老远跑过来，身后跟着一个胖丫头，满脸污泥，却紧紧挽着二傻的胳膊。二傻搂着那胖丫头介绍道："这是我女朋友小花。小花，这就是我兄弟飞黄！这也是我兄弟大头哥！"

"飞黄书记好！"小花害羞地喊道，"大头哥好！"

"好好好！"陈飞黄笑嘻嘻地点头。

"飞黄哥，这是我媳妇儿……"平安也领着女朋友前来介绍。这个媳妇儿长得很是标致，一脸娇羞地问候："飞黄书记好！"

"我，我没有媳妇儿，我为什么没有媳妇儿……"

猴子伤心地号叫起来，陈飞黄哈哈大笑，其他人也跟着笑起来，田野里传来欢乐的笑声……

这时，一辆小货车开过来，一个熟悉的声音从车上传下来："大伙儿都装好了吗？"

"好啦，可以上货了！"金凤吆喝着。

陈飞黄回头一看，这一身格子衬衣、牛仔裤，穿长筒雨鞋的女孩不就是顾千秋吗？他诧异地问："你怎么……"

"货车司机忙不过来，我来帮忙运货。"顾千秋摸了摸脸颊上的泥巴，笑着向陈飞黄伸出手："飞黄书记，欢迎你回来！"

"谢谢顾镇长！"

两个人站在田野里握着手，微笑地看着对方，清晨的朝阳洒在他们身上，脸上，为他们镀上一层灿烂的光芒……